好女人的心意

The Love of a Good Woman

艾莉絲・孟若
Alice Munro

林巧棠——譯

獻給 Ann Close

我所珍視的編輯與一直以來的朋友

作者註言

感謝 Ruth Roy、Mary Carr 與 D. C. Coleman，惠我這些故事中必要的專業資訊。感謝 Reg Thompson，他那許多具有啟發且巧妙的研究。

這本短篇小說集中的故事，此前以不同形式發表於《紐約客》（*The New Yorker*）。

目次

好女人的心意 The Love of a Good Woman 005

雅加達 Jakarta 083

科爾提斯島 Cortes Island 123

主祐割麥人 Save the Reaper 153

孩子留下 The Children Stay 191

銅臭 Rich As Stink 227

改變之前 Before the Change 271

我母親的夢 My Mother's Dream 317

好女人的心意

瓦利鎮上有間博物館，已經有幾十年的歷史了，專門保存老照片、攪乳器、馬具、古老的牙醫看診椅、笨重的蘋果削皮器，還有一些稀奇罕見的東西，像是瓷和玻璃材質的絕緣器，造型精巧，電線桿用的。

還有一只紅箱子，上面印有「D.M. 韋林斯，驗光師」，旁邊註記著：「此為驗光師儀器箱，屬於 D.M. 韋林斯先生的所有物。D.M. 韋林斯先生於一九五一年葬身於遊隼河，因此，儘管此箱並不歷史悠久，卻對本地有重要意義。此箱倖免於難，經匿名捐贈者拾獲，捐贈給本博物館，作為館藏特色展品。」

看到檢眼鏡，或許會讓你想到雪人。尤其是它的頂部，固定在一根中空的把手上，一個大圓盤上面頂著一個小圓盤，大圓盤上有個洞可以望出去，裡頭有各式各樣的透鏡可以轉動。把手很重，因為電池還裝在裡面，如果把電池拿出來，插上另附的一根管子，運用兩端的其中一個圓盤，就能插上電線。不過在沒電的地方，想必就一定得用電池了。

視網膜鏡則看起來更複雜了，圓形的額頭夾下面，有個像是精靈頭的東西，一張扁平的圓臉，搭配尖尖的金屬帽。相較細長的手柄傾斜四十五度角，柱頂有一盞小燈，檢查時燈會亮起。扁平的臉是玻璃製的，像面黑鏡。

整支工具都是黑色的，不過只是上了黑漆罷了。有幾塊地方，想必是驗光師經常握著，不斷摩擦導致黑漆都磨損了，底部可見閃亮亮的銀色金屬。

I 賈特蘭

這塊地方叫做賈特蘭，從前有間小磨坊，也算是有個聚落吧。不過在上個世紀末時已然全部消失。無論是過去還是現在，這裡從來就算不上什麼好地方。許多人相信這個地名取自紀念一戰的著名海戰，其實早在海戰前多年，這裡早已是一片廢墟了。

一九五一年春天，某個週六早晨，三個小男孩到這裡來玩。當地小孩對此地名的由來有另一個版本──河岸邊有許多根突出的老木條，河中又豎著幾片厚木板，合起來就成了整排高低參差的木柵（這些木條和木板，其實是木造水壩的一部分遺跡，混凝土時代之前的產物）。這排木柵、一堆基石、紫丁香花叢、染上黑斑病畸形扭曲的碩大蘋果樹，每年夏天長滿蕁麻、低淺的磨坊飲水渠道──都是過往僅存的痕跡。

有條馬路（或者說，小徑）從鎮上的主要道路延伸過來，不過始終沒鋪上碎石子，在地圖上僅僅是條虛線而已，是政府的公用道路保留地。夏天時這條路熱鬧非凡，有些人會開車到河邊游泳，晚上則會有情侶來找地方停車。這條路上可以轉彎掉頭的地點在引水渠道之前，不過假如那年雨量充沛，這整塊地方就成了蕁麻、牛防風、野鐵杉的領土，車輛有時只得一路倒車才能回到正常路面上。

那個春天早晨，要看到一路通往河岸的車輪軌跡並不難，只是這幾個男孩完全沒注意，他們滿腦子想的都是游泳。至少他們會說自己是去游泳——等他們回到鎮上時會對大家說，他們可是趁雪都還沒融化的時候，就去賈特蘭游泳了喔。

河的上游處，比鎮區附近的河灘還要冷。河岸的樹木尚未生出新葉——此時唯一可見的綠意，是從土裡冒出來的韭蔥，鮮嫩的像菠菜的立金花，任意一條流向河川的小溪流，都可以看見岸邊滿是立金花。這幾個男孩在對岸的幾棵雪松下，看到了他們執意尋找的目標——那一長排低矮的雪堆，異常結實，如石般的灰。

雪還沒融化。

他們會跳進水中，感受寒意如冰製的匕首穿進身體。冰涼的匕首從眼後穿入，從身體內部直直往頭骨頂端搗去。人人立刻揮動手腳，賣力往岸上前進，一邊打著冷顫，一邊任牙齒不住咯咯打顫，再把凍到僵麻的手腳伸進衣褲裡。被凍寒凝結的血液再度流動起來，再加上他們先前誇下的海口此時終於成真，他們這才安心，在隱隱約約的痛感中，再度感受到身體的真實存在。

他們沒注意到的車胎痕跡直直地穿過溝渠，小路寸草未生，只有去年留下的、被壓扁的枯草。車痕直直通往河邊，沒有掉頭離開的跡象。幾個男孩就這麼踏過去，只是此時他們離河岸還算靠近，發現有個東西比車痕更吸引他們注意。

水裡有個淺藍色的東西閃著光，不是藍天的倒影，而是輛車。那車斜斜插進水中，前輪與車頭戳進河底的淤泥，後方保險桿幾乎露出水面。那年頭，淺藍色的車不常見，而且那車型圓圓的，也不是常見的款式。幾個男孩立刻就認出來，英國製的小車，奧斯丁，整個郡大概就這麼一輛而已。驗光師韋林斯先生的車。他開車時活像個卡通人物，他個子矮，體型卻相當壯碩，上半身厚實，頭也大，彷彿是被硬生生塞進那輛小車似地，好像勉強穿上快要撐爆的西裝。

車頂有個天窗，天氣溫暖時韋林斯先生就會打開，現在天窗開著，不過他們看不清車裡的模樣，車的顏色模糊了車在水裡的形狀，而且水也不怎麼清澈，所以原先不顯眼的地方就更混濁了。幾個男孩先是蹲在河邊看，後來索性趴下，像烏龜那樣伸長脖子用力張望。有個黑黑又毛毛的東西，像是什麼大型動物的尾巴從車頂的洞伸出來，在水中悠然擺動著。他們沒多久就認出那是隻手臂，罩著深色外套的袖子，外套應該是某種厚重的毛料。車內應該有具男屍（想必是韋林斯先生），而且擺成某種特別的姿勢，想必是水的力量（即便是磨坊的水池裡，這季節水的衝力還是很大）讓他從座位上漂起，搖過來又晃過去，他才會一邊肩膀貼近車底，一隻胳膊伸出來，頭部則是被水的重量壓下去，抵著駕駛座那邊的門窗。一只前輪首當其衝陷在河底，所以車體不只呈現倒栽蔥的姿態，還歪向一邊。其實車窗應該早就打開，讓頭探出來，身體才會擺成那個姿勢，不過這幾個男孩都沒能看出來，他們只想著記憶中韋林斯先生的臉——方方大大，總是誇張地皺著眉頭，卻不會叫人看了不舒服。一頭細細的鬈髮，頭頂處紅中帶金，挨著額頭斜斜地分線。雙眉的顏色比頭髮還要深，而且像是眼睛上爬著兩隻毛毛蟲那樣，異常濃密。他們認為許多大人的臉看起來都滿怪的，尤其是這張臉，所以就算他溺斃了，他們也不怕。不過他們看到的只有那隻手臂與蒼白的手。等到他們逐漸習慣隔著河水觀察時，那隻手就清楚可見了。模樣雖然像麵團一樣結實，在水裡卻飄忽顫抖，像支羽毛。等你看習慣了它在水中的景象，也就不足為奇了。那隻手的指甲彷彿一張張整齊的小臉，用平時聰慧的表情招呼著，也理性地與周圍劃清界線。

「混蛋。」男孩們開口。幹勁一來，語調也流露出深深的敬意，甚至是感激之意。「**這混蛋**。」

這是他們今年第一次出來玩。他們走過遊隼河上的橋，這橋只有一線道，雙跨距，被當地人認為是「地獄之門」或「死亡陷阱」——其實真正危險的地方是這橋朝南端的急轉彎，橋本身倒不是問題。

橋上有人行道，他們卻從不走那裡，也從來不記得要走。或許多年前他們還小的時候由大人牽著走過，但那段時光早已遠去，就算有人拿出照片為證，或是逼著他們聽家人說當年的事情，他們還是矢口否認。

他們現在沿著人行道對面的整排鐵架走，二十公分寬，距離橋面大約三十公分高。遊隼河水挾帶融化的冰雪滾滾流過，流向休倫湖。每年都會淹水，把河灘變成湖，沖斷小樹，把流域內的小船或小屋痛擊一番。田野間排出的水讓河泥濘不堪，再加上河面蒼白的陽光，使整條河看起來就像煮沸的牛奶糖布丁。要是你掉進河中，會冷到血液彷彿凍住了一樣。如果你的頭沒先撞上兩邊的扶壁，河水會一路將你沖到湖裡去。

路上的駕駛朝他們按喇叭，代表警告或責備——但他們都不理會。他們排成一列縱隊行走，冷靜沉著往前行，像是夢遊。到了橋的北端，他們直接轉向河灘，尋找去年記憶中的小路。最近才淹過水，所以這些小路都不容易找。得走過被踐踏的矮樹叢，從一個小土丘跳到另一個（丘頂的草全黏滿了泥濘）。有時一不小心，一腳跳進泥裡，或是水退之後留下的水塘。腳既然都溼了，跳到哪裡就都無所謂了。他們噗嘰噗嘰踩過泥巴，用力踩進水塘，水花從橡膠靴口落進去。風很溫暖，把雲朵撕成一絲絲舊羊毛。海鷗與烏鴉在河面上吵鬧不休，時而一頭鑽入水裡。鷲則是在上方高處監視著，朝他們轉圈。知更鳥回來了。成雙成對的紅翅黑鸝穿梭來去，在眼前綻開一道亮彩，彷彿羽翼沾上了顏料。

「應該要帶點二二來的。」

「應該要帶霰彈槍來的。」

他們早就過了舉起木棍代替槍、模仿槍聲的年紀，他們說起話來帶著不經意的遺憾，像是輕而易舉就能拿到槍似地。

他們爬上北邊河岸，來到一塊全是沙的地方。這裡本該是烏龜產卵的地方，不過現在距離產卵的季節還很久，事實上烏龜產卵也是多年以前的事了——這幾個男孩一次也沒見過。但他們還是踢著沙子，用力跺腳，看有沒有可能發現什麼。然後他們又開始找別的東西。他們之中有個男孩，去年在另一個男孩的陪同之下找到了一塊牛的髖骨，是被洪水沖來的，屠宰後的殘肢。這條河每年都會暴漲，掃走一堆東西，再棄置各處。被水沖來的什麼都有，有令人嚇一跳的、笨重的、離奇的、普通的，什麼都有。成卷的電線、未拆封的摺疊梯、折彎的鏟子、煮玉米的大鍋。上次那塊牛髖骨，被發現時就卡在一棵漆樹的枝幹間——這好像也滿正常的，因為漆樹光滑平坦的枝幹就像牛角或鹿角，有些枝頭末端還長著鐵鏽色的圓錐狀果實。

他們橫衝直撞了一陣子——西西．佛恩斯還把去年卡著牛髖骨的樹枝指給他們看，但他們現在什麼也沒找到。

去年找到牛髖骨的是西西．佛恩斯和洛夫．迪勒。當有人問起那塊骨頭現在在哪，西西就會說：「洛夫拿走了。」現在與西西在一起的兩個男孩（吉米．巴克斯和巴德．索特）知道事情必然如此，除非是小到很容易藏的東西，不會讓西西的爸爸發現，否則西西什麼也不敢帶回家。

他們聊起待會可能還會找到什麼有用的東西，還有過去幾年找到什麼有用的東西。籬笆橫條可以做成小木筏，幾塊漂流木可以收集起來做成小屋或船。如果能找到幾個鬆開的麝鼠陷阱，那還真是好運，能好好賺一筆。可以撿幾塊木材來做撐板，偷幾把刀來剝麝鼠的皮。他們還說到可以利用某間空著的小屋，就在曾經是馬棚後面的死巷裡。小屋門上有掛鎖，但應該能從窗戶進去。晚上時拿掉窗外的木板，天亮時再放回去即可。也可以帶手電筒進去，不——帶燈籠好了。可以剝下麝鼠的皮，把毛皮撐開，能賣一筆好價錢。

他們聊這個計畫聊到彷彿已經成真了，反而開始擔心把那麼值錢的毛皮留在小屋裡一整天可不行。他們其中一人勢必得留守，其他兩人出去看那排陷阱的動靜。（完全沒人提到上學的事。）

他們走到鎮外時，聊的就是這些事，彷彿他們都是自由之身——或幾乎是自由之身。彷彿他們不用上學，沒與家人住，沒因為這個年紀而受到侮辱。彷彿無論他們打算做什麼、冒什麼險，這裡的鄉間和其他鄰家都會提供他們所需的物資，他們只要承擔最小的風險，出一點力即可。

出了鎮之後，他們的談話還有一點不同，那就是不再用名字互稱。反正他們平常也不太叫對方的真名——連在家的小名也不叫，例如「巴德」。不過在學校，幾乎每個人都有綽號，有的與長相或說話方式有關，像是「金魚眼」或「咕嚕」，有些是「屁疼」和「操雞掰」，都和對方生活中的真實或虛構事件有關。有的名字與對方的兄弟、父親、叔伯有關，家傳了數十年。他們走到樹叢間或河灘邊的時候，這些名字通通被拋到腦後。如果他們必須喚起某人的注意，就只會說聲「嘿」。就連喊個超級粗魯或下流的名字（大人從來沒聽過的那種）都會破壞這時的感覺，像是把對方的長相、習慣、家庭還有過去都視為理所當然那樣。

然而，他們很少把對方當成朋友，也從不把某人當成「最好的朋友」或「第二好的朋友」，或是像女生一樣把最好的朋友名單換來換去。這三人之中的哪一人，換成街上某個男孩也一樣，另外兩人同樣會接納他。三個男孩的年紀在九到十二歲之間，已經大到不會在院子裡與鄰近地區玩耍，但又太小沒辦法工作——即使是幫商店前的人行道掃地，或是騎腳踏車送雜貨都不行。他們大多住在鎮的北端，當他們年紀夠大了，人們就會覺得他們該找份工作，不會送他們去念中學。他們之中沒人住在簡陋的小屋，也沒有親戚坐牢，至於他們在家的生活，與大人們期望他們過的生活，有很明顯的差別。不過他們一旦走到看不見郡立監獄、穀倉塔和教堂尖頂的地方，不再能聽見法院鐘聲時，這差距也可以拋諸腦後了。

回程時他們走得很快，有時他們小跑步，但不至於狂奔起來。原先還跳來跳去，磨磨蹭蹭，到處濺起水花，現在都不敢了。平時走出林子時故意嘻笑和鬼吼鬼叫，如今也安靜下來。洪水沖來的各種東西，也只是略微注意一下就匆匆走過。事實上他們走路的方式就像大人一樣相當穩健，選擇最適當的路線。一想到接下來得去的地方，接下來得做的事，就覺得負擔沉重。有些事物擺在他們面前，眼前一幅畫面橫亙在他們與這世界之間，畫面裡是大部分成人都習以為常的東西。池塘、車子、手臂、手。他們都心想，走到某處時就要開始放聲大喊，到鎮上大喊大叫，揮動雙手，到處宣傳這個大消息；而每個人都會嚇得動彈不得，只得吞下這噩耗。

他們照樣走著鐵架過了橋，卻感覺不到絲毫風險，或勇敢，或漠然。他們走的也可能是人行道。

他們沒有沿著路的急轉彎走（這能一路通到碼頭和廣場），反而沿著鐵路棚子旁的一條小路，逕自爬上河岸。整點後十五分鐘的鐘聲響起。十二點十五分。

那個時代，人們都走路回家吃午飯，在辦公室工作的人，下午不用上班。不過在商店上班的人只能照著傳統的營業時間——週六晚上，商店要到十點或十一點才打烊。

大多數人回家都是為了吃一頓熱騰騰、能填飽肚子的正餐，豬排、香腸、水煮牛肉、農家火腿，當然要有馬鈴薯，做成薯泥或是炸薯塊。冬日裡儲存的根莖類蔬菜、甘藍菜、奶油洋蔥（有些家庭主婦比較有錢，或做事比較輕率的，或許只會開個豌豆罐頭或奶油豆子而已）。麵包、瑪芬、醬菜、派。即使是無家可歸的人，或因為某種原因不想回家的人，也會為了差不多的食物到坎伯蘭公爵或商人旅店。想吃比較便宜的，就坐到謝維小館霧氣濛濛的窗戶後用餐。

徒步回家吃飯的大部分是男人，女人早就在家了——她們永遠在家。不過某些中年女子會在商店或辦公室工作。這不是她們的錯，她們這麼做是有理由的——丈夫已故，或生病，或根本沒有丈夫。她們和這些男孩的母親是朋友，就連隔條街都會用某種愉快、生氣蓬勃的方式大聲招呼問候（這對巴德・索爾特來說最糟，她們都叫他「巴迪」）。這樣一打招呼，他就會想起她們知道家裡的所有事，還有年代久遠的他嬰兒時期的事。

男人就算和這幾個男孩都熟，也懶得叫他們的名字打招呼，他們會說「男孩們」或「年輕人」，偶爾說「先生」。

「幾位先生，你們好啊。」

「你們小朋友現在要直接回家啦？」

「你們幾個年輕人，今天早上又在亂搞什麼？」

這些招呼某種程度上都有些戲謔，不過其中還是有差別的。與叫他們「小朋友」的人比起來，叫他們「年輕人」的男人對他們比較有好感——或希望自己看來比較友善。「小朋友」可能是個信號，可能接著會用冒犯的口氣叫他們別惹事（可能是很隱晦的提醒，或直接挑明了某事）。叫他們「年輕人」表示這個人自己也曾經年輕過。叫他們「先生」的人則是徹底在嘲笑輕蔑他們了，但也不是責罵，因為說這話的人根本懶得罵人。

回話時，這幾個男孩的視線不會高過女士的皮包或男人的喉結，他們會清楚地回應「哈囉」，因為不這麼做很可能惹上麻煩。而回答問題時他們會說「是的先生」、「不是的先生」和「沒什麼」。就連今天，對這些男孩說話的聲音都令他們警覺、困惑，他們以平實的沉默回應。

他們走到某個轉角，必須在此分別了。西西．佛恩斯總是焦慮著趕回家，最先離開。他說：「晚餐後見了。」

「對，我們得到鎮上去。」巴德．索特說。

這句話的意思他們都知道，代表「到鎮上的警察局」。彷彿不需要彼此商量，就制定了一個新的計畫，要用更警醒的方式來傳達他們所目睹的。但是他們卻沒講清楚，回到家後是否要說出來。巴德．索爾特和吉米．巴克斯沒有什麼理由不講的啊。

西西．佛恩斯在家則是什麼都不說。

西西．佛恩斯是獨生子，他父母比大部分男孩的父母都年長，或者也只是他們家過得不順遂，以致他們看起來比較老。西西與其他男孩分開後，就開始小跑步，就像他回家前經過那個街區一樣，他都是小跑步過去的。這麼跑並不表示他急著回家，也不表示他可以讓事情好轉，他這麼做或許只是想讓時間過得快一點，因為他經過最後一個街區時總是憂心不已。

他的母親人在廚房，很好。她雖然起床了，但還是穿著家常服。他的父親不在家，那也很好。他父親在穀倉塔工作，週六下午休假；而他如果現在不在家，很有可能是直接去了坎伯蘭公爵。那就表示他們當天要到深夜才需要應付他。

西西的父親也叫做西西．佛恩斯。這個名字在瓦利眾所周知，是個對大家而言很有感情的名字。即使是三、四十年後有人講起這裡的故事，大家都會理所當然認為這名字指的是父親，而非兒子。如果有個剛搬到鎮上的人說，「那聽起來不像西西」，別人就會告訴他，我們說的不是**那個**西西。

「不是他，我們說的是他那個老爸。」

他們說起西西．佛恩斯去醫院時（或是被送去醫院），是因為肺炎（或是什麼危急的病），護理師把他全身用溼毛巾或床單包裹起來好退燒。他出汗之後燒就退了，毛巾和床單全變成了褐色。那是他體內的尼古丁。護理師們從未見過這種事。西西很高興。他總是聲稱自己十歲起就抽菸喝酒。

還有他上教堂的故事。這很難想像，不過那是浸信會教堂，他妻子也是浸信會教徒，所以或許他上教堂是為了讓她高興，然而這更難想像就是了。他週日上教堂有聖餐可領，在浸信會教堂，麵包是真的麵包，不過酒就是用葡萄汁代替了。「這是什麼東西？」西西．佛恩斯大喊。「如果這是羔羊的血，那牠還真他媽的貧血！」

佛恩斯家正在廚房準備午餐，桌上躺著一條切片麵包，一罐打開的切丁甜菜根。幾片波隆那臘腸已經先煎過了（她在煎蛋之前先煎了波隆那臘腸——雖然順序上應該先煎蛋才對）。臘腸放在爐子上稍微保溫。西西的母親現在才開始煎蛋。她一手拿著鍋鏟，在爐子邊彎腰，另一手按著胃部，輕撫著發疼的地方。

西西從她手中拿過鍋鏟，調低電爐的火力，之前火力太強了。爐子降溫時他得握著鍋柄，讓煎鍋離開爐子，這樣蛋白才不會太硬，或讓蛋的邊緣燒焦。他來不及擦掉之前的油漬，把少許新鮮豬油「啪嗒」扔進鍋裡。他母親從不擦掉舊油漬，就只是讓油漬從這一餐留到下一餐，需要的時候再加點豬油進去。

當他感覺到爐子的溫度可以了，他把煎鍋放下，細心把蛋白蕾絲般的邊緣調整成整齊的圓圈。他找了根乾淨的湯匙，滴了一點熱油在蛋黃上面，讓蛋黃定型。他和他母親都喜歡這種吃法，但他母親這招通常都做不太好。他的父親喜歡雞蛋翻過來，像煎餅一樣壓平，而且要煎到像皮鞋一樣硬，再撒上一大堆黑胡椒。西西也會把蛋煎成父親喜歡的樣子。

這些男孩沒一個知道西西在廚房裡有多幹練——就像他們也不知道他在屋外做了個藏身處，就在飯廳窗戶過去的死角，一叢日本小檗的後面。

當西西忙著煎蛋時，他的母親坐在窗邊的椅子上，注意著街上的動靜。他父親仍有可能會回家找點東西吃，可能還沒醉。不過他爸的言行舉止與醉意不見得有什麼關聯，如果他現在走進廚房，他可能也會叫西西幫他煎幾顆蛋。然後還可能會問西西，他的圍裙到哪裡去了，說你這傢伙還真是個好妻子呢。那就是他心情好時會做的事。如果他心情不好，他就會開始用某種方式瞪著西西——用一種誇張又離譜的表情威脅，告訴西西他最好小心點。

「你這傢伙自以為很聰明，是吧？嗯，你最好給我小心點。」

而如果西西也看著他，或是沒有看他，或是弄掉鍋鏟，或是放下鍋鏟時的「哐啷」一聲，或者只是非常謹慎地在廚房裡迴避，小心不要弄掉任何東西，也不要發出聲音；他父親又要開始呲牙裂嘴，像隻狗般地咆哮了。這景象可能很可笑——這本來就很可笑了，除非他是來真的。一分鐘後桌上的食物和盤子可能就都被摔到地上了，椅子和餐桌也翻過來了，他父親還可能繞著房間追著西西跑，喊著這次一定要抓到他，把西西的臉按在爐子上，看他覺得怎麼樣？你敢肯定他一定是瘋了。但是，如果此刻有人敲門，如果他父親的朋友來訪，說是來接他，他的表情就會立刻恢復原狀。他會開門，用戲謔的方式大聲喊出朋友的名字。

「我馬上就好。本來想請你進來的，但我老婆又在摔盤子了。」

他說這話也不覺得對方會信，只是為了讓家裡剛才發生的事成為一個玩笑罷了。

西西的母親問他，天氣是否暖起來了，還有他今天早上去了哪。

「喔。」他說。「去河灘那邊了。」

她說她可以聞到他身上有風的氣味。

「你知道吃完飯後我要做什麼嗎？我要拿個熱水袋，躺回床上去。然後，或許我就會有力氣想做點事了。」她說。

她幾乎每次都這麼說，但她鄭重宣告時，總像是剛剛才想到這想法，是個充滿希望的決定。

巴德．索爾特有兩個姊姊，平時什麼正經事也不幹，只有母親要求時才會去做。兩姊妹忙著弄頭髮、塗指甲油、清理鞋子、化妝，甚至不只在自己的臥房與浴室更衣打扮，整個家裡都擺滿了她們的梳子、髮卷、蜜粉、指甲油與鞋油。家裡每張椅背都被她們掛上剛燙好的洋裝和上衣，地板上只要有空間，她們就會鋪上毛巾，上面放著待乾的毛衣（如果你走近，她們就會對你大聲尖叫）。她們總是常駐在不同的鏡子前——玄關衣帽架附的鏡子、餐廳餐具櫃的鏡子、廚房門旁的鏡子，下方還有個架子，上面總是擺滿了安全別針、小髮夾、硬幣、鈕釦，還有寫到只剩一小截的鉛筆。有時她倆的其中一人會站到鏡子前，一站就是二十分鐘左右，從各種不同角度觀看自己，檢查牙齒，把頭髮往後撥，搖頭晃腦，讓髮絲自然往前落。等她似乎看得滿意了，或至少看完了，她才會離開——不過只是離開到下一個房間，下一面鏡子前，把方才做過的事再重新來過一遍，像是剛領到一顆新的頭那樣。

如今巴德的大姊，應該是長得好看的那一個，就站在廚房的鏡子前把髮夾一根根拿下來。她頭上現在滿布著閃亮的髮卷，像是爬滿了蝸牛。他另一個姊姊，則依照他母親的指示，正在搗馬鈴薯泥。他那五歲的小弟已經在餐桌邊就定位，一邊用刀叉猛敲桌面，一邊喊著：「來人啊，來人啊。」

他這麼做是跟他爸學的；他爸這麼做就是為了好玩。

巴德走過弟弟身邊，靜靜對他說：「你看，她又把馬鈴薯塊放進薯泥裡了。」

巴德說服他弟相信馬鈴薯塊是另外加的，從碗櫥裡拿來的，就像在米布丁加葡萄乾一樣。

現在他弟弟不再喊了，開始抱怨。

「她放一塊塊進去我就不吃了，媽媽，她放一塊塊進去我就不吃了。」

「噢，別鬧了好不好。」巴德的母親說。她正在忙著將蘋果切片和洋蔥圈配著豬排一起炸。

「又不是小嬰兒了，不要一直哀哀叫。」

「是巴德先開始鬧他的。」他大姊說。「是巴德跟他說她放了馬鈴薯塊進去。巴德每次都這樣講，他懂什麼啊！」

「巴德應該把臉放進來搗一搗。」正在搗馬鈴薯的姊姊朵莉絲說。她這話並非隨口一說（她有一次用指甲抓傷巴德一邊臉頰，還留下一道疤痕）。

巴德走近五斗櫃，一個烤好的大黃派擺在上面放涼。他拿了根叉子，背著大家小心翼翼把派皮撥開，蒸氣透出來，帶著細緻的肉桂香味。他打算撥開上頭的某個小洞，想先偷吃一點內餡，結果被他弟弟看見了，但弟弟嚇得一句話也說不出。他弟弟在家備受寵愛，兩個姊姊一向護著他——巴德是這個家裡他唯一尊重的人。

「來人啊。」他弟弟又開始喊著，不過這次的音量稍微低沉了點。

朵莉絲來到五斗櫃前拿碗裝薯泥。巴德正好不小心把派頂的皮弄塌了。

「好啦，他把派弄壞啦！媽媽——他把妳的派弄壞了。」朵莉絲說。

「閉上你該死的嘴。」巴德回嘴。

「不要碰那個派。」巴德的母親說，她的語氣老練，有種幾乎可說是平靜無波的威嚴。「不要咒罵別人。不要打小報告。你們成熟一點。」

吉米．巴克斯坐在一張擁擠的餐桌邊吃午餐，他與父母、兩個妹妹（四歲和六歲）住在他外婆家，同住的有外婆、瑪麗姨婆和一個單身的表舅。他父親在家後面的小棚子裡開了個修理腳踏車的小店；他母親在宏內克百貨公司上班。

吉米的父親二十二歲那年小兒麻痺發作，從此跛了一條腿，走路時上半身總是往前傾，必須拄著拐杖。他在店裡的工作必須長時間彎腰，所以看不太出來他生過病，等他走到街上，姿勢就顯得非常怪異了。不過也沒人刻意喊他或模仿他之類的。他曾是代表該鎮著名的曲棍球手和棒球選手，過往的英勇榮光至今仍未衰退，眾人反而很接受他如今的全貌。所以他的殘疾也可說是某種人生階段吧（不過對他而言是最終階段了）。他自己的行為也印證了眾人對他的看法——總是講愚蠢的笑話，態度樂觀，不願承認他凹陷的眼中展現出來的痛苦，讓他在許多夜裡輾轉難眠。不過他和西西．佛恩斯的父親不同的是，他回家時不會換上另一副語氣。

不過，當然，那不是他自己的家。他與太太在他有殘疾之前就訂了婚，不過是在他病發後才結婚的，所以搬到她娘家住似乎是很自然的事。這樣，倘若日後有了孩子，岳母就能在女兒出外工作時照顧孩子。照顧另一個家庭對他岳母而言似乎頗為自然——就像岳母的妹妹瑪麗姨婆由於視力衰退，搬去和他們一起住一樣。而瑪麗的兒子弗瑞德，因為生性極其害羞，所以也跟著他們一起住，除非找到更喜歡的住處才會搬出去。比起變幻無常的天氣，這個家更能泰然自若、欣然接受一個個生命的重擔。事實上，這個家裡沒人會將吉米父親的身體狀況或瑪麗姨婆的視力問題視為負擔或麻煩，就像他們也不會將弗瑞德的內向視為問題。缺陷與災禍，健康與幸運，他們不會特別注意，也不會刻意區分。

吉米的家族裡有個流傳已久的說法，那就是吉米的外婆是個優秀的廚師。或許這說法曾經沒錯，但這幾年可不是如此了。他們家節儉的程度超過了現在的需求，吉米的母親和他表舅薪水都不錯，瑪麗姨婆有老人年金，腳踏車店的生意也相當忙碌。不過在他們家，需要用三顆蛋時他們只用一顆，做烘肉餅時則會少放點肉，多放一杯燕麥。如果家裡有人不小心在菜裡多加了點伍斯特辣醬，或是在卡士達上多撒了點肉豆蔻，總會有人試著在別的地方補點什麼回去。不過沒人抱怨，每個人都只有讚美。在這個家裡，抱怨之稀有，猶如球狀閃電。人人都把「不好意思」掛在嘴邊，就連吉米的兩個妹妹不小心撞到彼此，也會說聲「不好意思」。餐桌上人人都說「請」和「謝謝你」，像是家裡天天都有客人似地。他們家就是這麼過的，所有人在屋裡擠在一起，衣帽鉤上掛滿衣物，外套掛在樓梯欄杆上，飯廳裡永遠放著帆布摺疊床給吉米和他表舅弗瑞德睡。餐具櫃被一大堆等待熨燙縫補的衣物掩埋起來。沒人會重重踩在樓梯上，沒人會用力甩門，沒人會把收音機開得很大聲，或是說什麼令人不快的話。

這能解釋為什麼吉米在那個星期六的晚餐桌上隻字不提嗎？他們守口如瓶，三人都一樣。西西的情況很好理解，他父親肯定不會覺得西西的發現有多麼重要，還會理所當然地說他在騙人。

西西的母親判斷事情的方式，都是看那件事對西西的父親會有什麼影響。而她如果聽兒子說了，必定會認為即使西西跑去報警，家裡也會鬧個沒完（這點她想得沒錯），所以她大概會叫兒子什麼也別說。不過其他兩個男孩的家庭都算正常，他們應該可以說出口的。吉米家裡八成會引起一陣驚慌失措與反對，但很快地，他們就會說這不是吉米的錯。

巴德的兩個姊姊可能會問他是不是腦子有問題。她們甚至可能將他的話加油添醋，暗示他這人就是這樣，他就是有那些壞習慣，才會遇上屍體。不過，他父親倒是個明白事理又有耐心的人。他從前在火車站當貨運代理，聽過許多亂七八糟冗長累贅的詭異故事。他應該會要巴德的兩個姊姊別說了，再與巴德認真談一談，確保他說的是實話，沒有誇大渲染之後再報警。

只是他們三人的家裡好像都裝得太滿了，太多事情，尤其西西家裡更是如此，即使他父親不在，父親留下的那番失控與混亂，那威脅與記憶，也始終縈繞整個家。

「你說了嗎？」

「你呢？」

「我也沒。」

他們走到鎮上，沒想要走到哪裡去，轉到席普卡街後，才發現正經過韋林斯夫婦住的那棟灰泥平房。在他們認出這是誰家的房子之前，人就已經站在前面了。前門兩旁各有一扇小八角窗，門廊前剛好可供放上兩張椅子。現在雖然沒放椅子，但夏日傍晚總能見到韋林斯夫婦坐在那裡乘涼。屋側有一處加蓋，平屋頂，還獨立開了另一扇門和通往街道的走道。那扇門旁立了塊招牌，上頭寫著「驗光師 D.M. 韋林斯」。三個男孩都沒來過這間診所，但吉米的姨婆瑪麗常來這裡拿眼藥水，他外婆也是在這裡配眼鏡的。巴德．索爾特的母親也在這裡配眼鏡。

屋外灰泥夾雜著暗粉色，門和窗框則漆成褐色。防風窗還未拆除，鎮上大多數房屋都是這樣。這棟房子沒什麼特別之處，但前院的花卉卻很有名氣。韋林斯太太是大名鼎鼎的園藝家，她種花的方式不像吉米的外婆和巴德的母親，會在菜園旁把花種成一長排。她習慣把花種在圓形和新月形的花床裡，還圍成一圈種在樹下，四處播種。再過幾週，黃水仙就會布滿這座草坪，不過現在唯一盛開的只有屋角的連翹花叢，長得幾乎和屋簷一樣高，耀眼奪目的黃花在空氣中朝四方伸展，宛如噴泉水柱。

連翹花叢搖晃了一下，不是因為風吹，而是一個彎腰的褐色身影忽然出現。是身穿舊園藝服的韋林斯太太，她個子小，動作不太靈敏，穿著寬鬆垂落的休閒褲，破外套，戴著應該是她丈夫的大盤帽——帽子滑下來，幾乎蓋住她的眼睛，她手裡拿著園藝剪。

三個男生立刻停下腳步——如果不這麼做，就只好拔腿跑了。男孩們或許以為，她不會注意到他們，他們可以動也不動變成柱子。但她早就看到他們了，還因此加快腳步朝他們走過去。

「我看到你們呆呆看著我的連翹。」韋林斯太太說。「想不想帶一些回家？」

他們呆呆看著的不是連翹，而是這整副景象——房子一如往常，診所旁的招牌，透光的窗簾。沒有空洞，毫無不祥，沒有任何跡象顯示韋林斯先生不在屋裡，他的車不在診所後面的車庫裡，而在賈特蘭的池塘中。雪才剛融，韋林斯太太就在院子忙碌了，大家都知道她這習慣，鎮上的人都這麼說。她那長年抽菸而粗聲粗氣的熟悉喉音，經常唐突地開口，語氣有些逼人，卻沒有惡意。這聲音若是從半個街區外，或是從任何一間店的後方發出，你都能認得出來。

「等一下。」她開口。「等等，我剪一些讓你們帶回去。」

她開始精心挑選，接著俐落地剪斷亮黃色的花枝，當她覺得數量夠了就抱著枝子走向他們，隔著一大排花叢遞過去。

「喏。」她說。「帶回家去給你們的媽媽，看到連翹就是開心，春天第一個長出來的就是它。」她一邊把那些枝子分給他們，一邊說：「就像高盧啊。高盧也分成三部分，你們有上拉丁文課的話一定知道。」

「我們還沒上高中。」吉米率先開口。比起其他兩人，他家的情況讓他更能沉著應對女士。

「還沒嗎？嗯，那你們以後要學的東西可多啦。告訴你們媽媽，把這花放在溫水裡。噢，我想她們一定早就知道了。我給你們的枝條是還沒全開的，這樣可以放很久很久。」

他們道了謝——吉米先說，另外兩人才有樣學樣。他們抱了滿懷的枝條，朝鎮上走去，完全沒打算轉身把花帶回家，他們也算好她不清楚他們家在哪。直到走了半個街區，他們才偷偷回望，想看她有沒有盯著他們。

她沒有。人行道附近的大房子無論如何都會擋住視線。

這一大堆連翹讓他們的腦袋開始轉呀轉，抱著這麼一大堆花很尷尬，還要想怎麼丟掉，如果沒有這些花，他們腦中想的應該會是韋林斯先生和韋林斯太太。事情怎麼會是她在院子裡忙碌，而他卻人在車子裡，溺斃在水中？她知道他在哪裡嗎？還是不知道？看來她似乎是不知道。她到底知不知道他出去了？從她的行為舉止來看，沒什麼怪異的地方，一點也沒有。當他們站在她面前的時候，事實似乎就是如此。他們先前知曉的、眼見的，在她的一無所知面前，立刻像是被擊退了一般，只能垂頭喪氣。

兩個女孩騎腳踏車經過街角，其中一個是巴德的姊姊朵莉絲，女孩們看到他們，立刻大笑大喊了起來，「噢，快看啊！有花耶！」她們大叫著。「婚禮是在哪裡啊？看看這些伴娘可真美的呢！」

巴德用他能想到最糟糕的一句話吼回去。

「妳屁股上都是血。」

她當然沒有，不過曾有一次真是這樣——她從學校回來，裙子上沾著血跡。大家都看到了，而且都牢牢記著。

他確定她回家一定會打小報告，但她沒有，因為上次的事件已經丟臉到讓她不想再提了，就算能整到他，她也不想開口。

他們知道必須盡快將花丟棄，所以就往旁邊一輛停好的車底下隨便一扔了事。他們一邊拂掉身上零零散散的花瓣，一邊轉向廣場走去。

星期六在那時還是很重要的日子，住在鄉下的人都會到鎮上來，廣場周遭和鄰近街道停滿了車子，年紀大一點的鄉下男孩女孩，還有鎮上年紀小的孩子，都會去看下午場電影。

要去廣場，得先通過第一個街區的宏內克百貨公司。而吉米就在某個能夠一覽無遺的櫥窗看見了他母親。她已經回到工作崗位，往一個女模特兒假人頭上戴正帽子，再調整一下面紗，然後擺弄著洋裝的肩線。她是個身材矮小的女人，必須踮起腳尖才能做好這項工作，由於要在櫥窗內的地毯上走動，她早已脫了鞋，你可以看見她絲襪之下，腳後跟兩團玫瑰粉色的墊子，而當她伸手時，你也能從裙子開衩處看見她的膝膕。在膝膕之上是寬大卻依然曲線曼妙的臀部，看得見內褲或束腹的邊線，吉米可以在腦中聽見她邊工作邊咕噥的聲音，還能聞到她有時下班後就脫下，以免磨損的絲襪的氣味。絲襪與內褲，即使是乾淨的女用內褲，也帶著一股微弱的私密氣味，引人遐思，卻也令人作嘔。

他期待著兩件事，一是其他兩人沒有注意到她（他們其實注意到了，但一個母親每天打扮得漂漂亮亮，到鎮上拋頭露面，這件事對他們而言太奇怪了，他們無法評論，只好不予理會）。二是拜託，拜託她千萬不要轉過頭來發現他。如果她真看見他，她是可以輕敲玻璃窗，用嘴型說聲「哈囉」。工作時她就失卻了在家的那種安靜謹慎，深思熟慮後的溫婉。她個性熱心助人，在家時溫順和婉，上班時就成了稍微不守規矩的活潑樣。吉米從前很喜歡母親有這樣的另一面，她的活潑好動，就像他喜歡宏內克百貨一樣。他喜歡大片的玻璃櫃檯，上過清漆的木頭，階梯頂端的大面鏡子，當他爬上二樓到女裝部門時，還可以看見鏡中的自己。

「這是我的小淘氣。」他母親會這麼說，有時還會偷偷塞給他一枚十分錢硬幣。他待的時間從不超過一分鐘，因為宏內克夫婦可能在監視著。

小淘氣。

那些曾經像硬幣一般叮噹作響，令人愉悅的字眼，如今像是在暗中羞辱他。

那些都安安穩穩地過去了。

等走到下個街區，他們就必須經過坎伯蘭公爵酒館，不過西西並不擔心。如果他父親午餐時間沒回家，就表示他會在這裡待上好幾個小時。但「坎伯蘭」這個詞總是重重落在他腦海中，早在他還不知道這個字的意思前，他對這個字就感到哀傷，像是在下墜，重物直直墜入黑水深處。

在坎伯蘭公爵與鎮公所之間，有條未鋪路面的小巷，鎮公所後面就是派出所了。他們走進小巷，一陣與街上吵雜聲打對臺的陌生噪音迎面撲來，這噪音不是坎伯蘭傳來的，酒吧窗戶像公廁那樣，小小一扇開在高處，傳出的聲音就模糊許多。那噪音是從派出所傳來的。天氣好時派出所的大門就會敞開，即使人在外頭的巷子裡，也能聞到菸斗的菸草和雪茄的味道。派出所裡頭坐的不只是警察，尤其是在這樣的週六下午，冬日裡火爐暖著，夏天裡電扇吹著，而冬夏之間的日子（好比今天）大門就會敞開，讓宜人的空氣進來。派出所所長巴克斯都會坐在那裡——事實上，他們已經能聽見他的喘氣聲。因為他有氣喘，那喘息就是他大笑過後會持續許久的後遺症。他是吉米的親戚，不過吉米家的人對他很冷淡，因為他當年反對吉米父親的婚事。每次他看到吉米，說話的調調總是驚訝又帶刺。「萬一他哪天給你零錢或什麼的，你就說你不需要。」吉米的母親告訴吉米。不過巴克斯所長從來沒給過吉米東西就是了。

從藥局退休的波洛克先生也在派出所裡，還有看起來一副呆頭呆腦的佛格斯・索利。他人不笨，只是在一戰時吸了太多毒氣，看起來很呆。這些男人整天就坐在裡頭打牌、抽菸、聊天、喝咖啡，濫用公帑（套句巴德父親的話）。要是有人想來派出所投訴或報案，就得在這群人的面前說，搞不好還會被他們聽見。

一種奔赴刑場的感覺。

他們三人在那扇敞開的大門前差點停下腳步，沒人注意到他們。巴克斯所長說「我還沒死呢」，應該是在把某個故事的最後一句又說了一次。三個男孩低垂著頭走過門前，踢著路上的小石子。拐過那棟建築物的轉角之後，才加快腳步，男公廁的入口旁，牆上有一道疙瘩的嘔吐物痕跡，看來是不久前的。幾支空酒瓶躺在碎石路上，他們必須走過垃圾桶和鎮公所辦公室高聳警戒的窗戶之間，才能離開碎石小路，回到廣場上。

「我有錢。」西西說。這種實事求是的口吻讓他們都鬆了一口氣。西西把口袋裡的零錢弄得叮噹作響；他洗碗後，走進前面的臥室，他說他要出門，母親就給了他一點錢。「櫃子上有五十分，自己拿。」雖然西西從未看過父親給她錢，有時她還是會有點錢。而每當她說「自己拿」或是給他一點零錢時，西西知道她對他們的生活感到很羞愧。不僅對他感到羞愧，在他面前也無地自容。這種時候他根本不想看到她（儘管他很開心有錢可拿）。尤其是，如果母親誇他是個好孩子，他就知道母親對他所做的一切並非毫無感激，所以更不想看到她。

他們走上通往港口的街道，在帕奎特加油站旁有個小攤子，帕奎特太太在那裡賣些熱狗、冰淇淋、糖果、香菸之類的東西。她不賣香菸給他們，即使吉米說是要買給弗瑞德表舅的也不賣。不過她並沒有因為他們說謊就不理他們。她體型肥胖，但長相好看，是個說法語的加拿大人。三個男孩買了一些黑色和紅色的甘草糖，晚點，等正餐消化的差不多之後想再來買點冰淇淋。他們走到一棵綠葉濃蔭的大樹下，樹下的籬笆旁有兩張老舊的汽車座椅，他們就坐在那裡分食甘草糖。

特維特船長坐在另一張汽車座椅上。

他曾經是個真正的船長，掌管湖上的船好多年。現在他是義警，在學校前幫過街的兒童指揮交通，請往來車輛暫停；冬天時就叫孩子們不要在小街上滑雪橇。他會吹哨子，伸出一隻戴著白手套的大手（看起來很像小丑的手）。雖然年老白髮，他的身形依然高大挺拔，肩膀寬闊。車輛乖乖依照他的指示停下，孩童們也是。

夜晚，他會逐戶檢查每間商店的大門是否確實上鎖，確認沒有人闖空門。白天他就在大庭廣眾之下睡覺。天氣不好時，他會睡在圖書館；天氣好時，他就在戶外找椅子睡。他不常待在派出所，八成是因為他不戴助聽器就重聽到無法參與談話。許多重聽的人都討厭助聽器，他也不例外。而他也早就習慣了獨來獨往，過去在湖上時他總是待在船頭凝望。

此時他閉著雙眼，頭部仰著，這樣臉才能晒到太陽。當男孩們走過去跟他說話時（他們沒事先討論就這麼做了，只是交換了一個認命又存疑的眼神），還得先叫醒他。特維特船長過了一下才注意到自己身在何處何時、眼前的人又是誰。接著他從口袋裡拿出一只大的老式懷錶，像是他認定這些孩子一定是來問時間的。但他們喋喋不休對他說話，表情激動不安又帶點羞愧。他們說「韋林斯先生在賈特蘭水塘裡」、「我們看到車子」和「淹了」之類的。他必須舉起一隻手來示意他們停下，另一隻手伸進褲子口袋搜尋，拿出他的助聽器，他嚴肅地點點頭，帶著鼓勵的意味，彷彿在說，有點耐心，有點耐心，等我戴上助聽器。當他測試助聽器時，兩隻手都舉起來了——別動，別動，最後才點頭（輕快的那種），用嚴厲的聲音（某種程度上嚴厲不起來），說「繼續吧」。

三人之中最安靜的西西（吉米最有禮貌，巴德話最多），卻逆轉了一切。

「你褲子拉鍊沒拉。」他說。

三人立刻大叫著跑走了。

＊＊＊

他們這股興高采烈一時還未退去，但這份感覺無法分享也無法訴說，因為他們得解散了。

西西回家去蓋他的藏身處，整個冬天，硬紙板做的地板都凍結了，現在已經溼透了，得拿新的補上。吉米爬上車庫的頂樓，他最近在那裡發現了一箱《薩維奇博士》的舊漫畫，是弗瑞德表舅的。巴德回家後發現只有他母親在，她正忙著幫餐廳地板打蠟。他看了一小時左右的漫畫，然後才把事情告訴他母親。他認為他母親沒什麼見識，出了家門也沒什麼威嚴，一定得先打電話給巴德的父親，才會下定決心該怎麼做。結果出乎他的意料，她立刻就打電話報警了，然後才打給他父親。還有人去通知西西和吉米出來集合。

一輛警車從鎮區的主要道路開到賈特蘭，確認他們所言一切屬實。有個警察和聖公會牧師一起去找韋林斯太太。

「我本來不想打擾你們。」據說韋林斯太太向他們如此報告。「我原想等到天黑再看情況。」她告訴他們，韋林斯先生昨天下午開車到鄉間去送眼藥水給一個失明的老先生，有時他會有事耽擱了。他會順便去拜訪某些人，或是車子故障了。

他之前有情緒低落還是怎麼了嗎？警察問她。

「噢，才不會。」牧師說。「他可是我們唱詩班的臺柱呢。」

「他可不會用這個詞。」韋林斯太太說。

關於這幾個男孩為何出事了還坐在家裡吃晚餐，一字不提，後來還去買一堆甘草糖，鎮上自有一套說法。新的綽號「死人」就此誕生，落在他們身上。吉米和巴德直到搬出鎮上才擺脫這個綽號。西西（他很早婚，在穀倉塔工作）則是眼睜睜看著這個綽號被他兩個兒子繼承。那時已經沒人去想這綽號的含義了。

他們捉弄特維特船長的事，一直沒人知道。

後來他們上學過街時遇見特維特船長指揮交通，不得不走過他高舉的手臂時，每人心裡都期待著他露出某種受傷或評判他人的高傲眼神，來讓他們回憶起那件事。但他只是高舉著那隻戴著手套的手，高貴有如小丑的白手，帶著慣常的和善沉穩。他那表示同意的模樣。

繼續吧。

II 心臟衰竭

腎絲球腎炎，伊妮德在她的筆記本上寫下病名。這是她初次見到這樣的病例。事實上昆恩太太的腎臟功能愈來愈差，已經無藥可救，她的腎臟萎縮乾癟，逐漸變成顆粒滿布的無用塊狀硬球。她目前的尿量不足，尿液看似煙霧般灰濛混濁，而她的呼吸還有皮膚散發出刺鼻又不祥的味道。還有另一種比較微弱的味道，像腐壞的水果，伊妮德認為應該和她身上的淡薰衣草褐色斑塊有關。疼痛忽地發作時，她的腿因為抽筋而扭曲，皮膚又奇癢無比，伊妮德只好用冰塊幫她擦身體。她用毛巾包住冰塊，幫昆恩太太在特別難受的地方冰敷。

「到底是怎樣才會得那種病啊？」昆恩太太的大姑問道。她是格林太太，奧莉芙・格林（她從沒想過自己的全名聽起來是怎樣，直到她婚後，眾人聽到都爆出一陣笑聲，她才恍然大悟）。她住在幾哩外的農場，就在公路旁，每隔幾天她就會來把床單毛巾睡衣帶回自己家洗，就連孩子們的衣服也一併洗了，再全部燙好摺好送回來。就連睡衣上的緞帶也一併燙過了。伊妮德很感謝她——她之前經手的工作必須自己洗雇主家的衣服，更糟的是還必須請她母親來幫忙。她母親的解決辦法是付錢請鎮上的洗衣店洗。伊妮德不想冒犯對方，但她看得出來格林太太這麼問是什麼意思，於是她答道：「這很難說。」

「因為妳會聽到各式各樣的說法。」格林太太說。「有時候女人會自己找藥吃，月經遲來就吃藥。如果有依照醫囑吃藥，又是為了身體好，那就還好。但如果吃了太多藥，又是為了什麼不好的原因才吃，腎就壞掉了，我說的對嗎？」

「我從來沒接觸過這種病例。」伊妮德說。

格林太太身材高大又結實，像她弟弟魯柏特一樣；魯柏特就是昆恩太太的先生。格林太太有張圓臉，塌鼻子，臉上皺紋多，卻很有親和力。這種臉，伊妮德的母親稱之為「愛爾蘭馬鈴薯臉」。但是在魯柏特友好和善的表情之下，是戒心與隱忍。格林太太的表情之下則是渴望。伊妮德不清楚她在渴望什麼，即使只是與人簡單地聊天，格林太太也總是熱切盼望著，或許只是渴望什麼新消息，大條的新聞，大事件。

當然，有件大事就要發生了，至少對這個家而言十分重大。昆恩太太就要走了，在二十七歲的年紀（這年齡是她自己說的——伊妮德覺得應該再加上幾歲，不過一旦病得這麼重，就很難猜出歲數了）。當她的腎臟全數停擺，她的心臟也會停止運作，屆時她就會走了。醫生曾對伊妮德說：「這病會拖到夏天，不過在天氣轉涼之前，妳應該還有機會可以度假。」

「魯柏特去北邊的時候遇見了她。」格林太太說。「他是自己去的，在那邊的森林做工。她則在飯店工作，我不確定是做什麼啦，打掃房間吧。不過她不是在那裡長大的——她說自己是在蒙特婁的一個孤兒院長大的，她也沒辦法。你還以為她會說法語，不過就算她會，她也沒表現過就是了。」

「真是有趣的人生。」伊妮德說。

「妳說的沒錯。」

「真是有趣的人生。」伊妮德說。有時她就是忍不住——明知道那笑話簡直不好笑，她還是會說。她挑起眉毛，像是在鼓勵。格林太太終於還是笑了。

不過，伊妮德會難過嗎？當年高中時魯柏特就會這樣笑，用來阻擋一些可能的嘲弄。

「他認識她之前根本沒交過女朋友。」格林太太說。

伊妮德和魯柏特以前是同班同學，只是她沒跟格林太太說過。她會有點不好意思，因為伊妮德和她朋友們老愛戲弄折磨幾個男孩，魯柏特就是其中一個——事實上，是主要的那個。「找碴」，她們那時都這麼說。她們老是找魯柏特的碴，在街上尾隨他然後大喊：「哈囉，魯柏特。哈囉，魯——柏特。」看他氣到臉紅脖子粗的模樣。「魯柏特有猩紅熱啦。」她們會這麼說。「魯柏特，你應該被隔離起來吧。」她們還會假裝有人（伊妮德、瓊・麥考利夫、瑪莉安・丹尼其中一人）喜歡他。「她想跟你聊天耶，魯柏特，你為什麼都不約她出去？至少你可以打電話給她啊，她想跟你講話想死了。」

她們並不真的期待他會因為她們這種懇求而照做，但如果他真的做了，那該有多好玩啊。他會立刻碰得一鼻子灰，這件事很快就會傳遍全校。為什麼？為什麼她們要這樣對他，這麼渴望羞辱他？很簡單，因為她們做得到。

他不可能忘記這些恩怨，但他對待伊妮德的方式，就好像她只是剛認識的人，他妻子的看護，不知從什麼地方到他家照顧他妻子。而伊妮德看他怎麼對自己，就怎麼對待他。

這裡的一切都安排得妥妥當當，出乎意料，省下她不少工夫。魯柏特睡在格林太太家，也在那裡用餐，兩個女兒本來也可以一起去的，但這就代表她們得轉學——差不多再一個月學校就要放暑假了。

魯柏特晚上會回家和孩子們聊聊天。

「妳們有沒有乖？」他問道。

「給爹地看妳們堆的積木。」伊妮德說。「給爹地看妳們畫的著色本。」

積木、蠟筆、著色本，都是伊妮德帶來的。她打了電話給她母親，請她去舊箱子裡找一找，看能找到什麼。結果她母親除了帶上積木、蠟筆、著色本，還帶了一本紙娃娃的舊書，是伊妮德以前從別人那裡得來的——伊麗莎白公主與瑪格麗特公主姊妹倆的紙娃娃，還有一堆她倆的服裝造型。兩個孩子收了禮物卻沒道謝，伊妮德就把東西全擺到高架子上，說除非她們道謝，否則這些東西就要一直擺在那裡。七歲的露意絲和六歲的席爾薇，頑皮得像小野貓。

魯柏特沒問這些玩具從哪裡來的，只告訴女兒要乖乖的，然後問伊妮德有沒有需要他從鎮上買什麼東西來。有一次她告訴他，她換了往地下室走道的燈泡，他可以買一些備用燈泡回來。

「怎麼沒叫我換呢。」他說。

「換燈泡我沒問題的。」伊妮德說。「換保險絲、釘釘子，我們母女倆沒男人在身邊，房子都是我們在修的。」她本想藉此開點小玩笑，算是示好，但沒效。

後來魯柏特終於會開口問他妻子狀況如何，伊妮德便會回答，她的血壓稍微降低了；或是她晚餐吃了點煎蛋捲，而且沒吐；或者是冰敷似乎能讓她的皮膚止癢，她能睡得好一點。魯柏特便會說，如果她睡了，他還是別進房間得好。

伊妮德回答：「別這麼說。」對女人而言，見到丈夫比小睡一下還好得多。她會帶孩子們去睡覺，讓這對夫妻有點獨處的時間。但魯柏特總是只待幾分鐘就出來了，等伊妮德回到樓下，進入前廳（現在是病房了），幫病人準備就寢的時候，昆恩太太總是背靠著枕頭，看起來有些不安，卻沒有不滿意的模樣。

「他總是待不久，對吧？」昆恩太太說。「真好笑，哈哈哈。你好嗎？哈哈哈。我走囉。我們幹麼不把她抬出去，丟到糞堆裡？幹麼不把她像隻死貓一樣倒了？他就是這樣想的，對吧？」

「我不覺得。」伊妮德說，一邊拿來臉盆和毛巾，擦身體用的酒精和嬰兒爽身粉。

「我不覺得。」昆恩太太凶狠地跟著說，身體卻順從地讓伊妮德脫掉睡衣，頭髮往後梳好，毛巾墊在臀部下。伊妮德已經習慣了人們對裸體大驚小怪，即便是很年邁或是病重的人也都會這樣。有時她必須開點玩笑，或者逗弄他們，讓他們知道這沒什麼大不了。「你覺得我沒看過別人的下面嗎？」她說。「下面，上面，看一陣子就膩啦。人不就只有這兩種樣子嘛。」不過昆恩太太並不羞怯，張開雙腿，稍稍抬起臀部，好讓伊妮德方便些。她的骨骼纖巧，只是現在扭曲成怪異的形狀，腹部與四肢腫脹，胸部萎縮成小袋子般，乳頭好似乾掉的莓果。

「超腫的，跟豬一樣。」昆恩太太說。「就是奶頭不腫，這玩意從來就沒什麼用。我不像妳，奶子從來就沒大過。妳看我這樣不覺得噁心嗎？我死了妳會不會開心？」

「如果會的話我就不會在這裡了。」伊妮德說。

「總算擺脫掉了。」昆恩太太說。「你們一定會這樣講。總算擺脫掉了。我對他來說根本沒用了，對不對？我對任何男人來說都沒用了。他每天晚上從這裡走出去就去找女人了，對吧？」

「就我所知，他是去他姊姊家。」

「就妳所知。但妳知道的又不多。」

伊妮德認為她懂得這些話的意思，這怨恨與惡毒，這為了咆哮而保存的精力。昆恩太太是為了某個敵人才如此失控，生病的人總會漸漸怨恨起健康的人。這種事也會發生在夫妻之間、母子之間。以昆恩太太的情況而言，她的老公與孩子都成為她的敵人了。某個週六早晨，露意絲和席爾薇在門廊上玩，伊妮德叫她們來看打扮得漂漂亮亮的母親。昆恩太太才剛洗完晨澡，換上乾淨的睡袍，稀疏的淡金色細髮梳攏了，綁上藍色的緞帶（伊妮德去照顧女病人的時候，手邊會帶著各式各樣的絲帶，還會帶上一瓶古龍水和一塊香皂）。昆恩太太看起來確實很美麗——或者，至少看得出來她曾經很美。她的額頭和顴骨都很寬（但現在顴骨凸得像中式門把那樣，幾乎要穿透皮膚了）。她大大的碧綠眼睛，孩童般盈透的牙齒，固執的小下巴。

兩個孩子雖然不太熱烈，但還是順從地進了房間。

「叫她們不要靠近我的床，她們好髒。」昆恩太太說。
「她們只是想看看妳。」伊妮德說。
「好啦，她們現在看到啦。她們現在可以走了。」昆恩太太說。
孩子見到媽媽這種態度，似乎並不怎麼驚訝或失望，她們只是看著伊妮德。伊妮德只好說：
「好吧，現在妳們媽媽要休息了。」她們隨即跑了出去，摔上廚房的門。
「妳可不可以叫她們別摔門了？她們每次摔門，都像有塊磚頭朝我胸口砸。」昆恩太太說。
你或許會以為她這兩個女兒是對愛吵鬧的孤兒，被迫不斷地來看她，但有些人在接受自己快死的事實之前就是這樣，有時到死之前亦是如此。個性比昆恩太太溫和的人或許會說，他們知道自己的手足、丈夫、妻子、孩子是多麼恨他們，他們對這些人有多心寒，這些人對他們又有多失望。眾人看到他們死了，又會有多高興。他們可能會在度過平靜又充滿價值的一生後，在家人圍繞之下無預警地說出這種話，而通常這種沒來由的悲嘆會過去，但經常在生命的最後幾週甚至幾天內，他們會開始回顧前仇與冷落，或哀聲嗚咽起七十年前受過的苦有多不公平。某次有個女人請伊妮德從碗櫥裡拿來一只繪有柳樹的藍白瓷盤，伊妮德以為她要看這美麗的收藏品最後一眼，聊以安慰，沒想到她竟擠出最後一絲驚人的力氣，把盤子使勁往床柱砸。
「現在我很肯定，我姊姊永遠也別想來碰我的盤子了。」這女人說。
而病人也經常會說，探病的人只是來幸災樂禍的，醫生要為病人的受罪負責。他們看到伊妮德就討厭，因為她日夜不休，體力過人，因為她有雙充滿耐心的手，因為生命之泉在她體內流淌，達成美好的平衡。伊妮德已經習慣了，她懂得病人深陷憂苦，死亡之苦，還有他們自己生活的苦，相較之下他們對伊妮德的厭惡，其實不算什麼。

不過面對昆恩太太，她不知所措。

不是因為她沒辦法讓病人舒服一點，而是因為她並不想這麼做。她自己對這名厄運纏身的可憐少婦，也有難以遏止的厭惡。她討厭這副她必須擦洗撲粉、用冰塊和酒精安撫止癢的身體，她如今理解了為什麼有人說他們討厭生病，討厭病人；她也終於理解了那些女人們的心情。她們對她說，真不知道妳是怎麼做到的，我根本當不了護士，永遠都辦不到。她討厭這副軀體，討厭其上顯現的一切疾病徵兆。昆恩太太軀體的氣味，褪去的顏色，小乳頭模樣致命，長短不一的牙齒令人同情。她將這一切都視為意志由內而外衰敗的跡象。她和格林太太一樣壞，擅長揪出愈發猖獗的劣等貨，即使她是掌握醫療知識的護理師，即使慈悲關懷是她的工作（當然也是她的天性），她也不清楚為什麼會這樣。昆恩太太讓她想起她高中時認識的一些女孩，她們穿著廉價服裝，看起來體虛多病，前途黯淡，卻還是厚臉皮地表現出一副自滿的樣子。這份自滿之情只持續了一到兩年——有些人懷孕了，大部分人都結了婚。後來有些人在自家生產，伊妮德還去照顧過，發現她們的自信早已耗盡；而她們過去那大膽無畏的特徵，早已淪為溫順謙和，甚至是虔敬。她為她們感到難過，即使想到她們當年想要什麼就非得弄到手的決心，她依然為她們難過。

昆恩太太的情況更為棘手。她或許會一再地崩壞，但裡頭剩下的除了陰沉惱怒、胡搞瞎搞之外什麼也沒有，裡面是整個爛掉了。

伊妮德對病人生出這種厭惡已經夠糟了，更糟的是昆恩太太還知道。無論伊妮德表現得多麼耐心、多麼溫柔、多麼高興，都無法不讓昆恩太太意識到這件事。昆恩太太知道自己贏了。

總算擺脫掉了。

伊妮德二十歲的時候，也是幾乎完成了護校訓練的時刻；彼時她父親躺在瓦利醫院，奄奄一息。就是那時他告訴她：「我不清楚妳這一行，但我不希望妳在這種地方工作。」

伊妮德彎身向他，問他，你覺得這是哪種地方？「只是瓦利醫院而已啊。」她說。

「我知道。」她父親答道，語氣一如往常冷靜理性（他過去是保險與房地產仲介）。「我知道自己在說什麼。答應我，妳不會。」

「答應你什麼？」伊妮德問道。

「妳不會做這種工作。」她父親說。她從他那邊得不到任何進一步的解釋。他緊閉著嘴巴，像是討厭她拚命問似地。他唯一說的就是「答應我」。

「到底是怎麼回事？」伊妮德問她母親。她母親說：「噢，妳就照做嘛，照著他說的，答應就好了。會有差嗎？」

伊妮德聽她母親這樣說感到很厭惡，卻一句話也沒回嘴。這回答也和她母親對許多事物的看法一致。

「我自己都不了解的事情，才不會答應。」伊妮德說。「反正我不會隨便答應什麼事。但如果妳知道他的意思，妳應該告訴我。」

「他只是現在有這個想法罷了。」她母親答道。「他認為當護士會讓女人變得粗俗。」

「粗俗。」伊妮德重複一遍。

她母親說，她父親反對她當護理師，是因為護理師必須熟知男人的身體，她父親覺得——他如此認定——這種熟知會改變一個女生，還會更進一步改變男人對這個女生的看法。這樣會破壞她的好機緣，還會惹來一些爛桃花。有些男人會對這女生失去興趣，有些男人則會對她有不當的興趣。

「我猜這一切都和希望妳結婚的事有關。」她母親說。

「那他可要失望囉。」伊妮德說。

不過她最後還是答應了。她母親說：「嗯，妳高興就好。」不是他高興而是**妳高興**。她母親似乎比她還早知道這樣的承諾有多吸引人。在他人臨終前的承諾，抹去小我，全面犧牲奉獻，愈荒唐愈好。她就是為了這點讓步的，不是出自對她父親的愛（她母親有暗示這一點），而是為了承諾時的陶醉感。完全違背常理，如此高尚。

「如果他要妳放棄的事，妳根本就不在乎，妳大概就會跟他說，辦不到。」她母親說。「例如他叫妳別搽口紅，妳還是會照樣搽的。」

伊妮德帶著忍耐的神情聆聽這一切。

「你有為這個禱告嗎？」她母親忽然問道。

伊妮德說有。

她從護校退學，待在家裡，忙東忙西。家裡的錢很夠，她不用出去上班，事實上，她母親從一開始就不希望伊妮德當護理師，認為那是窮人家女孩才做的事。如果父母養不起女兒或無法送女兒上大學，當護理師就成了出路。伊妮德沒點出這話裡的矛盾。她粉刷籬笆，綁好玫瑰叢，為冬天做準備。學習烘焙，學打橋牌。之前她父母每週都會與隔壁的韋林斯夫婦打橋牌，如今由她代替父親的位置。很快地，她就成為韋林斯先生口中「好到令人憤慨的好手」。他會帶著巧克力或一朵粉紅玫瑰上門找她，作為自己牌技不佳的補償。

冬天傍晚她會去溜冰，也打羽毛球，她從不缺朋友，現在也是。她高中最後一年的同學現在大部分都快讀完大學了，或是已經工作了一陣子，當老師、護理師、會計等等。不過她也交了別的朋友，這群人在升上高年級前即輟學就業，在銀行、商店或公司行號上班，有人當了水電工或女帽商。這群朋友裡的女生人數有如被擊中的蒼蠅般速速墜落（這是她們對彼此開的玩笑）——大夥一一墜入婚姻。伊妮德負責策畫新娘送禮會，也幫忙新娘母親舉辦婚前茶會。過幾年就迎來了受洗儀式，她成為大家最喜愛的教母人選，與她沒有血緣關係的小孩，長大後就會叫她阿姨。在她母親那一輩（或更年長一輩）的女性眼中，她早已是某種模範女兒。她是唯一有時間參加讀書會和園藝協會的年輕女性。因此，儘管她年紀輕輕，卻能輕易在團體裡迅速變得不可或缺，不過她仍然是孤獨的。

實際上她一直都是這樣，高中時她總是擔任學藝股長或是活動股長，她受人歡迎，熱情洋溢，打扮得宜，長相好看，不過卻有點與眾不同。她有男生朋友，卻從未交過男朋友。她不是刻意不交，不過也從未擔心沒有另一半。她全神貫注在自己的事業上——在某個尷尬的時期，她想當傳教士，然後又想當護理師。她從未把護理師當成婚前過渡時期的職業。她想當好人，做好事，不是非得循規蹈矩、依照世俗慣例成為妻子，才能做善事。

＊＊＊

新年當天她去了鎮公所的舞會，有個男人一直來找她跳舞，又護送她回家，按住她的手道晚安。他是乳品工廠的經理，四十多歲，從未結過婚，舞跳得非常好，對很難找到舞伴的女生而言是個很像叔叔伯伯的朋友，沒有女人會真正把他當一回事。

「也許妳該去上點企管課。」她母親說。「或是去上大學怎麼樣？」那裡的男人應該比較能欣賞妳，她母親一定是這麼想。

「我太老了啦。」伊妮德說。

她母親笑了。「說這話就代表妳年紀小。」她說。她似乎鬆了一口氣，因為發現她女兒還有一點與她年齡相符的傻勁——例如她覺得二十一歲和十八歲差很多。

「我才不要和一堆高中畢業的孩子混在一起。」伊妮德說。「我認真的。妳是無論如何都想趕我走嗎？我在這裡很好啊。」這種生悶氣（或說尖銳）的態度似乎讓她母親開心又安心。但過了一陣子她嘆了口氣說：「妳會很驚訝時間一下子就過了。」

那年八月許多人得了麻疹，也有幾個人同時得了小兒麻痺。伊妮德父親的主治醫師看過她在醫院能幹的樣子，問她是否願意來幫忙一陣子，照顧在家的病人。她說她會考慮。

「妳是說考慮為他們的病情禱告嗎？」她母親問。伊妮德的臉上出現某種固執又遮遮掩掩的神情，要是換做別的女生，大概就是為了和男友見面，臉上才會有這種表情。

「我答應過爸的事。指的是在醫院工作，對吧？」隔天她對母親說。

她母親說以她的理解，是這樣沒錯。「還有從護校畢業，當有執照的護士，對吧？」

對。對。

所以如果有病人需要居家照護，或是負擔不起住院費用、不想住院的病人；如果伊妮德是去照顧這樣的人，當「執業護理師」（而不是正式的護理師），她就不算不守承諾，對吧？而需要她照護的，都是小孩、孕婦、垂死的老人等等，她父親擔心的「變得粗俗」這件事就不太會發生，對吧？

「如果妳照顧的都是臥病在床，再也爬不起來的男人的話，那妳說得對。」

但是她母親忍不住加上幾句，說要是她這麼做，就表示伊妮德要放棄在醫院找到好工作的機會，換來的是在貧苦簡陋的家庭裡，做辛苦繁重的體力活，而且薪資非常微薄。冬天必須從受汙染的井裡打水，打碎水槽裡的結冰，夏天必須和蒼蠅作戰，用戶外的茅廁。沒有洗衣機和電力可用，只有洗衣板和煤油燈。在這種條件下要照顧病人、做家事，照料一堆又窮又調皮的死小孩。

「不過，如果那就是妳的人生目標。」她母親說。「我知道我把事情說得愈慘，妳就愈想去做。所以只剩下一件事，那就是我也要妳答應我幾件事，答應我，妳喝過的水都會煮過，還有不要嫁給農夫。」

「亂七八糟的事這麼多，妳就只要求這樣？」伊妮德說。

那是十六年前的事了。最初幾年，大家愈來愈窮，沒錢去醫院的人愈來愈多，伊妮德去幫忙的人家的確也像她母親形容的那樣糟，洗衣機壞了，沒辦法修，所以床單和尿布必須在家用手洗；屋子停電了，不然就是一開始就沒有電。伊妮德有拿薪水，否則對其他做同樣工作的女性不公平，對沒有像她一樣擁有選擇權的女性也不公平。不過她把大部分薪水都還了回去，改成買孩子的鞋子、大衣、付牙醫的費用，還有買聖誕節玩具。

她母親則是到處去向朋友打聽有沒有舊的嬰兒床、高腳椅和毯子，還有舊床單。她自己可以把舊床單撕成一條一條，縫成尿布。大家都說她一定很以伊妮德為榮，她說是啊，當然。

「但有時候真是累慘了。」她說。「當一個聖人的媽可真累。」

戰爭爆發，醫護人員大量短缺，伊妮德比起之前更受到青睞。戰後出現嬰兒潮，伊妮德又持續搶手了好一陣子，直到現在，醫院擴大，農場蓬勃興盛，她的職責彷彿才減少一些，改為照顧那些得了怪病和絕症的人，或是那些脾氣糟到無可救藥、被醫院趕出去的人。

這年夏天，每隔幾天就是一陣大雨，雨停之後的太陽特別大，日光在溼透的草葉上閃閃發光。

清晨布滿濃霧，幾乎貼緊河面，即使霧氣全部散去，無盡的炎夏依然令人窒息，無論往哪個方向看都看不遠。濃密的樹木、灌木叢，遠望過去已經與野生葡萄藤、五葉紅葡萄藤、玉米、大麥、小麥、乾草等作物融為一體。正如眾人所說，作物會自行生長。六月要收割乾草，魯柏特得趕在雨把作物淋壞之前，將乾草收割進穀倉。

他愈來愈晚才到家，經常工作到只剩下最後一絲日光為止。有一晚他是摸黑進門的，屋裡只有廚房桌上的一根蠟燭。

伊妮德趕緊去打開紗門上的鉤環。

「停電了？」魯柏特問。

伊妮德只說：「噓。」她輕聲對他說，因為樓上房間太熱，她讓孩子們在樓下睡。她把椅子拼在一起，再鋪上被子和枕頭當床。當然她得把燈關了，她們才好睡覺。她在其中一只抽屜找到一根蠟燭，她只要這點光線就能寫筆記。

「她們以後一定會記得在這裡睡覺的情形。小時候要是在不同的地方睡覺，一定會永遠記得。」她說。

他放下一個紙箱，裡面裝著他為病房買的吊扇。他特地跑到瓦利去買。他還買了報紙，拿給伊妮德。

「我想妳可能會想知道外面發生了什麼事。」他說。

她把報紙攤在桌上的筆記本旁邊，報紙上有張照片，是幾隻狗在噴泉裡玩耍。

「報上說有熱浪。」她說。「能知道這些不是很好嗎？」

魯柏特小心地從紙箱裡拿出吊扇。

「有吊扇用真是太好了。現在這裡已經涼了，不過有了吊扇，明天她會舒服很多。」她說。

「我明天會早點來裝。」他說。他接著問起妻子今天的狀況如何。

伊妮德說她的腿沒那麼疼了，醫生開的新藥似乎能讓她好好休息一下。

「只是有個問題，她現在很快就入睡了。你要來看她就更難了。」她說。

「她多睡一點比較好。」魯柏特說。

他們這樣輕聲交談，讓伊妮德回憶起高中的日子，當時他們也是這麼談話。那時兩人都是高年級生，早先的戲弄、殘酷的調情玩笑等等，都已成舊事。最後一整年魯柏特都坐在她後方的座位。他們經常簡短地交談幾句，大多都是有事才開口。你有沒有擦鋼筆的橡皮擦？「incriminate」（歸罪於）怎麼拼？第勒尼安海在哪裡？通常都是伊妮德問，在座位上半轉過身，沒有真的去看，只是感受到魯柏特距離自己有多近。她是真心想借橡皮擦，真心想知道那座海在哪裡，但她也是真心想與他來往。她更想賠罪——她為之前自己與朋友對待他的方式感到羞愧。道歉於事無補——只會讓他再度感到難堪。他只有坐在她背後，知道她沒辦法直視他時，才能感到自在。如果他們在街上遇見，直到最後一分鐘他才會迎上她的視線，當她開口說「哈囉，魯柏特」，他才會用最微小的聲音含糊地打招呼。至於她，則是聽見自己過去呼喊來折磨他的語氣迴響在空氣中，那是她渴望在腦海屏除的聲音。

但是當他真的把一根指頭搭上她的肩，輕輕點兩下叫她回過頭來，當他彎身向前，幾乎要碰到她（或是真的碰到了她，她也分不清楚），她那頭厚重的頭髮即使剪成鮑伯頭，也還是亂七八糟——她便覺得，他已經原諒她了。某種程度上來說，她還覺得挺榮幸的。他倆能修復關係，認真相待，尊重彼此。

第勒尼安海，究竟，到底在哪裡？

她想知道，他現在是否還記得那些事。

她將報紙的正刊和副刊分開，瑪格麗特．杜魯門正訪問英國，向皇家行屈膝禮。御醫正想辦法用維他命E治療國王的柏格氏症[1]。

她把報紙正刊遞給魯柏特。「我要來看填字遊戲。」她說。「我喜歡玩填字遊戲，可以讓我在一天結束後休息一下。」

魯柏特坐下後開始讀報。她問他要不要喝杯茶。當然他回道，不用麻煩了，而她還是去泡了一杯。她理解「不用麻煩了」在鄉下代表的是「要」。

「南美的主題。」她看著填字遊戲說。「拉丁美洲的主題。第一橫排是音樂劇……**服裝**。音樂劇的衣服？服裝。字母好多。噢，噢，我真幸運。合恩角（Cape Horn）！」

---

1 Buerger's disease，又稱血栓閉塞性血管炎。

「這些東西還真是好笑，這些字啊。」她一邊說一邊站起身來倒茶。

如果他都記得往事，他還在怨恨她嗎？或許她高中最後一年愉快的友好，在他眼中只是令人生厭，和她前幾年嘲弄他時一樣，一副高高在上的樣子？

當她初次在這間房子裡看到他時，她想他並沒有改變多少。從前他是高大的圓臉男孩，身形結實，如今他同樣是高大的圓臉男人，只是身形厚重了些。他總是把頭髮剪得極短，所以即使現在髮量少了，髮色由淺褐轉為灰褐，也看不太出來。永久的晒傷痕跡已經取代了他從前臉頰上的紅暈，當年令他呈現煩憂神情的事情，如今可能還是沒變——如何在這世界上找到一席之地、使得人人都叫得出自己的名姓、成為眾人爭相往來之人。

她想起他們念高年級時那個班級，那時的班級很小——五年之內，不好學的、無憂無慮的、漫不在乎的學生，都被淘汰了。只剩下一群舉止莊重、容易管教的大孩子在學習三角函數，學習拉丁文。他們以為自己正在為怎樣的生活做準備呢？他們以為自己會變成怎樣的大人呢？

她彷彿可以看見那本深綠色軟皮封面的書，《文藝復興與改革史》，二手書，或十手——沒人會買全新的教科書。先前所有主人都在書裡寫下自己的名字，有些是中年家庭主婦，或鎮上的商人。你無法想像他們會學習這種事情，或是用紅色墨水在「南特詔書」底下畫線，在空白處寫上「注意」。

《南特詔書》。這些書裡的東西、這些學生頭腦裡、她自己的頭腦裡還有魯柏特頭腦裡的東西，其實都頗為無用，又帶有異國情調，這些都讓伊妮德感受到一股溫柔與好奇。這並不是說他們想成為某種樣子卻沒有實現，不是那樣的。魯柏特無法想像除了管理這間農場之外的任何未來，這是座很棒的農場，他是獨子；而伊妮德後來的發展，正是她必然要做的事。不能說他們選擇了錯誤的人生道路，或說選擇違背自己的意志，也不能說他們不了解自己的選擇。他們只是不了解時光如何飛逝，時光並無為他們增添什麼，反而讓他們比往日的自己更加遜色。

「亞馬遜的主食。」她說。「亞馬遜的主食是什麼？」

魯柏特接口：「樹薯？」

伊妮德數了數。「七個字母。」她說。「七個。」

「木薯呢？」

「木薯？有兩個s嗎？木薯？」

＊　＊　＊

昆恩太太每日對食物的要求變得更加反覆無常，有時她會說要吃吐司，或是淋上牛奶的香蕉。某天她說要吃花生醬餅乾。伊妮德每樣都會準備——反正孩子們也能吃。可是等食物都準備好了，昆恩太太又開始受不了食物的樣子或是氣味。即使是果凍也有種她受不了的氣味。

有時她討厭一切的聲音，連風扇都不准開，又有時候她想聽收音機，想聽專門接受聽眾為生日或紀念日點歌的電臺。這些電臺還會打電話給聽眾，問他們問題。如果答對了，就可以贏得尼加拉大瀑布行程、免費加油、食品雜貨或電影票。

「那都是套好的啦。」昆恩太太說。「他們只是假裝打給別人——那些人只是在另一個房間，他們早就知道答案了。我認識一個在廣播電臺工作的人，事實真的是這樣。」

這種時候，她的脈搏跳得很快，說話飛速，聲音輕喘，幾乎要吸不到氣。「妳媽開的是哪種車？」她問。

「紅褐色的車。」伊妮德答道。

「我是問**什麼款**？」昆恩太太問。

伊妮德說她不知道，這是事實。她原先知道的，但後來忘了。

「她買的是全新的嗎？」

「是啊。」伊妮德回答。「不過那是三、四年前的事了。」

「她住在韋林斯家隔壁的大石頭房子裡，對嗎？」

對，伊妮德回答。

「裡面有幾個房間？十六間？」

「很多啦。」

「韋林斯先生後來淹死了。你有去他的葬禮嗎？」

伊妮德說沒有。「我不太喜歡葬禮。」

「我本來要去的，我那時還沒有病得這麼嚴重。我本來要搭賀維家的車一起去的，他們說我可以坐他們家的車，不過後來她媽和她妹妹也想去，後座的空間就不夠了。後來克立夫和奧莉芙要開卡車去，我本來可以和他們一起擠前座，但他們根本沒想來問我要不要去。妳覺得他是自殺嗎？」

伊妮德想起遞給她一朵玫瑰的韋林斯先生，他玩笑般的殷勤令她的牙齒神經疼痛，就像吃了太多糖那樣痛。

「我不知道。我不覺得他會自殺。」

「他和韋林斯太太處得好嗎？」

「就我所知，他們相處得非常好。」

「噢，是嗎？」昆恩太太開始學著伊妮德語帶保留的語氣。「非—常—好—啊。」

伊妮德睡在昆恩太太房裡的沙發上，昆恩太太難忍的奇癢現在幾乎消失了，頻尿也幾乎沒了。夜裡她大多在睡覺，雖然偶爾還是會夾雜一些刺耳憤怒的呼吸聲。讓伊妮德驚醒然後再也無法入睡的，是她自己的問題。她開始做一些很難堪的夢，這些夢和她過去所做的夢都不一樣，過去她認為惡夢就是發現自己處在一間陌生的房子裡，房間不停變換，有超出她負荷做不完的工作，原以為結束的工作其實沒做完，數不盡的事情令她分心。後來，想當然爾，她做了她自認是春夢的夢，夢中有男人伸臂環住她，或擁抱她。可能是陌生人，或是她認識的人，或是某個——若是以這種方式想到他，那根本是個笑話，那樣的人。這些夢令她陷入沉思，或者說有點憂傷，但她如今明白自己也是可能產生這些感受的，某種程度上令她如釋重負。春夢也許令她尷尬，不過和她現在做的夢一比，簡直不算什麼。她現在的夢裡，她不是正與人交媾，就是嘗試著與人交媾（有時會因有人闖入而打斷，或因為周遭環境突然轉變而打住），對象往往是全然禁忌的或完全不能考慮之人。像是蠕動的胖娃娃，或是全身纏著繃帶的病人，或她自己的母親。她滿腹色慾，純熟，空洞，呻吟，準備開始做時，她粗暴，惡劣，態度務實。「是的，也只能這樣了。」她對自己說。「如果沒有更好的選擇，也只能這樣了。」這種冷酷、事不關己的墮落，只是愈發催動著她的色慾。她醒來時毫無懊悔之意，滿身大汗，精疲力盡，如死屍般平躺著，直到她自己的羞恥與疑心當頭澆下為止。汗水冷冷地黏在皮膚上，溫暖的夜裡她顫抖地躺著，滿心作嘔，深覺丟人。她不敢再睡。等到習慣黑暗之後，她看著覆著紗簾的長方形窗子布滿微光。病重女人的呼吸摩擦著、斥罵著，接著又幾乎消失殆盡。

她想，如果她是天主教徒，這種事是不是能在告解時說出來？要她私下禱告時說，似乎說不出口。除了正式場合，她已經不常禱告了。把她剛才的經歷帶到上帝面前，似乎完全於事無補，毫不敬神。祂會感到受辱。她也受辱，被自己的心智侮辱。她的信仰充滿希望與理智，不容許任何一種像是「惡魔入侵了她的夢」的愚蠢惡劣戲碼。她腦中的汙穢是她自己的，沒必要誇大這一切，讓它看起來很重要。肯定不要。那根本無關緊要，只是腦中的垃圾。

房子和河岸之間有一小片草地，牛群就在那裡。她能聽見夜裡牛群被餵養時咀嚼、推擠的聲音。她想到牛群龐大溫和的身影，旁邊是麝香、菊苣、開著花的草，她心想，過得可真愜意啊，這些牛。

當然，這一切都在屠宰場終結，結局是災難一場。

雖然對每個人而言，都一樣。邪惡在我們熟睡時攫住我們，粉碎與崩壞靜靜等候。動物的恐懼，比你事先所能預想的更糟。床的舒適，牛群的呼吸，夜晚的星圖——這一切都可能在瞬間傾覆。而她躺在這裡，伊妮德，每日辛勤工作，假裝事實並非如此。她試圖緩解他人壓力，試著當個好人。慈悲的天使，就如同她母親說過的。時間一天天過去，她母親話中的諷刺也愈來愈淡。病人和醫生也都這麼說。

這些年來有多少人覺得她根本就是個傻子？她耗費心力照顧的那些人，或許私底下很厭惡她。說自己絕對不會像她一樣，絕對不會那麼傻，絕不。

重罪之人。這個詞進入她腦海中。**重罪之人**。

悔改者求主赦免。

於是她起床開始工作，在她看來，這是最好的悔改方式。她整晚安靜而穩重地工作，清洗碗櫥中髒汙的玻璃杯和黏膩的盤子，為雜亂無序的地方建立秩序。原先這裡一點條理也沒有，茶杯擺在番茄醬和芥末醬之間，衛生紙卷放在一桶蜂蜜上，架子上沒鋪蠟紙，就連報紙都沒鋪。袋中的黑糖像石頭一樣硬，如果說，這個家裡的情況就像最近幾個月都沒人打理一樣，那還說得過去；但實際上看起來就像從來沒有人照顧整理過一樣，從來沒有。紗簾被煙染灰，窗玻璃油油膩膩，果醬瓶裡的果醬只剩一點，留在罐子裡長霉。壺裡的花束不知放了多久，裡頭的水已經發臭，也沒倒出來換新。但這還是棟好房子，重新洗滌粉刷之後就能恢復原狀。

前廳地板上最近才馬馬虎虎地刷上了醜陋的褐色油漆，但你能拿它怎麼辦？

她當天如果有空，就會去魯柏特母親的花床上拔雜草，挖牛蒡，拔除那些遮蓋住英勇多年生植物的草。

她教兩個孩子握好湯匙，飯前禱告。

感謝您賜福給我們，

感謝您賜予我們食物……

她教兩個孩子刷牙，還有刷牙後的禱告。

「上帝保佑媽媽和爹地，還有伊妮德和奧莉芙姑姑、克立夫姑丈，還有伊麗莎白公主和瑪格麗特・蘿絲。」這些都說完之後，再說彼此的名字。她們禱告了好一段時間，席爾薇才問：「這是什麼意思？」

伊妮德問：「什麼什麼意思？」

「『上帝保佑』是什麼意思？」

伊妮德做了蛋酒，沒調味，連香草都沒加，用湯匙餵昆恩太太喝。蛋酒很濃，伊妮德一次只餵她一點點。她一次也只喝得下一小口。如果她喝不下，伊妮德就餵她沒汽的微溫薑汁汽水。

昆恩太太除了討厭聲音之外，現在就連光都討厭，不管是陽光或任何一種光都一樣。伊妮德必須在窗戶上掛厚棉被，因為就連百葉窗全都放下來她也嫌太亮了。昆恩太太連吊扇也不開，房間變得非常熱；伊妮德彎身在床前照顧病人時，汗水就從她的額頭滴滴落下。昆恩太太卻渾身發抖，從來沒覺得暖過。

「這拖太久了。」醫生說。「一定是妳給她喝的那些奶昔，讓她勉強維持這麼久。」

「是蛋酒。」伊妮德說，彷彿這很重要似地。

昆恩太太經常很疲憊，不然就是虛弱到無法說話。有時她只是茫茫然地躺著，呼吸微弱，脈搏若有若無。如果是比伊妮德還沒經驗的人來照顧，很可能會以為她已經死了。但有時候她又恢復精神，想開收音機，沒多久又要求關掉。她依然完完全全清楚知道自己是誰，伊妮德又是誰，有時又似乎用猜測或探詢的眼神望著伊妮德。她的臉早已失去血色，嘴唇亦然，但她的眼睛比起以往更綠了——一種混濁的、朦朧的綠。伊妮德試圖回應那一心望著她的眼神。

「妳想要我請神父來和妳談談嗎？」

昆恩太太看起來一臉想狠狠吐口水的表情。

「我看起來像個蠢蛋嗎？」

「那找牧師來？」伊妮德又問。她知道這是該問的事，正確的事，只是她這麼問其實不懷好意——冷酷，隱隱約約的惡意。

不要。昆恩太太要的不是這個。她不滿地咕噥著。她還有點體力，伊妮德覺得她保留體力是為了某個目的。「妳想和妳的孩子聊聊嗎？」她問的時候，努力讓自己的語氣富有同情和鼓勵。「這是妳想要的嗎？」

不是。

「那妳先生呢？他再過不久就會來了。」

伊妮德其實不太確定，有幾天晚上魯柏特來得很晚，昆恩太太已經吃完當天最後一次藥，睡下了。他就會和伊妮德一起坐著，他總是幫她帶報紙來，問她在筆記本裡寫了什麼——他注意到有兩本筆記本。她告訴他，一本是給醫生看的，記錄了血壓、脈搏、體溫，吃了什麼、吐了什麼、排泄物如何、服了什麼藥，總結病人概況等等。另一本筆記本是給自己看的，內容與前一本差不多，只是沒那麼詳細，不過還加上了其他細節，像是天氣和周遭的大小事。還有要記下的事項。

「例如，我前幾天寫下來的，是露意絲說的話。有天露意絲和席爾薇進來的時候，格林太太也在。格林太太就提到莓果叢沿著巷子生長，都長到路對面去了。露意絲就說，就和睡美人一樣。因為我有讀《睡美人》給她們聽。我就把這記下來了。」她說。

「我得去找一下那叢莓果，修剪修剪。」魯柏特答道。

伊妮德覺得他應該是聽了露意絲的話，覺得很可愛，也很高興她寫下來，卻沒能表示出來。

某天晚上他告訴她，他要出遠門幾天，去牲畜拍賣會。他問過醫生是否可行；醫生說就去吧。

那天晚上他來的時候，昆恩太太還沒吃當天最後一次的藥，伊妮德猜想他應該是想在出遠門前看到醒著的妻子。她告訴他，直接進昆恩太太的房裡即可。他走了進去，關上門。伊妮德拿起報紙想到樓上去看，但孩子們應該還沒睡，必定會找藉口叫她進去房間。她也可以去門廊上看報紙，但這時間會有蚊子，尤其是在下午那種大雨過後。

她很怕不小心聽見某些親密舉動，或是爭吵的意味，然後又要面對他。昆恩太太顯然蓄勢待發——伊妮德很肯定這點。在她決定要往哪裡走時，她的確聽到了一點什麼。不是相互指責，也不是互訴情意（如果有可能的話），甚至也不是她以為可能會有的哭泣，而是笑聲。她聽見昆恩太太虛弱的笑聲，笑中帶有嘲弄與滿足，是伊妮德聽過的，卻也有她沒聽過的什麼——某種刻意的惡意。她應該到別的地方去的，她卻沒有，他從房間出來時她還是待在桌邊，瞪著房門口。他沒迴避她的視線——她也沒有迴避他的。她沒辦法。但她卻也沒辦法說他真的看見了她，他只看了她一眼就出去了。他看她的模樣，就像是觸電一樣，而他又為了他的身體因這愚蠢的災難倒下而請求原諒（請求誰的原諒？）。

隔天昆恩太太忽然又變得活力充沛，但舉止不太自然，看起來像是裝的。這種情況，伊妮德曾經看過一兩次。昆恩太太想靠著枕頭坐起來，也想開電扇。

「好主意。」伊妮德說。

「我跟妳說一件事，妳絕對不會相信。」昆恩太太說。

「大家跟我說的事情很多啦。」伊妮德說。

「當然囉，都是亂說的。我敢說都是騙人的。那你知道韋林斯先生曾經來過這個房間嗎？」昆恩太太說。

III 錯誤

昆恩太太坐在搖椅上，讓韋林斯先生檢查眼睛。韋林斯先生靠近她面前，舉著檢驗工具對著她的雙眼。兩人都沒注意到魯柏特進來，他現在人應該在河邊砍樹才對。但是他偷偷溜回來，偷偷摸摸穿過廚房，沒發出一點聲音——他一定是在進門之前，就先看到韋林斯先生的車停在外面。他輕輕打開那房間的門，看見韋林斯先生跪著，拿著工具湊近他太太的眼睛，另一隻手放在她腿上保持平衡。他得抓住她的腿來保持平衡，她的裙子捲上來，露出光裸的大腿。但事情既然都已經這樣了，她為了專心維持不動的姿勢，對此也無能為力。

所以魯柏特進房間時兩人都沒聽見他進來。他跳起來，閃電般衝向韋林斯先生。韋林斯先生根本來不及站起來或轉身，就被撲倒在地上了。魯柏特抓起他的頭狠狠往地上砸，直到他沒有呼吸為止。她從椅子上迅速跳起來，弄翻了椅子，韋林斯先生裝檢驗工具的箱子整個翻倒，裡頭的東西撒了一地。究竟是魯柏特把他揍死，還是他自己撞到火爐的腳，她自己也弄不清楚。她心想，下一個就輪到我了。只是她沒辦法繞過兩人逃出房間，然後她也發覺魯柏特沒有追殺她的意思。他氣消了，把椅子弄正，坐了下來。她走向韋林斯先生，即使他很重，她還是用力拖起他，把他的身體翻到正面。他的眼睛半睜半閉，嘴裡流出某種液體，不過他臉上沒有破皮或瘀青——或許只是尚未浮現而已。從他口中流出的液體看起來甚至不像血液，是某種粉紅色的東西，若硬要描述，很像是在煮草莓果醬時，最上面先冒出來的那層泡沫，鮮豔的粉紅。魯柏特拿他的臉往下砸時，這東西弄髒了他一臉，她把他身體翻過來時，他發出了某種聲音，**咕嚕—咕嚕**。就這樣了。**咕嚕—咕嚕**，他躺在那裡，像顆石頭。

魯柏特從搖椅上跳起來，搖椅還在晃動，他開始撿地上掉了一地的東西，並逐一放回韋林斯先生箱子裡的原位。把一切東西都放回應該的位置，藉此耗點時間。那是個特別的箱子，紅絨布襯裡，每樣工具都有固定的放置處，必須把每樣東西都放對了，否則頂蓋會闔不起來。魯柏特放妥之後，蓋上頂蓋，他又坐回搖椅上，開始拍起自己的膝蓋。

桌上有一塊沒什麼用的布，是魯柏特的父母北上去看「狄翁五胞胎」的紀念品。她把布從桌上拿起，包住韋林斯先生的頭，吸掉那些粉紅色的東西，這樣他們就不用一直看著他了。

魯柏特還在用他那扁平的大手拍膝蓋。她說，魯柏特，我們得找個地方把他埋起來。

魯柏特只是看著她，像是在說，為什麼？

她說他們可以把他埋在地下室，那裡是泥土地。

「沒錯。」魯柏特回道。「那我們要把他的車埋在哪裡？」

她說他們可以把車放在穀倉裡，用乾草蓋起來。

他說太多人在穀倉附近看來看去了。

然後她想著，不如把他丟進河裡吧。她想到他坐在自己的車裡，而車在水面下的情景。這景象忽地進入她腦海。彷彿一幅畫。魯柏特起初沒說什麼，所以她走進廚房拿了些水，把韋林斯先生弄乾淨，這樣他身上才不會滴下什麼東西。那股黏糊糊的東西不再從他的嘴裡冒出來了。她拿了他口袋裡的鑰匙，透過他長褲的布料，她依然能感覺到他腿上的脂肪還是溫暖的。

她對魯柏特說，動手吧。

他拿了鑰匙。

他們把韋林斯先生抬起來，她抬腳那邊，魯柏特則是抬頭那一邊。他感覺起來有一噸重。他像是死了。但她抬著他的時候，他其中一隻鞋踢了她兩腿間一下，她不禁想著，好啊你，你還在弄，你這老色魔。就連他死了，那隻老腳都要這樣來一下。她從未讓他得逞，但他總是摩拳擦掌，可以的話隨時都準備好要摸一把。就像檢查眼睛時抓住她裙下的腿一樣，她沒辦法阻止他，魯柏特正好默默走進來，就這麼誤會了。

一路走過門檻，穿過廚房，穿過門廊，走下門廊臺階，都沒人。但那天有風，第一個意料之外的事，就是風把原先包在韋林斯先生臉上的布吹走了。

幸運的是，從外面的路上看不見他們的院子，只能見到屋頂和樓上的窗戶。所以韋林斯先生的車不會被發現。

魯柏特已經把接下來該做什麼想了一遍，把韋林斯先生帶到賈特蘭，那裡的水很深，小徑一直延伸到後面。他們可以弄成韋林斯先生只是從路上開車進去，搞錯了方向。像是他在賈特蘭路轉向，天色太黑，在他搞清楚自己在哪裡之前，他就這樣開進水裡去了。他搞錯了。

是的。韋林斯先生確實犯了個錯

問題是，這代表他們得把車開出家門前的小巷，沿路一直開到賈特蘭路轉進小路的那個轉彎，那裡沒人住，賈特蘭路轉彎後又是死巷，大概半哩路左右，他們得祈禱路上都不會碰到人。然後魯柏特就要將韋林斯先生移到駕駛座上，再把車從岸邊推進水裡。把這一切都推進水塘裡去。這可是件苦差事，不過至少魯柏特很強壯，如果他沒那麼壯，他們從一開始就不會搞出這種大麻煩。

魯柏特想發動韋林斯先生的車，卻不太順利，因為他從沒開過這種車。不過後來他順利發動了，掉頭，開出小路，韋林斯先生坐在副駕駛座，時不時撞到他身側。魯柏特還必須把韋林斯先生的帽子戴回到他主人的頭上——那頂帽子之前一直放在車子座椅上。

為何他進屋前要脫帽？應該不只是為了禮貌，而是這樣更方便抓住她，吻下去。假如他一手拿著工具箱，另一手抓著她推來擠去，用他那淌著口水的老嘴用力吸吮也算是吻的話。他對著她的唇舌又吸又嚼，將自己的身子推向她，工具箱的一角抵在她的身後，愈壓愈深。她完全沒想到他會這樣，他也知道她不知道怎麼脫身。他又推又擠，又吸又吮，還淌口水，戳了她又傷了她，這下流無恥的老色鬼。

五胞胎紀念布被風吹到籬笆上去了，她急忙拿下來，又連忙檢查臺階上有無血跡，以及門廊或廚房有無髒亂。不過她只在前廳找到一點血跡，她鞋上也沾了一些。她用力刷洗地板，脫下鞋子擦洗，這些都做完之後才發現胸前還有一小片血。她是怎麼沾上的？看到胸前血跡的同時，她聽見了一個聲音，頓時嚇到呆立如石。那是一輛車，一輛她不識得的車開進小巷。

她透過紗簾往外看，果不其然，是輛款式很新的墨綠色車。至於她自己，胸前有血跡，鞋子脫了，地板溼答答。她退到別人看不見她的地方，卻想不出來哪裡可以躲藏。車子停了下來，一扇車門打開，但引擎沒熄火，她聽見車門關上的聲音，車子掉頭，開回小巷。她聽見露意絲和席爾薇在門廊上。那是老師男友的車，他每週五下午都會開車載老師，今天的確是週五。老師告訴男友，我們載這兩個小朋友回家吧，她們年紀最小，住得最遠，天看起來又要下雨了。

的確是下雨了。魯柏特回來的時候雨下了起來，他沿著河岸走回家。她說，太好了，你把車推下去的時候走過的痕跡，現在全被雨打溼，弄到都是泥濘了。他說，他下手的時候脫了鞋，只穿著襪子。哦，你又聰明起來啦。她說。

那塊五胞胎紀念布和她的上衣，她決定不要浸泡再清洗，而是直接丟到火爐裡燒掉。結果燒毀時傳來一股可怕至極的味道，讓她病了下去。那就是她整場大病的來由，這件事，還有地板的粉刷。她清理完地板之後，老是覺得地上還有血跡，於是就拿了魯柏特刷臺階留下來的褐色油漆，把整個地板重新刷過一遍。就是這讓她開始嘔吐，她俯身粉刷，又吸進不少油漆味。她的背痛——也由此開始。

她粉刷完地板之後，就不再進前廳了。但有天她忽然想起，最好還是鋪塊別的布在桌上。這樣更能讓一切看起來有如以往。如果不鋪，她大姑肯定會來四處窺探，說爸媽去看五胞胎時帶回來的那塊桌布到哪裡去啦？但如果她鋪了另一塊桌布上去，她就能說，噢，我只是想換個花樣。不過其他的桌布都沒原先那塊好笑就是了。

於是她找了一塊魯柏特的母親繡的，有花籃圖樣的桌布，拿到那房間去，卻還是聞得到那股血味。而桌上仍放著韋林斯先生那暗紅色的工具箱，裡頭有他的工具，上頭有他的名字，箱子看似一直都放在那裡。她甚至不記得是自己放在那的，還是她看見魯柏特把它放在那裡。她全都不記得了。

她拿走箱子，藏在某個地方，又換了個地方藏。她從沒告訴別人藏在哪裡，也從沒打算說。她本可以把箱子砸壞，但裡面的工具要怎麼砸壞？都是些檢查視力的儀器。噢，太太，妳願意讓我幫妳檢查眼睛嗎？坐在這裡就可以了，放鬆，閉上一隻眼睛，另一隻張大，要張得很大喔。彷彿每次都是同樣的遊戲，她本不應該懷疑接下來會發生什麼事，當他拿出工具檢查她眼睛時，他要她穿著內褲，他這個老色鬼，手指一邊滑入，一邊喘著氣。直到他住手，把檢驗的儀器收進箱子裡，她才能開口說話。而且她應該說的話是：「噢，韋林斯先生，我今天應該付你多少錢？」——而這就是給他的信號。他可以把她推倒在地，蹂躪她，彷彿她是頭老山羊。就在這沒鋪地毯的地板上，他把她往地上撞了又撞，把她撞擊成碎片。他那裡的小艇彷彿噴火槍。

妳覺得這怎麼樣啊？

然後就是報紙上的新聞了。韋林斯先生溺斃。

他們說他的頭撞上方向盤，說他掉進水中時人還活著。真好笑。

IV 謊言

伊妮德整晚沒睡——她連試著入睡都沒有。她沒辦法在昆恩太太的房裡睡，便坐在廚房好幾個小時。她就連要移動都顯吃力，更別說是去泡杯茶或上廁所。移動身子，會打亂她腦子裡想整理和適應的思緒。她沒更衣，沒放下頭髮，刷牙時感到自己正在做一件陌生又費力的事。月光透進廚房窗戶——她坐在黑暗中，望著那一小片月光隨著夜晚的推進轉移，爬上亞麻油地板，隨後消失殆盡。她見月光沒了，很是驚訝，之後聽見鳥兒都醒了，新的一天開始了，又嚇了一跳。這夜如此之長，又是如此之短，因為她還在猶疑不定。

她僵硬地站起身來，轉開門鎖，開門，坐在晨光中的門廊下。即使是這樣一連串的動作也讓她的思緒紊亂。她得把想法再分類一次，分成兩邊，一邊是已經發生的——或者說，別人告訴她已經發生的。放另一邊的，則是接下來該怎麼辦。接下來該怎麼辦——就是她還沒想清楚的部分。

牛群已經被移出了房子和河岸之間的小草地，她如果想往那個方向去，可以打開柵欄的門。她知道自己該回去看看昆恩太太，可她卻發現自己拉開了柵欄的門閂。

牛群沒吃掉所有的雜草，溼透的雜草輕拂著她的絲襪。不過小路倒是通暢。河岸邊的樹下，巨大的柳樹上，野葡萄如猴子般，以毛茸茸的手臂串串掛在上頭。霧氣升起，幾乎看不見河流。必須定住眼睛專注看著，才能看見一點河流的蹤影，安靜得如同鍋中的水。那裡必定有著流動的河水，但她卻看不見。

然後她看見了一點動靜，那不是水流，而是一艘船在水面上晃動。船繫在樹枝上，是艘簡單又老舊的划槳船，微微地被水面抬高，又落下。既然她發現了這艘小船，便一直盯著看，彷彿它有什麼話要對她說似地。而它也的確說了，說了昭示著溫柔與終末的幾個字。

妳知道的。妳知道的。

兩個孩子醒來時，發現伊妮德精神飽滿，已然妥善梳洗過，換好衣服，頭髮也放了下來。她已經做好了放滿水果的果凍，準備讓她們午餐時吃，也把餅乾的麵糊混合好，準備在天氣還沒熱到不能用烤箱之前放入烤箱。

「那是你們爸爸的船嗎？」她問。「在河上的那艘？」

露意絲說對，她接著說：「但我們不能在裡面玩。如果妳跟我們一起去的話，我們就能去玩。」她們立刻就發覺今天的氣氛特別不一樣，能做點平常不被允許的事，也許能放個假。伊妮德也跟平常不太一樣，倦怠中帶著興奮激昂。

「再看看吧。」伊妮德說。她希望今天對她們而言能是特別的一天，即使她知道事實如此——她已經能肯定，今天就是這對姊妹倆母親的最後一天。她想讓她倆腦海中有點回憶，可以替未來的任何事帶來一點補償的光芒。也就是說，對她自己而言，對她後來如何影響她們的人生，也是種補償。

那天早晨，昆恩太太的脈搏就幾乎摸不到了，很顯然她連抬頭或睜眼都辦不到。簡直與昨日判若兩人，伊妮德卻一點也不驚訝。她想，那激出的最後一點力氣，那傾瀉而出的全盤托出，就是迴光返照了。她拿了支湯匙舀水，湊到昆恩太太的脣邊。昆恩太太只啜了一點。發出貓似的嗚叫——肯定是她最後一絲抱怨了。伊妮德沒叫醫生，因為他無論如何晚點都會來，約莫是下午兩、三點的時候吧。

她做了肥皂水，裝在廣口玻璃瓶裡，又拿鐵絲弄彎，做了兩根吹泡泡的棒子，示範給孩子看怎麼吹泡泡。她穩定而小心地吹出泡泡，直到泡泡像個發亮的氣囊，在鐵絲上顫動，再輕輕地從棒子上甩出去。孩子們在院子裡追逐泡泡，讓泡泡漂浮在空中，直到微風把泡泡吹破，或把泡泡吹到樹上，吹到門廊的屋簷上才不追。讓孩子們生氣蓬勃的，是她們崇拜的歡呼，開心的尖叫，還愈叫愈不亦樂乎。伊妮德沒要她們小聲一點，泡泡水用完之後，她又做了一些。

醫生打電話來時，她正為孩子們端上午餐（果凍、撒了彩色糖粉的餅乾、加了巧克力糖漿的牛奶）。醫生說，有個孩子從樹上掉下來，他走不開，可能要等到晚餐時間才有辦法過去。伊妮德柔聲說：「我想她可能要走了。」

「嗯，那妳就讓她舒服點吧。」醫生說。「妳跟我一樣清楚該怎麼做。」

伊妮德沒有打給格林太太，她知道魯柏特還沒從拍賣會場回來，也知道倘若昆恩太太還有一瞬覺知的話，絕不會想看到她大姑待在自己房間。她似乎並不想看看自己的孩子，孩子們若是看見媽媽這副模樣留待日後記憶，大概也不好。

伊妮德已經連昆恩太太的血壓和體溫都懶得量了——只是拿海綿擦擦她的臉和手臂，給她一點水，只是她已經注意不到了。伊妮德打開電扇，昆恩太太原先很討厭這聲音。她身體裡散發出的氣味似乎正在改變，失去了原先刺鼻的阿摩尼亞味，變為尋常的死亡氣味。

伊妮德走出門外，坐在臺階上，脫下鞋襪，在太陽下伸展雙腿。孩子們纏著她，有試探的意味，問她能不能帶她們去河邊，她們能不能坐在船上，如果她們找到槳，她能不能帶她們划船。她心知肚明，要拋棄病人也不能做到這種程度，不過她還是問孩子們，她們想不想要一個游泳池？還是一人一個？她拿來兩個洗衣盆，放在草地上，用儲水箱的幫浦將盆子裡注滿水。孩子們開心地脫到只剩內褲，懶洋洋地坐在水裡，猶如伊莉莎白公主與瑪格麗特・蘿絲公主。

「妳們覺得喔。」伊妮德坐在草地上，頭往後仰，雙眼閉著問她們。「妳們覺得喔，如果有個人做了很壞的事，要不要被處罰呢？」

「要啊。」露意絲立刻說。「一定要把他們打一頓。」

「誰做了壞事啊？」席爾薇問。

「隨便想個人就好。」伊妮德說。「好，如果有人做了很壞的事，可是卻沒有人知道，那該怎麼辦？他們是不是應該老實說出來？然後再受處罰？」

「有人做壞事的話，我會知道喔。」席爾薇說。

「妳才不會知道。妳怎麼知道？」露意絲說。

「我會『坎』到。」

「妳才不會。」

「妳們知道我為什麼認為他們應該受到處罰嗎？」伊妮德問。「因為他們自己都會覺得自己很糟糕，即使沒人看見他們做壞事，沒人知道也一樣。如果你做了很壞的事，卻沒受到處罰，你會覺得更糟，會比受罰的感覺還更糟糕。」

「露意絲『兜』了一只綠色的梳子。」席爾薇說。

「我才沒有。」露意絲回嘴。

「我希望妳們能記住這一點。」伊妮德告誡。

「它明明就掉在路邊。」露意絲繼續說。

伊妮德每半小時就進病房一次，用溼布幫昆恩太太擦拭臉和手。她不再對昆恩太太說話，除了用溼布擦手之外也不再碰她的手。過去照顧垂死之人時，她從未像現在這樣離開病人的身旁。當她大約下午五點半打開房門時，她知道房裡的人已經走了。她把床單抽掉的時候，昆恩太太的頭軟軟地垂到床的一側，這件事伊妮德沒有記錄下來，也沒對任何人提起。她在醫生來之前，已經把遺體整理好，清潔過，也把床鋪好。孩子們仍在院子裡玩耍。

七月五日，早上下雨。露和席在門廊玩。電扇開開關關，抱怨太吵。用湯匙每次餵半杯蛋酒。血壓上升，脈搏快，沒抱怨痛。下雨但沒涼快多少。傍晚R.Q.。弄完乾草。

七月六日。天氣很熱。就快了。試著開電扇但不要。頻繁用海綿擦身。傍晚R.Q.。明天開始割小麥。因為太熱又下雨，什麼都超前一、兩週。

七月七日。天氣還是熱。不喝蛋酒。用湯匙餵薑汁汽水。非常虛弱。昨晚下大雨，颳風。R.Q.。沒辦法割，作物堆在某些地方。

七月八日，不喝蛋酒，薑汁汽水。早上吐了。更加警覺。R.Q.。要去拍賣小牛，離開兩天。

醫生說就去。

七月九日。非常激動。可怕的談話。

七月十日，病人魯柏特．昆恩太太（珍奈特）今日下午五點左右去世。尿毒症（腎絲球腎炎）導致的心臟衰竭。

伊妮德有個習慣，她照顧的病人去世後，她絕不留下來等告別式。對她來說，在還能好好道別時離開比較好。她的存在難免會提醒別人病人過世前的那段日子，那段日子很可能非常陰沉，充滿病苦。只是在告別式期間，人人行禮如儀、殷勤交談，還有鮮花蛋糕，在在粉飾了那段回憶。此外，病人家裡通常會有些女性親戚來接管家裡的所有事宜，伊妮德忽然之間就成了不受歡迎的客人。

事實上，後來格林太太在葬儀社人員抵達之前，就來到了昆恩家。魯柏特還沒回來。醫生正在廚房喝茶，他告訴伊妮德既然這個案子結束了，有下一個病人她可以去接。伊妮德沒直接回答，只說自己正在考慮休假一段時間。孩子們在樓上，有人去告訴她們，媽媽上天堂了，為她們這難得又充滿趣事的一天劃下句點。

格林太太直到醫生離開前都裝出一副靦腆羞澀的樣子。她站在窗邊，看著醫生把車子掉頭開出去。然後她說：「有些話也許我不該現在說，但我還是要說。我很高興這事是現在發生，沒拖過了夏天，那時孩子們就要回學校了。現在我就有時間讓她們適應我們家，適應新的學校。魯柏特也必須適應。」

伊妮德直到現在才明白，格林太太一直都想把這兩個孩子帶回去一起住，而不是暫時住個幾天而已。格林太太急著想安排搬家事宜，說不定已經有一陣子都在期待那天的來臨。說不定她早就準備好了孩子的房間，還買好了給孩子們做新衣服的材料。她有間大房子，但就是沒有自己的孩子。

「妳一定很想回自己家吧。」她對伊妮德說。只要這個家裡有另一個女人，屋子裡就是王不見王的情況。而且只要有伊妮德在，格林太太的弟弟魯柏特可能就更不懂為什麼要讓孩子搬出去。「魯柏特回來之後，他可以載妳回去。」

伊妮德說沒關係，她媽媽會來接她。

「噢，我都忘了妳媽媽。」格林太太說。「她有一輛時髦的小車。」

格林太太頓時面露喜色，隨即一一打開碗櫥的門，檢查玻璃杯和茶杯——這可是告別式要用的，夠乾淨嗎？

「有人可沒閒著喔。」格林太太說。她現在對伊妮德很放心了，還很樂意稱讚她幾句。

格林先生則是在門外的卡車上，與家裡的狗「將軍」一起等。格林太太往樓上喊，叫露意絲和席爾薇下來。她們跑下樓來，手裡拿著裝了衣服的牛皮紙袋。她們跑過廚房，摔上廚房門，完全沒注意到伊妮德的存在。

「這點真該改一改了。」格林太太說。她指的是摔門。伊妮德能聽見她們大聲呼喊著將軍的聲音；將軍也回以興奮的吠叫聲。

兩天後伊妮德回來了，這次她自己開她母親的車。她大約下午四、五點抵達，告別式已經結束。屋外沒有停別的車，這表示來幫忙處理大小事的女性親友都回家了，也帶走了她們教會提供的額外桌椅、茶杯和大咖啡壺。草地上布滿車輪的痕跡，還有些被碾碎的落花。

現在她要進門前得敲門了。她得等著別人請她進去。

她聽見魯柏特沉重穩健的腳步聲，他就隔著紗門站在她面前，她向他打了招呼，卻沒看他的臉。他穿著襯衫與西裝褲，但沒穿西裝外套。他打開紗門上的扣環。

「我不確定這裡有沒有人。我想你可能還在穀倉。」伊妮德說。

「他們都自願來幫忙。」魯柏特說。

他說話時，她能聞到威士忌的味道，但他聽起來並不像喝醉了。

「我以為妳是其中一個女的，來拿忘記的東西。」他說。

「我沒忘東西。我只是在想不知道孩子們好不好？」伊妮德說。

「她們很好，在奧莉芙家。」

他似乎還不確定是否要讓她進門。不是對她有所排斥，而是他自己都很困惑。兩人剛開始交談總是有點尷尬，她沒有準備好，所以她只好不看他，反而望著天空。

「天色暗得愈來愈早了。」她說。「距離白天最長的那一天，都還沒過一個月耶。」

「是啊。」魯柏特回答。現在他打開了門，站到一邊。她於是走了進去。桌上有個杯子，沒配碟子。她在他座位的對面坐下。她身穿墨綠色的絲質縐綢洋裝，配上麂皮鞋。她裝扮的時候還想著，這或許是她最後一次打扮了，這套衣服也或許是她穿的最後一套了。她把頭髮編成法式辮，臉上撲了粉，這般梳理，這般打扮，看似傻裡傻氣，對她而言卻是必要之至。她已經接連三天晚上沒睡了，每分每秒都醒著，沒辦法吃東西，連她母親都瞞不過。

「是這次的案子特別麻煩嗎？」她母親問。她母親不喜歡討論疾病或臨終之事，但她會這麼問實在是伊妮德的心煩意亂太明顯了。

「是妳後來還滿喜歡的那兩個孩子？」她母親問。「可憐的小頑皮。」

伊妮德說，只是這次的案子時間比較久，結束後要重新安頓比較難，而一開始就知道沒救的案子當然自有壓力。她住在母親那裡，白天不出門，但晚上只要確定不會碰到別人，不用交談，她就會出門散步。她發覺自己走過了監獄的外牆，她知道牆後就是監獄的院子，也曾經是執行絞刑的所在。不過這裡已經很久沒有執行絞刑了。現在要是必須執行的話，應該在某些大型中央監獄執行。這個社區，已經很久沒人犯下這種重罪了。

她隔著桌子坐在魯柏特對面，正對著昆恩太太的房門，她幾乎忘了自己上門的藉口，也不知道接下來該如何是好。她感受到自己大腿上的錢包，裡頭相機沉甸甸的重量——這提醒了她。

她開了口：「我有件事情想拜託你。我想還是現在說比較好，因為現在不說以後就沒機會了。」

「什麼事？」魯柏特問道。

「我知道你有艘小船。所以我想請你帶我到河中央，讓我拍張照片。我想拍張河岸的照片，那裡風景很美，岸邊都是柳樹。」

「好啊。」魯柏特說，話語中帶著鄉下人會有的反應，對訪客輕率（甚至是無禮）的要求，總是小心謹慎地不露出驚訝的表情。

那就是她現在的身分——訪客。

她的計畫是，等他倆划到河中央，她就要告訴他，她不會游泳。先問他，他認為這水有多深——然後他肯定會說，最近下了雨，可能兩公尺多吧，甚至是三公尺深。然後她再告訴他，她不會游泳。

這可不是說謊，她在瓦利長大，在湖邊，小時候每年夏天她都去湖濱玩耍。她身強體壯，很會玩，卻很怕水，不管別人怎麼哄騙、示範、取笑她，都沒用——她就是個旱鴨子。

他只需要用槳推她一把，就能讓她翻進水裡，任她滅頂，再把船留在河上，游到岸邊，換掉衣服，告訴別人他剛從穀倉出來（或是剛散步回來），就發現她的車在那裡，但她人呢？如果別人尋獲了她的相機，這一切就更說得通了。她是自己划船去拍照的，卻不知怎地跌入了水中。

一旦他明白自己占盡上風，她就要問他。她要問，這是真的嗎？

如果不是，他會恨她這麼問。如果是（她不是始終相信這是真的嗎？），他會出於別的更凶險的緣故而恨她。儘管她會馬上補充——我絕對不會說出去（她是認真這麼想，也言出必行）也一樣。

全程她都會非常小聲。她記得夏天傍晚，河面上的聲音可以傳到很遠的地方。

我不會說出去，但你會。你不能帶著這個祕密過一生。

你沒辦法帶著這個重擔在世界上活下去。你會受不了這種人生。

如果到那時為止，他都沒否認，也沒推她下水，伊妮德就知道自己贏了這場賭局。若是希望他把船划回岸邊，就必須再和他多聊一點，堅定卻平靜地說服他。

或者，她也可能會輸。他會說，那我該怎麼辦？她會步步為營地引導他，首先要說的就是，划回去吧。

漫長、可怖的旅程第一步。她會告訴他每一步該怎麼走，她會盡可能待在他身邊。把船綁好。走上河岸。穿過草地。打開大門。她會走在他身後，或是前方，看哪一個對他比較好。穿過院子，走上門廊，走進廚房。

然後互相道別，進入各自的車裡，然後他要去哪裡，就是他的事了。隔天她不會打電話報警，她會等，等到警察打電話來，她會去監獄看他。每天都去，或者依照獄方規定的頻率訪視。她會在獄中和他對坐，交談，她也會寫信給他。倘若他被轉到別的監獄，她也會去，即使她只准一個月探視他一次，她也不會離開他。還有在法庭上——對，每個出庭的日子，她都會坐在他看得見的地方。

她不覺得有誰會因為這種謀殺案被判死刑，這某種程度上是意外，肯定是一時強烈衝動才犯的罪。但是，當她覺得如此的奉獻，如此像愛卻又超越愛的一種聯繫，都染上了不道德的汙點，陰影就在那裡，使她驀然警醒。

計畫已然展開，她已經開口要他帶她去河上，佯稱拍照。她與魯柏特雙雙站起，她正好面對病房的門——那裡如今又成了前廳，門是關著的。

她莫名其妙就開了口。

「窗前那些被子拿下來了嗎？」

似乎有那麼一下子，他不知道她指的是什麼。接著他才說：「被子啊，對，我想是奧莉芙拿下來的。我們就在那裡面辦告別式。」

「我只是在想，太陽會把被子晒到褪色的。」

他打開了門，她繞過桌子，他們站著，望向裡頭。他說：「如果妳想進去的話，就進去吧。沒關係，進去吧。」

當然，床已經搬走了，家具全都推到牆邊，房間中央空空蕩蕩（告別式時應該是擺椅子的地方），朝北的幾扇窗戶之間也是空無一物——想必就是之前放棺材的地方。伊妮德以前拿來放臉盆、布料、脫脂棉、湯匙、藥品的桌子，已經推到牆角，上頭擺了一束大飛燕草。幾扇高窗的的採光依然相當好。

昆恩太太當時在這間房裡說了那麼多。此刻的伊妮德，耳邊只迴蕩著「說謊」兩個字。**說謊**。

我敢說全都是謊言。

一個人可能編出這麼詳盡又邪惡的事嗎？答案是肯定的。重病之人的腦裡，垂死之人的腦裡，可能塞滿了各式各樣的垃圾，又可能把這些垃圾構思成最足以令人信服的事件。伊妮德自己睡在這個房間時，腦裡不也充滿了最最下流骯髒的念頭。這種謊言可能在一個人腦中的各個角落等著，如蝙蝠般高掛，等待黑暗來臨的良機。我們永遠不能說，「沒人編得出這種事情來」。我們的夢境不就很複雜、很精巧嗎？一層又一層，你能記得的、能用語言表達的，只是表面能刮下來的薄薄一層而已。

伊妮德四或五歲的時候，她曾告訴母親，她某天去了父親的辦公室，看見他坐在辦公桌後，有個女人坐在他膝上。無論是當時還是現在，關於那女人的印象，伊妮德只記得她戴了頂有面紗的帽子，上面有很多花（這款式即使在當時也太過時了），她的上衣（或洋裝上半）前面的釦子全部敞開，一邊乳房光裸地暴露在外面，尖端則沒入伊妮德父親口中。她十分肯定地告訴母親，她看見了。她說：「她前面有一邊在爹地嘴裡。」雖然她知道乳房有兩個，卻不知道「乳房」這個詞。

「伊妮德，妳在說什麼？『前面』到底指的是什麼？」她母親問。

「就像冰淇淋甜筒那樣啊。」伊妮德回答。

她的確也是這麼看的，也還有可能這麼想。餅乾的甜筒，上頭有堆得高高的香草冰淇淋，整個壓在那女人胸口，其中一端在她父親口中，她父親嘴裡含著的是錯誤的那一端。

接著，她母親做了一件出乎意料之事。她把自己的洋裝解開，拿出一團裹著暗沉外皮的東西，垂在手上。「像這個嗎？」她母親問。

伊妮德說不是。「是冰淇淋甜筒。」她答道。

「那就是妳在做夢了。」她母親說。「夢有時就是沒頭沒腦的。不要跟爹地說，太蠢了。」

伊妮德沒馬上相信她母親，但過了一年左右，她知道母親說她做夢的解釋肯定是對的。因為冰淇淋甜筒不會在女士的胸口那樣子倒過來，而且也不會那麼大。等她年紀更大一點，她覺得那頂帽子一定來自她看過的某張圖片。

謊言。

她還沒問他，她還沒開口。還沒有什麼能讓她開口。那仍是「之前」。韋林斯先生仍是自己開進賈特蘭水塘裡的，可能是故意的，也可能是意外。人人皆如此相信，到目前為止，魯柏特也認為伊妮德如此相信。只要這樣下去，這間房間，這棟房子，她的人生，就會有不同的可能。與她過去幾天過的生活（或者說，她引以為傲的生活——隨便怎麼形容）全然不同的可能。這不同的可能性距離她愈發靠近，她只需要保持沉默，讓它來臨。她只要保持沉默，暗暗地合作，會有多少好處啊。對其他人，對她自己而言，也是如此。

這是大多數人早就知曉的道理，這個簡單的道理，她卻花了很久才明瞭，這就是讓這個世界還能住人的方式。

她開始哭泣，不是出於悲傷，而是一股她不知道自己在尋求的解脫感，忽然全部湧上來。如今她望著魯柏特的臉，看見他的雙眼布滿血絲，眼周的皮膚又皺又乾，像是也哭過了一樣。

「她這輩子過得並不好。」他說。

伊妮德說了聲抱歉，回廚房去拿桌上皮包裡的手帕。她想到自己盛裝打扮，卻迎來這麼情緒化的結局，不由得尷尬了起來。

「我不知道自己在想什麼。」她說。「穿這種鞋不能去河邊啊。」

魯柏特關上了前廳的門。

「如果妳想去，我們還是可以去。這裡應該會有妳能穿的橡膠靴。」他說。

不要是她的靴子，伊妮德暗自希望，不要。她的靴子會太小。

魯柏特走到廚房門外的柴房，打開裡頭的一只大桶子。伊妮德從沒看過那桶子裡面有什麼，以為裝的是木柴，她夏天肯定用不到。魯柏特拿出幾只單腳的橡膠靴，甚至連雪靴都有，想找到成對的一雙。

「這雙看起來應該可以。」他說。「這雙應該是我媽的，或是我的。以前我小時候穿的。」

他又拖出一個看起來像是帳篷一角的東西，接著是斷掉的帶子，後面連著一個舊書包。

「都忘了這些東西是擺在這裡了。」他邊說邊放手讓這些東西掉回桶裡，再把不能穿的靴子一一丟回去，蓋上桶蓋，慎重其事又悲傷地默默嘆了口氣。

一個家庭住在這樣一棟房子這麼多年，過去幾年又疏忽整理，自然會有很多桶子、抽屜、層架、行李箱、儲物箱、窄小空間等等，塞滿雜物，有待伊妮德整理分類，決定哪些東西要留下來並貼上標籤，哪些修理一下還可以用，哪些又要裝箱丟掉。當她有機會這麼做時，她會毫不猶豫著手進行。她會把這棟房子打造成一個對她沒有祕密的地方，一切都依照她的意思安排。

他趁她彎腰解開鞋子扣環的時候，把靴子放在她面前。在撲鼻而來的威士忌味之下，是失眠的夜晚，漫長艱苦的一天的苦澀氣息。她聞到一個辛勤努力的男人被汗水深深浸透的皮膚味，那種味道再怎麼洗（至少用他的方法洗）也很難徹底洗淨。沒有一種體味是她不熟悉的（就連精液也是），不過這具身體有股嶄新又具侵略的味道，如此明確地不受她控制，也不由她照顧。

她樂見此事。

「妳穿上看看能不能走。」他說。

可以走。她走在他前面，走向大門。他身材高大，彎身幫她打開柵欄時約莫是在她肩膀的高度。她等到他門上柵欄，站到一邊，讓他先走，因為他從柴房裡拿了一把小斧頭要幫他倆開路。

「那些牛本來應該多吃點草的。」他說。「但那裡有些草牛不吃。」

「我只來過這裡一次，很早的時候來的。」她說。

那時她的心境如此急切，如今想來似乎也是幼稚。

魯柏特一邊走，一邊砍掉大片茂盛的薊草。陽光在他們前方的樹林上投下整片漫著點點塵埃的光芒。某些地方的霧氣散去了，但忽然之間可能走進一大群小飛蟲之中。小如微塵的蟲子，不斷成團飛舞，像柱子，又像雲朵。牠們是怎麼辦到的？牠們為什麼會選擇聚集在這個地方，而不去別處？這想必和牠們的食物有關，可是這些蟲似乎始終沒辦法停下來吃東西。

她和魯柏特走過夏葉織成的濃蔭時，已近黃昏，要入夜了。這時必須注意腳下，別被小路上隆起的樹根絆倒，頭也要小心別撞上垂落的藤蔓——看起來很軟，其實硬得驚人。接著，一道水面的閃光掠過黑色的枝椏間，對岸的河面閃亮，那裡的樹依然閃著光芒。他們所處的這一邊河岸（他們正穿過柳樹林，走下河岸），水面是茶色的，卻很清澈。

小船等待著，在暗影中起伏，一切如常。

「槳藏起來了。」魯柏特說。他走進柳樹林找槳。有那麼一瞬間她看不見他，她往水邊走近了點，她的靴子稍微陷進泥裡，她動彈不得。如果她努力去聽，還是能聽見魯柏特在樹叢間走動的聲響。不過倘若她專心觀察小船的動靜，一種細微且祕密的移動，她便能感覺到，彷彿周圍至遠方的天地萬物都斷絕了聲息。

雅加達

凱絲和桑耶在海灘上擁有自己的一塊地方，就在一堆鋸斷的粗大樹幹後方。她們之所以選擇這裡，不只是為了讓寶寶避開海灘上偶爾的強風（凱絲會帶著寶寶來），也是因為她們不想看見每天都來海灘的那群女人。她們把那群女人叫做「莫妮卡們」。

「莫妮卡們」每人都帶著二到四個小孩不等，領軍的當然是正牌的莫妮卡。當她初次在海灘看見凱絲、桑耶和小寶寶時，就走上前自我介紹，還邀請她們加入。

她倆只好一人一邊，合力抬起嬰兒床跟在她後面，不然還能怎麼辦？不過打從那天起，她倆就偷偷摸摸潛伏在樹幹後面了。

「莫妮卡們」的全套海灘裝備，包含了遮陽傘、毛巾、媽媽包、野餐籃、充氣筏、充氣小鯨魚、玩具、乳液、替換衣物、遮陽帽、保溫瓶裝的咖啡、紙杯紙盤、裝自製果汁冰棒的保冷箱。

她們要不是坦然地挺著個大肚子，就是看起來一副懷孕的模樣，因為她們的體型都已經發福了。她們的孩子在水裡玩，有的騎著浮木，有的騎著充氣鯨魚，隨著水流上下晃動。這些媽媽踉踉蹌蹌走到水邊，大喊著孩子的名字。

「你的帽子呢？你的球呢？你已經騎夠久了，讓珊蒂玩一下。」

她們即便是跟對方交談，也得高聲說話，好蓋過孩子們的吵吵嚷嚷。

「妳要去『伍德瓦』買啦，那裡的絞肉和漢堡肉一樣便宜。」

「我用了氧化鋅軟膏，但沒用。」

「現在他胯下那裡長了個膿瘡。」

「妳不能用泡打粉啦，要用小蘇打。」

這群女人並不比凱絲和桑耶大多少，卻已經來到一個兩人都害怕的人生階段。她們把整座海灘變成了自己的舞臺，她們身上的重擔、為養孩子而身心俱疲、身形臃腫、為人母的威嚴，在在都毀了眼前的美景——明亮的水面，精緻小巧的海灣，上頭有從高聳崖石間長出的彎彎曲曲的樹，像是有紅通通枝椏的楊梅樹和雪杉。凱絲尤其能感受到她們的威脅，因為她自己也是個母親。她餵奶的時候經常在看書，有時抽菸，這樣才不會陷入「自己的功能只是哺乳」的心理泥淖中。此外，她給寶寶餵奶也不只是為了提供寶寶（名叫諾艾兒）珍貴的抗體，也是為了使子宮收縮，讓腹部平坦。

凱絲和桑耶帶了自己的保溫瓶裝咖啡，還有額外的毛巾。兩人便用毛巾幫諾艾兒搭了個臨時的小棚子。她們還帶了香菸和書本，桑耶有本霍華．法斯特的書，她先生曾告訴她，如果她必須讀小說，就應該讀這個人的作品。凱絲讀的是凱瑟琳．曼斯菲爾德和 D.H. 勞倫斯的短篇小說集。桑耶已經養成了習慣，自己的書先不讀，反而拿凱絲手邊隨便一本沒在讀的書來看。不過她規定自己只讀一個短篇故事，看完再回去讀霍華．法斯特。

她倆要是餓了，其中一人就必須爬上一段長長的木製臺階，海灣上環著一圈房屋，就建在高聳的岩石上，屋旁有松樹和雪杉遮蔭。這些房屋原先都是避暑小屋，在獅子門大橋尚未蓋好之前，溫哥華的人大多會跨海到這裡來度假。有的小屋（像凱絲和桑耶兩家租的）仍然相當簡陋，租金也便宜，其他的小屋（像正牌莫妮卡家租的），設備就先進多了。不過沒人想長居在這裡，大家都想搬進正常的房子，只有桑耶與她先生例外。他們的計畫似乎總是比別人多了些神祕的味道。

這些房屋共用一條半圓形的路，路面沒鋪石子，路的兩端都能通到海洋大道。這半圓形的社區布滿了高聳的樹木，樹下是蕨類植物和鮭莓叢，還有交叉的小路。走小路可以抄捷徑，到海洋大道的商店去。凱絲和桑耶會在商店外帶薯條當午餐，通常是凱絲去，在樹蔭下散步對她而言是種享受——要是帶著嬰兒車，她就沒辦法這麼走了。

她剛搬到這裡時還沒生諾艾兒，幾乎每天都會在樹下散步，當時她從未想過自由這一類的問題。有天她遇見了桑耶，兩人之前都曾經在溫哥華公立圖書館工作過一陣子，只是不在同一個部門，也從未交談過。凱絲辭職是因為懷孕六個月，規定使她必須辭職，以免有礙觀瞻。桑耶辭職則是由於醜聞影響的緣故。

如果不說「醜聞」，至少可說是報紙上刊登的某事件。桑耶的先生卡特，在一個凱絲從沒聽過的雜誌社當記者。他去了一趟中國，報上說他是共產作家。桑耶的照片就登在她先生的照片旁邊，還寫著她在圖書館工作的資訊。有人擔心她會不會在圖書館推廣共產主義的書籍，影響來圖書館的小孩，怕他們變成共產主義者。沒人說桑耶真的做了這些事──只是怕有這個可能性。加拿大人去中國旅行也沒犯法，不過後來人們發現卡特和桑耶都是美國人，他們的所作所為更令人擔心了，或許還別有目的也說不定。

「我認識那女生。」凱絲在報紙上看到桑耶的照片時，對她先生肯特這麼說。「至少我看過她，認識她。她看起來總是有點害羞，照片被刊出來她一定很尷尬。」

「才不會。」肯特說。「這種人喜歡覺得自己被迫害啦，這就是他們活著的意義啊。」

報上還寫著，圖書館館長說桑耶並不負責選書，也沒機會影響年輕孩童──她大部分的時間都在打書籍清單。

「真好笑。」她倆相遇相認後，在小路上聊了半個小時，桑耶說起這段經歷，對凱絲這麼說。好笑在於，桑耶根本不會打字。

她沒被圖書館開除，不過她還是自己辭職了。她想，反正她和卡特未來的生活會有些變化，不如就把工作辭了吧。

凱絲好奇的是，其中一個變化或許是生小孩也說不定。對她而言，學校畢業後的生活就是一連串的試驗等在眼前，有待通過。第一關是結婚，如果二十五歲前還沒嫁人，這關無論如何都不及格（她簽名時總是簽「肯特．梅貝瑞太太」，帶著如釋重負與些微的洋洋得意）。然後就要考慮生第一個孩子了，先等一年再懷孕，很不錯。等兩年再懷孕，有點太慎重了。等三年，別人就開始困惑不解了。接著，將來總會有第二個孩子，在這之後，這整個進程便開始黯淡不明，很難確定此刻所在之處，究竟是不是當初想抵達的地方。

桑耶不是那種會聊自己正在備孕、試了多久、用了什麼方法的朋友，她不會用那種方式分享性事、月事或身體的反應——雖然她很快就告訴凱絲某些一般人聽了會更驚訝的事。她自帶一種優雅的莊重感——她一直想當個芭蕾舞者，不過後來長得太高，未能如願。她始終耿耿於懷，直到她遇見卡特，他對她這番志願的評論是：「噢，又一個想變成垂死天鵝的布爾喬亞小女孩。」她的臉型寬，容貌冷靜，皮膚粉嫩，從不化妝——卡特也反對化妝。濃密的淡金髮用髮夾固定成圓潤飽滿的髻。凱絲覺得她長得極美，兼具聰慧與天使般的純潔之美。

凱絲和桑耶在海灘上一邊吃薯條，一邊討論自己正在讀的小說人物。怎麼會沒有女人愛史丹利．柏奈爾呢？史丹利這人是怎麼回事？他簡直像個小男孩，他的愛那麼咄咄逼人，在餐桌上那麼貪得無厭，又如此洋洋得意。相比之下，強納森．楚奧特——噢，史丹利的妻子琳達真該嫁給強納森．楚奧特的。強納森徜徉在水中之時，史丹利只會令水花飛濺，嘴裡哼來哼去的。「您好，我天使般的桃花美人。」強納森用他絲滑輕柔的低沉嗓音說。他充滿矛盾，他敏銳而困乏。「人生匆匆，人生匆匆。」他說。而史丹利的虛華世界失德敗壞，顏面掃地。

凱絲有心事，只是沒辦法提，也沒辦法想。肯特是不是有點像史丹利？

有天她倆吵了起來。凱絲和桑耶為了 D.H. 勞倫斯的一則短篇，出乎意料地吵了一架，非常心煩。那短篇小說名叫〈狐狸〉。

故事主角是一對戀人，一名軍人和一位名叫瑪區的女子。故事結尾他們坐在海崖上，遠望大西洋，望著他們將來在加拿大的家。他們就要離開英國展開新生活了。他們決定相守一生，只是他們並不真的幸福，還不到那個程度。

軍人心裡清楚，只有女方願意把一生交託給他，他們才會真的幸福。但女方還不願意做到那個程度。瑪區還在掙扎，仍在勉力保持與他之間的距離，努力想保有她女性的靈魂，女性的心智，這讓兩人都感到一種莫以名狀的苦痛。她必須停手——她不能再思考，不能再追尋了，應該放開自己的意識任由下沉，直到沒入他的意識為止。彷彿水面下搖擺起伏的蘆葦。向下看，向下看——看蘆葦如何在水中隨波搖擺，有自己的生命，卻絕不露出水面。她的女人天性，就該這樣活在他的男人本性之中，這樣她就會幸福快樂了，而他也會堅強自信起來。這樣他倆就能有個真正幸福美滿的婚姻了。

凱絲說，她覺得這真是太蠢了。

她開始解釋自己這麼說的原因：「他是在說性，對吧？」

「不只吧。他指的是整個人生。」桑耶說。

「對，但就是不包含『性』。有了性就會懷孕，我是指在正常的情況下。所以瑪區會有小孩，說不定還不只一個，然後她就得顧小孩了。如果妳的腦袋在水面下搖來搖去，是要怎麼顧小孩？」

「妳太過依照字面解釋了。」桑耶說，語調帶點優越感。

「妳要嘛就是有自己的想法，可以自己做決定，要嘛就是不行。」凱絲說道。「例如，寶寶要伸手去拿刮鬍刀了，妳會怎麼辦？妳難道會說，噢，我想我還是在旁邊做點別的事好了，等我先生回來再決定，因為我們是一體的。這是個好主意對吧？」

「妳舉的例子太極端了。」桑耶說。

兩人的語氣都冷硬了起來。凱絲話語輕快又帶輕蔑；桑耶語氣凝重又固執。

「勞倫斯不想要孩子。」凱絲說。「芙麗妲和他結婚前不是生了幾個小孩嗎？他還會嫉妒他們呢。」

桑耶低頭看著自己的兩膝之間，任由沙子從指縫間滑落。

「我只是覺得。」她說。「如果女人能自己作主，那就太好了。」

凱絲知道事情有點不對，她自己的說法就不對了。她幹麼這麼生氣、這麼激動呢？她幹麼又把話題轉到小嬰兒和小孩身上？難道是因為她有個孩子，但桑耶沒有？她之所以提到勞倫斯和芙麗妲，是因為她懷疑卡特和桑耶某種程度上也是這樣嗎？

只要在討論到孩子時，主張女人必須照顧孩子，就安全了。不會有人怪妳。但是當凱絲這麼說的時候，她卻表裡不一。她受不了故事裡水中蘆葦的描述，卻也明白自己的反對說辭自相矛盾，她說得太過頭了，感到透不過氣來。她說這番話時想到的是自己，而不是孩子。她自己正是勞倫斯筆下譴責的這種女人。她無法坦然承認這一點，因為這或許會讓桑耶懷疑（或許會讓凱絲自己都懷疑），凱絲生活中有什麼窘迫之處。

桑耶曾在另一次談話中說過（同樣令人警醒心驚的一次談話）：「我的幸福就靠卡特了。」**我的幸福就靠卡特了**。

這句話大大震撼了凱絲，她絕不會這樣形容肯特。她不希望這是自己的肺腑之言。

但她也不希望桑耶把她想成與愛無緣的女人，那種不曾被考慮過，不曾被獻上絕頂的愛。

II

肯特還記得，卡特和桑耶搬去奧勒岡的那個小鎮叫什麼名字，或者也可以說，是桑耶在夏末搬去的那個小鎮。她搬去那裡照顧卡特的母親；卡特則赴遠東出差。卡特從中國旅遊回來後，在美國就一直有狀況，可能是真的出了問題，也可能是憑空想像出來的。他打算下次回來時，與桑耶在加拿大碰面，或許讓他母親搬到加拿大住。

桑耶現在應該不太可能住在那個小鎮了，她婆婆住在那裡還比較有可能，不過機率也很低。肯特說那個鎮不值得他們停下來。但黛博拉說，為什麼不停一下？去看看她們人還在不在，不是很好玩嗎？於是他們在郵局問到了要怎麼開過去。

肯特和黛博拉往鎮外的郊區開，一路上穿過許多沙丘——開車的人是黛博拉，他倆度過這種悠閒長假時，多半是她開車。他們已經去過多倫多，看肯特的女兒諾艾兒。也去看過肯特與第二任妻子派特生的兩個兒子，一個住在蒙特婁，另一個則住在美國馬里蘭州。他們還去了亞利桑那州，拜訪肯特和派特的幾位老朋友，與他們一起住（那些人現在住在有大門管制的豪宅社區）。他們也去過聖塔芭芭拉，和黛博拉的父母住過一陣子——兩老的年紀和肯特差不多。現在他們沿著西岸往北開，目的是溫哥華的家。不過他們每天都慢慢開，這樣肯特在旅途中才不會太累。

沙丘上長滿了草，就像普通的小山丘，只是偶爾會有塊沒草的坡面露出來，看起來十分逗趣，像孩子堆的沙堡，放大到不符比例的程度。

路的盡頭就是郵局的人跟他們說的那棟房子，錯不了的。門口還有塊招牌，「太平洋舞蹈學校」，還有桑耶的名字，下方還有塊牌子寫著「吉屋出售」。院子裡有位老婦人正在用園藝剪修剪一處樹叢。

原來卡特的母親還健在，但肯特忽然想起，卡特的母親失明了，所以卡特的父親過世後，有人得和她住在一起。

如果她失明了，她在這裡拿一把大剪刀剪來剪去，是在做什麼？

他犯了個常見的錯，沒意識到時間已經過了多少年——幾十年了。如果卡特的母親還在世，那她真的是人瑞了。他也沒想到桑耶會有多老，他自己又有多老。原來那名老婦人就是桑耶，起初她也沒認出他來。她彎身將園藝剪插進土裡，在牛仔褲上擦了擦手。他看著她僵硬的動作，自己的關節也感同身受。她稀疏的白髮在微微的海風中飄動——這海風居然能穿越重重沙丘，找到路來到這裡。原先包覆著骨架的堅韌肌肉消失了不少，她的身材一直都是胸部較平，腰部卻很圓潤。她的背部寬大，臉型也寬，是北歐型的那種女孩。不過她的名字不是按照族譜取的——他想起她之所以叫桑耶，是因為她母親喜愛桑雅．海尼主演的電影。她倒是刻意換了自己名字的拼音，好表達她看不起母親如此輕浮的行為。那時他們都基於某種理由，輕視自己的父母。

陽光很強，他看不太清楚她的臉，不過倒是能看見她皮膚上幾個白點映著光——可能是切除皮膚癌之後的痕跡。

「哎，肯特啊。」她開口道。「真好笑，我還以為你是來買我這房子的人。這位是諾艾兒嗎？」她也搞錯了。

黛博拉其實比諾艾兒還小一歲，但她一點也不會給人花瓶嬌妻的感覺。肯特開完第一次刀之後認識了她。她是物理治療師，沒結過婚。而他是個鰥夫。她沉靜穩重，不信時尚，也不信把復古當流行那一套——她的長髮編成辮子垂在身後。她介紹他做瑜伽，開運動處方讓他做，現在則要他吃維他命和人蔘。她個性機敏，對周遭事物不感興趣，幾乎到了冷漠的程度。或許對她這一代的女人而言，覺得人人皆有一段熱烈無比、難以言說的過去，都是理所當然的。

桑耶邀請他們進屋去。黛博拉說想讓他們好好聊聊，她想去附近找找有沒有健康食品店（桑耶跟她說了哪裡有），然後去海灘散個步。

肯特最先注意到的，是這房子很冷。當時是晴空萬里的夏日。不過美國西北岸靠太平洋這區的房子，很少像外表看起來那麼溫暖——只要沒了太陽照射，就會立刻感覺到溼冷的空氣。霧氣和冬季陰雨的寒冷，想必日日夜夜以難以抵擋之勢進入這座房子。木造的大平房，雖然有點東倒西歪的感覺，但還是裝飾過，有門廊，有老虎窗。肯特居住的西溫哥華過去有很多這種房子，不過大多數都賣了，要拆掉蓋新屋。

兩間相連的大客廳，除了一臺直立式鋼琴之外什麼也沒有。地板中央的灰是磨損過的痕跡，房間角落上了深色的蠟。其中一面牆裝了一整排欄杆，對面則是蒙塵的鏡子。他在鏡中看見兩個削瘦的白髮人影走過。桑耶說她正想辦法把這地方賣掉——嗯，他從門口的招牌就看得出來。既然這地方已經被設置成舞蹈教室，她想不如就留著原來的模樣吧。

「有人來接手，應該也能辦得不錯。」她說。她提到舞蹈學校是一九六〇年左右開辦的，就在接獲卡特的死訊不久之後。卡特的母親狄莉雅負責彈琴，一直彈到她快要九十歲，出現失智症狀為止。（「對不起。」桑耶說。「但您真的對什麼事都沒反應了。」）桑耶只好把她送到安養院，即使她已經認不出桑耶了，桑耶依然每天去餵她吃飯。桑耶雇了新的人來彈鋼琴，但學校經營狀況依然不佳，而桑耶也明白自己無法再示範動作給學生看，只能用講的。因此她知道，該收手了。

從前的她有自己的架子，她並不平易近人，事實上也不太友善，至少他這麼認為。如今看她忙東忙西、喋喋不休，正是孤獨了太久的人才會有的樣子。

「學校剛開始辦的時候做得很好，小女孩能學芭蕾都很興奮。後來這種東西就不流行了，你知道的，太正經了。但也沒完全消失啦，然後到了八〇年代，很多人搬到這裡來，都是年輕的小家庭，好像都滿有錢。他們是怎麼賺到這麼多錢的啊？所以應該是有機會再把學校辦得成功一點，只是我沒有經營得很好。」

她說，婆婆走了之後，或許也把那股精神，那股東山再起的需求也給帶走了。

「我們感情一直都很好。」她說。「一直都是。」

廚房是另一個大空間，即使放了碗櫥、各種家電用品，還是有點空曠。地板鋪著灰色和黑色的磁磚——或許是黑色和白色，但因為洗地板的水不夠乾淨，所以把白磚洗灰了。他們經過一條走道，兩邊都是高聳直到天花板的架子，架上塞滿了書本和破舊的雜誌，可能還塞了報紙，散發出陳舊紙張脆裂的氣味。這裡的地板鋪了一層瓊麻地蓆，一路鋪到側邊的門廊那裡。他終於有個機會可以坐下了。真材實料的藤編扶手椅與靠背長椅，若不是破舊到快散了，可能還挺值錢的。窗前有捲起或放了一半的竹製百葉窗，也已年深日久。外頭的灌木叢長得太快，抵到了窗戶。肯特叫不出多少植物的名字，但他認得出來這些灌木長在沙質土壤上。葉片又韌又亮——綠到像是浸過了油似地。

兩人穿過廚房時，桑耶就燒了開水準備泡茶。現在她整個人陷在一張扶手椅中，一副很高興終於可以坐下的樣子。她舉起指節分明的一雙髒兮兮的手。

「我等一下就把手洗乾淨。我剛才沒問你要不要喝茶，就直接煮水了。我也可以煮咖啡。或者，如果你想喝的話，我可以直接做點琴湯尼來喝。不如就這麼做吧？真是個好主意。」

電話響起，老式鈴聲，刺耳大聲，聽起來像是電話就擺在走道上，桑耶卻急忙走回廚房。她講了一陣子電話，中間因為水燒開了，水壺哨音響起，暫停了一下。他聽見她說「現在有客人」，暗自希望自己的造訪沒妨礙到她安排別人來看房子。她的語氣帶著緊張。他覺得這應該不是一般交際的電話，或許和錢有關係。他努力別去聽她講電話。

堆在走道上的書本和報紙，讓他想起當年桑耶和卡特在海灘岩壁上的家。其實讓他回憶起當年的，是進屋後的不適感，還有這整間屋子沒人照顧的感覺。客廳靠著一端的石砌壁爐取暖（他就只待過一次），當時壁爐裡雖然正燒著火，陳年的灰燼卻不停從壁爐裡飄出，灰中還夾帶著燒焦的柳橙皮和垃圾。他們家裡到處是書本和小冊子，屋內沒有沙發，反倒放了張折疊小床——人坐在上面的時候，要不是腳放在地上，背沒地方靠，就是得彎背靠著牆壁，盤腿坐著。凱絲和桑耶就是這樣坐的。她們兩人完全不加入談話。肯特坐在一張椅子上，坐下前還必須拿走一本原先放在椅子上的書。書名是《法國內戰》，封面灰灰的。他們現在是這麼稱呼「法國大革命」的嗎？他心想。然後他看見了作者的姓名，卡爾・馬克思。其實在他看見這本書之前，他就在這房間裡感受到敵意與評判了。就像走進一間擺滿傳福音的小冊子和耶穌畫像的房間，有耶穌騎驢，耶穌在加利利海上，便感受到審判從天而降一樣。而當時不是只有書本、報紙給他這種感覺——還有爐火裡的一團亂，花紋磨盡的地毯與粗麻布窗簾。肯特自己的襯衫和領帶也配錯了，從凱絲端詳他衣著時的眼神來看，他就懷疑這樣搭配不對了。不過他一旦穿上，便不打算再更換。凱絲則是穿了肯特的某件舊襯衫，長度蓋過牛仔褲頭，再拿一串安全別針固定好。他原先覺得她穿這樣去別人家裡晚餐有點草率，但後來又覺得她應該是只穿得下這樣的衣服。

那是諾艾兒出生的前夕。

卡特煮的是咖哩，結果非常美味。他們還喝了啤酒。卡特三十多歲，年紀比桑耶、凱絲和肯特都大。他個子高，肩膀窄，額頭也高，額前光禿禿的，蓄著細小的落腮鬍，說起話來語調快速，聲音很低，像是在講什麼機密似的。

那晚還有一對年老的夫妻，太太的乳房低垂，搖來晃去，灰白的頭髮挽到頸後。先生身材矮小，一副傳統男性的樣子，衣著雖然有點邋遢，行為舉止卻相當得體。他說話字正腔圓，不過有點急躁，習慣邊說邊用手比劃正方形。那晚還有一個年輕人，紅髮，水亮的眼睛有些浮腫，皮膚長滿了斑。他還是學生，有份兼差是開送報卡車到報童取報的地點。這年輕人很明顯才剛上工。那名年長的先生認識他，調侃年輕人說，送那種報紙不覺得很丟人嗎。資本家階級的工具，菁英分子的傳聲筒。

即使他是半開著玩笑，肯特卻不肯讓事情就這樣過去。他本想晚一點再加入談話，卻想不如現在就說吧。他說，他不覺得那種報紙有什麼不好。

一群人就是在等這類話題出現，那位年長的先生已經得知肯特是藥劑師，在連鎖藥局工作。那位年輕人也開口道：「你想成為管理階層嗎？」他問的方式在其他人耳裡聽起來像是在開玩笑，但肯特不覺得。他說對，他希望如此。

咖哩上桌了，他們也吃了，喝了更多啤酒，又添了柴火。春日的天色漸暗，橫過柏拉德灣，可以看見格雷岬角的燈火。肯特挺身為一堆事情辯護：資本主義、韓戰、核武、約翰．福斯特．杜勒斯、處決羅森堡夫婦——無論他們說什麼，他都一一回擊。像是美國公司勸說非洲婦女不要餵母奶，改買配方奶粉，還有加拿大皇家騎警粗暴對待印第安人，他都嗤之以鼻。尤其是卡特的電話可能被監聽一事。他引用了《時代》雜誌的話，還特地說明他就是在引用。

年輕人拍著膝蓋，用力搖著頭，因為難以置信而大笑不止。

「我不相信這傢伙，你們相信嗎？我不信。」

卡特不停地搬出論證，因為他自認是個理性的人，想控制住現場的火藥味。年長的男人突然話鋒一轉，說教了起來。垂著布袋奶的女人時不時就插嘴，語氣雖然有理，卻很是毒舌帶刺。

「為什麼政府哪裡出包，你就急著幫他們說好話？」

肯特自己也不知道，不知道為什麼非要這麼做不可。他甚至沒認真把這些人當成敵人。他們是真實世界的邊緣人，高談闊論又自視甚高，不管是哪種類型的狂熱分子都會這樣。他們和肯特的同事相比起來，一點也不可靠；在肯特的工作場合，犯錯是至關重要的大事，責任從未間斷，你根本沒有時間亂想連鎖藥局的概念是不是個爛主意，或是沉浸在製藥公司是否有陰謀的妄想中。那就是他每日都要走入的真實世界，肩上承擔著他的未來與凱絲的未來。他接受這一切，甚至為此自豪，與這一屋子只會抱怨的人辯論，他一點也不會感到抱歉。

「不管你們怎麼說，生活真的愈變愈好。」他說。「看看你們生活的周遭就知道了。」

此時的他依然同意當年的自己，他覺得當時或許太莽撞了，卻沒有錯。但他也好奇當年那房間裡的憤怒，所有挫敗的能量，後來都怎麼樣了？

桑耶講完電話，從廚房朝他喊：「我很確定我們別喝茶了，就喝琴湯尼囉。」

她從廚房帶著酒回來時，他問她，卡特死了多久了。她說已經超過三十年囉。他倒抽一口氣，搖了搖頭，有那麼久了？

「他染上了某種熱帶蟲子的疾病，很快就死了。」桑耶說。「那是在雅加達。我甚至連他生病了都不知道，他們就把他埋了。雅加達以前又叫巴達維亞，你知道嗎？」

「不太清楚。」肯特回道。

「我記得你家的房子。」她說。「客廳其實是門廊，房子前面一整排都是，像我們家一樣。百葉窗是用遮陽棚的材料製成的，綠色和褐色的條紋。凱絲喜歡陽光透過百葉窗的模樣，她說那是叢林的光。你叫那棟房子高級款小破屋，每次你提到它，都會形容是『高級款小破屋』。」

「門廊的柱子卡在混凝土裡，柱子都爛了，房子沒倒真是神奇。」肯特說。

「你和凱絲以前會出門看那一帶的房子。」桑耶說。「你休假的時候，就會用嬰兒車推著諾艾兒，繞著外面的社區走，看那些新蓋的房子。你很清楚那些社區長什麼樣子，那邊根本沒有人行道，因為大家好像都不必再走路似地。他們把樹全砍了，那堆房子全黏在一起，住在裡面的人只能透過觀景窗，每天大眼瞪小眼。」

「大家都只買得起那樣的房子，哪還能買別的啊？」肯特說。

「我知道，我知道。不過你會問：『妳喜歡哪間？』凱絲從來不回答。你最後生氣了，問她，好嘛，不管這裡，妳喜歡哪種房子？然後她就說，『高級款小破屋』。」

肯特不記得有這件事，但他想應該是真的發生過，因為凱絲是這麼跟桑耶說的。

III

趁著卡特出發去菲律賓（還是印尼？管他要去哪裡）、桑耶去奧勒岡州照顧婆婆之前，他們辦了個歡送派對。住在這個海灘社區的人都被邀請了——派對是露天的，理所當然應該邀請大家。桑耶和卡特還邀了兩人搬到海灘前、住公共住宅時的鄰居，卡特的一些新聞同業，以及桑耶在圖書館工作時的幾位同事。

「幾乎就是全世界了嘛。」凱絲說。肯特則是愉快地接口問：「還有很多親左派？」她說她不知道，反正一堆人都會去。

正牌莫妮卡請了她平常雇的保母來，這樣大家就能把孩子暫時放在莫妮卡家，再共同分擔保母的費用。天快黑的時候，凱絲把諾艾兒放在手提嬰兒床裡，也帶了過去，跟保母說她午夜之前會回來，那時諾艾兒應該會醒來想吃奶。她其實可以把在家裡準備好的奶瓶帶過去，但她後來沒帶，因為她不知道派對狀況會如何，覺得中途如果有機會溜走也不錯。

她與桑耶始終沒談過那晚，肯特在桑耶家和一屋子人吵起來的事。那是桑耶初次見到肯特。事後，桑耶只說，肯特真的長得很帥。凱絲卻覺得「長得很帥」單純是客套的敷衍之詞。

去桑耶家作客那晚，凱絲只是背靠著牆壁，拿著抱枕抵住腹部，她已經習慣拿抱枕抵住寶寶會踢的地方。那抱枕褪色又布滿灰塵，與桑耶家的每樣東西一樣（桑耶和卡特租的這間房子是附家具的）。上頭原有的藍色花葉圖樣，褪成了銀色。凱絲聚精會神地看著這些東西。肯特則是被這群人搞得一肚子火又滿頭問號卻不自知。那名年輕人對肯特說話的方式熱血沸騰，像是兒子氣憤地對自己父親大發脾氣。至於卡特，則是用一種耐性快要耗盡的老師對學生說話的口氣。那位年老的先生被逗得很樂，他太太則是滿心厭惡，好像廣島原爆、亞裔女生在密閉工廠內被活活燒死、政客骯髒的謊言、大言不慚裝腔作勢，全都是肯特的錯。不過在凱絲眼中，肯特會被圍剿也是活該。她最討厭的就是這種事，當她看見肯特搭配的襯衫和領帶時，就決定不穿好看的孕婦裝，逕自套上牛仔褲了。而她到了桑耶家之後，就只好這樣坐著一整晚，手中扭著那只抱枕，這才發現它褪色後發出的銀光。

房間裡的每個人對一切都如此肯定，他們停下來喘口氣時，也只是為了補充那源源不斷的能量，純粹的美德，純粹的肯定。

或許只有桑耶例外。她什麼話也沒說；不過桑耶依賴的是卡特，他就是她肯定的來源。她起身又去拿了些咖哩分給眾人，在每個人都各懷憤怒的短暫沉默中開口。

「好像沒有人想吃椰子啊。」

「噢，桑耶，妳是不是想當那種善於交際的女主人啊？」年長的女人問她。「就像吳爾芙的小說寫的那樣？」

現在看來就連吳爾芙都是貶義了。這裡面有太多凱絲不懂的事，但至少她知道有哪些事情不對勁，只是她還沒準備好要開口說：「這是在搞什麼鬼。」

不過她倒是希望她的羊水可以在這時破掉，只要是能讓她分娩的方法都好，如果她在這群人面前弄出一地羊水，倒在地上扭來扭去，他們應該就會閉嘴了。

倒是後來，肯特卻沒怎麼被那晚的事影響。首先是，他覺得自己贏了。「他們都是親左派，說話都是那個樣子。」他說。「他們也只會那樣子講話。」

凱絲焦慮到不想再談政治了，就換了個話題，她告訴肯特，那對年長的夫婦是桑耶和卡特住公共住宅時的鄰居。另外還有一對夫婦，也是後來搬家了。當時那些人有依序交換性伴侶的規矩，那個年長的男人在外頭有女人，他太太則和別人交換伴侶。

「妳是說會有年輕人和那個老女人上床？她肯定有五十歲了吧。」肯特說。

「卡特也三十八了啊。」凱絲說。

「就算是這樣，還是很噁心好嗎。」肯特說。

但凱絲覺得那種規定好的、義務性的交媾，噁心卻也很刺激。把自己聽話地交出去，沒有誰可以責怪誰，看名單上輪到哪個人就是了——就跟聖妓一樣。性慾乃是職責，一想到這裡，她體內深處就湧起一股下流的快感。

桑耶卻不覺得刺激，她在這段過程沒有體會到高潮。她回到卡特身邊時，他會問她有沒有高潮，她必須回答沒有。他失望，她則為他而感到失望。他為此生出的解釋是她太過專一、太拘泥於性財產的觀念了，而她也知道他是對的。

「我知道，他認為如果我夠愛他的話，我就能把這件事做得更好。」她說。「但我真的愛他呀，愛得好苦。」

凱絲的腦海裡雖有一大堆誘人的遐思，卻相信自己這一生只能和肯特上床。性，就像他倆之間發明的事物，與別人發生關係，就像是換接電路——她的人生會在她面前炸成碎片。然而她卻說不出，她愛肯特愛得好苦這種話。

她從莫妮卡家沿著海灘走向桑耶家時，看見了等待派對開始的賓客。他們有的三五成群站成小圈，有的坐在鋸斷的樹幹上，看著夕陽西下。大家都喝啤酒。卡特和另一個男人正在洗垃圾桶，準備用來調潘趣酒。圖書館館長坎波小姐一個人坐在樹幹上，凱絲用力對她揮手，卻沒走過去與她坐在一起。因為，要是在這個時候加入落單的人，就很難抽身了，情況會變成你們兩人與其他人隔絕。這時應該加入三、四人的談話，即使遠遠看會以為他們聊得很開心，實際上的對話卻無聊得要命。不過在她向坎波小姐揮手之後，她也很難加入那種三、四人的團體，她還有地方得去。於是她繼續走，經過肯特身邊，他正與莫妮卡的先生聊在海灘上鋸樹幹要花多少時間。她走上階梯，進入桑耶家，踏進廚房。

桑耶正在攪拌一大鍋辣肉醬。有個中年太太（桑耶在公宅時的鄰居）則忙著把切片的裸麥麵包、義式臘腸與起司擺在大淺盤上。她的穿著和咖哩晚餐那天一樣——寬鬆的裙子，色澤暗淡的緊身毛衣，貼著毛衣的乳房直直垂到腰部。凱絲心想，這大概也和馬克思主義有關——卡特喜歡桑耶不穿胸罩、不穿絲襪、不搽脣膏。這八成也和不受拘束、不必嫉妒的性有關。慷慨大方、純淨無瑕的慾念，即使面對五十歲的女人也並不猶疑。

有個圖書館的女生也在廚房，忙著切青椒和蕃茄。還有個凱絲不認識的女人，坐在廚房的高腳椅上抽菸。

「有件事我們實在對妳很有意見。」圖書館的女生對凱絲說道。「我們辦公室的人都是。聽說妳生了個好可愛的寶寶，卻還沒帶來給我們看過。她現在在哪裡啊？」

「我想應該睡了吧。」凱絲回答。

說話的女孩名叫蘿倫。不過桑耶和凱絲回想在圖書館上班時，曾私下幫她取過一個綽號，叫做黛比．雷諾斯。她總是精力充沛。

「噢。」蘿倫回答。

乳房垂到腰際的女人看了她和凱絲一眼，眼神充滿厭惡。

凱絲開了瓶啤酒遞給桑耶。桑耶說：「噢，謝謝，我太專心做辣肉醬了，完全忘了可以喝一杯。」她十分擔心，因為她的廚藝不如卡特。

「好在妳自己不打算喝。」圖書館的女生對凱絲說。「如果妳在餵母奶的話就不能喝。」

「我餵母奶的時候還不是經常大喝特喝。」坐在高腳椅上的女人說。「我想是有人推薦可以這樣喝，反正還不是一泡尿撒完就沒事了。」

這女人的眼睛用黑色眼線筆描過，眼尾處拉長，眼皮直到兩道整潔俐落的黑眉之間，搽上了藍紫色的眼影。扣掉眼妝不算，她整張臉非常蒼白，也可能是刻意畫成這樣。她的雙唇也泛白，粉紅色的唇膏搽上去看起來幾乎是全白。凱絲從前也看過這樣的臉蛋，不過只有在雜誌上看過。

「這位是艾咪。」桑耶說。「艾咪，這位是凱絲。抱歉，我一直沒有介紹妳們兩個認識。」

「桑耶，妳老是在說抱歉。」那位中年太太說。

艾咪撿起一塊剛切下的起司吃掉。

艾咪就是那情婦的名字。中年太太的先生的情婦。凱絲忽然很想認識她，想與她成為朋友，就像她曾經渴望與桑耶為友一樣。

黃昏逝去，夜晚降臨，海灘上的人不再結成小群，逐漸開始一起行動。女人在水邊脫下鞋子，穿絲襪的人把手探向腰際，脫下絲襪，用腳趾輕碰水面。大部分人不喝啤酒了，改喝潘趣酒，潘趣酒的成分也隨之改變，一開始是蘭姆酒配鳳梨汁，現在則換成別的幾種果汁，配上蘇打水、伏特加與葡萄酒。

眾人開始慫恿已經脫鞋的人再脫點什麼，有些人穿著衣服就衝進水中，接著在水裡一件件脫下，丟給岸邊的人。還有人則是原地脫個精光，對彼此說反正天色太暗了，什麼也看不見。其實大家還是能看見赤裸裸的身體在黑沉沉的水中潑水、奔跑、跌倒。莫妮卡從家裡帶來一大疊毛巾，向所有人大喊著上岸時別忘了裹住身體，以免重感冒。

月亮從岩壁頂端漆黑的樹梢間緩緩升起，看起來碩大無比，如此莊嚴，令人激動。眾人頻頻驚嘆。那是什麼啊？即便後來明月高升，縮至正常大小，人們還是時不時就望著它，說「豐收月啊」，或是：「你有看見月亮剛升起來的樣子嗎？」

「其實我以為是個超大的氣球。」

「我沒辦法想像那是什麼東西。我覺得月亮不可能那麼大。」

凱絲在海邊和那個中年男人聊天，她剛才在桑耶家廚房看到了他的妻子和情婦。現在他妻子正在游泳，與那些尖叫潑水的人有段距離。中年男人說，在另一世，他是一名牧師。

「信仰之海，曾幾何時，大潮漲滿。」他開玩笑似地說。「環繞大地，如同層疊腰帶，光環閃耀——我那時娶的是完全不同的女人。」

他嘆了口氣。凱絲以為他是在想接下來的詩句。

她接口道：「此刻只聞，浪淘哀戚，呼喊悠長，天際幽深無盡，塵世砂石裸露。」她稍停了一下，因為接下來的句子還很長。「噢，我心所愛，讓我倆真誠相對——」

他的妻子朝他們的方向游過來，水深其實只到她的膝蓋，她卻花了好大力氣才能上岸。她涉水走來的時候，乳房左右搖晃，流下串串水珠。

她先生張開雙臂，說道「歐羅巴[1]」，像是迎接同袍歸來的語氣。

「那麼你就是宙斯了。」凱絲大膽地說。此刻，她就想要這樣一個男人吻她。一個她幾乎不認識，也不在乎的男人。而他也的確吻了她，冷涼的舌頭在她口中來回翻動。

「想想，一塊大陸，居然用一頭母牛命名。」他說。他的妻子就站在他們兩人面前，全力游泳後舒服地喘著氣。她站得太近了，凱絲很怕她深色的長乳頭或那團黑色陰毛蹭過來。

有人生了火，原先在水裡的都上岸了，有人包著毯子，有人裹著毛巾，或縮在樹幹後，努力

1 Europa，希臘神話中的腓尼基公主，有一說指她遭到宙斯擄走。

要把衣服穿回去。

音樂響起。莫妮卡家的鄰居擁有碼頭和船屋。有人帶來電唱機，大家開始在碼頭上、沙灘上跳舞，只是在沙灘上比較難跳。甚至有人沿著長長的樹幹，跳了一步兩步之後就開始搖搖晃晃，不是自己摔下來就是跳下去。有些女人又穿上了衣服，或是一開始就沒脫，有些女人完全靜不下來（像是凱絲），便沿著海邊散步——現在已經沒人游泳了，游泳已成了被眾人遺忘的過去。現場放了音樂，他們的步伐也不同了，害羞扭捏地搖擺，帶著開玩笑的意味，接著放肆了起來，像是電影裡的美麗女人。

坎波小姐仍然坐在原地微笑。

那個被凱絲和桑耶稱作「黛比．雷諾斯」的女孩坐在沙灘上，背靠著一根樹幹哭泣。她對凱絲微微一笑，說：「別以為我是因為難過。」

她先生大學時是美式足球隊員，現在則經營汽車維修行。他來圖書館接她下班時，總是一副美式足球員的樣子，對除了自己以外的世界露出淡淡嫌惡的表情。不過現在他正跪在她身邊，玩弄著她的髮絲。

「沒事的。」他說。「她每次想到這件事就是這樣，對不對，親愛的？」

「我想是吧。」她回答。

凱絲發現桑耶在火堆邊漫步，一邊發棉花糖給大家。有人把棉花糖串在木棍上拿去烤，還有人把棉花糖丟來丟去，不久後糖就掉到沙灘上不見了。

「黛比．雷諾斯在哭耶。」凱絲說。「不過沒事的，她很開心。」

兩人笑起來，彼此擁抱，裝棉花糖的袋子壓在她們中間。

「噢，我會想念妳的。」桑耶說。「噢，我會想念我們的友誼。」

「是啊，是啊。」凱絲說。兩人都拿了顆冷的棉花糖吃，笑著注視對方，滿懷甜蜜與惆悵。

「你們應當如此行，為的是紀念我。[2]」凱絲說道。「妳是我最真實真誠的朋友。」

「妳是我最真實真誠的朋友。」桑耶也說。「最真實的，最真誠的。卡特說，他今晚要和艾咪睡。」

「不要放任他。」凱絲說。「如果妳會為了這件事難過，不要放任他。」

「噢，這不是放任的問題。」桑耶果敢地說，接著喊道：「有人要辣肉醬嗎？卡特在那邊幫大家盛。要辣肉醬嗎？要辣肉醬嗎？」

卡特已經把裝辣肉醬的鍋子拿下臺階，放在沙地上。

「小心鍋子喔。」他用慈父般的語氣不停提醒眾人。「小心鍋子喔，很燙。」

他蹲著幫大家盛，身上只包著一條毛巾，還有一大片是掀開的。艾咪就在他旁邊忙著分碗給大家。

---

2 源自《路加福音》。

凱絲走到卡特面前，雙手呈杯狀。

「求求您，主教大人。」她開口道。「我沒有資格拿碗。」

卡特跳了起來，放下杓子，把雙手放在她頭上。

「祝福妳，我的孩子。那些後頭的人將要領頭。」他親吻她低垂的脖子。

「啊。」艾咪小聲驚呼，彷彿她自己才是領受一吻（或是吻了凱絲）的人。

凱絲抬頭，看向卡特後方。

「我想試試那種脣膏。」她說。

艾咪聽了便說：「快來吧。」她放下碗，輕輕扶上凱絲的腰際，把她推向臺階。

「去上面。」她說。「我們來把妳整個人好好打扮打扮。」

她們去了卡特和桑耶臥室後方的小浴室，艾咪拿出一堆瓶瓶罐罐化妝品，卻沒地方放，只好把馬桶蓋放下來充當桌子。凱絲得坐在浴缸邊緣，臉幾乎要擦到艾咪的腹部。艾咪先是在凱絲臉頰上抹開某種液體，又在她眼皮上塗開某種膏，隨即又刷上某種粉。她把凱絲的眉毛刷過，打亮，在她的睫毛上塗了三層睫毛膏。她先用脣筆描凱絲雙脣的輪廓，再搽上脣膏，又拿了面紙輕輕按壓，接著再上一層脣膏。她托著凱絲的臉龐，讓臉朝著光源。

有人在敲浴室的門，接著竟然搖晃起門板來。

「等等。」艾咪喊著，接著怒吼：「你是有毛病嗎，就不能找根樹幹後面尿？」

直到全部的妝都化好了，她才讓凱絲照鏡子。「別笑喔。不然效果就毀了。」她說。

凱絲嘴角下垂，陰沉地瞪著鏡中的自己。她的雙脣彷彿飽滿的花瓣，百合花瓣。艾咪把她拉開。「我不是這個意思。」她說。「不要看自己的樣子比較好，也不要想去照鏡子，妳會很美的。」

艾咪朝著外面排隊的人喊（也可能是原來捶門的那個）：「外面那位，你的寶貝膀胱再撐一下，我們要出去了。」她一把將所有化妝品掃進袋子裡，再把袋子塞到浴缸底下，對凱絲說：「來吧，美女。」

艾咪和凱絲在碼頭上跳舞，邊笑邊拌嘴。幾個男人試圖加入她們，但她倆卻有辦法把男人們給趕開。不過她們隨後便放棄了，兩人被各自帶開，臉上露出氣餒的表情，揮舞著雙臂，像是被圈禁的雞鴨似地。她倆被拉開距離，與別的舞伴跳舞。

凱絲整晚都和一個她沒見過的男人跳舞。他看起來和卡特年紀差不多，個子高，腰間線條粗了，也軟了，一叢灰鬈髮，眉眼之間有種被寵壞的自大又受傷的神情。

「我說不定會摔下去。」凱絲說。「我頭好暈，可能會掉下碼頭。」

「我會接住妳。」他說。

「我好暈，但我沒喝醉喔。」她說。

他笑起來，她想，喝醉的人最常說這種話。

「真的。」這確實是真話，因為她連一瓶啤酒都沒喝完，也沒碰潘趣酒。

「除非我是透過皮膚吸收酒精。」她說。「滲透作用嘛。」

他沒答話，卻把她拉近再放開，望著她的眼睛。

凱絲和肯特之間的性急切又熱烈，同時卻也很含蓄。他們不曾主動挑逗對方，而是有點笨拙地自然發生親密關係（或者說，他們自認為的親密關係），也就一直保持原樣。如果人生中只能有一位伴侶，也就沒必要特地製造特別的事物了——這樣已經夠特別了。他們裸裎相見，但即使是在那樣的時刻，他們也不曾互望對方的眼睛，除非湊巧。

這就是凱絲與這位陌生舞伴整晚做的事，他倆前進、後退、轉圈、閃避，為彼此費心表演，直視對方雙眼。他們的眼神說明了，倘若兩人有意願安排一場激烈的雲雨之歡，那麼這場表演相比之下完全不算什麼。

然而這都只是玩笑罷了。他們只要一觸到彼此，就隨即分開，緊靠時，他倆張口用舌頭挑逗對方的嘴脣，又立即後退，裝出慵懶的模樣。

凱絲身穿短袖刷絨羊毛衣，尖領開得很低，前面有整排釦子，方便餵奶。

兩人再次靠近時，他的舞伴舉起手臂，像是要擋住什麼，手背轉了一下，裸露的手腕與前臂卻拂過她堅挺的乳房，羊毛衣下一股電流竄過，兩人驚得站立不穩，幾乎沒辦法繼續跳舞了，卻依然勉力維持——只是凱絲已然身體痠軟，步伐踉蹌。

她聽見有人在叫她。

梅貝瑞太太。梅貝瑞太太。

是保母，在莫妮卡家的臺階中段喊她。

「妳的寶寶，妳的寶寶醒了，妳可以來餵她嗎？」

凱絲立刻停下舞步，發抖著，穿過其他跳舞的人群。在光照不到的所在，她跳下船塢，跌跌撞撞地在沙灘上走著。她知道舞伴在後面，她聽見他也從船塢上跳了下來。她早已準備好，要向他獻上自己的嘴或喉嚨，但他一把抓住她的臀部，讓她轉過身來。他則是跪了下去，隔著她的棉質長褲吻了她的胯下。然後他輕輕站起（以他這種高大身材而言算是很輕微了），兩人同時轉身離開彼此，凱絲趕忙走進光亮處，爬上莫妮卡家的臺階。她氣喘吁吁，拉著階梯上的欄杆往上爬，像個老婦人。

保母人在廚房。

「喔，妳先生。」她說。「妳先生才剛帶著奶瓶過來。我不知道你們怎麼安排的，不然我也不會大聲叫妳。」

凱絲走進莫妮卡家客廳，這裡唯一的光源來自走廊和廚房，但她還是看得出來這是個實實在在的客廳，不像她家和桑耶家的客廳，是門廊改建的。有張時髦的丹麥咖啡桌，裝上襯墊的家具和打褶的落地窗簾。

肯特坐在一張扶手椅上，拿著備用的奶瓶餵諾艾兒。

「嗨。」即使諾艾兒正猛力地吸著奶瓶，不可能睡著，他還是輕聲細語地開口說。

「嗨。」凱絲回道，往沙發上一坐。

「我剛想，帶奶瓶來也不錯。」他說。「萬一妳喝了酒的話。」

凱絲說：「我沒喝。」她舉起一隻手輕碰乳房，看看奶量是否足夠，但毛衣摩擦乳房的觸感激起一陣慾念的震顫，她再也按捺不住。

「那，如果妳想餵奶的話，就換妳吧。」肯特說。

她就坐在沙發的邊緣，身子微微前傾，很想問他，你是從前門還是屋後進來的？意思是，你是沿著路還是沿著海灘過來的？如果他是沿著海灘過來的，應該就會看到她和陌生人跳舞。不過當時在船塢上跳舞的人很多，或許他不會注意到特別的一兩個人。

不過，保母看到她了。他也聽到保母在喊她的名字。而他也會看到保母是朝哪個方向喊。也就是說，如果他是從沙灘過來的，就會看到。如果他是從大路過來的，從前門進莫妮卡家，而不是走入廚房，他根本就看不到那些跳舞的人。

「你聽見她在叫我嗎？」凱絲問。「所以你才回家去拿奶瓶？」

「我原本就在想要帶了。我想也是時候餵奶了。」他拿起奶瓶看看諾艾兒喝了多少。

「她很餓呢。」他說。

「是啊。」她回道。

「所以妳要把握機會啊，如果妳想喝茫的話。」

「你自己呢？你喝茫了？」

「我已經喝夠多了。」他說。「如果妳想喝就去吧。去享受，好好玩吧。」

她覺得他那傲慢的語氣聽起來可悲又矯揉造作，他一定看到她跳舞了。否則他就會說：「妳怎麼把臉搞成這樣？」

「我寧願等你。」她說。

他對著寶寶皺了皺眉頭，把奶瓶舉高。

「快喝完了。妳想去就去，沒關係。」他說。

「我需要去一下洗手間。」凱絲說。她進了浴室，果然和她想的一樣，莫妮卡家的浴室有很多面紙。她轉開熱水，浸溼面紙，用力擦去妝容，浸了又擦，浸了又擦，不時把弄成黑紫色的面紙團丟進馬桶裡沖掉。

IV

第二杯酒喝到一半，肯特正在聊西溫哥華近來高到令人目瞪口呆的房價。桑耶忽然說：「你知道嗎，我有個想法。」

「我們以前住的那些地方啊。」肯特說。「早就不在了啦。與現在的房價一比，簡直廉價。我現在都不知道買那種地方要幹麼了，只是為了那塊地，等著拆了再蓋。」

她有什麼想法？是關於房價嗎？

不是，是與卡特有關。她不相信卡特已經死了。

「噢，我一開始是相信的。我從來沒想過要懷疑。但某天我忽然清醒過來，覺得這不見得就是事實。我沒必要信以為真。」她說。

想想當時的情形嘛，她說。有個醫生寫信給我，從雅加達寫來。換句話說，有個人寫信給她，自稱是醫生。他說卡特死了，說了死因，用了什麼醫學上的術語，她現在也忘了。不管怎樣，反正就是種熱帶傳染病。但她哪知道這個人真的是醫生？或者，假使他真的是醫生吧，她怎麼知道他說的是實話？卡特要認識醫生並不難，有個醫生朋友也不難，卡特什麼朋友都有。

「或者卡特就是付錢給他咧。」她說。「這種事又不是不可能。」

肯特問：「他為什麼要這麼做？」

「他又不是第一個這麼做的醫生。說不定他有個照顧窮人的診所，要經營就得花錢。我們哪裡知道？也或許他是自己想要錢。醫生又不是聖人。」

「不是。」肯特說。「我是指卡特。卡特幹麼做這種事？而且他有錢嗎？」

「沒。他自己是沒錢，但是——我不知道。這只是假設而已。說他花錢找人寫信。而且我人在這裡，你知道。我人在這裡照顧他媽媽，他真的很關心他媽媽，也知道我不會遺棄她。這些都沒關係。

「這真的沒關係。我很喜歡狄莉雅。我不覺得照顧她是負擔。比起當他太太，我說不定還比較適合照顧他媽媽。你知道，有件事很怪，就是卡特的事，狄莉雅跟我想的一樣。她懷疑的事跟我一樣，只是她從沒告訴我，我也從沒告訴她。我們都不想讓對方傷心。有天晚上，就在她——得搬出去之前不久，我念了一篇懸疑小說給她聽，背景在香港。然後她就說，『說不定卡特就在那裡。香港。』

「她說希望她說這樣的話沒有讓我難過。然後我告訴她我一直在想的事，她就笑了。我們都笑了。你會以為老母親說起她唯一的兒子丟下她跑了，會傷心欲絕，但沒有。或許老人就是不會這樣。真的很老的老人家。他們不會再傷心成那樣，一定是覺得不值得了。

「他知道我會照顧她，只是他或許不清楚我會照顧多久。真希望我能拿那封醫生的信給你看，但我丟了。還真蠢，但我那時整個人都要瘋了，不知道下半輩子要怎麼辦。我沒想到要去追查，看這醫生是不是真的醫生，或是跟他要個死亡證明還什麼的。這些事我都是後來才想到的，那時我已經沒有地址了。我也沒辦法寫信給美國大使館，因為卡特最不想往來的就是他們。他又不是加拿大公民，說不定他還有另一個名字呢，有個假身分可以用，還有假證件。他以前就跟我提過這種事，對我來說，他一部分魅力就在這裡。」

「其中多少有些自吹自擂吧。」肯特說。「妳不覺得嗎？」

桑耶回道：「當然啊。」

「之前沒有保險嗎？」

「別傻了。」

「假如有保險的話，他們就會去找出真相了。」

「是啊，但就是沒有保險。」桑耶說。「所以啦，我自己是打算這麼做。」

她說，有件事她從沒跟她婆婆說。等她恢復獨自一人生活之後，她要自己去找。她要去找卡特，或者，找出真相。

「我猜你會覺得這是某種異想天開吧？」她問道。

她是腦子有問題吧，肯特不悅地想著。他這趟出門，拜訪的每個地方，總會有讓他極度失望的時候。也就是當他意識到，眼前正在跟他說話的人，他刻意主動聯絡的人，無法給予他此行想要的東西。好比他去亞歷桑那州拜訪的那位老朋友，即使住在管制良好的豪宅社區，依然覺得生活裡危機重重。他這名老朋友的太太七十多歲了，一直想拿照片給他看，內容不外乎是她自己，還有一些演出音樂劇、打扮成克朗代克舞廳女郎的老女人。而肯特自己的孩子都已經成年，忙於自己的生活。這些對他來說都很正常，並不意外。他意外的是這些人的生活，他兒子和他女兒的生活，如今看來非常封閉，有些墨守成規了。就連他可以預見（或有人告訴他）他們生活中即將出現的改變，也全然了無新意——像是諾艾兒即將離開第二任丈夫。這件事他還沒跟黛博拉說（連他自己都很難坦然面對），但確實如此。而現在則是桑耶。他對桑耶並不特別喜歡，也可說有點提防，但他敬重她也是她有點神秘的緣故。如今她已淪為一名多嘴的老婦人，神經還有點不正常，只是外人看不出來。

他還有一個拜訪桑耶的理由，只是他們忙著責怪卡特，現在還沒談到。

「嗯，老實說。」他開口道。「去找他聽起來不太明智，我說實在的。」

「大海撈針啊。」桑耶爽朗地說。

「他現在可能已經死了。」

「確實。」

「他哪裡都有可能去，也可能就住下來了。前提是假設妳的說法成立的話。」

「沒錯。」

「所以唯一的指望就是，他當時真的死了。如果妳的假設不成立，之後妳總會得知他的死訊，比起妳現在這樣，也好不到哪裡去。」

「噢，我想還是不一樣的。」

「妳要是留在這裡寫幾封信去打聽，效果一樣好。」

桑耶不同意這番說法。她說，關於這種事，不可能透過官方管道去打聽。

「你得讓自己的名號傳遍大街小巷才行。」

她指的是雅加達的街上——她是指從那裡開始找。像雅加達這種地方，民風並不封閉，人們就在大街小巷生活著，知曉身邊的各種小道消息。店家更是消息靈通，大家總會認識什麼人脈，一傳十十傳百。她可以到那裡去打聽消息，消息一傳開，人們就會知道她在雅加達。像卡特那樣的男人，走在街上不可能不引人注目，即便過了這麼多年，肯定還是會有人記得他，多少會有點消息。有些消息必須花一大筆錢才能打聽到，打聽來的消息也不是樁樁件件都可信。儘管如此，儘管。

肯特想問她對錢有什麼打算，她是否從父母繼承了一些財產？他似乎記得她結婚時，她父母就和她斷絕關係了。或許她認為賣掉這棟房子可以獲得大筆金額。希望不大，但也許她是對的。

即使如此，她要在幾個月內把這一大筆錢都花完，也是有可能的。她如果真要去雅加達放風聲，那也無所謂。

「那些城市真的變了很多。」他只能這麼說。

「我可沒忘記一般常見的管道。」她說。「能找的人，我一定都會去找。大使館、下葬紀錄、醫療紀錄，有的話我一定會去問。其實我已經寫過信了，不過他們只會找藉口而已。你必須當面去找他們對質，你人一定得去那邊，親自去。一直去找他們，去煩他們，找到他們的弱點在哪裡，必要的時候還要事先準備好，要塞錢給他們。我並沒有在自欺欺人，覺得這件事情很簡單。

「例如說，我推測那裡一定熱到不行。嗯，雅加達——聽起來就不是個好地方。到處都有沼澤、低地。我也不笨，我會打好疫苗，該做的預防措施也會做，也會帶著維他命。雅加達是荷蘭人建的城，那裡一定少不了琴酒。荷屬東印度公司嘛。它也不算很老的城，我想建城應該是一六〇〇年代的事。等我一下，我存了一堆……我拿給你看喔，我有……」

她放下已經空了好一陣子的酒杯，迅速起身，才走幾步就被皺掉的瓊麻地蓆絆倒，不過她很快就扶住門框，才沒真的跌倒。「得把這個舊墊子給丟了。」她一邊說，一邊快步走進屋內。

他聽見她奮力拉開卡住的抽屜，接著是一堆紙嘩地落地的聲音。這期間她的話還是說個不停，語速又急又快，過於激動，生怕一不講話就會失去他的注意力。他其實沒聽懂她在說什麼，也沒花心思去聽，倒是趁機吞了顆藥丸——他過去半小時都一直想著該吃藥了，卻找不到空檔。藥丸很小，不必喝水也能吞（反正他的酒杯也空了）。他其實可以假藉某個動作把藥丸放進嘴裡，桑耶就不會注意到，但或許是由於不好意思，也或許是出於迷信，他最後還是沒這麼做。黛博拉一直清楚他的健康狀況，他並不介意，他的孩子們當然也應該知道，但是若要讓他同輩的友人們知道，似乎是種禁忌。

藥丸吞得正是時候，一陣暈眩感襲來，一股令他難受的潮熱，一種彷彿要崩解的脅迫，從他的腳底一路往上緩緩移動，在太陽穴旁化為大顆大顆的汗珠。有那麼幾分鐘，他以為自己就要被這股力量打垮了，但等他冷靜下來，規律地呼吸幾次，伸長四肢，換了個舒服的姿勢之後，便覺得控制住了。這段期間內，桑耶抱著一疊紙走進來——有地圖，還有一堆影印的文件，想必是她從圖書館的書中印下來的。她坐下時有幾張紙從她手中飛了出去，散落在瓊麻地蓆上。

「嗯，他們稱之為老巴達維亞的這個地方。」她開口道。「是依照幾何圖形規畫的，非常荷蘭風。有個郊區名叫 Weltevreden，是『非常滿足』的意思。要是我發現卡特住在這裡，豈不是很好笑？有間老葡萄牙時期的教堂，一六〇〇年代晚期建造的。當然那是個穆斯林國家，那裡有全東南亞最大的清真寺。庫克船長為了修船，把船停在那裡，還大力稱讚了那裡的造船廠。不過他也說過，沼澤裡的水溝很臭，現在可能還是一樣。卡特外表看來一向不強壯，不過他比你想得還會照顧自己。他不會去充滿瘴癘之氣的沼澤，或在路邊攤買飲料。嗯，當然啦，如果他現在人在那，我猜他應該完全適應了當地氣候和環境了吧。我不知道會怎麼樣，我可以想像他完全變成了當地人，或者他已經在那裡成了家，有個嬌小的褐色皮膚女人在等著他。躺在池邊吃水果啊。或是他會到處去幫窮人乞討之類的。」

有件事，肯特記得很清楚。海灘派對那晚，卡特身上除了圍一條毛巾之外什麼也沒穿，就這樣跑來找他。因為他是藥劑師，卡特來問熱帶疾病的事。

不過這麼問似乎也很正常，像他一樣要去那種地方的人，都會有相同的疑問吧。

「妳想的是印度吧。」他對桑耶說。

他現在穩下來了，藥丸讓他找回內在運作的自信，阻止了剛才那種骨髓流逝之感。

「你知道，我明白他沒死，有一個原因？」桑耶說道。「我沒有夢到他。我會夢到死去的人，就像我婆婆，我總是夢見她。」

「我不做夢的。」肯特說。

「每個人都會做夢啊。」桑耶答道。「你只是不記得罷了。」

他搖了搖頭。

凱絲並沒有死，她住在安大略省，哈利波頓區，距離多倫多不算遠。

「妳媽媽知道我在這裡嗎？」他曾問諾艾兒。她答道：「噢，我想是吧。一定的。」

但是沒人來找他。黛博拉問要不要繞路去看凱絲時，他的回答是：「還是不要多跑一趟吧。不值得。」

凱絲獨自一人住在某座小湖邊，她曾與一個男人同居許久，倆人一起打造了那棟小屋，不過那男人已經過世了。但凱絲還有朋友，諾艾兒說，她過得還不錯。

他與桑耶剛開始聊的時候，她就提過凱絲的名字，那時他便有一種溫暖又危險的感覺——這兩個女人還有聯絡。或許他會聽見一些自己不想知道的事，卻又傻氣地盼望桑耶會向凱絲回報，說他現在有多帥（他的確英俊，他有這個自信，因為他的身材沒有走樣，也在美國西南方把自己晒得黝黑），他的婚姻有多美滿。諾艾兒之前可能也說過類似的話，但桑耶的話多少比諾艾兒說的有分量。他在等桑耶再次提到凱絲。

但桑耶沒再回到那話題上，只是不斷聊著卡特、蠢事、雅加達。

那股騷動如今在外面——不在他體內，而是在窗外。原先持續擾動著矮樹叢的風，現在加強了搖撼的力道。這些矮樹叢不是會隨風搖擺、枝條修長的品種，樹枝堅韌，葉片也相當有分量，所以如果要搖起來，勢必得從根部開始晃動。陽光在綠油油的葉片上閃動，有陽光，沒有雲層隨風而來，就代表不會下雨。

「再來一杯？」桑耶問。「我少放點琴酒？」

不了。他已經吃了藥，不能喝了。

一切都在倉促之中，只有當一切極其緩慢時例外。他與黛博拉一起開車旅行時，光是要等黛博拉開到下一個鎮，就得等了又等。然後他等到了什麼？什麼也沒有。但有時會迎來某個時刻，萬物似乎都在對你訴說著什麼。晃動的樹叢，耀眼的白光，在你還來不及注意的時候，轉瞬即逝，倏忽來去。當你想統整一切，卻只看見宛如開車兜風之時，高速行駛之下所見的可笑風景。所以你就接收了錯誤的想法，絕對是錯誤的想法，就像一個已死之人很可能還活著，在雅加達。

然而，當你知道某人還活著，你大可以開車到對方家門前，你卻讓那機會溜走了。什麼會讓人覺得不值得？是看見她彷彿看見一名陌生人，就好像你從未與她結過婚一樣？還是發現她並非陌生人，卻難以言喻地疏離？

「他們逃走了。」他說。「他們兩人。」

桑耶任由腿上的紙張滑落，跌入一地凌亂之中。

「卡特和凱絲。」他說。

「幾乎每天都這樣。」她回道。「每年的這種時候，天天都這樣，快傍晚就會起這種風。」她說話時臉上的小圓斑映著陽光，像是用鏡子打訊號。

「你太太已經離開好久了。」她說。「真荒唐。不過年輕人對我來說似乎一點都不重要。就好像他們可以從地球上消失一樣，一點都無關緊要。」

「正好相反。」肯特反駁。「妳說的是我們。不重要的是我們。」

藥力發作了，他的思緒不斷展延，閃閃發亮，像飛機劃過天空時拉得長長的尾跡。他盤算著一個念頭，想著留在這裡，當疾風把沙子吹落沙丘之際，聽桑耶聊雅加達。

不必繼續下去、不必回家的念頭。

科爾提斯島

小新娘。我那時二十歲，身高一百七十公分，體重約莫是六十到六十三公斤。不過有些人——像是卻斯的老闆娘、他辦公室裡那個年紀比較大的祕書，還有樓上的戈瑞太太，都叫我小新娘。有時還會稱我是「我們的小新娘」。卻斯和我私底下會取笑這件事，不過在公開場合，他聽見了便會露出寵溺有加的珍愛眼神。我的反應則是撇起嘴微笑——羞怯靦腆地表示默認。

我們住在溫哥華的一間地下室。我原先以為這間房子是戈瑞家的，但不是，屋主是戈瑞太太的兒子，雷。雷經常來修理東西，他都從地下室的門進來，像我和卻斯一樣。他身材削瘦，窄胸膛，約莫三十多歲吧，總是帶著一個工具箱，戴頂工人帽。或許是他接管線和做木工時總是彎腰駝背，長年下來他的背就永遠駝著了。他的臉色像蠟一樣蒼白，也經常咳嗽。每一聲咳嗽都像是一則審慎的聲明，代表他人在地下室裡是必要的侵擾。他不會為了身處房客的空間而道歉，但也不會在這裡到處走動耍威風。我唯一和他說話的機會，是他來敲門告訴我，要暫時停水或切電一陣子。房租是每個月用現金交給戈瑞太太，我不知道她是會全數交給她兒子，還是會從中拿一點出來補貼生活費。否則他們夫婦兩人只能靠她先生的老人年金過生活了（她這麼跟我說）。她沒有老人年金。我還沒那麼老啦，她說。

戈瑞太太老是從樓梯間往下大喊，問雷還好嗎，要不要喝杯茶。他總是回答還好，沒時間喝茶。她說他工作太勤了，就像她自己一樣。她總是會哄他多吃些她做的點心，一些蜜餞、餅乾、薑餅之類的——和她硬要塞給我的東西一樣。他會說不用，他才剛吃過飯，家裡東西還很多。我也總是推辭，不過等到她塞給我第七還第八次的時候，我就放棄了。在她的甜言蜜語和失望表情攻勢之下，我若繼續推辭就太尷尬了。我很欣賞雷總是能不停拒絕她，他甚至連「不用了，母親」都不說，而只說「不」。

接下來她就會開始找話題。

「那你最近有沒有什麼新鮮事啊？」

沒什麼。不知道。雷從不粗魯無禮，也不暴躁動怒，但他永遠一步不讓。他身體很好。感冒也好了。柯尼許太太和艾琳也一直都很好。

柯尼許太太是雷住處的房東，房子在東溫哥華。他在這兩間房子總是有很多工作要做，所以一邊的事趕完了，就得趕去另一邊。他也幫忙照顧房東太太的女兒艾琳。她患有腦性麻痺，必須坐輪椅。「可憐的東西。」戈瑞太太聽雷說艾琳很好之後，說了這麼一句。她知道雷會帶艾琳去史丹利公園走走，或者趁晚上出去逛逛，買個冰淇淋，卻從不因此當面責備他。（她之所以知道，是因為她偶爾會與柯尼許太太通電話。）不過，她會對我說：「沒辦法，我就是不停想到冰淇淋沿著她的臉流下來的畫面啊，我忍不住會想。旁邊的人一定都在看。」

她說，她推戈瑞先生出門的時候別人也會看——戈瑞先生之前中風了，也得坐輪椅——但這與雷和艾琳的情況不一樣啊。因為出了家門，戈瑞先生就不動，也不出聲，她也會把他打扮得整齊像樣才出門。可是那個艾琳只是整個人癱在輪椅上，嘴裡「啊嗚啊嗚」一直叫。可憐的東西，她沒辦法控制自己。

戈瑞太太又說，柯尼許太太要打算一下吧，萬一她哪天走了，誰來照顧那個殘廢女孩？「應該要有法律規定健康的人不能和那種人結婚的，只是目前為止還沒有這種法律。」

戈瑞太太有時會找我去樓上喝咖啡，但我沒有一次真的想去。我在地下室有自己的生活要忙。有時她來敲我的門，我會假裝不在家。不過為了製造不在家的假象，我一聽見她打開樓梯頂上的那扇門，就必須關燈、鎖上門。接著當她用指甲叩門，用顫抖的聲音叫我名字的時候，我就得完全保持不動。接下來（至少）一小時，我得非常安靜，甚至連沖馬桶都要避免。如果我說，我沒辦法空出時間，我有事情得做，她就會笑著問：「什麼事啊？」

「我正在寫信呢。」我回答。

「總是在寫信啊。」她說。「妳一定是想家了。」

她的眉毛是粉紅色的——與她紅中帶粉的髮色很相似。我不覺得那種髮色是天生的，但她怎麼會去染眉毛呢？她搽了胭紅的臉龐很細瘦，看起來精力充沛，牙齒又大又亮。她渴望友誼，渴望陪伴，還不顧對方的反抗之意。卻斯帶我來這間公寓的第一天早上就是這樣。那天，卻斯與我先在火車上碰面，然後他領我來這，戈瑞太太就端著一盤餅乾和狼一般的微笑來敲我們的門。我旅行戴的帽子都還沒脫，卻斯正忙著扯我的束腹，中途就被打斷了。她做的餅乾又乾又硬，還塗了層亮粉紅色的糖霜，說是要慶祝我們新婚。卻斯三言兩語就把她應付過去，畢竟他半小時內就要回去上班。不過擺脫她之後，他原先起頭想做的事，也沒時間繼續下去了。他只好一片又一片地吃著那餅乾，抱怨嘗起來像鋸木屑一樣。

「妳老公好正經喔。」她會這麼告訴我。「我真的忍不住要笑出來，我每次看他進進出出，臉上都掛著那副正經到不行的表情。我很想告訴他，放輕鬆點吧，又不是全世界都要靠他。」

有時我還必須匆匆忙忙丟下正在讀的書、正在寫的東西，與她一起上樓去。我們會坐在她的餐桌旁，上面鋪了蕾絲桌巾。餐廳裡有一面八角形的鏡子，裡頭映出一隻陶瓷天鵝。我們用瓷杯喝咖啡，用同款花紋的小瓷盤吃點心（又是一堆鋸木屑餅乾，或黏黏的葡萄乾塔，或者乾硬的司康），用繡花小餐巾在嘴脣上輕沾，拂掉碎屑。我的位置面對著瓷器櫃，裡頭放著精美的玻璃杯，放糖和奶的器皿組，鹽罐和胡椒罐組，都過於精緻小巧，不適合每天使用。還有細口花瓶，茅草屋外型的茶壺，形狀像百合花的蠟燭。戈瑞太太每個月都會仔細檢查瓷器櫃裡的每樣東西，再一一洗過。這些都是她告訴我的。她還和我談我的未來，她假設我應該要有哪種房子、哪種未來。她說得愈多，我愈覺得四肢如鐵一般沉重，愈想打呵欠（而且時間還不到中午），只想爬到哪個地方躲起來睡。不過我對什麼都讚嘆不已，瓷器櫃裡的東西，戈瑞太太平日整理家務的程序，她每天早上搭配的服裝等等。裙子，毛衣，都是色調不同的淡紫色或珊瑚紅，搭配顏色相襯的圍巾或人造絲絲巾。

「早上第一件事就是把自己打扮好，打扮得像妳要出門工作那樣，要整理頭髮，也要化妝——」她已經不只一次看到我穿著晨袍的樣子。「還有，洗衣服或烤東西的時候，永遠要穿上圍裙。打扮好了，可以幫自己加油打氣啊。」

永遠要烤點心備著，如果有客人臨時拜訪，就能招待他們（就我所知，除了我之外她根本沒有別的客人。而且我也不能算是臨時上門拜訪）。還有永遠不要用馬克杯裝咖啡。

她這些話沒有我說的這麼直白，她說的是「我都是——」或「我總是喜歡——」或「我覺得怎樣怎樣比較好」。

「就算我當年住在那個荒郊野外，我也總是——」我想打呵欠或尖叫的衝動在那一刻暫時減弱了，她住過哪個偏遠地區的野外？什麼時候住的？

「噢，海岸線北邊。」她說。「我很久以前也當過新娘子呢，我在那裡住了好幾年，聯合灣。但那裡不算太荒野啦，科爾提斯島。」

我問她那島在哪裡。她回道：「噢，很北邊。」

「那裡的生活一定很有趣了。」我說。

「噢，有趣嗎。如果妳覺得熊很有趣，美洲獅很有趣的話啦。我自己是寧願過得文明一點。」她回道。

戈瑞太太家的飯廳和客廳隔著一道橡木拉門，拉門總是開著一道縫隙，這樣戈瑞太太坐在餐桌這一頭時，就能看著坐在客廳窗前躺椅上的戈瑞先生。她都稱他是「我那坐輪椅的老公」，但實際上他只有在太太推他去散步時才坐輪椅而已。他們家沒有電視——那個年代，電視還是很新奇的東西。戈瑞先生坐在窗前看著街道，看對街的基斯蘭奴公園，看公園另一邊的布勒內灣。他會自己去廁所，一隻手拄著手杖，另一隻手抓著椅背或扶牆——力氣太大會變成在拍牆。到了廁所裡，他也都自己來，不過要花上很長一段時間。戈瑞太太說，有時上完還必須把廁所擦乾淨。

我通常只看得見戈瑞先生一條穿著長褲的腿，在亮綠色的躺椅外伸出一截。我作客時，他約莫有一兩次會步履蹣跚地走去廁所，他身材高大——頭大，寬肩，骨架也大。

我沒看他的臉，因著中風或疾病而殘缺的人，對我而言是種徵兆，是一種莽撞的提醒。我避看的不是他們無用的肢體，不是厄運留在他們身體上的印記——而是那雙人的眼睛。

我也不相信他會朝著我看，儘管戈瑞太太會對著他喊，我上樓來看他們啦。他只會哼個一聲，那大概就是他唯一能打招呼的方式，或是想打發我走。

我們公寓裡有兩間房間，另外還有半個房間的空間，租的時候有附家具，不過以這類公寓的標準來看，只附了一半，家具品質也是一般人會丟掉的那種。我記得客廳地板鋪的是別人用剩的亞麻油地板碎塊——正方形、長方形、不同顏色、不同樣式，拼拼湊湊，像一條縫得亂七八糟的拼布被外加金屬條。廚房裡的瓦斯爐要投幣才能用。我們的床擺在廚房的一個凹角——大小還卡得剛剛好，要到床上只能從床尾爬上去。卻斯在書上讀過，伊斯蘭的女眷就是用這種方式爬上蘇丹的床，先崇拜他的腳，再往上爬，致敬他身體的其他部位。所以我們有時候會玩這個遊戲。

床尾掛了一條布簾，用來隔開床與廚房。布簾其實是件舊床罩，邊緣摸起來光滑，一面是淡黃色與米色相間，配上酒紅色玫瑰與綠葉的花樣；向床的那一面則是酒紅色與綠色條紋，配上花朵與群葉，彷彿米色的鬼魂。這道布簾是我對這間公寓最明確的印象，這也難怪。整個做愛過程到完事後的一切，我眼前就是這道布簾，它提醒了我喜愛婚姻生活的緣由——我忍耐被稱為「小新娘」的預料之外的侮辱，以及一只瓷器櫃帶來的古怪威脅——這是給我的獎賞。

卻斯與我的家庭都認為婚前性行為很不堪入目、不可原諒，而婚後的性很顯然就無人聞問，迅速被遺忘。我倆正處於這套價值觀盛行的末期，儘管我們並不知道。卻斯的母親在他的公事包發現保險套的時候，哭著去找卻斯的父親。（卻斯說那是他大學軍訓營時隊上發的——這是實話。而他拿到之後也忘了有保險套——這是謊話。）所以我們能有自己的地方、自己的床、在床上想做多久就做多久，真是太棒了。我們為了色慾，甘願接受這種交換條件，只是從沒想過，年長的人（我們的父母、叔伯姑姨們）也可能為了相同的原因，做出相同的事情。他們最渴望的，似乎都是房子、財產、強力割草機、家用冰箱、擋土牆等等。當然，就女人而言，最想要的則是孩子。這些東西都是我們將來以為可能會選擇（或不選）的事物，從來不覺得這些事物就像年齡或天氣一樣，是無可抵擋之事。

而此時我想起這些事，老實說，並不是我們原先以為的那樣。其實每件事都與我們的選擇有關。就連懷孕也是一樣。我們甘願冒這個險，只是為了看看自己是否真的成熟了，看看這事是否真會發生。

我在布簾後的另一件事是閱讀。我從幾個街區外的基斯蘭奴圖書館借來書籍，當我讀到驚奇不已，眩暈眼花，像是狼吞虎嚥下大量養分，從內心翻騰的狀態中抬起頭來之時，我眼前所見就是布簾上的條紋。不只是書上的角色、情節，就連書中的情境都附在那些造作的花朵上，順著深酒紅色的水流或陰沉的綠流動。我會專挑大部頭的書，書名我很熟悉，彷彿咒語一般（我甚至試著要讀《約婚夫婦》），而在讀這些厚書的空檔，我會看赫胥黎和亨利．格林的小說，還有《燈塔行》、《最後的謝利》、《心之死》。我不帶偏好地把這些書一本一本吞下，就像童年時讀書一樣，輪流臣服於它們之下。我仍然處於那個胃口大增的階段，貪婪到可說是痛苦的程度。

只是自童年開始，我就心懷一事，為我的閱讀經驗增添變數——我似乎必須成為一個讀者，也要成為一位作家。我買了本筆記簿，嘗試寫作——我也的確寫了。起初滿懷信心下筆，接著腸枯思竭，我只好把寫好的都撕了，把紙揉成一團丟進垃圾桶，作為對自己的嚴厲懲罰。我一遍又一遍地重複這個過程，直到筆記簿只剩下封面為止。接著我又買了另一本筆記簿，重新開始這段過程，相同的循環——興奮與絕望，興奮與絕望。就像每週都偷偷懷孕，又悄悄流產。

也不全然是偷偷摸摸。卻斯知道我讀很多書，知道我嘗試寫作，而且一點都沒有阻止我的意思。他覺得既然我讀那麼多書，學會寫作也是自然而然之事。雖然需要努力練習，但應該很快就能掌握要領，就像打橋牌或網球一樣。他對我有豐富的信心，我卻沒有因此感謝他，只覺得我已經搞出這麼一場鬧劇，他還來添柴加火。

卻斯在一間食品雜貨批發公司上班，他原本想當歷史老師，但他父親說，當老師絕對養不起老婆，也沒辦法出人頭地。他父親雖然幫兒子找了這份工作，卻告訴他，一旦他開始工作，就別再期待家裡幫忙。他也沒期待就是了。我們婚後的第一個冬天，他天沒亮就出門，天黑後才回家。他努力工作，而且不問這份工作是否符合他曾有過的興趣或尊崇的意義。工作的意義只是為了讓我倆過上有割草機和冰箱的日子（只是我們對割草機和冰箱都沒興趣）。若要仔細思量，我或許對他的順服感到十分驚訝。他的順服是那麼愉快，或許可說是，勇敢。

不過那時，我認為，這就是男人做的事。

我自己出門找工作。如果雨勢不大，我會走去藥妝店買份報紙，邊喝咖啡邊看分類廣告。接著我就徒步去這些應徵女服務生、女店員、女工的地方，冒著小雨也無妨——只要是沒特別註明需要打字或工作經驗的地方，我都去。如果雨下得太大，我就會坐公車。卻斯說不管怎樣我都應該搭公車去，不要為了省錢而走路，他說當我在省錢的時候，搞不好其他女孩就錄取了。

其實我搞不好就在暗自期望這種結局，聽到已經有人錄取了，我也從來不難過。有時我會走到目的地，站在人行道上，看著那間女裝店，裡頭的鏡子、淺白的地毯；或是望著徵求檔案管理職員的公司，午餐時間，女孩們三三兩兩走下樓來。我知道自己的頭髮、指甲、走到磨平了的鞋子都對我不利，因此我甚至不會走進去。工廠同樣使我望而生畏——我可以聽見廠房裡機器運轉的聲音，幫飲料裝瓶，組裝聖誕飾品，也看得見如倉庫般的廠房天花板上，吊著光禿禿的燈泡。

我的指甲與磨平的鞋跟在這裡無所謂，但我手腳笨拙，又是機械白痴，如果真的當了女工，想必會時常被辱罵斥責（我也能聽見那斥罵的指令聲蓋過了機械運轉的聲音）。我想必會當眾出醜，只好走路。我覺得自己甚至連操作收銀機都不會。有一名餐廳經理似乎真的在考慮雇用我，當時我就是這麼跟他說的。「妳覺得妳能學著上手嗎？」他問道，然後我說不。他看起來一副從沒聽過有人這麼承認的模樣，但我說的是實話。我不覺得自己學得會，而且還是在眾目睽睽之下、必須快速操作的時候。我會當場愣住。我唯一可以很容易上手的，應該是像「三十年戰爭」錯綜複雜的發展這類的事。

當然了，事實上，我不是一定要上班。卻斯養我，養這個家，即使我們的生活非常簡樸。他已經為了這個家勉強自己融入社會，所以我不必這麼做。這就是男人必須做的事。

我想，圖書館的工作我應該做得來，所以雖然他們沒在徵人，我還是去問了。有個女人把我的名字列在候選名單上，她很有禮貌，但態度頗為冷淡。然後我又去了書店，還特地找那種看起來沒有收銀機的應徵。店裡愈空、愈亂的越好。老闆不是在抽菸就是在櫃檯後打瞌睡，二手書店還常常有貓的味道。

「我們冬天不怎麼忙。」他們這麼說。

有個女人說我或許可以春天再來。

「不過我們到那時應該也不怎麼忙啦。」

溫哥華的冬季和我所知的冬季大不相同。沒有雪，甚至連像樣的寒風都沒有。中午的市中心，聞得到像是燒焦的糖的味道——我想應該與電車的線路有關。我沿著黑斯汀街走，那裡一個女人都沒有，只有醉漢、遊民、老窮男人、拖著腳步走的華人。沒人對我說髒話。我走過倉庫、雜草叢生的空地，那裡連個男人都沒有。我也會經過基斯蘭奴區，有著高聳的木製房屋，住滿了人，狹仄已極，就像我和卻斯的家一樣，再走到整潔的鄧巴區，那裡有灰泥粉刷的平房、樹冠被削剪的樹。我還會走過克瑞斯戴爾區，這裡的樹就比較別緻，草坪上種著樺樹。有都鐸式的屋梁，喬治式的對稱，帶有仿真茅草屋頂，如白雪公主的想像畫面。或者那是真的茅草屋頂呢？我哪裡會分辨？

這些人家約莫下午四點就會開燈，街燈和電車裡的燈也會隨著亮起，西邊海面上的雲層經常會分開，露出幾道紅色的夕陽。而我回家時常經過的公園裡，冬季長青灌木的葉片在微微的玫瑰色暮光下，在溼潤的空氣中閃動著光芒。出門購物的人要返家了，出外工作的人也想著回家，一整天都待在房子裡的人出來散散步，這樣回家時才會覺得家更可喜了些。我遇見推著嬰兒車、帶著愛抱怨的幼兒的女人，我從未想過自己很快就會成為她們的一員。我遇見遛狗的老人，還有其他行動緩慢的長輩，坐著輪椅的老人，被伴侶或看護推著。我遇過戈瑞太太推著戈瑞先生，她穿著一件斗篷，搭配紫色貝雷帽，材質是柔軟的羊毛（我現在知道她的衣服大部分都是自己做的），臉上玫瑰色的妝很濃。戈瑞先生戴著一頂棒球帽，壓得很低，頸上圍著一條厚厚的圍巾。她的招呼刺耳又強勢，他的則是小聲到幾乎不存在。他看起來似乎並不享受這麼出來散步，不過坐輪椅的人除了認命之外，很少有別的表情。有些人是一臉被侮辱的樣子，有些人則是徹底的一臉苛薄。

「噢，我們那天在公園看到妳。」戈瑞太太開口。「妳不是出門找工作，正要回家嗎？」

「不是。」我撒謊。我的直覺告訴我，什麼實話都不要對她說。

「噢，那好，因為我才正要說，如果妳是要出去找工作，妳真應該好好打扮自己。嗯，妳知道的嘛。」

「我知道。」

「我真搞不懂現在這些女人怎麼這樣就出門。我從來不會只穿平底鞋，妝也不化，即使只是去趟雜貨店也不會，更何況是請人給我工作呢。」

她知道我在說謊，她知道我在地下室的門後動彈不得，她來敲門時故意不回應。如果她去翻我們家的垃圾，發現那堆亂七八糟的皺紙團，還打開來讀我寫的那些囉哩囉嗦的廢話，我也不意外。為什麼她就是不能放過我？她就是不能。我是為她而生的苦工——或許我的古怪，我的笨拙，與戈瑞先生的殘疾是同一類，而無法糾正的事情就必須承受。

有天我在地下室最大的那塊空間洗衣服，她下樓來。她准我每週二用她的脫水機和洗衣槽。

「工作有沒有著落啊？」她問道。我一時衝動，就說圖書館有告知我，未來可能有機會。我想我或許可以假裝去那裡工作——我可以每天去找張長桌坐，讀書或試著寫點東西，畢竟我之前偶爾也會這麼做。當然了，如果戈瑞太太真的去了圖書館，那我的祕密就曝光了。但她又沒辦法推戈瑞先生走那麼遠，往圖書館的路又是上坡。或者，假如她對卻斯提到我去上班的事——但我覺得這也不太可能。她說她有時候會害怕和他打招呼，因為他看起來總是擺張撲克臉。

「嗯，也許在這期間……我剛才想到，也許這期間妳會想打點零工，下午來陪一下戈瑞先生。」她說。

她說自己找到聖保羅醫院禮品店的工作，每週有三、四個下午去那邊幫忙。「是個沒錢拿的工作，不然我就會叫妳去問了。」她說。「就是志工啦。醫生說出門走走對我滿好的，他說，再這樣下去妳會把自己累垮啊。倒不是我需要錢，雷對我們很好了，但就是去當志工嘛，我想──」

她看向洗衣槽，卻斯的幾件襯衫和我的小碎花睡衣、我們的淺藍色床單，在同一槽清水裡洗。

「哎唷，天啊。」她驚呼。「妳沒把白色衣服和有顏色的衣服放在一起洗吧？」

「我只和淺色的放在一起洗。」我回答道。「不會褪色的。」

「淺色還是有顏色啊。」她說。「妳大概以為襯衫這樣洗還是白，但其實不會像之前那麼白了。」

我說我下次會記得。

「就是看妳用什麼方式照顧妳的男人啦。」她帶著點驚訝又反感的笑容說。

「卻斯不在意這些。」我說，沒意識到在將來的幾年，這愈來愈不是事實了。原本偶爾做做、做來有趣的家事，之前只在我真實生活的邊緣，逐漸往前挪到中心的位置。

我接受了這份工作，下午去陪戈瑞先生。綠躺椅旁邊有張小桌子，上面放著一條擦手巾（可以擦噴濺出來的東西），還擺了幾個藥瓶、藥水，有個小鐘可以讓他看時間。躺椅另一邊的桌子堆滿了報章雜誌，有當天的早報、昨天的晚報、《生活》、《LOOK》、《麥克林》雜誌，都是大開本。這張桌子下方的置物架有一疊剪貼簿——小孩在學校裡用的那種，用厚重的牛皮紙製成，邊緣很粗糙。有些簡報和照片的邊角露了出來，這些都是戈瑞先生保存了多年的剪貼簿，直到他中風後沒辦法製作才停止。房間裡有個書櫃，擺放的多是雜誌、更多的剪貼簿，大半個櫃子裡還放著高中教科書，應該是雷的。

「我都念報紙給他聽。」戈瑞太太說。「他聽得見，也看得見，只是沒辦法用雙手拿報紙。而且他眼睛也會累。」

所以，當戈瑞太太撐著她的花傘，步履輕盈地走向公車站時，我就讀報給戈瑞先生聽。我會念體育版、市政版、國際新聞和一堆謀殺案、搶案、壞天氣等等。我也念讀者投書、會給予醫療建議的醫藥信箱投書、讀者給安·蘭德斯的信，還有她的回覆。看起來他最感興趣的是體育新聞和安·蘭德斯的專欄。我有時候會念錯運動員的名字，搞錯體育術語，所以我念的東西應該不太對，這時他就會發出幾聲不滿的咕噥，示意我再說一次。我讀體育版的時候，他總是很緊張，專注地皺著眉頭，但當我念安·蘭德斯專欄時，他的表情就會放鬆下來，發出一些我想應該是讚賞的聲音——某種咯咯聲加上深深哼氣。尤其是當我念讀者來信，寫道女人特別關心的事，或是一些芝麻綠豆大的小事（例如有個女人寫道，她的嫂嫂老愛假裝自己烤了蛋糕，但蛋糕端上桌的時候底下還墊了糕餅店的花紋襯紙），或以那個時代的小心翼翼口吻提到性事時，他就會發出這些怪聲。

讀社論或是某些時事的長篇大論時（俄國和美國在聯合國的發言之類的），他的眼皮會垂下來——應該說，他那隻視力比較好的眼睛眼皮，會徹底往下掉；而視力比較差、眼部顏色較深的那隻眼的眼皮，只會輕輕往下垂一半。胸部的起伏變得顯而易見，這時我就會暫停一下，看看他是否睡著了。此時他會發出另一種怪聲——簡短、帶有責備意味。等我習慣他、他也習慣我之後，這種怪聲就沒這麼多責備的意思，反而有安心的意味在。這安心不只是意味著他沒睡著，更代表著他在那一刻還有氣息。

「如果他在我眼前死去」起初是個可怕的念頭，不過他看上去已經半死不活了，為何不該死呢？他的眼睛像黝黑深水底下的石頭，他那一側的嘴大張著，露出他那扭曲的真牙（那時大多老人都裝假牙），深色的填料在溼潤的琺瑯之間閃著光芒。他存活在這世上，對我而言似乎是個錯誤，隨時可被擦去。但那時的我，就如同我曾經說過的，我已經習慣他了。他個子實在很大，龐大而尊貴的頭，艱苦運作的寬闊胸膛，無力的右手躺在套著長褲的大腿上，在我讀報時入侵我的視野。他像是遺跡，是野蠻時期的古老戰士。「血斧王」埃里克。克努特大帝。

海上之王對臣子說，我的精力江河日下，
再也無法以征服者之姿破浪前行。

他就是這樣，他那已成半殘的碩大身軀，在前往浴室的重大過程中，殘害著家具，拍擊著牆壁。他身上的味道並非惡臭，卻也不是嬰兒香皂與滑石粉的潔淨氣味，而是種殘留在厚重衣物的菸草味（雖然他已經不抽菸了），以及皮膚悶在衣物裡的味道（我想他的皮膚應該又厚又乾韌，堂而皇之地分泌著皮膚該產出的物質，還帶有動物的體熱）。一種瀰漫不去的微微尿味，說實話，要是在女人身上我會覺得噁心，但若是在他身上，不只可以原諒，還不知怎麼地成為一種古老特權的表現。他上完廁所、我進去清理時，廁所給我的感覺就像一個洞穴，裡頭住了隻長有疥癬，卻依然孔武有力的猛獸。

卻斯說我當戈瑞先生的看護是浪費時間，天氣現在晴朗多了，白日的時間也長了，商店都換上了新的展示陳列，冬季的懶散沉悶被一一掃去。這種時刻大家比較會考慮聘人，所以我現在應該多出門，認真找個工作。而且戈瑞太太才付我每小時四十分錢。

「但我答應她了。」我說。

他說有天他曾看過她下公車，他在他辦公室的窗邊看到的，而那根本不是聖保羅醫院附近。

「那可能是她的休息時間。」我說。

「我從來沒看過她在大白天出門，少來了。」卻斯說。

而今天氣好多了，我便提議帶戈瑞先生坐輪椅出門散步。不過他發出怪聲拒絕了我，使我更加確定他討厭坐輪椅出現在公共場所——或者是討厭被像我這樣的人推出門去，因為很明顯我是被雇來的看護。

為了問他要不要出門散步，我暫時停下讀報。等我又開始讀，他卻做了個手勢，出了點聲音，說他聽膩了。我把報紙放下。他用那隻還有力氣的手，朝著身旁桌子下方置物架的那疊剪貼簿揮了揮，又發出一堆怪聲。這些怪聲很難辨認，我只能形容成是咕噥、冷哼、清喉嚨、咆哮聲、碎念。不過我們相處到現在，這些聲音聽起來已經很像說話，的的確確是一串字。不只是霸道的陳述與要求（「不要」、「幫我站起來」、「讓我看時間」、「我要喝東西」），還有更複雜的宣告：「天啊，那隻狗為什麼不閉嘴？」或「空氣好熱」（我念完某人的演說稿或報紙社論之後他就說了這句）。

如今我聽到的聲音是：「讓我們來看看這裡面有什麼比報紙還好看的東西。」

我把整疊剪貼簿從置物架裡拉出來，放在他腳邊的地板上。每一本的封面上都用黑色蠟筆寫了大大的年分日期，都是最近幾年的。我翻看一九五二年的內容，看見喬治六世葬禮的剪報，上方用蠟筆寫下：「艾伯特．費德列克．喬治，生於一八八五年，卒於一九五二年。」照片上是三位皇后戴著表示哀悼的面紗。

下面一頁是關於阿拉斯加公路的報導。

「這些紀錄真是有趣。」我說。「你想要我幫你貼一本新的嗎？你可以挑自己想要剪貼的，然後我幫你做。」

他發出的怪聲像是「太麻煩了」或「都這種時候了，何必呢？」甚至可能是「什麼爛主意」。他把喬治六世拂到一邊，想看看其他幾本封面上的日期，不過都沒有他想要的。他朝著書櫃打了個手勢，我便去拿了另一堆剪貼簿。我知道他想找的是特定某一年的剪貼簿，我就把每一本都豎起來給他看封面。偶爾我會翻幾頁給他看（雖然他不要看）。期間我翻到一篇報導講溫哥華島上的美洲獅、一則空中飛人過世的消息，還有個小孩受困雪崩中存活的新聞。我們一起回過頭看戰爭那幾年、回顧三〇年代、回到我出生的那年，再倒回去將近十年，才終於找到他要的那一年。他滿意地下令。看這本。一九二三年。

我開始從頭翻起那一本剪貼簿。

「一月降雪掩埋多處村落——」

不是這篇。快點。繼續翻。

我開始一頁一頁地翻。

慢一點。別急。慢一點。

我一頁一頁拿高給他看，一邊持續念著，直到翻到他要的那一頁為止。

沒照片，沒標題，蠟筆字寫著：「《溫哥華太陽報》，一九二三年四月十七日。」

「科爾提斯島。」我念道。「是這篇嗎？」

這裡。念那篇。

念吧。念下去。

【科爾提斯島訊】本週六深夜或週日清晨，科爾提斯島南端的一處民宅，遭祝融全然焚毀，屋主為安森．詹姆斯．威爾德。該民宅位於人跡罕至之處，是以火苗竄出時皆無島民留意。據聞，週日清晨，一艘航向德索雷欣峽灣的漁船曾目擊大火，但船上人員以為有人在焚燒灌木叢。由於知曉當地林木潮溼，焚燒灌木叢並無危險，該漁船人員並未多加留意，繼續航行。

威爾德先生為「野果果園」業主，成為該島居民已約十五年。他離群索居，曾投身軍旅，為人親切誠摯，多年前結婚後育有一子。據了解，他出生於大西洋省區。

房屋遭祝融焚毀後已成廢墟，梁柱坍塌。搜救人員在焦黑廢墟中尋獲威爾德先生的遺體，面目已難辨認。

現場發現了一只焦黑錫罐，據悉內部裝有煤油。

火災當時威爾德先生的妻子外出，她上週三應邀搭船，將一批蘋果自丈夫的果園運往科摩克斯。她原計畫於登船當日返家，但由於該船引擎出現問題，導致延宕四晚。週日早上，她與駕船之友人們一道返航，才發現這場悲劇。

火災發生時，威爾德先生之幼子並不在現場，恐下落不明，搜救人員立即展開搜查，並在週日傍晚天黑之前，於距離住家不到一哩處的樹林中發現該名男童。男童在灌木叢下躲藏了數小時，全身冰冷溼透，所幸毫髮無傷。男童被尋獲時，身上帶著幾片麵包，應是男童離家前帶在身上的食物。

這場導致威爾德住家全毀、男主人身亡之火災，將於科特奈進行起火原因的正式調查。

「你認識這些人嗎？」我問道。

翻頁。

一九二三年，八月四日。今年四月發生在科爾提斯島，導致安森．詹姆斯．威爾德身亡的大火，於溫哥華島上的科特奈正式展開調查。今日調查結果顯示，無法證實這場大火是由死者本人或不明人士縱火所導致。現場發現之煤油空罐，無法成為充分證據。根據科爾提斯島上的「梅森碼頭」商店店主博西．坎波表示，威爾德先生會定期至店內購買煤油使用。

死者的七歲兒子無法對這場大火提供任何證據。搜救隊在火災發生後數小時，於火場附近的樹林中尋得該名男童，當時男童正在樹林中遊蕩。男童表示，他父親給了他一些麵包和蘋果，要他步行前往「梅森碼頭」商店，但男童在途中迷路。然而數週之後，男童又表示他不記得事發經過，該路徑是常走之路，不清楚自己何以迷路。維多利亞省的安東尼．郝維爾醫師表示，男童經檢查身心狀況後，發現男童可能在目擊火災發生後逃離，或許趁亂拿取食物，但如今男童已無印象。醫師表示，男童的記憶或許屬實，只是日後壓抑了這段記憶，有鑒於男童恐無法分辨此案之事實經歷與憑空想像之差異，若想更進一步詢問，恐會一無所獲。

威爾德夫人於火災發生當時，正搭乘聯合灣居民詹姆斯．湯普森．戈瑞之船，前往溫哥華島。

威爾德先生之死判定為意外死亡，此一不幸事故肇因於不明原因之大火。

把本子闔上吧。

拿走。通通都拿走。

不對，不對，不是這樣放。要照順序來。按照年分放。好多了。按照原來放的方式。

她回來了嗎？去看看窗外。很好。但她很快就會回來了。

好啦，妳怎麼看這件事？

我不在乎，我才不在乎妳怎麼想。

妳有想過人的一生會這樣過，然後就這樣結束嗎？嗯，是可能的喔。

雖然我常會告訴郤斯任何我這一天當中碰到的有趣或好玩的事情，但我沒告訴他這件事。他現在有辦法拒絕戈瑞家的各種消息。他用一個字眼形容他們。「怪人」。

公園裡所有髒兮兮的小樹都開花了，亮粉紅色的花朵，像人工色素染的爆米花。

我有了一份正式的工作。

某個週六下午，基斯蘭奴圖書館打電話來，要我先去上班幾個小時。於是我一反常態地站在櫃檯後方，幫借書的人在書上蓋歸還期限。有些人我很熟，因為我們都常來圖書館借書。現在我代表圖書館對他們微笑，說：「兩週後見啦。」

有些人會笑著說：「噢，不用兩週啦。」這些人愛書成癮，和我一樣。

結果這份工作我還真能上手，這裡沒有收銀機——有人來付罰鍰，我只要從抽屜裡找零錢就好。我已經熟悉書架上大部分書的位置，如果要找索引卡，我也清楚字母順序。

圖書館幫我排了更多的班，很快地，零工就成了暫代全職班。有位全職員工流產了，請假兩個月，假快休完時，她發現自己又懷孕了，醫生建議她別再回去工作。所以我變成了正式員工，一直工作到我懷第一胎五個月時才離開。我的同事都是我長期以來在圖書館看熟了的人，梅維斯、雪莉、卡爾森太太、約斯特太太。她們都記得我以前會來圖書館閒逛好幾個小時——這是她們的說法。真希望她們不要把我記得那麼清楚。真希望我以前沒那麼常來圖書館。

每天站上我的崗位，在櫃檯後面對民眾，對前來尋求幫助的人，我都能輕快俐落、友善應對，是多麼單純的快樂啊。讓人們看見我是個熟悉規矩的能人，在這世界上有明確的作用。我放棄了曾經的潛伏、遊蕩、幻想，成為圖書館的那個女生。

當然了，我現在讀書的時間少了。站在櫃檯後工作時，我偶爾會把書拿在手中一陣子——我會把書當成手中的物品，不是那種要立刻把水倒空的花瓶。我的心中會浮現一絲恐懼，像是在夢中發現自己走錯了房子，忘記考試的日期，了解到這只是某種大難陰影或終生大錯的冰山一角。

不過這種恐懼很快就會消退。

我的同事回憶起在圖書館看過我寫東西的樣子。

我說我是在寫信。

「妳用計算紙寫信？」

「是啊。」我說。「比較便宜。」

最後一本筆記簿冷冰冰地藏在抽屜深處，與我的襪子內衣褲亂糟糟地堆在一起。看著它冷冷清清地躺著，我的心裡充斥著疑慮與屈辱。我應該要把它給扔了，我卻沒有。

戈瑞太太沒恭喜我找到工作。

「妳沒告訴我妳還在找工作。」她說。

我說，我很早以前就去圖書館登記求職了，也早就跟她說過了。

「那是妳來幫我做事之前啊。」她說。「那現在戈瑞先生怎麼辦？」

「我很抱歉。」我說。

「這樣對他不太好，對吧？」

她揚起一邊粉紅色眉毛，用一副裝模作樣的語氣對我說。我聽過她和肉販菜販講電話，她對那些弄錯她訂單的人說話時，就是這種語氣。

「那我現在應該怎麼辦？」她問。「妳害我現在很麻煩啊，不是嗎？我希望妳對其他人要說到做到啊，別像對我這樣。」

她說的話完全沒道理。我根本沒答應她會待多久，不過，即使我沒什麼罪惡感，我還是有點內疚不安。我的確什麼也沒答應她，可是當她來敲門時我沒應的時候呢？當我偷偷摸摸進出屋子，經過她廚房窗戶時把頭垂得低低的時候呢？她常關心我（肯定是真心的），而我卻報以表面友好、內在卻稀薄的友誼呢？

「這樣也好，真的。」她說。「我不想讓不能信賴的人來照顧戈瑞先生。老實告訴妳，我也不是很滿意妳照顧他的方式。」

她很快就找到另一個看護——小個子、長得像蜘蛛的女人，一頭黑髮用髮網包住。我從沒聽過她說話，但我聽過戈瑞太太對她說話。樓梯上的門是敞開的，所以我聽得見。

「她甚至連他的茶杯都不洗，來了大半天她連茶也不幫他泡。我真不知道她哪裡好，就只會坐著念報紙。」

現在我出門的時候，廚房的窗戶都會打開，她的聲音就會在我頭頂響起，聽得一清二楚。雖然她表面上是與戈瑞先生說話。

「她走啦，出門啦。她現在甚至連跟我們揮手都懶得咧。沒人要雇用她時，是我們給她工作咧，但她現在連理都不理啊，真是。」

我沒揮手。我得走過戈瑞先生坐著的那扇前窗，但我有個想法，如果我揮揮手，或者即使只是看他一眼，他都會感到受辱，或發怒。我做的任何事似乎都像在嘲笑他。

我才走了不到半個街區，就把他們全都給忘了。早晨的陽光耀眼，我一邊走著，一邊感受到一股舒暢感，生活有了目的。這種時候，我會感覺自己不久之前的那段過往，隱隱約約有些不光彩。在凹角布簾後的那段時光，在廚房桌上一頁頁寫著失敗品的時光，在一間過熱的房間陪伴老男人的時光。粗毛絨的蓬鬆地毯與長毛絨布椅墊，他衣服和身上的氣味，黏膠乾硬的剪貼簿，我必須犁田般一行行念過的一大疊報紙。那些他保存下來讓我念的可怕報導。（我完全無法明瞭，有段時間，在文學作品的分類中，這類新聞居然被歸類在我推崇的「人間悲劇」。）回憶起這些事情，就像回憶起我童年時有一回生病，我自願被困在舒適的、帶有樟腦油味道的法蘭絨床單裡，困在我的疲憊裡，困在我樓上窗外樹枝狂熱地搖擺、難以理解的訊息裡。如此的時光並不令我遺憾，而是自然地忘卻了。而這似乎是我的一部分（令人不適的一部分？）此刻也即將要被捨棄了。別人或許會以為是婚姻導致這種轉變，實際上卻不然，婚姻已然失去了這種效用好一陣子了。我那陳舊的自我，曾經蟄伏、沉思——我是那麼執拗，毫無女人味，行事總是遮遮掩掩，缺乏理智。我現在我能自主自立，認識到自己能轉變為人妻、為員工，有多麼幸運。當我遇到麻煩時，我能保持儀態，有能力勝任，一點也不顯得奇怪。我能度過的。

＊＊＊

戈瑞太太拿著一個枕頭套到我家門前，露出居心叵測、令人絕望的笑容。她問這枕頭套是不是我的。我毫不猶豫地回答不是。我家的兩個枕頭套正躺在家裡的床上，包裹著枕頭。

她用一種假可憐的語氣說：「嗯，這肯定不是我的。」

「妳怎麼分得出來？」我問。

她的笑容慢慢變得愈來愈肯定，帶著惡意。

「我不會在戈瑞先生的床上放這種料子的東西，也不會放在我自己的床上。」

為什麼？

「因—為—它—料—子—不—夠—好。」

我只好去凹角處的床邊，從家裡的枕頭上取下枕頭套，拿給她。我也確實發現這兩個看起來雖然很像，卻不是一對的。其中一個是「好」料子做的——是她的，而她手上的那個才是我的。

「我真不敢相信妳沒注意到。」她說。「不過如果是妳的話，不意外啦。」

卻斯聽說有另一間公寓，一間真正的公寓，不是「套房」——有獨立衛浴和兩間臥房。卻斯的一位友人兼同事要從這間公寓搬出去了，因為他與太太買了間房子。公寓位於第一大道和麥克唐諾街的轉角，我還是可以走路去上班，卻斯可以搭同一班公車去公司。我們兩人的薪水合起來就負擔得起。他朋友和太太留下了一些家具，本來要便宜賣掉的，因為跟他們的新家不搭，但對我們來說這些家具狀況極好。我們在這間明亮的三樓公寓裡四處走動，欣賞奶油白牆壁、橡木地板、寬大的廚房碗櫥、鋪有磁磚的浴室地板。這裡甚至有個小陽臺，可以眺望麥克唐諾公園裡的樹梢。我們用新的方式相愛，愛上我們的新身分，愛上我們從居住在地下室的過渡時期，羽化到步入成人生活。那地下室在未來幾年將會成為我們談話之間的玩笑、耐久力的測試。我們每次搬家（租來的房子、第一棟自己買的房子、第二棟自己買的房子、初次搬到不同城市住的第一棟房子），都為了這種向前邁進的感覺歡欣鼓舞，我們之間的連結也更緊密了。直到我們搬進最後一間房子（也是目前為止最大的），我一走進去就心生一股災禍臨頭的細微徵兆，還有種隱微的、出走的預感。

我們把搬家的事告知了雷，但沒對戈瑞太太說。這讓她對我們的敵意更深了。事實上，她開始有點瘋瘋癲癲的。

「噢，她以為她多聰明呀，她連兩個房間都掃不乾淨。她掃地時只是把灰塵掃到角落去而已。」

我買第一支掃帚的時候，忘了買畚箕，有陣子我就那樣掃地。但她不可能知道，除非她趁我不在家時偷拿自己的鑰匙開門進我家。後來事實證明，她很顯然就是這麼做的。

「她這個人就是偷偷摸摸的，我第一次見到她就知道她鬼鬼祟祟。還是個騙子。腦子也有問題。她就坐在那裡，說是在寫信，其實是把同樣的東西一寫再寫——那才不是信，就是一直重複寫一樣的東西。她腦子有問題。」

現在我知道她一定翻過我的廢紙簍，把那些揉皺的紙團打開來看，我通常會用同樣的字句開啟同一個故事，就像她說的，寫了又寫。

現在天氣已經轉暖，我去上班不用穿外套了，只會穿件緊身毛衣，下擺塞進裙子裡，腰帶扣在最緊的那一格。

她拉開前門，在我身後大吼。

「騷貨，看那個騷貨，看她挺胸扭屁股的樣子。妳以為妳是瑪麗蓮．夢露啊？」

還有：「我們家不需要妳。妳愈早滾出去愈好。」

她打電話給雷，說我想偷她的床單，又埋怨我在街坊鄰居之間流傳她的八卦。她還會打開門，對著話筒大呼小叫，確保我聽得見。但她沒什麼必要這樣做，我們用的是同一條電話線，只要我想聽，隨時拿起話筒就能聽見。但我從沒這麼做就是了——我的直覺反應是摀住耳朵。不過有天晚上卻斯在家，他居然拿起話筒說話了。

「雷，你別理她，她就是個發瘋的老女人。我知道他是你媽，但我得告訴你，她腦子真的有問題。」

我問他雷怎麼說，雷有沒有生氣。

「他就只說『是啊，好。』」

戈瑞太太掛斷電話，直接對樓梯底下大喊：「我就告訴你誰不正常，誰才是那個不正常的騙子，亂傳一些我和我老公的屁話——」

卻斯頂回去：「我們不想聽妳亂講，妳離我太太遠一點。」之後他問我：「她說她和她老公的事，那是什麼意思？」

「我不知道耶。」我回道。

「她只是想找妳麻煩。因為妳年輕又漂亮，她只是個醜老太婆。

「算了吧。」他又說，接著勉強說了個笑話逗我開心。

「老女人到底想幹麼啊？」

搬家過程很簡易，我們只帶著行李箱，要搭計程車到新公寓。我們在人行道上等待，背對著戈瑞家。我預期應該會有最後一波尖聲怪叫，不過什麼聲音也沒有。

「萬一她拿把槍朝我背後開怎麼辦？」我問。

「不要學她那樣講話。」卻斯說。

「如果戈瑞先生人在屋裡，我想朝他揮個手。」

「還是不要吧。」

我沒再看那棟房子最後一眼，也沒再走過阿巴塔斯街面向公園和海的那一段。我不大記得街上長什麼模樣了，但有些事我卻記得很清楚——凹角處的布簾、瓷器櫃、戈瑞先生的綠色躺椅。我們後來認識了幾對年輕夫妻，都與我們一樣，先租別人家的便宜房間住，聽過了許多關於老鼠、蟑螂、恐怖廁所和瘋狂女房東的故事。我們也告訴他們，我們自己遇上的事。偏執狂。

如果不是這樣，我是很少想起戈瑞太太的。

不過戈瑞先生會出現在我的夢裡，在夢中，我似乎比戈瑞太太還要早認識他。他身手靈活，身強體壯，卻不年輕了，整個人看起來沒比我幫他讀報時好多少。或許他仍能說話，但說出來的話依然是那些我得學著自行詮釋的怪聲——唐突、霸道，或許是對我倆在夢中動作不可或缺卻不屑一顧的註腳。那些動作都相當暴躁，因為這些夢都是春夢。夢中我是年輕的妻子，沒耽擱多少時間又成了年輕的母親——忙碌，忠實，規律地被滿足。我有時會做這種夢，那進襲，那反應，那許許多多的可能，都超越了生活本身所能給我的。這些夢並不唯美浪漫，也不正派體面。在我們的床上（戈瑞先生與我共享的床），是碎石嶙峋的海灘，或是粗硬的船甲板，或是使人煎熬的、滑膩的成團繩索。有種可說是醜陋而生出的樂趣，他那刺鼻的體味，膠狀物般的眼珠，兩顆犬齒。我從這般異端的夢中醒來，甚至沒有驚訝，也毫無羞愧，接著再度睡去，早晨醒來時懷著我慣常會否認的記憶。多年來，甚至在戈瑞先生去世後很長一段時間，他都是這麼操弄著我的夜生活。我想，直到我以消費死者的方式，把他利用殆盡，這才劃下句點。但我們互動的方式又從來不是如此——我主導一切，我引他入夢。這彷彿是雙向的關係，彷彿他也帶我入夢，這是他的經驗，也是我的經驗。

那船、甲板、岸上的砂礫碎石、高聳入雲的樹、彎身傾向水面的樹、周遭島嶼複雜的輪廓、朦朧卻造型各異的群山，似乎都以一種自然的混亂存在，比我所能夢想的或創造的，都更加放肆過分，卻也更加平凡。就像一個地方，無論你人在不在，它都會永遠存在，此刻也仍舊在那裡。

但我從未見過燒黑的屋梁掉落，壓在那丈夫的身體上。那是發生在很久以前的事了，而那火場的廢墟周圍，後來長出了森林。

主祐割麥人

他們玩的遊戲，與當年伊芙與蘇菲一起玩的幾乎一模一樣。那是在蘇菲還是小女孩的時候，她倆在沉悶的長途汽車旅行中玩的遊戲。過去是跟蹤間諜，現在則是跟蹤外星人。蘇菲的孩子菲利普和黛西坐在後座，黛西年僅三歲，還不知道發生了什麼事情。菲利普七歲了，是下達命令的角色。他負責選定要跟蹤哪輛汽車，車上有剛到達地球的太空旅行者，正要前往他們在地球上的祕密總部，也就是入侵者的巢穴。他們從各種來源接收駕駛路線的信號，也許是其他車裡一臉忠厚老實的人，或是站在郵筒旁邊的人，甚至是田野裡開拖拉機的人。許多外星人早已抵達地球，並被「轉換」了（這是菲利普的用詞），所以任何人都可能是外星人。加油站的服務人員、推著嬰兒車的女人，甚至連嬰兒車裡的嬰兒，都有可能發出信號。

通常伊芙和蘇菲會在車流量大的高速公路上玩這個遊戲，因為車子夠多，所以她們不會被發現（雖然她們有一次開過頭，最後開到一條郊區道路上）。不過在今天伊芙開的這條鄉村小路上，要玩這遊戲就沒那麼容易了。她解決這個問題的辦法是，說他們可能需要時不時換一輛車跟蹤，因為有些車輛只是誘餌，並不是真的要前往祕密基地，只會把你帶到錯誤的地方。

「不對，才不是那樣。」菲利普說。「如果他們發現有人在跟蹤，就會把人從一輛車裡吸出來，再放進另一輛車。他們本來待在一個身體裡，然後就會『咻』一聲變成空氣，很快跑到另一輛車裡的另一個人身體裡。他們常常跑進不同的人身體裡，而且那些人根本就不知道有什麼東西跑進來了。」

「真的嗎？」伊芙問道。「那麼我們怎麼知道要追蹤哪一輛車呢？」

「有密碼，在車牌上。」菲利普回答。「他們會在車子裡創造電場，可以改變車牌號碼。他們在太空中的追蹤系統就可以找到他們。這只是其中一件簡單的小事而已，但我不能跟妳說。」

「嗯，那就不要跟我說吧。」伊芙回答。「我想應該很少人知道吧。」

「現在我是安大略省唯一知道的人。」菲利普說。

他繫著安全帶，身體卻還是盡量靠往駕駛座，有時敲敲自己的牙齒，這代表狀況緊急，他必須專心。要是得提醒她必須小心時，就輕輕地吹幾聲口哨。

「喔喔，這裡要小心。」他說。「我想妳得掉頭了。對。對。我想可能就是這輛了。」

他們原先一直在跟蹤一輛白色馬自達，結果現在顯然換成跟蹤一輛綠色的舊貨卡，福特的。伊芙問：「你確定嗎？」

「當然。」

「你覺得他們被吸到空氣裡了嗎？」

「他們是同時轉換的。」菲利普說道。「我可能說過『吸』這個字，但那只是為了幫助大家理解而已。」

伊芙最初的計畫是，讓外星人總部設在賣冰淇淋的小鎮商店，或是遊樂場也可以。原來所有的外星人都聚集在那裡，以小孩的樣貌出現，一看到冰淇淋、溜滑梯或鞦韆就被引誘到樂不可支，導致超能力暫時停擺。除非你選了錯誤的冰淇淋口味，或在指定的鞦韆上來回擺動的次數剛好是錯誤的，不然他們就不會綁架你（或進入你的身體裡）。（不過即使這些都做到了，還是必須有所保留一些，以免發生意外，否則菲利普就會失望，覺得很丟臉。）不過，這一路上的遊戲都是菲利普在主導，要控制最終結果已經很難了。他們跟蹤的那輛貨卡，正從鋪好的鄉間道路轉入一條碎石小路。這是輛破舊的卡車，沒有頂蓋，車身生鏽腐蝕得很嚴重——這種車跑不了多遠。可能就是從家裡開到什麼農場吧。看來他們在抵達目的地之前，沒辦法換一輛車跟蹤了。

「你確定就是那輛嗎？」伊芙問道。「那輛車裡只有一個人而已，你看。我原本以為外星人不會單獨旅行的。」

「有狗啊。」菲利普說。

有隻狗坐在卡車後未加蓋的載貨區，在車身兩側之間來回奔跑，好像到處都有東西可追蹤。

「狗也算喔。」菲利普說。

那天早上，蘇菲去多倫多機場接伊恩。菲利普在小孩的臥室裡看著黛西。黛西已經很順利習慣了這棟陌生的房子（只是她每晚都會尿床）。不過這是她母親第一次出門沒把她帶在身邊。所以蘇菲要求菲利普轉移一下妹妹的注意力，而他做起來也很積極熱情（是因為生活中有新事件發生嗎？）他趁蘇菲發動租來的車，開出家門時，用力將玩具車從地板這一端推向另一端，大聲模仿引擎的聲音，好蓋過蘇菲開車的聲音。不久後他對伊芙大喊：「B.M. 走了嗎？」

伊芙在廚房清理吃剩的早餐，表現得井然有序。她走進客廳，裡頭擺著她和蘇菲昨晚看的錄影帶。

《麥迪遜之橋》。

「B.M. 是什麼意思？」黛西問道。

孩子們的房間打開會面對客廳。這是間又小又擠的房子，專供夏季短期便宜出租的那種。伊芙本想趁假期租一間湖邊小屋，畢竟這是蘇菲和菲利普近五年來第一次來訪，更是黛西出生後第一次。她選了休倫湖岸的這段區域，因為她小時候父母會帶她和她哥哥來這裡。不過世事已變——這些「小屋」其實像郊區房屋一樣巨大，租金也水漲船高。這棟房子靠近湖濱可出入的沙灘北端，那邊岩石多，人潮少，距離岸邊半哩路，這是她能負擔的最佳選擇了。房子就座落在一片玉米田中央，她告訴這些孩子，自己父親說過的話——夜晚，可以聽見玉米生長的聲音。

蘇菲每天手洗黛西的床單。她每天從晾衣繩上取下床單時，都必須把上面的玉米蟲抖掉。

菲利普一邊說「意思是『排便』（bowel movement）」，一邊對著伊芙露出狡猾的挑釁眼神。

伊芙在門口停下腳步，昨晚她和蘇菲看著梅莉．史翠普坐在丈夫的卡車上，車外下著大雨，她緊緊按著車門把手，望著情人駕車離去，滿懷隨他而去的渴望，壓得她幾乎窒息。然後她們轉過身來，發現對方的眼中盈滿淚水，不禁一起搖了搖頭，笑了起來。

「也是『大嬤嬤』（Big Mama）的意思。」菲利浦用更為安撫的口氣說道。「有時候爸爸會這樣叫她。」

「喔，那好。」伊芙說。「如果你剛才的問題就是這個，那答案是對，她走了。」

她想知道，菲利普有沒有把伊恩當成親生爸爸。她沒問蘇菲，他們是怎麼告訴菲利普的，她當然不會這麼問。菲利普的親生父親是個愛爾蘭男孩，當時正在北美旅行，因為已經下定決心不當神父了，所以一邊旅行一邊思考將來要做什麼。伊芙一直以為他只是蘇菲的普通朋友，而且蘇菲似乎也是這麼想的，直到她主動引誘他，才改變了兩人的關係。（她說：「他好害羞，我怎麼也沒想到那件事居然會成功。」）直到伊芙看見菲利普，她才真正想起那男孩的長相。菲利普與他完全是一個模子印出來的——那個眼神明亮、好辯、敏感、傲慢、挑剔、會臉紅、畏縮，還有愛與人爭論的愛爾蘭年輕人。她說，長得有點像薩繆爾．貝克特，甚至連皺紋也像。當然，隨著嬰兒慢慢長大，皺紋也漸漸消失了。

蘇菲當時是考古系學生，一整天都要上課。她去上課時，就由伊芙照顧菲利普。伊芙是女演員——只要她能接得到戲，她就是女演員。有時她沒戲可演，或者白天需要排練，她就會帶著菲利普一起去。就這樣，他們三人（伊芙、蘇菲和菲利普）在伊芙位於多倫多的公寓裡一起住了幾年。伊芙推著菲利普的嬰兒車（後來又變成幼兒推車），走遍了皇后街、大學街、史帕狄納街和奧辛頓街之間的所有街道。散步途中，她偶爾會發現一間理想的閒置小房子正在出售。那間小屋位於一條她從沒聽過的街上，街道長達兩個街區，綠樹濃蔭，盡頭是封閉的死巷。她會叫蘇菲也去看看那棟房子，然後她們再與房屋仲介一起去，討論抵押貸款，討論怎麼裝修，付哪些費用，哪些裝修又是她們自己就能完成的。她們就這麼猶豫和幻想了半天，結果不是房子被賣給其他人，就是伊芙的強烈財務控管症又定期發作了，不然就是有人勸她們，這種小巷子看似迷人，但是對於婦女和孩子來說，治安並不像她們目前居住的那條明亮、難看、嘈雜的大街那樣安全。

比起那個愛爾蘭年輕人，伊芙對於伊恩更不在意。伊恩就是個朋友，如果沒與其他人結伴同行，伊恩就不會到伊芙的公寓來。後來他在加州找到工作（他是都市地理學家），蘇菲為了和他保持聯絡，花了一大筆國際電話費。這筆錢積欠了一陣子，伊芙不得不跟她談談這件事，導致公寓的氛圍完全變了（難道伊芙不應該提起這筆電話費嗎）。不久後，蘇菲就計畫去加州找伊恩，還帶了菲利普一起去，因為那時伊芙在某個地方劇院有夏季戲劇演出。

沒多久，消息很快就從加州傳來，蘇菲和伊恩要結婚了。

伊芙從她演出的寄宿處打電話給蘇菲，說：「先同居一段時間不是比較好嗎？」蘇菲回答：

「噢，不行。他個性很怪，不信那一套。」

「但我沒辦法請假去參加婚禮啊。我們要一直演到九月中。」伊芙說。

「沒關係啦。不是那種**很正式**的婚禮。」蘇菲回道。

就這樣，伊芙一直沒見到她，直到今年夏天。最初是兩邊都缺錢，伊芙有戲演的時候，就有穩定的收入，沒有戲演的時候，她就負擔不起任何額外的支出。不久後，蘇菲找到一份工作，她在診所當櫃檯接待。有一次伊芙正要訂機票，蘇菲卻打電話告訴她，伊恩的父親去世了，他得飛去英國參加葬禮，並把母親帶回加州來。

「而且我們只有一個房間。」她說。

「死心吧。」伊芙說。「兩個親家母，住在同一棟房子裡？更別說住在同一個房間了。」

「不然等她回去再說？」蘇菲問道。

結果伊恩的母親常住了下來，一直住到黛西出生、他們舉家搬進新房後才離開，總共待了八個月。那時伊恩開始寫書，如果家裡有訪客，對他來說會很不方便。其實有母親來作客，本來就是件難事。伊芙自認為適合主動提議去拜訪的時間，就這麼過了。蘇菲寄了許多照片來，有黛西、花園以及房子裡所有的房間。

接著蘇菲又說他們可以去看伊芙，有她、菲利普和黛西，今年夏天可以一起回安大略。他們回去與伊芙共度三週的時間；伊恩則獨自留在加州工作。三週後，他再過來先一起會合，他們一家再一起從多倫多搭機前往英國，與伊恩的母親住一個月。

「我會在湖邊租間小屋。」伊芙說道。「噢，一定會很美好。」

「一定會的。」蘇菲說。「真是太誇張了，居然會這麼久沒見。」

伊芙心想，家人團聚之後就是這樣，會滿愉快的。黛西老是尿床，蘇菲卻不怎麼煩惱，也不太驚訝。菲利普剛開始很挑剔又冷漠；伊芙對他說，我可是從你還是嬰兒時就看你長大唷，他的反應卻非常冷淡。他們要去湖邊，一行人匆忙穿越岸邊的樹林時，菲利普不停抱怨一直被蚊子叮，又說想去多倫多看科學中心。不過後來他終於安靜下來，乖乖在湖裡游泳，也沒抱怨水太冷。他還找了些獨立小實驗讓自己忙，像是把死掉的烏龜拖回家，煮了之後再刮下肉，好把龜殼留起來等等。烏龜的胃裡還有一隻未完全消化的小龍蝦，蝦殼就這樣一片片剝落，但菲利普都沒表現得驚慌失措過。

與此同時，伊芙和蘇菲則逐漸養成一套愉快悠閒的生活作息，早上處理家務，下午去湖邊，晚餐時喝點葡萄酒，晚上看電影直到夜深。她們開始一半認真、一半玩笑地聊起這棟房子可以怎麼改裝。首先剝掉客廳的壁紙，那是仿木牆的仿製品。拆掉亞麻油地板，反正上面印的百合花飾很難看，而且還被走路帶進來的沙子和擦地板的髒水染成了褐色。蘇菲聊得起勁，居然把水槽前腐朽的地板掀起一角，發現下面是松木地板，看起來絕對該磨了。她們又聊起租磨地機的費用（假設這棟房子是她們的），門與木作上的油漆要選什麼顏色，窗戶要裝上百葉窗，廚房要裝開放式的層架，而不是看起來很陰暗的膠合板碗櫥。裝個燃氣壁爐怎麼樣？

那誰要住在這裡？伊芙。原本住這間房子的，是冬天來這裡玩雪上摩托車的人，現在她們要蓋自己專用的聚會所，房東應該會很樂意出租一整年。或者用非常便宜的價格出售，畢竟屋況不太好。如果伊芙能得到她想要的工作，下個冬天她也許可以來這裡度假。如果她沒接到工作，何不乾脆就把公寓租出去，自己搬到這裡來住？畢竟兩邊租金差很多，而且她十月起就可以領取老人年金了，還有她幫某家健康食品拍攝的廣告收入仍然持續進帳，她應該能應付自己的生活所需。

「如果我們夏天來，就可以幫忙付租金啊。」蘇菲說。

菲利普聽見她們說話，問道：「每年夏天都來嗎？」

「你現在喜歡這個湖了，不是嗎？」蘇菲說。「你現在喜歡這裡了。」

「還有蚊子，你知道，不是每年都有這麼多蚊子。」伊芙說。「通常只有初夏的時候蚊子才會很多。六月吧，你們來之前。春天的時候，這裡的沼澤地都是水，蚊子就在那裡產卵，之後這些沼澤地乾了，蚊子就不再產卵了。但是今年初下了很多雨，這些沼澤地乾不了，蚊子就得到了第二次產卵機會，你現在看到的就是新一代了。」

她此時已經發現，菲利普有多重視資訊，他寧願獲取新知，也不想聽她的意見和回憶。

蘇菲也不喜歡回憶往事。每當伊芙提起她們母女倆過去的那段時光（即使是菲利普出生後幾個月，伊芙認為那段日子是她生命中最幸福、最艱難、最有目標、最融洽的一段時光），蘇菲會露出一種嚴肅的表情，即使有意見，也似乎很有耐心地撇開不談。後來伊芙發現，如果談到更早一點的時候，像是蘇菲的童年，更是到處都是地雷。有一次他們談論到菲利普的學校，蘇菲覺得那學校有些太嚴格了，而伊恩卻覺得沒什麼問題。

「那和『黑鳥』的差別真是太大了。」伊芙說道。而蘇菲幾乎是立刻惡狠狠地說：「噢，『黑鳥』啊。想到妳還花錢送我去那邊念書，還真是個笑話。妳—花—錢—了—耶。」

「黑鳥」是蘇菲以前就讀的另類學校（校名來自〈破曉〉這首歌），不會替學生分級。學費其實超出伊芙的負荷，但她認為孩子的母親是個演員，父親又不在身邊，這種學校對孩子比較好。蘇菲九歲或十歲那年，學校因為家長之間的意見分歧而解散了。

「我學了希臘神話，但我不知道希臘在哪裡耶。我連希臘是什麼都不知道，我們美術課的時間都拿來做反核標語。」蘇菲說。

「噢，不會吧，真的啊。」伊芙說。

「真的啊。而且他們一直逼我們——逼我們談論性的事情，很煩耶。根本就是言語騷擾嘛。妳居然還**花錢**送我去那裡。」

「我不知道事情居然這麼嚴重。」

「嗯，反正，我撐過來了。」蘇菲說。

「這是最重要的。」伊芙的聲音發著抖。「就是要撐下去。」

蘇菲的父親來自印度南部的喀拉拉邦。伊芙在一輛從溫哥華駛向多倫多的火車上遇見了他，整趟旅程都和他待在一起。他是名年輕醫生，拿了研究生獎學金後，到加拿大進修。他在印度的家裡已經有妻子與一個小女嬰了。

火車旅程為期三天，車在卡加利停留了半小時，伊芙和那名年輕醫生到處找藥房，想買保險套，結果兩手空空。當火車抵達溫尼伯時，車停靠了整整一小時，但為時已晚。其實——伊芙講到這段往事時說，當火車抵達卡加利城市邊界的時候，可能就已經太晚了。

那時他坐的是普通車廂——畢竟研究獎學金沒有多少。伊芙卻揮霍了一下，幫自己訂了間臥鋪。伊芙說，正是因為這次的奢侈（在最後一刻的決定），這臥鋪房間的便利與隱私，蘇菲才得以來到世間，伊芙的人生也就此產生劇變。而且，也因為卡加利車站附近怎麼樣也買不到保險套。不為愛，也不為錢。

火車抵達多倫多，她與這名來自喀拉拉邦的戀人揮手道別，就像與任何火車上偶然相遇的人道別一樣。因為當時來車站接她的男人，是她生命中認真的對象，是她最煩惱的源頭。整整三天以來，在列車的搖晃和震動之下，顯得特別重要——戀人們的動作絕非他們自己虛構出來的，也許正因此顯得毫無罪惡、難以抗拒。他們的感覺和對話肯定也受到了影響，在伊芙記憶裡，這些事都甜蜜且慷慨，從不嚴肅或絕望。況且，當你人在臥鋪小包廂裡時，裡頭的空間與規畫也讓人嚴肅不起來。

伊芙還告訴蘇菲她父親的基督教名——湯瑪斯，以聖人多瑪斯·阿奎納而得名。伊芙認識他之前，從未聽說過印度南部有古老的基督徒。蘇菲十幾歲時，有一陣子對喀拉拉邦很感興趣。她不僅從圖書館借回相關書籍，還穿著紗麗去參加派對。她說等她長大，就要去找她的父親。她知道他的名字（但不知道姓），他專長的研究領域（血液疾病），這些對她來說可能已經夠了。伊芙對她強調，印度人口眾多，而且他也可能已經不住在那裡了。她無法說出口的是，蘇菲的存在對蘇菲的親生父親而言，有多麼的偶然，幾乎難以想像。幸好蘇菲後來漸漸放棄了這個想法，而且，當那些引人注目的民族風打扮開始大為流行時，蘇菲也不再穿紗麗了。後來，她唯一提起她父親的時候，就是她懷著菲利普時，開玩笑地說自己延續了這個家專門找「一夜父親」的傳統。

她們現在不開這種玩笑了。蘇菲已成長為高貴、優雅、含蓄的女性。曾經有一回——她們穿過樹林走向湖邊時，蘇菲彎下腰抱起黛西，這樣才能迅速離開蚊子活動的區域——此時伊芙感覺到女兒綻放出一種全新的，晚熟的美麗，她感到驚豔非常。那是種豐滿、寧靜、優雅的美，不是透過保養與虛榮的裝扮得來，而是捨己為人和為責任奉獻的結果。她現在看起來更像印度人了，她那種彷彿咖啡加奶油的膚色，在加州的陽光下加深了不少。而她眼下兩道丁香紫的黑眼圈，是她抹不去的微微疲勞的結果。

但是游泳依然是她引以為傲的強項，是她唯一喜歡的運動，她還是游得像以前一樣好，此刻她正朝著湖中央游去。她第一次來這裡游完泳之後說：「太棒了，我覺得好自由。」她沒說是因為伊芙幫忙照顧兩個孩子，她才感到自由，但伊芙明白這不需要說出來。「我很高興。」她說——雖然實際上她害怕極了。她已經想過好幾次，快回頭吧，但蘇菲卻繼續往前游，無視她迫切的心靈求救訊號。她黑色的頭先是成為一個點，然後再成為一個更小的斑，接著又成為一道道湖水間飄蕩的幻覺。伊芙所害怕的、無法思考的，不是蘇菲體力耗盡，而是不願回頭的渴望。彷彿這個嶄新的蘇菲，這個被生活牢牢綁縛的成年女子，其實對生活漠不關心。不像伊芙曾經認識的那個少女，那個敢冒險、為愛執著、人生充滿蕩氣迴腸的年輕蘇菲。

「我們必須把錄影帶還給店裡。」伊芙對菲利普說。「也許應該在去湖邊之前就去還。」

「湖邊我去膩了。」菲利普回道。

伊芙不想與他爭，蘇菲不在，所有的計畫都變了，現在變成他們要離開，而且是今天傍晚就離開，她也對湖邊感到厭煩了。連這間房子她都厭煩——她現在滿心滿眼都是這間房子明天的模樣。蠟筆、玩具車、黛西的大片簡易拼圖，全都會整理好，打包帶走。她已經讀到爛熟的故事書也會被帶走。窗外也不會有床單晾著了。到最後一天還有十八天，她得獨自一人在這裡度過。

「今天我們去別的地方怎麼樣？」她問。

「別的地方是哪裡？」菲利普問。

「就當作是驚喜吧。」

伊芙昨天從鎮上回來時，提著一大堆食品雜貨。新鮮的蝦子是給蘇菲的——鎮上的商店現在變成高級超市了，幾乎什麼都買得到——咖啡、葡萄酒、沒有凱莉茴香的黑麥麵包（菲利普討厭凱莉茴香）、熟透的甜瓜、他們全都愛吃的黑櫻桃（不過要看著黛西吃，以免她把籽吞下去），一大盒摩卡軟糖冰淇淋，以及能讓他們再吃一週的基本食材。

蘇菲正忙著在孩子們午餐後收拾。「噢！」她大喊。「噢，這麼多我們怎麼吃得完？」

她說伊恩打了電話來，伊恩表示他明天就要搭機飛到多倫多，寫書的過程比他預期更順利，所以他改變了計畫。他原本打算三週之後再來，但現在他明天就要來接蘇菲和孩子們，來一趟小旅行。他想去魁北克市，因為他從來沒去過，而且他認為孩子們應該去看看加拿大的法語區。

「他寂寞了。」菲利普說。

蘇菲笑了出來。她說：「對，他想我們了。」

十二天，伊芙心想。三週之中已經過了十二天。她這間房子的租期是一個月，同時把自己的公寓租給她朋友戴夫。他也是失業演員，財務上有困難（不知是真的還是想像出來的），所以他接電話時還會用不同的舞臺腔調，假裝成是別人。她是喜歡戴夫，但她不能現在回去和他住在同一間屋子裡。

蘇菲說他們會開著租來的車子去魁北克，然後直接開到多倫多機場，在那邊還車。至於要不要邀請伊芙一起？她隻字不提。租來的車子空間不夠，但難道伊芙不能開自己的車嗎？或許菲利普可以和她同車，就當是陪她。或者蘇菲也可以和她同車。伊恩可以和孩子們一車，畢竟他非常想念孩子，而且這樣蘇菲也可以休息一下。伊芙和蘇菲可以同車，就像從前夏天她們一起旅行那樣，由於伊芙工作的緣故，兩人開車前往從未見過的城鎮。

這想法太荒謬了。伊芙的車已經九年了，沒辦法長途行駛。而且伊恩想念的是蘇菲——從她溫暖而撇過去的臉上就可以看得出來。況且，他們也沒問伊芙要不要去。

「嗯，那太好了。」伊芙說。「他寫書進度這麼好，真是太好了。」

「是啊。」蘇菲說。當她談到伊恩的書時，總是帶著小心謹慎的淡漠感。當伊芙問到那本書是寫什麼時，她只是說：「都市地理學。」也許這是學者的妻子應有的行為吧——這樣的人，伊芙一個都不認識。

「不管怎樣，這樣妳會有獨處的時間了。」蘇菲說。「我們把這裡弄得跟馬戲團一樣亂。妳也可以想想自己是不是真的想在鄉下買棟房子，就當度假的地方。」

伊芙只好開始聊點別的事情，任何事情都好，免得自己會支支吾吾地開口，問蘇菲有沒有考慮明年夏天再來這裡。

「我有個朋友去了那種真正的靜修營喔。」她說。「他是個佛教徒。不對，也許是印度教徒。但他不是真正的印度人。」（當她提到「印度人」的時候，蘇菲微微一笑，暗示著不用再聊這個話題了。）「無論如何，在靜修營的三個月裡你不能說話，旁邊會一直有其他人在，但你們不能交談。我朋友說，那邊的人會警告他們，參加的人很容易愛上彼此，但他們之間卻從來沒說過話。當你不能說話的時候，你會覺得自己正在用一種特殊的方式與對方溝通。當然，這是一種精神上的戀愛，你什麼也不能做。他們對這種事很嚴格。至少他是這麼說的。」

蘇菲問道：「然後呢？等你終於可以跟對方說話的時候呢？」

「那真是失望透頂了。情況通常是這樣，你以為你一直在用特殊方式溝通的那個人，其實什麼也沒跟你交流。或許他們以為是用那種方式和其他人溝通，也以為——」

蘇菲放鬆地笑了出來。她說：「原來是這樣。」很慶幸伊芙沒有因為沒受邀，就表現出任何失望或受傷的情緒。

他們可能吵架了。伊芙想著。表面上說是來看她，實際上是種策略。蘇菲把孩子帶走，可能就是為了給他好看。來與自己母親住一段時間，也是為了給他好看。沒有他參與，蘇菲依然能規畫將來的假期，也是向自己證明她能做到。她可以不按牌理出牌。

最要緊的問題是，那通電話是誰打給誰？

「妳怎麼不把孩子留在這裡呢？」她問道。「妳開車去機場的時候，把他們留在這裡，再回來接他們一起出發。這樣妳就有時間獨處，也可以和伊恩單獨相處一下。如果帶孩子去機場，妳一個人一定忙不過來。」

「妳說得讓我很心動耶。」蘇菲回答。

所以後來她就一個人去機場了。

現在伊芙很想知道，自己策畫了這個小小的改變，是否就是為了能套菲利普的話？

（你爸爸從加州打電話過來，你有沒有覺得很驚喜？

他沒有打電話來啊。是我媽媽打給他的。

真的嗎？噢，我不知道。她在電話中說了什麼？

她說：「我受不了這裡了，煩死了，我們想個辦法讓我離開這裡吧。」）

伊芙壓低了聲音，表現出就事論事的樣子，表明她必須打斷這場遊戲。她說：「菲利普，菲利普，聽我說。我想我們不能再繼續玩了。那輛卡車只是某個農夫的車，他要去別的地方，我們不能再繼續跟了。」

「可以啦。」菲利普說。

「不行，他們會想問我們到底在做什麼。他們可能會很生氣。」

「那我們就呼叫直升機來打他們。」

「別傻了，你知道我們只是在玩遊戲。」

「他們會開槍的。」

「我不覺得他們有帶武器。」伊芙說，試著另尋方法。「他們還沒開發出打外星人的武器。」

菲利普說：「妳錯了。」又開始描述某種火箭，但她沒有在聽。

伊芙小時候與她哥哥、父母暫時住在這鎮上時，她有時會和母親一起坐車去鄉間。他們沒有車——那是戰爭時期，當年他們是坐火車來這裡的。經營旅館的女人是伊芙母親的朋友，每次她開車到鄉下買玉米、覆盆子、番茄的時候，就會邀請伊芙母女一起去。有時她們會停下來喝茶，要是遇上創業的農婦在自家前廳擺東西出售，她們也會去看看舊碗盤、小件的家具等等。伊芙的父親沒跟去，他比較喜歡待在湖邊與其他人下跳棋。那裡有一塊很大的正方形水泥，上面漆了棋盤的圖案，像個小亭子，有屋頂卻沒牆壁。如果下雨了，下棋的男人們就得用長竿子，謹慎小心地移動著超大的跳棋。伊芙的哥哥有時看他們下棋，有時獨自去游泳（他畢竟年紀比較大）。現在，那一切都消失了——甚至連水泥棋盤也不見了。或者說，可能是上面建造了什麼東西，把它給蓋住了。露臺蓋到沙灘上的飯店消失了，用花床上的花拼出小鎮名字的火車站也不在了，鐵路軌道也是。取而代之的是偽復古風的購物中心，裡頭有一應俱全的新型超市、酒鋪、販賣休閒服裝和鄉村手工藝品的精品店。

伊芙還很小、頭上還戴著一個大大的蝴蝶結髮帶的時候，她就很喜歡這種鄉村小旅行。還記得她吃了迷你果醬塔和蛋糕，蛋糕上層的糖霜很硬，點綴了一顆紅豔豔的酒漬櫻桃，底下卻軟綿綿的。大人不許她碰碗盤、蕾絲與緞面製的針包、臉色蠟黃的舊玩偶。婦人們的談話在她頭頂上來來去去，彷彿在所難免的烏雲一般，讓她短暫微微憂鬱了起來。但她還是喜歡坐在汽車後座，想像自己騎在馬背上，或身處皇家馬車車廂內。後來她就不願意跟去了。她開始討厭當母親的跟班，也討厭有人認出她是母親的女兒。「這是我女兒，伊芙。」這句話在她耳裡聽起來是如此居高臨下，充滿有欠妥當的占有心態。（她後來演戲時也是用這種說話方式，或者說這種方式的幾個版本。有好幾年，在她最放得開、表現最差勁的某些演出中，她都是用這種方式。）她也厭惡她母親盛裝打扮的習慣，在鄉下戴著大帽子和手套，穿著綴有突起花朵的薄透洋裝，像是全身掛滿了肉瘤一樣。而與這身盛裝打扮成強烈對比的，是她母親為了雞眼問題而穿的牛津鞋，看起來笨重又破舊。

「妳最討厭妳媽媽哪一點？」是伊芙離家後第一年，常和朋友玩的遊戲。

「束腹。」一個女孩說。另一個女孩則說：「溼圍裙。」

髮網。肥手臂。老愛引用聖經。〈丹尼男孩〉。

伊芙的答案總是：「她的雞眼。」

她早就把這遊戲忘了，直到最近才想起來。現在想起，就像是碰到一顆蛀牙。

他們前方的卡車減速，沒有打方向燈，就轉進了一條長長的林蔭小路。伊芙說：「我不能再跟下去了，菲利普。」然後繼續往前開。但當她開過那條小巷時，她注意到了那兩根門柱。門柱看來很不尋常，形狀像原始的清真寺宣禮塔，裝飾著漆白的鵝卵石、少許彩色玻璃片。這些門柱沒一根是直的，一半被藏在一枝黃和野胡蘿蔔花叢中，看上去完全不像門柱，反而像是浮誇的輕歌劇遺失的舞臺道具。伊芙一看到這兩根門柱，她就想起了另一件事——戶外一面白漆的牆，上面有幾幅圖畫，都是線條呆板、匪夷所思、很孩子氣的圖樣。有尖塔的教堂、有塔樓的城堡，四四方方的房子，有正方形和斜斜的黃色窗戶。三角形的聖誕樹。用熱帶色彩風格畫的鳥，約莫是聖誕樹的一半大。一匹腿短身體胖的馬，眼睛燃燒著紅色的火焰。緞帶般蜿蜒的藍色小河，月亮與醉醺醺的星星。在屋頂上點頭的肥碩向日葵。這些全都是彩色玻璃鑲嵌進水泥或灰泥做成的。她見過這面牆，而且不是在任何公共場所，這面牆在鄉下，她當時和母親在一起。她母親的身影在牆之前逐漸逼近——她正與一位老農夫說話；他應該是她母親的年紀，當然，對當時的伊芙而言看起來很老。

她母親與那位經營旅館的女人，的確會在旅行時去看一些奇怪的東西，而且不只是欣賞古董。她們去看刻意修剪成熊形的灌木叢，還有專種迷你蘋果樹的果園。

伊芙完全不記得當時的門柱位置了，卻又覺得這些門柱不可能屬於其他地方。她倒車，轉進樹下那條狹窄的車道。那樹是沉重的老蘇格蘭松，可能很危險——懸吊的半枯枝條，還有被風吹落或掉落的樹枝，散落在車道兩旁的草地和雜草中。伊芙的車在地上車痕的溝槽中搖擺不定。黛西似乎對這樣晃動感到很滿意，她開始跟著發出聲音，**耶**。**耶**。**耶**。

黛西或許以後會記得今天的事（也許是她唯一記得的事）。拱門般的樹木、驀然出現的陰影、車子搖來晃去的有趣動作。或許是窗戶上掠過的野胡蘿蔔白色花臉。菲利普就在她身邊的感覺——他那難以理解、一臉認真的興奮感，他極力克制自己童稚嗓音所帶來的緊繃情緒。還有對伊芙的極其模糊的感覺——兩條光裸的臂膀長滿斑點，被太陽晒出了皺紋，金中帶灰白的鬈髮用黑色的髮帶束起來。或許是氣味。不再是菸味，也不是伊芙曾經花大錢購買的號稱有神效的乳霜和化妝品。老皮的味道？大蒜？葡萄酒？漱口水味？黛西想起這件事時，伊芙很可能已經不在人世。黛西和菲利普可能已疏遠了。伊芙她自己就已經三年沒與她哥哥說過話了。因為他曾在電話裡對她說：「如果妳不是成功的那塊料，當初就不應該去當演員。」

前方沒有任何一座房子，但樹林的縫隙間可以看見一座穀倉的骨架，沒有牆，屋梁卻完好無損，屋頂也完整，只是整個垂向一邊，像戴了頂好笑的帽子。穀倉周圍大片開花的雜草之間，零零散散擺放著一些機械設備，老舊的汽車、卡車之類。伊芙忙著在這條崎嶇的小徑上把車開穩，沒有太多空閒觀察四周。那輛綠色卡車已經在她面前消失——它能開多遠？然後她便看到這小路轉了個彎，他們的車駛離了成群的松樹陰影，開進陽光下。同樣是大片野胡蘿蔔花海的浪花，同樣是生鏽的機具散落各處，一邊是高聳的野生樹籬，而樹籬後終於看見了屋子。相當大的房子，黃灰色磚造的兩層樓，閣樓是木造的，老虎窗塞滿了骯髒的泡棉膠。其中一面較低的窗戶，內部貼滿了鋁箔，閃爍著反光。

她搞錯地方了。她一點也不記得這間房子。修剪過的草坪附近沒有牆，小樹苗在雜草中任意生長。

卡車就停在她前方。在更前面一點，她看見一塊空曠的碎石地，她可以在那裡把車掉頭。但她若想迴轉，就得繞過卡車。她只好也跟著停了車。她想知道那輛卡車上的男人是不是故意停在那裡的，好讓她不得不解釋自己為什麼來到這裡。他現在從卡車上悠悠哉哉地走下來，也沒看她，而是放下那隻一直跑來跑去、怒意四射、大聲吠叫的狗。那隻狗一下車就繼續叫，卻沒有離開那男人的身邊。男人戴著一頂帽子，遮住了他的臉，所以伊芙看不見他的表情。他站在卡車旁看著他們，還未決定是否要靠近一些。

伊芙解開了她的安全帶。

「不要下車。」菲利普說。「待在車裡。掉頭。開走。」

「我沒辦法掉頭。」伊芙說。「沒事的。那隻狗只是喜歡叫而已，牠不會傷害我。」

「不要下車。」

早知道她就不應該縱容他玩這遊戲到這麼嚴重的地步。像菲利普這個年紀的孩子，很可能會玩得太過頭。「現在已經不是在玩遊戲了。」她說。「他只是個普通人。」

「我知道。」菲利普說。「但妳還是**不要下車**。」

「夠了。」伊芙說。她下了車，關上車門。

「嗨。」她開口。「對不起，我弄錯了。我把這裡誤認成別的地方。」

那男人說了聲類似「嘿」的話。

「我其實正在找別的地方。」伊芙說。「是我小時候去過的地方。那裡有一面牆，牆上有很多用碎玻璃拼成的圖畫。我想是一面水泥牆，上了白色的漆。我看到路邊的柱子的時候，我想一定就是這裡了。你一定以為我們在跟蹤你吧，這樣講聽起來真好笑。」

她聽見車門打開的聲音。菲利普下了車，拉著黛西跟在他後面。伊芙以為他要向她走過來，所以伸長手臂迎接他，沒想到他卻抛下黛西，繞著伊芙走來走去，對那男人說話。他已經解除了剛才的警戒狀態，現在的他比伊芙更加鎮定。

「你的狗乖嗎？」他挑釁地問道。

「她不會傷害你的。」那男人說。「只要我人在這裡就沒事。她年紀還小，所以脾氣不太好，她還是孩子嘛。」

這男人個子矮小，不比伊芙高。他穿著牛仔褲，一件彩色編織、敞開的背心，應該是秘魯或瓜地馬拉製。他的胸膛光滑無毛，晒得黝黑，肌肉發達，脖子上的金鍊和金牌在胸前閃閃發光。他說話時頭往後仰，伊芙看見他的臉比身體還要老成。門牙少了幾顆。

「我們就不打擾了。」她說。「菲利普，我剛剛告訴這個人，我們開車沿這條路走，是要找我小時候去過的地方。那裡有一面牆，牆上有彩色玻璃拼成的畫。但我搞錯了，不是這裡。」

「牠叫什麼名字？」菲利普問道。

「翠克西。」那男人說道。那隻狗一聽見自己的名字就跳了起來，去頂他的手臂。他把牠用力推下去。「我不知道什麼畫。我不住在這裡。哈洛，哈洛可能會知道。」

「沒關係。」伊芙說著，把黛西抱起來，讓她坐在腰間。「如果你能把卡車往前移一下，我就可以掉頭了。」

「我不知道什麼畫啦。妳看，如果畫在房子的前面，我就沒機會看到，因為哈洛把房子前面封起來了。」

「不是，畫是在外面。」伊芙說。「沒關係啦，這是好多年以前的事了。」

「對啦對啦對啦。」男人接著說，像是聊開了。「妳來，讓哈洛跟妳說好了。妳知道哈洛嗎？這房子是他的。其實是瑪麗的啦，但哈洛得送她去養老院，所以現在房子是他的了。這不是他的錯，她真的得去。」他從卡車裡拿出兩箱啤酒。「我剛才得去鎮上，哈洛叫我去的。妳來，進去吧。哈洛會很樂意跟妳說。」

「來吧，翠克西。」菲利普認真地說。

狗吠叫著，在他們身邊打轉。黛西發出驚嚇又開心的尖叫聲。不知怎麼地這群人就這樣走上了通往屋子的道路。伊芙抱著黛西，菲利普和翠克西在她身邊爭著爬上隆起的碩大泥土小丘，之前應該是臺階。男人走在他們身後，身上傳來啤酒的味道，他一定是開車時就在喝了。

「開門直接進去吧。」他說。「一直往裡面走。裡面有點亂，妳不介意吧？瑪麗去養老院了，沒人打掃，所以這裡就沒有以前乾淨。」

他們必須繞過一大片髒亂——累積了好幾年的那種髒亂。最底層是桌椅和沙發，大概還有一兩只爐子，上面堆了舊床單、報紙、窗簾、枯死的盆栽、木材鋸斷後的小木塊、空瓶子、破掉的燈、窗簾桿子。有些地方的雜物堆高到了天花板，幾乎擋住了所有從外面進入的光線。為了彌補不足的光線，屋內的門邊點了一盞燈。

男人把啤酒換到另一手拿，打開那扇門，大聲叫哈洛。霎時很難分辨他們是在屋裡的哪種空間——裡面有少了門的廚房碗櫥，架子上擺了幾個罐頭，但是地上又擺了幾張帆布床，床上是沒鋪床單的床墊和皺成一團的毯子。窗邊不是堆滿家具，就是掛了拼布被擋住，完全看不到窗外，不知道自己人在哪裡。房間裡還有股怪味——像是二手舊貨店、堵住的水槽（或是堵住的馬桶）、煮飯的油膩味、菸味、汗味、狗便和沒倒的垃圾累積成的怪味。

沒人回應。伊芙轉了個身（這裡尚有轉身的空間，在門廊上可是根本沒辦法轉身），說：「我真的覺得不用……」但翠克西擋在她身前，男人又繞過她去敲另一扇門。

「他在。」男人說，儘管門已經打開了，他還是扯開喉嚨大聲地喊。「哈洛在這。」此時翠克西往前衝，另一個男人的聲音傳出來。「幹，把那條狗帶出去啦。」

「這位女士想看什麼畫。」身材矮小的男人說。翠克西發出哀嚎——想是有人踢了她。伊芙別無選擇，只好走進房間。

裡面是餐廳，有張沉重的老餐桌和堅固的椅子。有三個男人坐在桌邊玩牌，第四個人站起身來，踢了狗一腳。房裡的溫度大約是三十出頭度。

「關門，有風吹進來了。」桌邊有個男人開口。矮小的男人把翠克西從桌底拉出來，丟到外面的房間去，然後關上門，留下伊芙和孩子們在房間裡。

「要死了。幹。」起身踢狗的男人大罵道。他的胸膛和手臂滿滿都是刺青，整片皮膚像是紫色或藍色。他甩動一隻腳，像是受傷了。或許是他踢翠克西時也一起踢到了桌腳。

背對門坐著的是個年輕男人，削肩，脖子細。至少伊芙認為他挺年輕的，因為他留著金色的刺蝟頭，戴了金色的圓圈耳環。他沒有轉過頭來。坐在他對面的男人和伊芙一樣老，頭髮整個剃掉，留著整齊的灰色鬍子，還有雙充滿血絲的藍眼睛。他凝視著伊芙，不帶一點友好的神情，卻帶著某種理智或理解。這一點和那個刺青男人截然不同；刺青男人看著她的樣子，彷彿她是某種幻覺，下定決心毫不理睬。

桌子另一端（主人或父親的座位上）坐著下令關門的男人，不過他沒有抬頭，剛才有人開門打斷牌局的這一段，他也沒怎麼注意到。這男人骨架很大、身形肥胖、蒼白，汗溼的褐色鬈髮，依照伊芙的觀察，他整個人一絲不掛。刺青男人和金髮男人都穿著牛仔褲。灰鬍子的男人則身穿牛仔褲配方格襯衫，釦子一路扣到脖子，再加一條繫繩領結。桌上擺了玻璃杯和酒瓶。坐主位的男人想必就是哈洛了，他與灰鬍子的男人正在喝威士忌。另外兩個人則是喝啤酒。

「我告訴她，那個畫搞不好就在前面，但她沒辦法進去，因為你把前面封起來了。」矮小的男人說。

哈洛喝道：「你給我閉嘴。」

伊芙只好開口：「真的很抱歉。」她似乎沒有別的辦法，只好再次複述事情經過，還添了一堆細節。包含她小時候住在小鎮的旅館、與母親一起搭車、牆上的畫、今天回想起這些畫、看到門柱、她很明顯走錯了、很抱歉等等。這些話她直接對著灰鬍子男人說，因為他似乎是唯一願意聽而且能理解她的人。她的手臂和肩膀，都因為黛西的重量和全身的緊張而隱隱作痛。然而，就在她說話的同時，她也在思考如何描述這種狀況——她會說，就像是發現自己置身於品特的劇作裡。或者，就像她所有噩夢裡的觀眾一樣，無動於衷、沉默不語、抱持敵意。

當她想不出來還有什麼好話或道歉的話可說時，灰鬍子男人開口了。他說：「我不知道，妳得問哈洛。嘿，嘿，哈洛，你知道有什麼用碎玻璃做的畫嗎？」

「告訴她，當她坐車兜風到處看畫的時候，我還沒出生咧。」哈洛頭也不抬地說著。

「妳可真倒楣啊，女士。」灰鬍子男人說。

刺青男人吹了聲口哨。「嘿，你。」他對菲利普說。「嘿，小鬼，你會彈鋼琴嗎？」

哈洛椅背後的空間有架鋼琴，卻沒有琴凳或長椅（哈洛本人占據了鋼琴和桌子之間大部分的空間），鋼琴上堆滿了不該堆在那裡的東西，像是盤子、大衣之類的。就像他們先前看過的地方一樣，房子裡處處堆滿了雜物。

「不會。」伊芙迅速回答。「他不會彈。」

「我是在問他。」刺青男人說道。「你會不會彈什麼曲子？」

灰鬍子男人開口：「你別鬧他。」

「只是問他會不會彈什麼曲子而已，又怎樣啦？」

「你別鬧他。」

「是這樣的，要有人把卡車移開，這樣我才能把車開走。」伊芙說。

她想，這房間裡有一股精液的味道。

菲利普一聲不吭，只是緊緊靠在她身旁。

「如果你能移開一下——」她說著，轉過身，期待會看見那個矮小男人。當她一發現他不在，話就停了下來。他根本不在房裡，她不知道他是什麼時候出去的。要是他把門鎖上了呢？

她握住門把，轉了一下，門開時有點卡住，但還是開了。門另一邊好像有什麼東西擋在那裡，原來是那個矮小男人蹲在門邊，聽著房裡的動靜。

伊芙沒有和他說話，逕自穿過廚房走出去。菲利普則是像全世界最乖的小男孩一樣小跑步跟在她身旁。他們沿著門廊上的狹窄通道，穿過雜物走出去。終於抵達開闊的空間時，她深深吸了口氣，畢竟她已經很久沒有真正好好呼吸了。

「妳應該沿著路走下去，去哈洛表哥家問問。」她身後傳來矮小男人的聲音。「那地方很不錯唷。他們有間新房子，她整理得很漂亮。他們會給妳看畫，或妳想看的什麼。他們會大大歡迎你們，邀請妳坐下來吃頓飯，不會讓任何人餓著肚子走掉。」

他應該沒有一直蹲在門邊，因為他已經把卡車移走了。或者是別人移的。卡車不見了，應該是被開到哪個小棚子裡，或是她看不見的哪個停車場。

伊芙沒理會他，只是幫黛西繫好安全帶。菲利普不需提醒，自己扣上了安全帶。翠克西不知道從哪個地方跑出來，失落地繞著她的車轉來轉去，一個個嗅著輪胎。

伊芙上車，關上門，冒汗的手放在車鑰匙上。車子發動了，她直接往前開到碎石地上——那是塊被茂密灌木叢環繞的空間，她想應該是莓果的樹叢，長了很多年的紫丁香，還有雜草。一些地方的灌木叢，被一堆舊輪胎、空瓶、空罐之類的東西給壓扁了。很難想像這些東西是從那間屋子裡丟出來的，畢竟屋子裡還堆了一大堆，但很顯然這些東西就是他們丟的。因為灌木叢被壓平了，反而露出了部分的牆面。伊芙把車掉頭時，正好看到牆壁上還有白漆刷過的痕跡。

她以為自己能看見嵌在牆中的玻璃碎片，閃爍著光芒。

她沒有減速去看那景象，也希望菲利普沒有注意到——他可能會想停下來看。她把車頭對準了車道，開過通往房子的泥土階梯。矮小男人站在那裡，揮舞著雙臂向他們道別。翠克西搖著尾巴，原本被嚇得乖乖聽話，現在像是醒過來了，吠叫著朝他們道別，跑上車道追了他們一小段。這麼追只是做做樣子罷了，如果翠克西真想的話，她本可以追上他們的車。伊芙開著開著，直到卡在凹凸不平的車轍時，才能放慢車速。

她開得很慢，所以當一個人影忽然從旁邊的高草叢裡竄出來，打開伊芙沒想到要鎖的車門，跳上副駕駛座時，也不是難事。

是坐在桌子旁的那個金髮男人，伊芙一直沒看到他的臉。

「不要怕。大家都不要怕。我只是在想能不能跟你們搭個便車，好嗎？」

不是男人，也不是男孩，是個女孩。現在上身只穿著一件髒兮兮內衣的女孩。

伊芙說：「好。」她才剛設法把車開在車道上。

「我剛才在屋裡沒辦法問妳。」女孩說。「我去廁所，從窗戶爬出來，然後跑到這裡。他們大概連我跑了都不知道。他們自己醉成那樣。」她一把抓起身上的內衣聞了聞，尺寸對她來說太大了。「臭死了。」她說道。「我剛才拿了哈洛這件。就在廁所裡。臭死了。」

伊芙駛離車轍，駛離陰暗的車道，轉向正常的道路。「天啊，幸好我跑出來了。」女孩說。

「真不知道我為什麼會搞成這樣。我甚至連自己怎麼去那裡的都不知道。那時是晚上，我又沒地方去。妳懂我意思吧？」

「他們看起來都喝到爛醉了。」伊芙說。

「是啊。嗯，抱歉啊，剛剛嚇到妳。」

「沒關係。」

「如果我沒有這樣忽然坐進來，妳應該不會停下來載我吧。對不對？」

「我不知道耶。」伊芙說。「我猜，我如果知道妳是女生的話，我可能會停下來吧。我之前沒把妳看清楚。」

「是啦。我現在看起來不怎麼樣。亂七八糟。我不是說我不喜歡趴踢唷，我喜歡趴踢。但這裡有趴踢，那裡也有趴踢，妳懂吧？」

她從座位上轉過頭，定定凝視著伊芙，伊芙不得不暫時將視線從前方道路上移開，轉頭看著她。她眼前所見，是這個女孩雖然還能說話，其實已經醉得亂七八糟。她的深褐色眼睛呆滯無神，卻仍努力圓睜，帶著一種苦苦哀求卻又疏離的神情，醉鬼常有的眼神。明知已經無法矇混了，還是試圖讓你上當。她的某些皮膚有斑塊，其他地方則呈現灰濛濛的一片，整張臉因為狂喝猛喝，整個皺在一起。她天生的髮色是深褐色——金色刺蝟頭是後來才染才剪的，還故意把髮根處挑染成黑色。說實在的，如果不管她目前這副糟糕的模樣，她其實滿漂亮的，令人好奇她為什麼會跟哈洛這幫人混在一起。她這麼過生活，再加上當時的流行，她可能因此瘦了十五到二十磅。但她不高，也不是男孩子氣的女孩。她真正的模樣應該是個可愛的圓胖女孩，俏麗的小胖妞。

「赫伯腦子有問題，才會帶妳進去。」她說。「他腦子怪怪的，赫伯。」

伊芙附和：「我看得出來。」

「我不知道他在那裡幹麼，我猜是幫哈洛做事吧。但我覺得哈洛也不知道要叫他做什麼。」

伊芙從來不覺得自己會認為別的女性有性吸引力，而眼前這個髒兮兮又狼狽不堪的女孩，似乎不太可能吸引任何人。但也許這女孩不相信自己勾不到人——她一定很習慣勾引人了。總之，她的手沿著伊芙光裸的大腿滑動，僅只是超過伊芙短褲邊緣的縫線一點點而已。儘管她喝得很醉，卻很熟稔這種撫摸的手法。因為是第一次試探，要張開手指抓住大腿，就太超過了。她的手法老練，不假思索地帶著期盼，卻缺乏真實、強烈、讓人不自覺扭動身子、同志間的那種情慾。伊芙覺得這隻手很可能隨時都要放棄，轉而撫摸汽車的座椅。

「我沒問題的啦。」女孩說道，聲音像她的手一樣，努力想和伊芙裝熟。「妳懂我意思嗎？妳瞭的，對吧？」

「當然。」伊芙輕快地回道。那隻手慢慢退開，困乏的妓女職業風範也隨之消失。但那隻手也並非白忙一場——沒有徹底失敗。手的舉動雖然相當露骨，不怎麼熱情，卻也足以撩撥塵封已久的心弦。

這樣一摸，很可能在某些方面真的起了作用，一想到這，伊芙就擔憂了起來。從此刻起，這一觸摸就為她這今生的情史籠罩上了一層陰影，那些吵嚷混亂、衝動任性，同時也充滿希望、認真嚴肅，或多或少從不反悔的那段過去。不是驟然爆發的真正羞恥之事，也並非一種罪惡感——只是骯髒的陰影。如果她現在開始渴望一個更純粹的過去，徹底重新開始，真是太可笑了。

但也可能是，她仍然渴求著愛，自始至終渴求著愛。

伊芙問道：「妳想去哪裡？」

女孩的身體向後猛地一倒，看向馬路。她問：「妳要去哪裡？妳住這附近嗎？」原先隱然的挑逗驟然轉變，想必在完事之後就會變得苛薄又自大。

「鎮上有公車。」伊芙說。「加油站那裡有站牌，我看過。」

「好吧，但有個問題。」女孩說。「我沒錢。妳看，我急急忙忙跑出來，連拿錢都沒時間。沒錢的話，我怎麼搭公車？」

這時該做的事情，不是把對方的話當成威脅。是該告訴她，假如她沒錢，她可以搭便車。她牛仔褲裡應該沒有藏槍。她只是講得好像真有威脅的樣子。

但萬一是把刀呢？

女孩這時才初次轉頭看向後座。

「你們在後面還好吧？」她問。

沒人回答。

「他們很可愛嘛。」她說。「看到陌生人害羞啊？」

現實迫切，危機四伏，伊芙居然還想到性，真是蠢。

伊芙的皮包，就在女孩的腳前。她不知道裡面有多少錢，六、七十元吧，不太可能再更多了。如果伊芙說要幫她出錢買票，女孩八成會提一個票價很貴的地方。蒙特婁。或者，至少多倫多。如果她說：「裡面有多少就拿多少吧。」對方又會覺得她屈服了，感受到伊芙的恐懼，可能會變本加厲。她最多還能怎樣？偷車？如果她把伊芙祖孫三人丟在路旁，警察應該會立刻來追她。如果她把他們幹掉，丟在某個灌木叢裡，她可能可以跑得更遠。或者，她也可能因為他們還有利用價值，拿刀抵在伊芙的腰間或哪個孩子的喉嚨，帶著他們一起潛逃。

這種事情確實有可能發生，只是不像電視或電影演的那麼常見。這種事情並不常有。

伊芙開上鄉間道路，這裡交通繁忙，為什麼她感覺好一點了？在此，安全只是個假象。她可能就在大白天交通繁忙的高速公路上，順著車流一直開下去，將自己和孫子孫女們送進地獄。

女孩問：「這條路是通到哪裡？」

「會通往主要公路。」

「我們就開到那裡吧。」

「我就是要開去那裡。」伊芙說。

「高速公路會通到哪？」

「會往北通到歐文峽灣，或直接到托本莫瑞，妳可以在那裡搭船。或者往南去……我不知道。但那邊會接上另一條高速公路，妳可以去薩尼亞，或是倫敦。一直走的話可以到底特律或多倫多。」

車開到高速公路前，他們都不發一語。伊芙轉上公路，說：「就是這裡了。」

「妳現在往哪個方向開？」

「我正往北走。」伊芙說。

「妳住在那邊嗎？」

「我要去鎮裡，停下來加油。」

「妳已經有油了。」女孩說。「那個量還超過油箱一半咧。」

真是太蠢了，伊芙應該說要去買食品雜貨的。

她身旁的女孩發出了一聲長長的呻吟，像是下了什麼決定，也許是決定放棄。

「妳知道。」她說。「妳知道，我要是想搭便車，說不定可以在這裡下車。在這裡搭便車應該很容易。」

伊芙把車子靠邊，停在碎石路上。起初的安心，逐漸轉變為一種類似羞愧的感覺。搞不好這個女孩真的是匆忙逃跑，來不及拿錢，身上一無所有。喝得爛醉，身上一點錢也沒有，人又在路邊，那是什麼樣的感覺？

「妳剛說我們是要往哪邊開？」

「北邊。」伊芙再說了一次。

「妳說往薩尼亞是哪個方向？」

「南邊。妳只要過馬路，車子都是往南的。過馬路時要注意車子。」

「好。」女孩說，聲音已經顯得冷漠，她正在計畫新的機會。她把半個身體伸出車外，嘴上說「再見啦」，又往後座喊：「拜啦，你們要乖喔。」

「等一下。」伊芙說。她俯身，在她的皮包裡翻找皮夾，拿出一張二十元鈔票，下了車，走到女孩站著的地方。「拿去。這應該會有用。」她說。

「耶，謝啦。」女孩說著，將紙鈔塞進口袋裡，目光注視著前方的道路。

「這樣好了。」伊芙說。「如果妳遇到困難的話。我家就在鎮上以北大概兩哩的地方，從這邊往北再半哩路就可以到鎮上了。北方喔，這個方向。我家人現在都在，但到傍晚他們應該就不在了，如果妳會在意的話。我家外面有信箱，上面寫著『福特』。我不姓福特，我不知道上面為什麼會這樣寫。那片田中間就只有我們家這麼一棟房子，大門旁邊有一扇窗戶，很普通的那種窗戶，另一面有一扇奇怪的小窗戶，浴室就在那邊。」

「好喔。」女孩回答。

「我只是想，如果妳沒有搭到便車的話——」

「好啦。好啦。」女孩說。

他們祖孫三人再次上路之後，菲利普開口說：「噁，她身上有嘔吐的味道。」

車又開了一陣子，他說：「她甚至連用太陽的位置來看方向都不知道，好笨喔，對不對？」

「我想是吧。」伊芙答道。

「嗯，我還沒看過這麼笨的人。」

他們開車經過小鎮時，菲利普問能不能停下來買冰淇淋甜筒。伊芙說不行。

「停車買冰淇淋的人太多了，很難找停車位。」她說。「我們家已經有很多冰淇淋了。」

「妳不應該說**家**。那只是我們暫時住的地方，妳應該說**房子**。」菲利普說。

高速公路東邊的田地裡，那些巨大的乾草卷尾端正對著太陽。乾草卷很結實，像是盾牌或銅鑼，或阿茲特克的金屬人面。駛過了乾草卷，就是一片淡金色的柔軟尾巴或如羽毛的作物。

「那個叫大麥，那些有尾巴的金色東西叫大麥。」她對菲利普說。

「我知道。」他應道。

「有時候，那種尾巴被叫做麥芒。」她開始背誦：「但割麥人起早收割，在長滿芒刺的大麥中間——」

黛西問：「『打麥』是什麼意思？」

菲利普說：「是大—麥。」

「只有割麥人起早收割。」伊芙一邊回憶一邊背誦。「主祐割麥人，起早收割——」

「主祐」聽起來最順耳。主祐割麥人。

蘇菲和伊恩在路邊的蔬果攤買了玉米當晚餐。計畫改變了——他們要等到明天早上再走。他們還買了一瓶琴酒，幾瓶通寧水和萊姆。伊恩在調酒。伊芙和蘇菲坐著剝玉米。伊芙說：「買了兩打啊，真是瘋了。」

「等著看吧。」蘇菲說。「伊恩超愛玉米。」

伊恩端飲料給伊芙時，朝她鞠躬致意。她品嘗了一口，說道：「這真是太好喝了。」

伊恩並不像她記憶中或想像的那樣。他個子不高，不像典型的日耳曼人，也不是缺乏幽默感的人。他身高中等，身材削瘦，髮色淡金，動作敏捷，很好相處。蘇菲自從來到這裡之後，就變得比較沒自信，說話做事情也沒什麼把握。不過人更快樂了些。

伊芙講了她的故事。她先從湖畔的棋盤講起，再說到消失的旅館，以及坐車到鄉間遊玩。她還說了她母親的都會淑女打扮，薄透的洋裝和搭配的襯裡，卻沒有提及年輕的自己心中有多反感。然後，說了她們一起去看的景物——迷你蘋果果園、擺滿舊洋娃娃的架子、由彩色玻璃拼成的奇妙圖畫。

「有點像夏卡爾吧？」伊芙說。

伊恩說：「對，就連我們這些都市地理學家，都知道夏卡爾喔。」

伊芙說：「抱——歉——喔。」兩人都笑了。

現在她說到那兩根門柱、突然浮現的回憶、陰暗的車道、廢墟般的穀倉、生鏽的機具、一團混亂的房子。

「屋主正在裡面跟朋友玩撲克牌。」伊芙說。「他根本不知道畫的事，應該是不知道或懶得管吧。天啊，想想看——我去那邊可能是快六十年前的事了。」

蘇菲說：「噢，媽。真是太可惜了。」她看到伊恩與母親這麼融洽，充滿了放鬆的笑容。

「妳確定是那個地方嗎？」她問道。

「可能不是吧。」伊芙回答。「可能不是。」

她不會提到她在灌木叢後看到的那堵殘壁。何必呢，畢竟有那麼多她認為最好別提的事情。首先是她縱容菲利普玩的那個遊戲，讓他興奮過頭了。還有哈洛與他那一幫人的事。再來就是那個跳進車裡的女孩，有關她的一切，每個細節。

有些人天生就自帶正直樂觀的氣息，無論人到哪裡，都能淨化環境的氛圍。有些事就是沒辦法對這一類的人說，說了就會破壞這樣的氣息。雖然伊恩目前展現出的和藹可親給人留下了深刻印象，蘇菲能找到這樣的伴侶，當真受到了幸運之星的眷顧，她內心充滿感激，但伊芙覺得，伊恩就是那種人。過去是年輕人為了老年人好，所以不提這種事；但現在好像是倒過來，是老年人為了年輕人好，像是伊芙，必須努力不要表現出她身處這兩種價值觀之間的困境。她這一生在別人眼中，可能都是某種惹人非議的顛簸起伏，是徹底的錯誤。

她大可以說那棟房子惡臭熏天，屋主那幫人看上去都酒氣騰騰、不倫不類，卻不能提到哈洛這人赤身露體，也絕不敢提及她自己有多害怕。而她也絕對不會說自己害怕的是什麼。

菲利普收集剝下來的玉米外皮，拿到室外，扔到田邊。黛西偶爾也跟著撿玉米外皮，不過她是丟在房子周圍。伊芙說話的時候，菲利普完全沒有接話，對她說了什麼似乎也不感興趣。不過伊恩一聽到這個故事（他很樂於將當地軼事與自己的研究專業結合），便問伊芙對於小鎮與農村生活模式的瓦解有何看法，對所謂的農業企業逐漸擴大合作有何了解。菲利普原本在大人腳邊彎腰爬行，聽到此處停下了動作，抬頭望著伊芙。那淡漠的眼神，在那一瞬間，有密謀而心照不宣的空白，隱沒的微笑，在你或許需要意識到之前，已經轉瞬即逝。

這代表什麼意思？只意味著他已然開始存放與掩藏的私人作業，自行決定什麼該保留、如何保留這些事物。以及這些事物，對他未知的將來又有何種意義。

如果那女孩來找伊芙，就會碰上他們一家人。那麼，伊芙的小心謹慎將功虧一簣。

女孩不會來的。她在高速公路邊站了十分鐘之後，應該就會有更好的機會出現。說不定更危險，但會更有趣，而且能坑的錢更多。

女孩不會來的。除非她找到一個與自己年紀相仿的冷血痞子，兩人同樣無家可歸。（**我知道有個地方可以住**，**前提是我們得先幹掉那個老太太**。）

不是今晚，而是明晚，伊芙將會躺在這間空洞洞的房子裡，木板牆像紙殼一樣圍繞著她。她渴望自己能發光，擺脫了後果，感到如釋重負。腦裡什麼也不想，只有高聳的玉米發出的沙沙聲。如今玉米可能已經不再長高，卻仍會在夜幕降臨之後，發出活生生的聲響。

孩子留下

三十年前，有個家庭在溫哥華島東岸度假。一對年輕夫妻帶著兩個小女兒，丈夫的父母也一起同行。

天氣相當完美。日日早晨都是這樣。第一道純淨的曙光穿過高聳的樹枝，蒸發了喬治亞海峽平靜無波水面上的薄霧。退潮時分，海邊一片廣大空蕩的沙灘依然潮溼，但仍便於行走，就像接近最後乾燥階段的水泥一樣。潮水實際上退得不太遠；每天早晨，沙堆的空間都會縮小，但沙灘的沙量仍然足夠。潮汐的變化對這家人的爺爺來說是件有趣的事，對其他人而言則不怎麼重要。

至於媳婦寶琳就不是真的喜歡海灘。她更喜歡這排小木屋後面那條路，往北大約一哩後，就會抵達一條入海小河的河岸，那就是路的終點。

如果沒有潮汐，很難想起這裡其實是海。越過水面，望向主要陸地上的群山，這些山脈正是北美大陸的西部屏障。透過水霧，山脈的起伏與高峰如今清晰起來。寶琳推著女兒的嬰兒車沿著路走時，偶爾也能從樹林的間隙瞥見山脈的景緻。看山也是這一家父子（寶琳的公公，與丈夫布萊恩）的興趣，這兩個男人不斷地試圖看清哪個是哪個：這些山形，哪些是大陸上實際的山脈？

海岸前方的島嶼，實際高度究竟有多麼不可思議？這些景致的排列如此複雜，而且其中一部分還會隨著日光變化而看似改變距離，要把它們分清楚是很難的。

不過小屋和海灘之間有面布告欄，玻璃板下壓著一張地圖。你可以站在那裡看看地圖，再看看面前的景物，來回對照地圖，直到弄清楚為止。父子倆每天都站在地圖前，而且通常會吵起來（明明就有地圖，應該沒什麼爭論的空間）。布萊恩覺得這地圖不精確，但他父親容不下對這地方的一丁點批評，因為是他選擇要來這裡度假的。這地圖，就像這次的住宿和天氣一樣，完美至極。

布萊恩的母親不會看地圖，她說地圖會讓她不知所措。兩個男人都嘲笑她，覺得她的腦子不清不楚。她丈夫說，因為她是女人；她兒子則說，因為她是他媽媽。她擔心的永遠是有沒有人餓了、渴了、孩子們有沒有戴遮陽帽、搽防晒乳。凱特琳手臂上那個奇怪的咬痕看起來不像蚊子叮的，那是什麼？她要丈夫戴上一頂鬆垮垮的棉質帽，覺得布萊恩也應該戴一頂才對——她不禁提醒兒子，他小時候，他們有個夏天去奧卡納干，他被太陽晒得暈頭轉向，還生了場病。布萊恩有時會對她說：「噢，別說了啦，媽。」他的語氣大多是很親暱的。但他父親可能會說，你認為這是對母親說話的態度嗎？

「她又不介意。」布萊恩回答。

「你怎麼知道？」他父親反問。

「喔，我的老天爺啊！」他母親說。

寶琳每天早上醒來後，就會立刻從床上滑下來，遠離布萊恩睡夢中依然索求的長手長腳。早晨喚醒她的總是寶寶瑪拉在嬰兒房裡的第一聲尖叫與咕噥，接著是嬰兒床欄杆的吱嘎聲。瑪拉已經十六個月大，很快不再是小嫩嬰了，老是抓著嬰兒床的欄杆，努力把自己拉起來。當寶琳將她一把抱起，走進廚房，準備在地板上幫她換尿布的時候，她仍然滿口柔軟可愛的牙牙學語。（這時快要五歲的凱特琳在旁邊的小床上翻身，卻仍沒有醒來。）然後寶琳把瑪拉放進嬰兒車裡，準備好餅乾和一瓶蘋果汁，自己換上無袖連衣裙和涼鞋，再進入浴室，用最快的速度與最低的音量梳好頭髮，打理自己，再推著嬰兒車離開小屋，經過鄰居的小屋，走向沒鋪路面、高低不平的路。這條路大部分仍籠罩在清晨深深的陰影中，兩旁是冷杉與雪松搭成的隧道。

家裡的爺爺也起得早，在自己的小屋門廊上看見她們母女。寶琳也看見了他，但彼此只需要揮個手，打個招呼。公公和媳婦之間很少有什麼話要說（雖然，遇上布萊恩冗長的耍寶時間，或者她婆婆小題大作，為一點小事堅持又內疚的時候，他們之間會生出某種親近感；但他們也明白最好不要注視彼此，以免眼神洩露出貶低他人的無望）。

這次度假，寶琳偷了點獨處的時間——和瑪拉在一起，幾乎就像獨處了。清晨散步，近中午時洗滌並晾晒尿布，都是她偷來的獨處時光。下午，瑪拉午睡的時候，本來還可以再多偷閒一小時左右。但是布萊恩在海灘上蓋了個小遮棚，每天都把兒童護欄拿下來，這樣瑪拉就能在那裡午睡，寶琳便不能藉著寶寶要午睡的藉口離開了。他說如果她老是愛偷溜出去，他父母可能會不高興。不過，他倒是同意她需要多點時間複習臺詞——九月回維多利亞的時候，她有一齣舞臺劇要演。

寶琳不是正式的女演員，她參與的戲是業餘製作，但她甚至連業餘演員都不是。儘管她是因為讀過劇本才演出這個角色，她卻其實連試演也沒有。這齣戲是法國劇作家尚・阿努伊的《尤瑞狄絲》。不過，寶琳早就飽覽群書了。

六月時，她在烤肉會上遇見一個男人，問她願不願意參演這齣舞臺劇。參加烤肉會的大多是教師與他們的另一半，在布萊恩任教的高中校長家中舉行。教法語的女士是位寡婦，她帶了成年兒子與她一起過夏天。她兒子在市中心的一家旅館上夜班。她告訴大家，她兒子已經在華盛頓州西部的某個學院找到教職工作，秋天就要去上班了。

她兒子全名是傑佛瑞・圖姆。「沒有B喔。」他說，彷彿這個陳腐的老笑話曾經讓他很受傷[1]。他的姓氏和他母親不同，因為她已經兩次喪偶，而他是她第一次婚姻生的。至於他新找到的這份工作，他的評語是：「不能保證是什麼鐵飯碗，是一年一約。」

他要教什麼科目？

「戲——劇。」他拖長聲音說道，滿是嘲弄的意味。

他也挺看不起自己目前的工作。

「那地方都是些亂七八糟的人。」他說。「說不定妳有聽過——去年冬天有個妓女在那裡被殺了。我們的房客都是些渾渾噩噩的魯蛇，不是嗑藥過量，就是被人幹掉。」

聚會的客人不太知道怎麼應對這種說話方式，漸漸遠離了他，不過寶琳例外。

「我想要做一齣戲。」他說。「妳想要演嗎？」他問她有沒有聽過《尤瑞狄絲》這齣戲。

寶琳問：「你指的是阿努伊寫的那齣戲嗎？」他很驚訝，但並未露出高興的表情，隨即表示他不知道這件事能不能成功。「我只是覺得在諾爾．寇威爾[2]的天下，做點不同的事情可能會很有趣。」

寶琳不記得維多利亞省何時上演過寇威爾的作品，不過她想應該是演過好幾次。她說：「我們去年冬天在大學看過《馬爾菲公爵夫人》。還有某個小劇場演了《迴響的叮咚聲》，但我們沒去看。」

「這樣啊。嗯。」他說著，臉紅起來。她原以為他年紀比她大，至少和布萊恩一樣（布萊恩三十歲，雖然人們常說他不像那個歲數的人），但只要他開始對她說話，態度漫不經心又冷淡，眼神從未與她直接接觸，她就懷疑他比他想表現出的年紀還小一點。現在看到他臉紅，她更確定了。

後來她才知道，他比她小一歲，二十五。

她說她不能演尤瑞狄絲，她不會演戲。但此時布萊恩過來聽聽他們正在聊些什麼，一聽就說，

---

1 他的姓氏是 Toom，與墳墓（Tomb）只差一個字母。

2 Noel Coward（1899-1973），英國劇作家、演員。

她必須去試一下。

「她只是需要有人從後面推她一把。」布萊恩對傑佛瑞說。「她就像一匹小騾子，要讓她動起來很難的。不，我是認真的，她太謙虛了，我一直這樣跟她說。她很聰明。事實上，她比我聰明多了。」

那時，傑佛瑞直接望進寶琳的眼睛裡——眼神中帶著無理，又想一探究竟，而現在臉紅的人成了她。

他一見她的長相，立刻就選中她來演尤瑞狄絲，但並不是因為她長得美。「我絕對不會找美麗的女孩來演那個角色。」他說。「我不知道自己會不會讓漂亮的女孩上臺演戲耶，那樣太超過了，會讓人分心。」

那麼他覺得她的長相怎麼樣？他說，是她的頭髮又黑又長，而且相當濃密（那時並不流行這種髮型），還有她蒼白的膚色（「妳今年夏天少晒太陽」），最重要的是她的眉毛。

「我一直都不喜歡自己的眉毛。」寶琳這麼說，但不是太真心。她兩邊眉毛很齊，又黑又濃密，整張臉的主角就是這對眉毛。就像她的頭髮一樣，不是流行的樣式。但，如果她真的不喜歡自己的眉毛，不是應該早就拔掉了嗎？

傑佛瑞似乎沒聽到她這句話。「妳的眉毛給人一種生悶氣的眼神，看了就令人不安。」他又補充。「而且妳的下巴有點寬，像希臘人。如果拍電影的話會更好，我可以給妳來個特寫鏡頭。一般都是氣質空靈的女孩演尤瑞狄絲，但我不想要那種型。」

當寶琳沿著路推瑪拉走的時候，她真的在背臺詞。她最煩惱的是劇尾那一大篇臺詞。她一邊推著嬰兒車，一邊反反覆覆，自言自語：「你好糟糕，你知道嗎，你像天使一樣糟糕。你以為每個人都像你一樣，勇敢、明亮地往前進——噢，不要看著我，拜託，親愛的，不要看著我——或許我不是你想要的樣子，但我人在這裡，這麼溫暖、善良，而且我愛你。我會給你所有我能給的幸福。不要看我。不要看。讓我活下去吧。」

她漏掉了一些詞。「或許我不是你想要的樣子，但你能感受到我在這裡，對吧？我這麼溫暖、善良——」

她告訴傑佛瑞，她認為這齣戲很美。

他問：「真的嗎？」她這麼說，並沒有讓他滿意或驚喜——他似乎覺得這些都在意料之中，沒必要說。他從來不會用那種方式描述舞臺劇，他談論舞臺劇時會視之為一個需要克服的障礙，同時也是扔向各路敵手的戰帖。扔到導演了《馬爾菲公爵夫人》的學院派混帳（套他的話）的臉上，扔到在小劇場混口飯吃的社交障礙蠢人（套他的話）的臉上。他把自己視為局外人，扛著自己的重擔，努力與這些人對抗，不顧他們的輕視反對，就是要把自己的戲（他認為是他的戲）做出來。一開始，寶琳曾認為這些麻煩可能全都是他的想像，比較可能的情況應該是，這些人對他一無所知。接著還真的有件事情發生了——可能是巧合，也可能不是。原先作為演出場地的教堂大廳需要整修，導致現在找不到場地，印刷廣告海報的成本也意外增加了。她發現自己開始用他的方式去看待事情。如果要經常與他相處，幾乎也就必須用他的方式看待事情——爭論是很危險的，而且令人筋疲力盡。

「這些王八蛋。」傑佛瑞咬著牙說道，語氣中卻帶著些許快感。「我不意外啊。」

他們在菲斯加街的一棟老房子樓上排戲，星期天下午是全員唯一可以到齊的時間，不過平日還是有些零散的時間可以排練。飾演亨利先生的是位退休領港員，他每一次彩排都能參加，而且每一位演員的臺詞他都很熟悉，真是令人煩躁。飾演尤瑞狄絲母親的是位理髮師（她只有演過吉伯特與蘇利文的作品），除了週日下午之外，其他時間都沒辦法離開店面太久。飾演母親情人的是位公車司機，白天也都必須上班。而飾演奧菲的服務生也一樣（他是眾人之中唯一想要成為真正演員的人）。寶琳的時間，則取決於她能否找到（有時相當靠不住的）高中生保母，因為整個暑假的前六週，布萊恩都忙著教暑期班。而傑佛瑞自己也必須在晚上八點前到飯店工作。但到了週日下午，他們會全員到齊。那個時段，其他人都會去忒提斯湖游泳，或擠到碧肯丘公園的樹下散步、餵鴨子，或開車到鎮外的太平洋海灘玩耍。此時傑佛瑞和全體演員卻在菲斯加街上一間塵土飛揚、天花板挑高的房間辛勤排練。那棟房子的窗頂是圓弧形，就像某些樸素莊嚴的教堂。天氣熱時，他們就找個東西把窗戶頂開——可能是舊帳簿（這棟房子在一九二〇年代時樓下有間帽子店），或是畫家做畫框時用剩的木條（那畫家留下的一疊疊畫布還堆在牆邊，無人聞問）。玻璃很骯髒，但外頭的陽光反射在人行道、空曠的碎石路面停車場與低矮的灰泥建築物上，整個空間都伴隨著一種特別的週日明亮感。市中心的街上幾乎無人經過，沒有一間店開門，只有偶然幾間小咖啡店和骯髒平凡的便利商店除外。

寶琳總是負責在休息時間出去買汽水、果汁和咖啡。即使她是這群人之中唯一早就讀過劇本的人，卻也是對這齣戲和排練方向意見最少的人。因為只有她從來沒有任何上臺演出的經驗。所以她自願去買飲料，似乎很正常。她喜歡在空曠的街道上散步——感覺自己像個都市人，超然冷靜，獨立自主，活在一個重大夢想的光芒之中。有時她會想到家裡的布萊恩，在花園裡工作，留心看顧著孩子們。或許他已經帶孩子們去了達拉斯路，她記得答應過孩子們，要到池塘裡放小船玩。那樣的生活，與排練室裡發生的種種相比之下——數小時耗費的力氣、專注在當下、激烈的交鋒、無法抑制的汗水、緊繃的張力……平凡的生活顯得差勁又冗長無趣。即使是咖啡喝起來的味道，那燙口的苦澀，而且事實上幾乎每個人都喝咖啡，而不選口感更清新、可能更有益健康的冷飲（剛從冰櫃裡拿出），都令她滿足。她喜歡店面櫥窗的模樣。這條街道不是港口附近那種裝修得整齊亮麗的商店街——這條街有修鞋子的、修腳踏車的、賣降價家庭日用織品的、減價衣物、減價家具的。商品在櫥窗裡擺得太久，新的看起來也像二手的。有些櫥窗上貼著保護商品免於日晒的金色塑膠布，被太陽晒久了，變得像舊玻璃紙脆弱又皺巴巴。所有的店家都在這一天休息，僅此一日，但它們看起來就像是在時間中凝固似地，彷彿洞穴壁畫，或被沙子掩埋的遺跡。

她說她要去度假，離開兩週的時候，傑佛瑞露出了晴天霹靂的表情，彷彿他從未想像過她的生命裡有「度假」這種安排。接著他態度冷酷起來，而且稍帶嘲諷，彷彿這只是他意料之中的另一次打擊。寶琳解釋道，她其實只有一個週末不能到；她與布萊恩會在週一早上往北開，並在兩週後的週日早上回來。她答應會準時回來排練。不過她私下想著，到底該如何做到這一點——打包行李出門總是會比預期的要花更多時間。她在想，她有沒有可能自己坐早班公車回來，不過這樣可能太要求自己了，她就沒有提。

她也無法開口問他，他這麼震驚，只是因為這齣戲嗎？只是因為她會缺席一次排練嗎？此時此刻，很可能是這樣沒錯。彩排時他與她的對話，從未暗示過其他的可能，他對她唯一不同的地方，或許在於對她演技的要求，與其他人比起來較低。這點誰都可以明白。她是唯一因為長相被選中的人，憑空出現的人選。其他人都是看到他張貼在城裡咖啡廳、書店裡的徵選告示，前來徵選的。他似乎希望她表現得紋絲不動或尷尬笨拙，但他對其他人卻不會這麼要求。這或許是因為，這齣戲演到後半，她得扮演一個已死之人。

然而，儘管傑佛瑞的態度漫不經心，唐突又不太友善，她覺得其他演員全都知道——整個劇組都知情。他們知道，當每個人都一一離去，啟程回家後，他會走過房間，閂上樓梯上的門。（一開始，寶琳假裝和其他人一起離開，甚至坐上自己的車，繞著街區開了幾圈。但後來這樣的把戲開始讓她覺得很侮辱人，不僅是對她自己、對傑佛瑞，也是對那些她確信永遠不會背叛她的人。他們都被這齣戲短暫卻強大的魔力所束縛了。）

傑佛瑞走過房間，將門閂住，每一次這麼做，就像是下了一個嶄新的決定。她要等到門閂上，才會望向他。門閂被剛巧推到位的聲音，金屬相互撞擊的鏗鏘，是不祥之兆，是宿命，令她身體的某處竄過一股投降的震顫。但她依然按兵不動，等著他回到她身邊，整個下午勞累的痕跡從他的臉上消失，就事論事的表情、習慣顯現的失望逐漸消除，取而代之的，是總令她驚訝的活力。

「那麼，跟我們說說妳正在排演的那齣戲吧。」布萊恩的父親說。「是會在舞臺上脫衣服的那種戲嗎？」

「不要鬧她啦。」布萊恩的母親說。

布萊恩和寶琳將孩子們帶上床睡覺後，走到他父母的小屋一起喝一杯。夕陽就在他們背後的溫哥華島森林後方，而他們面前的山脈，此刻清晰可見，與天空形成鮮明對比，閃耀粉紅色的光芒。內陸有些高山頂上，還覆蓋著粉紅色的夏季之雪。

「那齣戲沒有人脫衣服啦，爸。」布萊恩用他在教室裡慣用的洪亮嗓音說。「你知道為什麼嗎？因為他們一開始就沒有穿衣服啦，這是最新的潮流。他們接下來就要推出全裸的《哈姆雷特》，全裸的《羅密歐與茱麗葉》。好傢伙！你想想看那一場陽臺上的戲，羅密歐要爬上棚架，又卡在玫瑰叢裡——」

「噢，布萊恩。」他母親念了他一下。

「這是奧菲斯和尤瑞迪絲的故事。尤瑞狄絲去世了。」寶琳說道。「奧菲斯下到地府，試著把她帶回來。他的願望被允諾了，但前提是他要答應不能看她一眼，不能回頭看她。她就在他身後走著——」

「十二步的距離。」布萊恩說道。「只能這麼做。」

「這是希臘故事，但背景設定在現代。」寶琳說。「至少這個版本是，多多少少算是現代吧。奧菲斯是個與父親一起四處旅行的音樂家——父子倆都是音樂家。而尤瑞狄絲是位女演員。故事發生在法國。」

「要翻譯嗎？」布萊恩的父親問道。

「不用。」布萊恩說。「不過別擔心，不是用法文寫的，是用特蘭西瓦尼亞文寫的。」

「你這樣說真是太難懂了。」布萊恩的母親擔心地笑著說。「有布萊恩在，什麼都搞不清楚。」

「這齣戲是用英文寫的。」寶琳說。

「那妳是演——她叫什麼名字啊？」

「我演尤瑞狄絲。」

「他有把妳救回來嗎？」

「沒有。」她說。「他還是回頭看我，所以我還是沒辦法活。」

「噢，是不好的結局。」布萊恩的母親嘆道。

「妳有這麼漂亮？」布萊恩的父親懷疑地問。「他就是沒辦法不回頭？」

「不是那樣子。」寶琳回答。但話說到此刻，她感覺公公已經達到了某種目的。他已經做到了自己想做的事，每次他和她對話時幾乎都會這樣——他會先問她某些事，她即使心不甘情不願，還是會耐心說明。接著他就會故意把她的解釋斷章取義，表面上卻似乎漫不經心。長久以來，他一直對她有點敵意，但今晚他並沒有特別誇張。

然而布萊恩並不知道。布萊恩仍在想如何出手解救她。

「寶琳很美麗動人啊。」布萊恩說。

「是啊，的確是。」他母親也附和。

「如果她有去把頭髮整理一下，可能吧。」他父親說。不過，他父親一直不喜歡寶琳的長髮，這已經成為家裡的一個笑話了，就連寶琳也笑了。她說：「要先把陽臺的屋頂修好，我才有錢去弄頭髮。」布萊恩放聲大笑，見她能把這一切當成笑話來看，他自己也安心地鬆了一口氣。把公公的話當成玩笑就好，他一直這麼告訴她。

「以其人之道，還治其人之身。」他說。「這是唯一能對付他的方式。」

「是啦，嗯，如果你們覺得買到像樣的好房子的話。」他父親說。但這就像寶琳的頭髮一樣，是熟悉的敏感話題，大家聽了都表現出淡漠的反應。布萊恩和寶琳買了一棟看似神氣卻需要維修的房子，位於維多利亞的街道上。這條街上的老宅院正被改建成公寓大樓，但住戶沒用心照顧房子，屋況很糟。這間房子、這條街、那亂七八糟的奧勒岡櫟樹、房子底下居然沒跟著改建一起爆破的地下室，這一切對布萊恩的父親來說都恐怖極了。布萊恩通常會同意他的觀點，還試著順著他的話說。如果他父親指著隔壁房子上交錯的黑色逃生梯，問隔壁鄰居是怎樣的人。布萊恩會回答：「真的很窮的人喔，爸。都是毒蟲。」當他父親問這房子天冷時該如何取暖，他會說：「煤爐。現在幾乎沒有人用了，所以能買到很便宜的煤炭。當然，這樣很髒，還會有一股怪味。」

所以，他父親現在說的「好房子」，可能代表兩人達成了某種和平狀態？或者可以當成某種和平的象徵。

布萊恩是獨生子，他是數學老師。他的父親是土木工程師，與別人合開了一家承包公司。或許他曾經希望兒子能當工程師，進入自己開的公司，但他從來沒有提過這件事。寶琳問過布萊恩，他會不會認為公公對他們的房子、她的頭髮、她讀的書的種種批評，其實是在掩蓋某種更大的失望。但布萊恩卻說：「不是。在我們家，我們想抱怨什麼就抱怨什麼。才不會繞圈子呢，女士。」

寶琳還是很不解，尤其是當她聽到他母親談到，老師應該是世界上最受尊敬的職業，卻連應有榮譽的一半都得不到，她真不知布萊恩該如何日復一日地去面對。然後他父親可能會說：「沒錯。」或者：「我肯定不想做，我告訴你，就算給我錢，我也不會做。」

「別擔心，爸。」布萊恩說。「反正他們也不會付你多少錢。」

日常生活裡的布萊恩，情緒變化比傑佛瑞還要誇張。他把班級管好的方式就是講笑話，耍寶搞怪。寶琳相信他只是把在父母面前扮演的角色搬到學校去演罷了。他會裝傻，會假裝受了委屈又打起精神，會和學生互飆髒話。他是善良的惡霸——興高采烈地強求學生，堅不可摧的惡霸。

「妳家孩子在我們這裡很有名。」校長對寶琳說道。「他不僅僅是保住這份工作而已。光是做到這點，就已經很了不起。他已經打響名號啦。」

妳家孩子。

布萊恩說他的學生是笨蛋。他的語氣深情，帶有聽天由命之感。他說他父親是庸俗市儈之王，純粹且天生的野蠻人。他母親則是塊抹布，脾氣好，被消磨殆盡。然而，儘管他對這樣的人不以為然，生活裡卻少不了他們。他會帶著學生去露營，而且每年夏天都要像這樣和父母一起度假，彷彿不這樣就不叫夏天。每年他最害怕的就是寶琳會拒絕和他們一起去，或者，她雖然同意一起卻一肚子氣，被他父親的某些話冒犯，抱怨她必須花時間陪他母親，因為他們沒有單獨相處的時間而生悶氣。她可能會整天待在自己與布萊恩的小屋裡，讀書，還有假裝晒傷了不願出門。

前幾年度假，這些戲碼都上演過一次。但今年她放鬆了點。他告訴她，他看得出來，也對她十分感激。

「我知道這需要努力。」他說道。「對我來說就不一樣。他們是我父母，我早就習慣不跟他們計較了。」

寶琳則是來自一個對事物非常認真以待的家庭，認真到她父母已經離婚了。此時她母親已經去世。她與父親和兩個年長許多的姊姊之間的關係，雖然友好卻不親密。她說他們之間完全沒有共同點。她知道布萊恩不懂，這怎麼可能是理由。她看得出來，今年她和他家人處得好，他有多麼安慰又舒心。她曾以為是懶散或懦弱讓他無法打破這種暑假的慣例安排，但現在她瞭解到其中有些更正面的原因。他需要妻子、父母與孩子們像這樣緊密聯繫在一起，他需要寶琳參與他和父母的生活，也需要父母肯定她——儘管他父親的肯定總是含糊，故意說反話；而母親的肯定則太浮誇，來得太輕易，反而意義不大。同時，他也希望寶琳、孩子們能與他的童年產生共鳴——他希望這樣的假期能與他童年時的假期相互連結。好天氣、壞天氣、車輛故障、駕駛歷程、乘船驚魂、蜜蜂螫傷、玩個不停的大富翁遊戲，還有所有他對他媽媽說「我聽到無聊到要死了」的事情。他想在今年夏天拍一堆照片，放進他母親的相簿裡。以前這些夏天拍的照片，別人一提他就抱怨連連，然而現在，他只想延續這個慣例。

夫妻倆唯一能單獨談話的時間，就是深夜的床上。不過兩人在這裡談的話，的確比在家裡時聊得更多。布萊恩平時工作太累，常常一躺上床就立刻睡著。白天他又太愛耍寶搞笑，想和他好好聊實在很困難。她看得出講笑話會使他的眼神為之一亮（他身上的色調和她的很像——黑髮、白皮膚、灰色雙眸。但她的眼睛灰裡帶著混濁，他的眼睛則是淡淡的灰，就像清澈水面下的石頭）。他會在別人的話中不停尋找雙關語或可以押韻的開頭——任何能讓話題歪掉的事情，他一個也不會錯過。她看得出來，他會為此開心到嘴角抽動。他個子雖然高，整個身體卻鬆垮垮地，幾乎像青少年般瘦弱，因為天生喜愛搞笑而不停顫動。她嫁給他之前，寶琳有個名叫葛蕾西的朋友，相貌頗為陰沉，主張推翻父權至上的觀念。布萊恩總以為她需要有人幫忙加油打氣，所以在她面前耍寶得更加賣力。葛蕾西忍不住對寶琳說：「妳怎麼受得了這種一天到晚的秀啊？」

「那不是布萊恩真正的樣子。」寶琳回答。「我們獨處時，他就不會這樣。」但回首當年，她不禁懷疑起這話究竟有幾分真實性。她這麼說只是為了捍衛自己的選擇嗎？就像當初下定決心要結婚時那樣？

所以，在黑暗中交談，多多少少也是因為她沒辦法看到他的臉。而他也知道她看不到。但是，即使在這樣的度假時光裡，房間裡的窗戶敞開，面對陌生的黑暗與寂靜的夜晚，他依然改不了小小嬉鬧的習慣。說到傑佛瑞時，他老是用法語叫他「導演大人」，讓這齣戲變得有點可笑（畢竟它本來就是法國人寫的）。或者也可能是傑佛瑞本人的問題，他把這齣戲看得太嚴肅了，讓人不得不質疑他。

寶琳可不在乎。只要一提到傑佛瑞這個名字，她就滿是喜悅與安心。她大多時候不提他，玩味著這種迂迴的樂趣。除了他之外的人，她倒是一一描述——理髮師、領航員、服務生、自稱演過廣播劇的老人。他飾演奧菲的父親，對表演的想法最是固執，最讓傑佛瑞頭痛。

演中年劇團經理杜拉克先生的，是個二十四歲的旅行社專員。與尤瑞迪絲差不多同年紀的前男友馬提亞斯，則是由一家鞋店的經理飾演，他已婚而且有孩子了。

布萊恩想知道，為什麼「導演大人」沒有將這兩人的角色對調？

「他處理事情的方式就是這樣。」寶琳說。「他在我們身上看到的，是只有他能看到的東西。」

她舉個例子，說他們劇團裡那個演奧菲的服務生，行為笨手笨腳的。

「他才十九歲，非常害羞，傑佛瑞必須一直在旁邊督促他，叫他不要演得像跟自己的奶奶上床一樣。他還必須一步一步告訴他該怎麼做。『再抱她久一點』、『輕輕摸她這裡一下』之類的。我不知道這樣有沒有用——我只能相信傑佛瑞，相信他知道自己在做什麼。」

「『輕輕摸她這裡一下？』」布萊恩詫異道。「也許我應該去看看你們是怎麼排練的。」

當她開始引用傑佛瑞說過的話時，寶琳感到她的子宮（或說胃的底部）傳出一陣顫抖，震動感古怪地由下往上竄，撼動她的聲帶。她連忙發出一陣低沉的清喉嚨聲來掩飾，本意是要模仿傑佛瑞（實際上傑佛瑞從來不會發出這種聲音，也不會大吵大叫，行為舉止不曾過於情緒化）。

「但是，他這麼天真，傑佛瑞還會選他，是有原因的。」她匆忙地補上一句。「他不會滿腦子都是性，就是要他笨拙。」她開始談論起劇中的奧菲，而不是那個服務生。奧菲對愛情，對現實，都很有問題。對於不完美的事，他絕對無法容忍。他要的是一種超越平凡生活的愛，他想要的是完美的尤瑞狄絲。

「尤瑞狄絲比較實際，她依然與馬提亞斯、杜拉克先生維持著關係，和母親以及母親的戀人也還是牽扯不清。她知道人是什麼樣子，但是她確實愛奧菲。她比他更曉得要用什麼方式愛對方。她愛他，因為她不是傻子，她愛他，就像一個真正的人那樣去愛。」

「但是她又跟那些男人上床了。」布萊恩說。

「嗯，她跟杜拉克先生是無可奈何，因為她無法擺脫這段關係。她一開始並不想，但過了一段時間之後她可能就開始享受起來，因為過了某個時刻之後，她就不由自主深陷其中了。」

所以都是奧菲的錯，寶琳果斷地說。因為尤瑞狄絲不完美無暇了，他就故意回頭看她，這樣就能除掉她，徹底擺脫她。因為他，她只好再死一次。

布萊恩平躺著，雙眼睜得大大的（她聽他的語氣就知道），問道：「但是他不也死了嗎？」

「是啊，那是他自己選的。」

「這樣他們就可以在一起了？」

「是啊，就像羅密歐與茱麗葉一樣。『奧菲終於和尤瑞迪絲在一起了。』這是亨利先生說的話，劇中最後一句臺詞。結局就是這樣。」寶琳翻身側躺，將臉頰輕輕貼在布萊恩的肩膀上——不是為了挑逗他，而是為了強調她接下來要說的話。「從某個角度來說這齣戲很美，但從另一個角度來說卻很蠢。它不像《羅密歐與茱麗葉》，跟壞運氣和客觀條件無關，它是故意設計成這樣的。所以主角們不必繼續過生活、結婚、生小孩、買老房子裝修、還有——」

「還有外遇。」布萊恩說。「畢竟他們是法國人嘛。」然後他接著說：「像我爸媽那樣。」

寶琳笑了。「他們有外遇嗎？我可以想像。」

「喔，當然啦。」布萊恩說。「我是指他們過生活的方式。」

「從邏輯上來看，我可以理解為什麼人要自殺，才不會變成自己爸媽那樣。」布萊恩說。「我只是不相信有人會這樣做。」

「每個人都有選擇。」寶琳神情恍惚地說。「尤瑞狄絲的媽媽和奧菲的爸爸，某種程度來說都滿卑劣的，但奧菲和尤瑞狄絲並不需要變成他們那樣。他們沒有自願沉淪，只因為她和那些男人上床，並不代表她墮落。她並不是真愛他們，那時她還沒有遇到奧菲。奧菲有段臺詞是在告訴她，她所做的一切都會伴隨著她，慘不忍睹。她對他說的謊，其他男人等等，都會跟著她一輩子。然後，當然了，亨利先生針對這點又加油添醋了一番。他告訴奧菲，他會變得和她一樣沉淪，哪天他和尤瑞狄絲一起走在街上，看起來就像是牽了一條狗，而他一直想擺脫那條狗。」

令她驚訝的是，布萊恩笑了起來。

「不對。」她說。「這就是這齣戲蠢的地方。這結果不是注定如此的，完全就是可以避免的。」

他們繼續推測，安心地彼此辯論、各執己見，他們雖然不常這樣，但爭論起來也不算全然陌生。在兩人的婚姻生活中，每隔很長一段時間，他們就會這樣——花上大半夜討論著上帝、對死亡的恐懼、如何教育孩子、金錢是否重要。最後，他們不得不坦承自己太累了，說話開始顛三倒四，然後翻身調整到親親密密的睡姿，才進入夢鄉。

終於是個下雨天。布萊恩和他的父母開車前往坎貝爾河買食品和琴酒，順便把布萊恩父親的車子送到修車廠檢修，因為車從納奈莫往北開之後就出了問題。其實問題並不嚴重，但因為仍是新車，還在保固期之內，布萊恩的父親想盡快把車送去檢查。布萊恩想著，萬一他父親的車必須留在修車廠，得有人接他們回來，所以也開著自己的車一起去。寶琳說瑪拉在午睡，她必須待在家裡看著。

她說服凱特琳也躺下來午睡——凱特琳會這麼聽話，是因為她允許女兒帶著音樂盒一起上床，只要把音樂放得很小聲就好。然後寶琳把劇本攤在廚房桌上，一邊喝著咖啡，一邊溫習著奧菲的某一場戲。他在戲中說道，他終於受不了，他受不了一個人穿著兩種皮，像兩個密封的個體，在孤獨中封存著各自的血液和氧氣。而尤瑞狄絲要他安靜下來。

「別說話。別思考。只需讓你的手隨意遊走，讓它自己找樂子吧。」

你的手是我的幸福，尤瑞狄絲說道。接受這件事吧。接受你的幸福。

當然，他說他不能。

凱特琳經常大聲問她現在幾點了，還把音樂盒放得很大聲。寶琳匆忙走到臥室門口，對著她說「噓」，叫她把音量轉小，別吵醒瑪拉。

「如果妳再這樣玩，我就得沒收了。懂嗎？」

但是瑪拉已經在嬰兒床裡翻來覆去，發出沙沙的聲音。接下來的幾分鐘，凱特琳輕聲慫恿著她妹妹，想讓她徹底清醒。加上音樂盒的樂聲忽大忽小，接下來瑪拉就晃起嬰兒床的欄杆，拉著自己站起來，把奶瓶丟到地上，開始嗚嗚哭泣，愈哭愈傷心，直到她母親聞聲而來。

「我沒有吵醒她喔。」凱特琳急忙說。「她是自己醒來的。現在外面已經沒下雨了。我們可以去沙灘嗎？」

她是對的，已經沒雨了。寶琳幫瑪拉換了尿布，要凱特琳換上泳衣，找到她的沙桶。她也穿上了自己的泳衣，並在外面套上短褲，免得布萊恩一家人回來時她人還在沙灘。（「爸爸不喜歡有些女人穿著泳衣就從小屋裡走出來。」布萊恩的母親對她說。「我想我和他是不同時代長大的人吧。」）她原本拿起劇本想帶走，接著又放下。她害怕自己會讀得太專心，忘了要一直看著孩子們。

關於傑佛瑞的種種念頭紛至沓來，其實也不算是真正的念頭——更像是發生在她身體裡的變化。這種變化發生時，她可能正坐在沙灘上（她盡可能坐在有一半樹叢遮蔭的地方，這樣才不會晒黑，正如傑佛瑞要求的）、擰乾尿布，或正好是她和布萊恩去拜訪他父母的時候。在玩大富翁、拼字遊戲、撲克牌的時候。有時她正忙著說話、聆聽、工作，照顧孩子，而她祕密生活的部分記憶仍在心頭騷動，像輻射爆炸。然後，一股溫暖的重量感安頓了下來，安心填滿了她所有的空虛。但好景不常，這份安心迅速流逝，她就像個意外之財忽然消失的守財奴，深信如此好運不會再次降臨。她被渴望緊緊綁縛，渴望驅使她日復一日規律地數著日子過。有時她甚至將日子分割成小片段，才能更精確地計算時間已經流逝了多少。

她想找個藉口去坎貝爾河，找個電話亭打給他。度假小屋沒有電話——唯一的公用電話在旅館大廳。但她沒有傑佛瑞工作的飯店電話。此外，她晚上也沒辦法去坎貝爾河。她害怕如果她白天打電話到他家去，他母親（是法文老師）可能會接起來。他說他母親夏天幾乎不會離開家裡，她只出門過一次，搭渡輪去溫哥華一日遊。傑佛瑞曾打電話給寶琳，要她過來。布萊恩正在學校教書，凱特琳正在和她朋友玩。

寶琳說：「我不能去。我有瑪拉要顧。」

傑佛瑞問道：「誰？喔，抱歉。」接著又問：「妳不能帶她一起來嗎？」

她說不行。

「為什麼不行？妳不能帶點東西來，讓她在這裡玩嗎？」

不行。寶琳堅持。「我沒辦法。」她說。「我就是沒辦法。」要跑這一趟，她已經夠有罪惡感了，還要推著嬰兒車，對她來說太危險了。她要去的屋子，清潔劑不會被安置在高架上，所有的藥丸、咳嗽糖漿、香菸和鈕釦這一類的小東西，也沒有安全地放在寶寶拿不到的地方。即使她成功逃過毒害或窒息的危險，瑪拉的小腦袋裡可能還是會儲存著時間炸彈——關於某間奇怪屋子的記憶，她不知為什麼被冷落在一旁，有扇關閉的門，門另一邊有聲響傳來。

「我只想要妳。」傑佛瑞說。「我只想要妳在我床上。」

她再次開口，虛弱地說道：「不行。」

他的話語總是不斷回到她腦海中。**我想要妳在我床上**。他的嗓音裡帶著半開玩笑的緊迫感，但同時也帶有決心，某種實際，彷彿「在我床上」擁有更多意涵。他所說的床，像是有著更廣大的意義，超脫物質層面的意義。

她拒絕了他，是天大的錯誤嗎？這樣做不正好提醒了他，她是怎樣地被困住？而困住她的，無論是誰都會稱為「真實的生活」。

海灘幾乎空無一人——大家已經習慣雨天就不出門了。雨後的沙子對凱特琳來說太重了，她沒辦法蓋城堡或挖灌溉系統——不過，反正這些事情她只會和爸爸一起做，因為她感覺到爸爸是真心想和她一起玩，而媽媽卻不然。她有點失落地在水邊晃來晃去，可能在想念其他孩子的陪伴，那些不知姓名卻馬上可以成為朋友的小孩子們，偶爾互丟石頭、踢踢水花的敵人。放聲尖叫，水花飛濺，笑得前仰後合。有位個頭比她大一點的男孩，站在沙灘遠處深度及膝的水中，很明顯是獨自一人。如果這兩個孩子能夠一起玩，那也還不錯，也許能補償這趟海灘行的缺憾。凱特琳現在往水裡衝，濺起些許水花，寶琳沒辦法判斷她是不是為了他才這麼做，也看不出這男孩望著她的眼神究竟是抱有興趣，還是看她不起。

瑪拉暫時不用人陪，至少現在不用。她跌跌撞撞地走向水邊，感覺水漫上她的腳，遂改變了主意，停下來四處張望，看見了寶琳。「寶。寶。」她快樂地認出了媽媽。她說「寶」就是在叫「寶琳」，而不叫「媽媽」或「媽咪」。她因為四處張望，所以失去平衡摔倒在沙灘上——她身體一半坐在沙灘上，一半浸入水中，先是驚訝地尖叫，後來又成了大聲哭鬧，彷彿在宣告自己的處境。然後她開始毅然決然地、笨拙地擺動手腳，將重心放在手上，把自己給撐了起來，搖搖晃晃走了幾步，感覺相當得意。她學會走路已經半年了，但要在沙灘上走路還是挺不容易的。現在她正走回寶琳身邊，邊走邊隨意咕噥了幾句她自己發明的嬰兒語。

「沙子。」寶琳捧起一團沙對她說。「看，瑪拉。沙子。」

瑪拉糾正她，把「沙」說成別的字——聽起來像「啪」。她穿著塑膠小褲，底下包著厚厚的尿布，全身穿著毛巾布寶寶連身衣，把她的小屁股裹得圓圓的。再加上她胖嘟嘟的臉頰，肉墩墩的肩膀，歪向一側看人的認真神情，整個人看起來就像一位淘氣頑皮的女舍監。

寶琳感覺有人在喊她的名字，已經喊了兩、三聲，但因為不是熟悉的聲音，她一開始沒認出來。於是她站起來揮手，結果是那位在度假村商店工作的女店員。她身體靠在陽臺上，喊道：「基廷太太，基廷太太？有電話，基廷太太。」

寶琳把瑪拉抱起來，讓她跨坐在自己腰上，再叫凱特琳過來。她與那小男孩已經玩在一起了——他們從水底撿起石頭，再丟回水裡。她起初沒有聽到寶琳的聲音，或者是假裝沒聽到。

「商店。」寶琳喊。「凱特琳，商店。」當她確定凱特琳聽見「商店」（就是度假村那間可以買冰淇淋、糖果、香菸、果汁汽水等等的小店）就會跟著她之後，她便一路穿過沙灘，走過沙灘上的北美白珠樹叢，踏上木製臺階。她走到一半停了下來，說：「瑪拉，妳超重的。」然後把寶寶換手繼續抱著。凱特琳拿著一根棍子，邊走邊猛敲欄杆。

「我可以買巧克力冰棒嗎？媽媽？可以嗎？」

「等一下再看看。」

「我可以買巧克力冰棒嗎？拜託。」

「等一下。」

公用電話位於大廳另一側的布告欄旁邊，正對著餐廳大門。先前正在下雨，餐廳裡的人玩著賓果遊戲。

「希望他還在線上。」女店員喊道。她現在人在櫃檯後面，但看不見她的身影。

寶琳還抱著瑪拉，拿起在半空中晃來晃去的話筒，氣喘吁吁地說道：「喂？」她原本以為會聽到布萊恩說，他們在坎貝爾河有事耽擱了，或是要問她，她要他到藥妝店買的是什麼。她只要買一樣東西（舒緩藥膏），所以他就沒寫下來。

「寶琳。」話筒另一端傳來傑佛瑞的聲音。「是我。」

瑪拉在寶琳身上扭來扭去，急著想下來。凱特琳走進大廳，進了商店，留下一串溼溼的沙腳印。寶琳說：「等一下，等一下。」她先把瑪拉放下去，然後匆匆忙忙關上通往樓梯的門。她不記得她有對傑佛瑞說過這地方的名字，雖然她大概有說過位置。她聽見女店員用尖銳的語氣對凱特琳說話，如果孩童有父母陪伴進店，她就不是這種語氣。

「妳是不是忘記沖腳？」

「我在這裡。」傑佛瑞說。「沒有妳，我就過得不好。我完全過不下去。」

餐廳裡，賓果遊戲的男主持人說：「N下面是──」瑪拉彷彿聽見什麼邀請似地，直接往餐廳走去。

「你說這裡，指的是哪裡？」寶琳問道。

她讀著電話旁的布告欄上，用大頭釘釘著的告示。

未滿十四歲之人，須由成人陪同方可乘船或獨木舟。

釣魚比賽。

烘焙食品和手工藝品拍賣會，聖巴爾多祿茂教堂。

命運掌握在自己手中。手相與塔羅牌解讀。價格合理，準確解讀。致電克萊兒。

「一間汽車旅館。在坎貝爾河。」

寶琳還沒睜開眼睛之前，就知道她身在何處了。沒有什麼能嚇到她。她有睡著，但沒熟睡到人事不知的地步。

她在度假村的停車場與孩子們一起等布萊恩，他回來後，她向他要了車鑰匙。她當著他父母的面說，她有點東西得去坎貝爾河買。他問，什麼東西？她有錢嗎？

「就買些東西。」她說，讓他以為是買衛生棉條或避孕用品，所以她不方便明說。「好啊。」

「好，但妳得先去加點油。」他說。

後來她不得不和布萊恩通電話。傑佛瑞說她必須打這通電話。

「因為我說的話他不會聽。他會以為是我綁架妳還什麼的，他不會相信的。」

但那天之中最奇怪的事情就是，布萊恩似乎立刻就相信了。他就站在她不久之前站的地方，大廳裡的公共走廊上——此時賓果遊戲已經結束，但人群來來往往，她能聽見人們晚餐後走出餐廳的聲音。他口中說著「喔。喔。喔。好。」那聲音應是迅速控制住自己後發出來的，似乎他相信了這是宿命，又像他早已預知了這一切，卻又表現得超乎冷靜。

彷彿他自始至終都知道，知道她究竟是怎麼回事。自始至終。

「好吧。」他說。「那車怎麼辦？」

接著他又說了些其他的話，讓人難以忍受的話，然後掛斷了電話。她走出電話亭，旁邊是坎貝爾河的某個加油站。

「還真快。」傑佛瑞說。「比妳想得還簡單。」

寶琳答道：「我不知道。」

「他可能潛意識裡早就知道了。人就是會知道這種事。」

她搖了搖頭，示意他不要再說了。他說道：「對不起。」他們沿街走著，沒碰對方，彼此不發一語。

他們必須外出去找電話亭，因為汽車旅館房裡沒有電話。現在是清晨時分，寶琳懶洋洋環顧四周（這是她走進那間房後初次擁有真正的閒暇，或者說，自由），才發現這房裡沒有什麼東西。只有一個破爛的梳妝臺、缺少床頭板的床、襯了軟墊但沒有扶手的單椅，窗上有百葉窗，卻有一條葉片斷了。橘色的塑膠窗簾，原本應該有紗簾的作用，底部縫一層摺邊，不過現在底部整塊沒了。空調的噪音很吵——傑佛瑞晚上起來關掉了。不過因為窗戶是密封的，為了通風只好把門打開，再掛上門鍊。門現在關上了。他一定是半夜起來關的。

這就是她所擁有的一切了。她與那棟布萊恩在裡頭睡著（或沒睡）的小屋之間的聯繫斷了，她和那棟代表她與布萊恩的生活、他們共同目標的房子之間的聯繫也斷了。她再也沒有家具。她已經斬斷了自己與所有又大又重物品的聯繫，像是洗衣機、烘乾機、橡木桌子、重新粉刷過的衣櫃、仿製維梅爾繪畫中的支型吊燈等等。就連她自己擁有的那些東西也一樣——她收集的壓花玻璃杯、禱告用的地毯（當然不是真品，但依然很美）。尤其是這些東西，更要徹底捨棄。即使是她的書，她可能也已經失去了。甚至是她的衣服。她出門去坎貝爾河時穿的那條裙子、上衣和涼鞋，很可能是她現在名下僅有的物品了。她永遠不會回去要東西。假如布萊恩和她聯絡，問她這些東西該怎麼辦，她會告訴他，隨便他吧——如果他想，可以把所有東西都扔進垃圾袋裡，丟到垃圾場。（事實上，她知道他很可能會把所有東西放進後車廂，小心翼翼地全部送過來。而他也確實這麼做了。裡頭不只有她的冬天大衣和靴子，還有她婚禮上只穿過一次就再也沒穿的束腰，最上頭還罩著那張禱告毯，像是最後一次述說著他的慷慨大度，無論是天生如此，還是費心算計。）

她相信自己再也不會在乎住在什麼樣的房間，或穿什麼樣的衣服了。她不會再用這種方式讓別人知道她是誰，是什麼樣的人。甚至也不讓自己知道。她過去所做的就已經夠了，就是全部了。

她所做的事情，將會成為她之前聽過和讀過的事。這是安娜．卡列尼娜做過的事，也是包法利夫人渴望的事。布萊恩的學校裡也發生過，有位老師和學校祕書有了私情，他帶著她跑了。大家就是這麼稱呼的，「和某人跑了」、「和某人溜了」。人們說這話時，語氣有輕蔑、有幽默、有羨慕。這行為是更進階的私通，做這件事的人，幾乎早就有了婚外情，暗地裡私通一段時間之後才鋌而走險、不顧一切，或生出勇氣來走到這一步。偶爾，可能會有某對男女聲稱他們談的是柏拉圖式的戀愛，嚴格來說是完全純潔的。但假如真有人相信這套說法，便會認為他們不僅認真，高尚，而且還莽撞到了令人震驚的程度。與那些冒險一試、放棄一切、跑去某個貧窮落後的危險國家工作的人一樣，幾乎同樣愚蠢。

而其他的人，私通的人，則被視為不負責任、不成熟、自私，甚至殘忍，不過也很幸運。幸運的是，他們在停好的車裡、在長草地上、在對方平時和配偶一起睡的床上（已遭到玷汙），或最有可能的地點，汽車旅館的床上（像他們這樣）享受到的性，肯定令人神魂顛倒。否則，他們絕不會不計代價地渴望彼此陪伴，也絕不會對他們共有的未來生出如此堅定的信念，認為這樣的未來將會與兩人的過去截然不同。

以同樣的方式生活，卻有所不同。寶琳現在必須如此相信——相信生活裡、婚姻裡、人與人之間的結合裡，存在著重大的差異。有些差異是必然，是宿命，有些差異則是其他人並未擁有的。當然，一年前她也會說同樣的話。人們都這麼說，他們似乎都相信自己的情況是初次嘗試，是特殊例外，即使任何人都看得出來根本不是，而且這些人根本不知道自己在說什麼。寶琳也不會知道自己在說什麼。

房間裡太熱。傑佛瑞的身體太熱。即使在睡夢中，他身上似乎也散發著某種堅定、隨時都準備好要與人爭議的態度。他體型比布萊恩壯一點，腰圍更厚一些。骨架上的肌肉更多，摸起來卻不鬆垮。一般來說，他不是俊帥的那型——她確定大多數人都會這麼說。他也沒那麼挑剔講究。床上的布萊恩，身上一點氣味都沒有。而每次她與傑佛瑞在一起時，他的皮膚總會有種烘烤後帶著些微油脂的氣味，或是堅果的氣味。他昨晚沒洗澡——不過，她也沒有。沒有時間。他有帶牙刷嗎？她沒帶。但那時她不知道自己就這樣留了下來。

她和傑佛瑞見面時，腦中還下意識覺得回家後必須編一個彌天大謊來把一切圓過去。而且她——他們——動作必須快點。傑佛瑞對她說，他已經下定決心，他們兩人一定要在一起，她得和他一起去華盛頓州。那齣舞臺劇必須放棄，因為這件事一旦被發現，他們在維多利亞會待不下去。她用茫然的眼神望著他，像是地震時你望著某人那樣。她已經準備好要告訴他，這一切都不可能，沒有用，她仍然認為自己會告訴他，但她的生活在那一刻開始，就這麼脫離了軌道。回頭，就像是蒙上自己的雙眼。

她只回了一句話：「你確定嗎？」

他說：「當然確定。」他真心誠意說道：「我永遠不會離開妳。」

這似乎不是他會說的話。然後她才意識到他是在引用劇本——其中或許還有諷刺的意涵。奧菲在車站餐廳初見尤瑞狄絲沒多久，就對她說了這句話。

於是她的人生向前陷落，她成了私奔之人，令人震驚、難以理解，放棄一切的女人。旁觀者會冷笑著說，她是為了愛。但意思，是指性。如果不是為了性，這一切都不會發生。

但是，愛與性之間有什麼巨大的差異嗎？不管別人怎麼描述那個過程，實際上的步驟其實沒有多大變化。肌膚、動作、接觸、結果。寶琳不是讓人敗興而歸的女人，布萊恩成功過。也許任何人都可以成功，只要不是太粗暴笨拙或卑鄙下流都可以。

但事實上，一切都不同了。和布萊恩的一切（尤其是和布萊恩，她對他奉獻某種自私的善意，與他一起生活在婚姻的共犯合謀中）都不同了。這種剝去一切、無可避免的逃離，她不需努力爭取，只需讓步。這種彷彿呼吸或死亡的感覺，再也不會有了。她相信，這種感覺只在某種時刻出現——當她與傑佛瑞肌膚相貼，他在她身上動作，在傑佛瑞壓在她身上的重量裡，藏著他的心，藏著他的習慣、思想、怪僻、他的抱負、寂寞（就她所知，應該大多和他年少時期有關）。

就她所知。她不知道的事還有很多。她不太清楚他喜歡吃什麼、喜歡聽什麼音樂、他母親在他生命中扮演的角色（無疑神祕卻重要，就像布萊恩的父母一樣）。只有一件事她很肯定——無論他有什麼喜好或禁忌，事情都成定局了。

她從傑佛瑞摟著他的手底下輕輕滑出來，鑽出兩人蓋的被單。被單有股刺鼻的漂白水味。她下了床，雙腳踩地，發現黃中帶綠的絨床罩被丟到了地上，連忙拿起來包住自己。她不想讓他睜開眼睛時看見她的背影，注意到她下垂的臀部。他之前是看過她裸體，但那時的標準通常比較寬鬆。

她漱了口，又沖了澡。旅館的肥皂大概只有兩小塊巧克力那麼大，跟石頭一樣硬。兩腿之間受了不少折磨，已經腫脹起來，散發一股味道。連小便都需要很用力，而且她似乎便祕了。昨晚他們外出買了漢堡，她卻發現自己吃不了。也許她將再次學習生活中的這些瑣事，這些事物將在她的生活中自然而然恢復原先的重要性。只是此刻，她似乎無法擠出一丁點注意力到這些事情上。

她錢包裡有一點錢。她必須出去買牙刷、牙膏、體香劑、洗髮精，還要買陰道潤滑劑。昨晚他們前兩次有用保險套，但第三次就沒有了。

她沒帶手錶來，而傑佛瑞也沒戴錶的習慣。當然，房間裡沒有時鐘。她覺得時間還算早——儘管天氣炎熱，光線仍帶有早晨的模樣。商店可能還沒開，但一定有個地方能讓她買咖啡。

傑佛瑞翻身到另一側繼續睡。她想必有吵醒他一下下。

他們將會擁有一間臥室，一間廚房，一行地址。他會去上班。她會去自助洗衣店。也許她也會去上班。賣東西，招待客人，當家教。她懂法文和拉丁文——美國高中會教法文和拉丁文嗎？如果不是美國人，找得到工作嗎？傑佛瑞不是美國人。

她把房間鑰匙留給他。她回來時，得把他叫醒才能進房。房裡完全沒有紙筆能讓她寫張便條。時間還很早，這間公路上的汽車旅館位於鎮的北端，旁邊就是橋梁。現在還沒有車流。她在楊樹下拖泥帶水踱步了好一段時間，直到有車輛從橋上轟隆而過——雖然橋上的車流不時震動著他們的床，直到夜深時分。

有什麼東西過來了。是輛卡車。但不僅僅是輛卡車，有個龐大且悲涼的事實正朝她逼近。而且不是憑空出現——它始終等在那裡，自從她醒來之後，或者，昨夜一整晚，都殘酷地堵在某處。

凱特琳和瑪拉。

昨晚在電話中，彷彿是為了顏面，布萊恩不願表現出驚駭、沒有出言反對，也沒懇求她回來，還刻意以一種平板、冷靜、幾乎是和藹可親的聲音說話——不過最後，他還是露出了真正的情緒。話語中帶著蔑視和憤怒，完全不在乎是否有人會聽到：「那——小孩怎麼辦？」

話筒在寶琳的耳邊顫動了起來。

她說：「我們再談談——」但他似乎沒聽見。

「兩個孩子。」他的聲音仍然顫抖著，帶著報復的意味，他把「小孩」改稱為「孩子」，就像拿塊木板朝她當頭砸下——那是沉重、正式、正當的威脅。

「孩子留下來。」布萊恩說道。「寶琳，妳聽到我說的話了嗎？」

「不。」寶琳說，「是，我有聽見你說的，但是——」

「好，妳聽清楚了。記住，孩子要留下。」

這就是他能做的一切了。為了讓她親眼看見她做了什麼，了結了什麼。如果她真的一意孤行，這就是給她的懲罰。沒人會責怪他。她或許會哄騙欺瞞，或許會討價還價，肯定會低聲下氣，但這麼做的感覺就像一塊冰冷的圓石卡在她的喉嚨，像舊式的砲彈。除非她徹頭徹尾改變心意，否則那塊石頭將會一直卡在那裡。孩子們要留下。

他們的車子——她和布萊恩共用的車，依然停在汽車旅館的停車場。布萊恩今天勢必得請他爸爸或媽媽開車載他到這裡拿車。車鑰匙還在她皮包裡，備用鑰匙是有的——他肯定會帶來的。她打開車門，把鑰匙扔在座位上，從車內鎖上車門，再把門關上。

現在她無法回頭了。她上不了車，沒辦法開車回去，說她只是一時精神錯亂。如果她真這麼做了，他會原諒她，但他將永遠無法從這件事之中走出來，她也沒辦法。他們的日子還是會繼續過，就像其他人一樣。

她走出停車場，沿著人行道走到鎮上。

昨日，瑪拉的重量還在她腰間。地板上，凱特琳的腳印還歷歷在目。

寶。寶。

如果要回去找她們，她不需要車鑰匙，也不需要車。她可以在高速公路邊搭便車。妥協吧，投降吧，無論如何一定要回去。她怎能不回去？

蒙著雙眼。

一種流動的選擇，幻想的選擇，傾倒在地上，瞬間凝結，形成了千真萬確的形狀。

＊＊＊

這是劇痛。她將會長久感到疼痛。長久，意味著是永久性的，但可能不會二十四小時都在痛。這或許代表妳不會因此而死。妳無法擺脫，卻也不會因此而死。妳不會無時無刻都感覺疼痛，但不痛的日子卻也沒多少。妳將會學到一些緩解疼痛或消除疼痛的技巧，嘗試不要破壞妳承受這種痛苦而換來的果實。這不是他的錯。他仍然無知，或說野蠻，不知道這世界上存在著一種經久不變的痛苦。不如對自己說，反正妳總有一天會失去她們。她們會長大。對於一個母親而言，總會有一種私密、微微荒謬的孤寂感等在眼前。孩子們將會遺忘這段時間，而且無論用何種方式，她們將會否認與妳之間的關係。或者她們會待在妳身邊，直到妳不知道該拿她們怎麼辦為止。布萊恩就是這樣。

恆常持續著，這何等巨大的痛苦。無時無刻都得帶在身邊，得去習慣，直到這痛成為令她傷心的過往，而不是任何可能的現在。

她的兩個孩子都已經長大了。她們並不恨她。不恨她離開，不恨她保持距離。她們也沒原諒她。或許她們無論如何也不會原諒她，但那原因會截然不同。

凱特琳對於那年夏天在度假村大廳的事還有一點記憶，而瑪拉卻完全沒印象。有一天，凱特琳向寶琳提起這個地方，她說那裡是「奶奶和爺爺住過的地方」。

「那是妳走掉的時候我們住的地方。」她說。「只是我們後來才知道，妳跟奧菲一起走了。」

寶琳說：「不是奧菲。」

「不是奧菲嗎？爸以前常這樣說。他都說：『然後妳媽媽就和奧菲一起跑了。』」

「那是他在開玩笑吧。」寶琳答道。

「我一直以為是奧菲。那就是其他人囉。」

「是那齣戲的人，我和他同居了一段時間。」

「不是奧菲喔。」

「不是，從來就不是他。」

銅臭

一九七四年夏天傍晚，飛機逐漸靠近空橋之時，凱琳彎下身子，從她的背包裡拿出幾項物事。她斜斜戴上一頂黑色貝雷帽，再利用窗戶當鏡子（此時多倫多天色已黑），將鮮紅的口紅塗在雙唇上，又拿出一根細長的黑色菸嘴，準備在適合的時機刁在嘴上。貝雷帽和菸嘴是她繼母在化裝舞會上穿戴的「艾瑪姑娘」打扮，被她順手拿來用，口紅則是她自己買的。

她知道她再怎麼打扮，看起來也不像成熟的放蕩女子。但她也不想被別人看成去年夏天坐上飛機的十歲孩子。

人群中沒有人多看她一眼，即使她刁起菸嘴，裝出一副憂鬱的媚眼也沒用。人人皆行色匆匆、心煩意亂，或興高采烈，或困惑不已。還有許多人看起來像是穿著戲服。幾個黑人男子穿著亮色長袍，頭戴刺繡小帽，咻一下經過身邊。幾名老年婦女低頭拱背坐在行李箱上，把披肩拉到頭上。一群嬉皮戴著串珠，身著破爛衣物。她發現自己有陣子被一群表情嚴肅的男子包圍，他們都戴著黑帽，臉頰旁垂著幾串小小的鬈髮。

來接機的人不應該進入這區，但他們還是穿過自動門偷溜進來。在行李轉盤另一邊的人群中，凱琳認出了她母親蘿絲瑪麗，只是母親還沒看見她。蘿絲瑪麗身穿一件深藍長洋裝，綴有金色和橘色的月亮圖案。她的頭髮是剛染的，非常黑，像個倒塌的鳥巢盤在頭頂。她看起來比凱琳記憶中的更老，而且有點孤苦伶仃的感覺。凱琳的目光掃過她——尋找起德瑞克的身影。在人群中很容易找到德瑞克，因為他身材高，擁有光亮的前額，一頭波浪狀的及肩淡金髮。同時也因為他有沉著明亮的雙眼，愛嘲諷人的嘴巴，還有他屹立不搖的耐力。不像蘿絲瑪麗，她現在動個不停，伸展四肢，用茫然沮喪的眼神四處打量。

德瑞克沒有站在蘿絲瑪麗身後，也不在附近一帶。除非他去了男廁。總之他人不在那裡。

凱琳拿掉菸嘴，把貝雷帽往腦袋後一推。既然德瑞克不在，開這個玩笑也沒什麼意義。對蘿絲瑪麗開這種玩笑只會讓她更加困惑，更何況她看起來已經夠一頭霧水、失魂落魄了。

「妳搽了口——紅啊。」蘿絲瑪麗說著，眼眶溼潤，神情驚豔。她用翅膀般的袖子將凱琳一把裹住，身上聞起來有可可脂的香味。「該不會是妳爸爸讓妳搽口紅的吧。」

「我本來是要鬧妳的。」凱琳說道。「德瑞克在哪？」

「他沒來。」蘿絲瑪麗說。

凱琳在行李轉盤上發現了她的行李箱，她彎低身體，穿梭在人群之間，把行李箱拖了出來。蘿絲瑪麗想試著幫她搬，凱琳卻說：「沒事，沒事。」她們合力將行李箱推出出口大門，穿過所有等著接機的人（這些人沒勇氣也沒耐心擠進去）。一路上她們都沒開口說話，直到出了機場，走進燠熱的夜晚空氣中，朝著停車場走去，凱琳才開口：「怎麼啦——你們飆起來了嗎？」

「飆」這個字，是蘿絲瑪麗和德瑞克描述他們吵架時用的。會吵架都是因為他倆一起做德瑞克的書，卻遇上了困難。

蘿絲瑪麗極其冷靜地說道：「我們不會再見面了，也不會再一起工作了。」

「真的嗎？」凱琳問。「妳是說你們分手了？」

「像我們這樣的人也會分喔。」蘿絲瑪麗回答。

汽車的燈光匯流成河，流遍每一條進入城市的道路，同時也流淌到城市之外，在高架道路上畫出光的弧線，也在高架道路下流成一條河。蘿絲瑪麗車裡沒有空調——不是她負擔不起，而是她不信這一套。所以車窗必須打開，這樣一來車聲的喧囂就像河一樣，隨著空氣中的汽油味湧入車內。蘿絲瑪麗討厭在多倫多開車。每週她都得進城一次，與她工作的出版社開會，那時她都會坐公車，有時候也會讓德瑞克載她去。她們開下機場高速公路，往東開上四〇一號公路，開了八十多英里，蘿絲瑪麗緊張兮兮、始終專注。接著她們轉上二級公路，這條路會一路通往蘿絲瑪麗的住處附近。這一路上，凱琳始終默不作聲。

「那德瑞克已經走了嗎？」凱琳又問：「他去旅行了嗎？」

「據我所知是沒有。但是話說回來，我又不會知道。」蘿絲瑪麗答道。

「那安呢？她還在那裡嗎？」

「可能吧。反正她什麼地方都不去。」蘿絲瑪麗說。

「他把他的東西全都帶走了嗎?」

那時,德瑞克除了編他那捆手稿所需的物品之外,還帶了一堆東西進蘿絲瑪麗的拖車。書本是理所當然的——不僅僅是工作參考用書,還有閒暇時讀的書和雜誌,那時他都會躺在蘿絲瑪麗的床上讀。要聽的唱片、如果他想去林子裡走走時穿的衣物和靴子、胃痛頭痛時吃的藥,甚至連木工工具和木材都帶來了。他後來也真的蓋了個涼亭。他的刮鬍用具放在浴室裡,還帶了牙刷、敏感牙齦專用的特殊牙膏。他的咖啡研磨機放在廚房檯子上(安之前買了一臺更新的、更豪華的機種,放在他家廚房檯子上。那還是他家。)

「全部清空了。」蘿絲瑪麗說。她把車駛進一家還在營業的甜甜圈店停車場裡,店就在這條高速公路的第一個城鎮邊界。

「來買點保命的咖啡。」

他們把車停在這家店時,凱琳通常會與德瑞克一起留在車裡。他不會喝那種咖啡。「妳媽媽小時候過得很慘,才會對這種地方上癮。」他說。他的意思不是指蘿絲瑪麗經常被大人帶到這種地方,而是大人禁止她來這種地方。就像大人不准她吃炸物或含糖食品一樣,她只能吃蔬菜和黏糊糊的粥。不是因為她的父母窮(其實他們很有錢),而是在健康飲食的風氣流行起來之前,她父母就已經狂熱地執行健康飲食法了。德瑞克與蘿絲瑪麗相識的時間並不長(相較於凱琳的父親泰德與她相識的那幾年),但他比泰德還更常聊到她小時候的生活,更會透露一些蘿絲瑪麗自己聊童年時都會忽略不談的細節，例如她家每週都會有灌腸的儀式。

在凱琳的學生生活裡，在她與泰德和葛蕾絲同住的生活中，她絕對、絕對不可能置身這種店——散發著可怕的味道，燒焦的糖、油脂、菸味、難聞的咖啡，全都混在一起。但是蘿絲瑪麗的眼睛愉快地到處打量各式各樣的甜甜圈，有奶油（刻意寫成 Crème）夾心和果醬夾心，有奶油糖和巧克力口味的糖霜，還有油炸圈圈餅、長條泡芙、方形荷蘭甜甜圈、夾心可頌和超大餅乾等等。除了怕胖，她想不出有什麼理由拒絕這些食物，而且她不相信世界上有人會不想吃這些東西。

櫃檯前坐著兩個極度肥胖、頂著巨大波浪鬈髮的女人（根據店家擺在那裡的告示，坐在櫃檯前的時間不可超過二十分鐘），兩人之間坐著一名削瘦的男人，看起來很男孩子氣，臉上卻長滿皺紋。他說話飛速，像是在講笑話給這兩個女人聽。兩個女人笑得樂不可支的時候，蘿絲瑪麗挑了個她想吃的杏仁可頌。那男人忽然朝凱琳眨了眨眼，看起來色咪咪的，像是有什麼陰謀。這讓她意識到，她嘴上仍然搽著口紅。「就是忍不住不吃，對吧？」他對蘿絲瑪麗說。她笑了起來，把此舉當作是鄉下的人情味表現。

「從來就忍不住。」她說。「妳確定嗎？」她問凱琳：「一個都不買嗎？」

「小女生怕胖啊？」滿是皺紋的男子說。

這個鎮的北邊幾乎沒有什麼車流。空氣變得涼爽起來，散發沼澤的氣味。有些地方的蛙鳴非常大聲，甚至蓋過了車子的噪音。這條雙線道公路會經過幾片黑黝黝的常青樹林，種著些許杜松的小片灰黑田地，灌木叢間有農場。在一個轉彎處，車頭燈照亮了一堆雜亂的岩石，有些閃爍著粉紅色，有些是灰色，還有些是乾掉的血紅色。很快地，車行過的地方便能看見愈來愈多石頭，但她們所見的石頭不再亂七八糟堆在一起，取而代之的是像被人工排列過，或厚或薄，一層層整齊地堆疊，多半是灰色或白中帶綠。石灰岩，凱琳記得。石灰石的岩床，在此與前寒武紀地盾的岩石一併變化。這些都是德瑞克曾經教過她的。德瑞克曾說，因為他喜愛岩石，真希望自己能成為一名地質學家。但他又不喜歡為礦業公司賺錢。歷史也很吸引他——真是個奇怪的組合。他說，內向的他喜歡歷史，外向的他喜歡地質學，他講得一臉嚴肅，她才明白他在自嘲。

凱琳現在想要擺脫的，是一種彷彿杯弓蛇影，又自視甚高的優越感——她多希望這種感受能隨著流進車窗的午夜空氣一併湧出車外。對於那顆杏仁可頌，對於蘿絲瑪麗一路偷偷啜飲的劣質咖啡，對於櫃檯前的男人，甚至還有蘿絲瑪麗那身年輕嬉皮風的洋裝和一頭亂髮。她也想擺脫自己對德瑞克的思念，那是種有待填滿的空虛，逐漸渺茫的希望。她大聲說道：「我很高興，我很高興他走了。」

蘿絲瑪麗問道：「真的嗎？」

「這樣妳會更開心。」凱琳回答。

「是啊。」蘿絲瑪麗說。「我正在把自信心找回來。妳知道嗎，要等到妳開始把自信心找回來的時候，妳才會知道自己失去了多少自信，才會知道妳多想念有自信的時候。我希望我們能過一個很開心的暑假，我們甚至可以去哪裡來場小旅行，只要不是太危險的地方，我不介意開車。

我們可以回去以前德瑞克帶妳去林子裡健行的地方，我想試試看。」

凱琳說：「好啊。」儘管她心裡不太確定，德瑞克不在，她們會不會迷路。她腦海中的思緒並不完全圍繞在健行上，而是想著去年夏天的某個場景。蘿絲瑪麗在床上，整個人蜷縮在被子裡哭，抓住被子和枕頭的一角往嘴裡塞，悲傷過了頭反而開始狂怒，咬嚼嘴裡的東西。德瑞克坐在他們工作的桌旁，讀一頁手稿。「妳可以做點什麼來讓妳媽靜下來嗎？」他問。

凱琳說：「她要的是你。」

「她這樣子，我應付不來。」德瑞克說。他放下讀完的那一頁，拿起另一頁。翻閱期間，他抬頭看了凱琳，扮了個鬼臉，暗示著他長久以來的委曲求全。他看起來筋疲力盡，年老力衰。他說：「我受不了了。對不起。」

凱琳於是走進臥室，輕撫蘿絲瑪麗的背。蘿絲瑪麗也說了對不起。

「德瑞克在做什麼？」她問道。

「他坐在廚房裡。」凱琳回答。她不想說「看稿」。

「他說了什麼？」

「他說我應該進來和妳談談。」

「噢，凱琳。我好丟臉。」

發生了什麼事，吵得這麼凶？蘿絲瑪麗冷靜下來，梳洗過後，總會說是因為工作，他倆對於工作的意見不和，起了爭執。「那妳不要繼續幫他做書不就好了？」凱琳說。「妳還有一堆其他事要做啊。」蘿絲瑪麗是文稿編輯——她和德瑞克就是這樣相識的。不是他把他的書稿投給她工作的出版社（他還沒著手進行），而是德瑞克的一個朋友認識她，告訴德瑞克：「我認識一個女人可以幫你。」過了一段時間，蘿絲瑪麗就搬到鄉下，住進離他家不遠的拖車裡。離他近一點，這樣她工作才方便。起初她還留著多倫多的公寓，但後來她就放棄了，因為她愈來愈常住在拖車。她還是有其他工作，只是工作不多，還安排自己每週一天去多倫多上班，早上六點出門，晚上十一點後才到家。

「那本書是在講什麼？」泰德曾問過凱琳。

凱琳說：「大概是法國探險家拉薩爾和印第安人的事。」

「這傢伙是歷史學家嗎？他在大學教書？」

凱琳不知道。德瑞克做過很多事——他當過攝影師、礦工、測量員；但說到他的工作，她一直以為他是在高中教書。安形容他的工作是「制度外」。

泰德自己則是在大學任教。他是經濟學家。

當然，她沒有告訴泰德和葛蕾絲這本書帶來的爭吵，與顯而易見、隨之而來的悲傷。蘿絲瑪麗很自責。我們之間繃得太緊，她說。有時她又說是因為更年期。凱琳曾聽見她對德瑞克說：「原諒我。」而德瑞克回答：「沒什麼好原諒的。」聲音冷靜而滿足。

話才剛說完，此時蘿絲瑪麗已經走出房門。德瑞克和凱琳都沒聽見她再度開始哭，卻一直在等。德瑞克聚精會神地注視著凱琳的眼睛——隨即做了個滑稽的表情，沮喪又困惑。

所以，我這次又做了什麼？

「她非常敏感。」凱琳說，聲音裡充滿了羞愧。是因為蘿絲瑪麗的行為舉止嗎？或者是因為德瑞克似乎把她，凱琳，也包括在某種滿足與厭惡的來源之一，而這些感覺又遠遠超越了此時此刻？而也因為她不禁感到受寵若驚？

有時候她乾脆出門去。她沿著路走去看看安。安見到她總是很高興。她從未問過凱琳為何而來，但如果凱琳說：「他們又在吵，蠢斃了。」或者到後來，她們發明了一個專有名詞——「他們又飆起來了。」她似乎從不意外，也沒面露不悅之色。「德瑞克是個一板一眼的人。」她可能會這麼說，或者說：「嗯，我相信他們會解決的。」但如果凱琳嘗試更進一步，說「蘿絲瑪麗在哭」。安就會說：「有些事情我覺得不說比較好。妳覺得呢？」

安還是會願意聽點別的事，只是有時會帶點保留的微笑。安的長相溫和又討人喜歡，身材圓潤，淺灰色的頭髮剪了瀏海，鬆鬆地披在肩上。她說話時經常眨眼，也不會完全看著你的眼睛（蘿絲瑪麗說這和神經有關）。還有她的嘴唇——安的嘴唇很薄，微笑時幾乎看不見。她總是閉著嘴不說話，像是藏著什麼心思。

「妳知道蘿絲瑪麗是怎麼認識泰德的嗎？」凱琳問。「是在雨中的公車站，她那時正在搽口紅。」接著她必須先回溯蘿絲瑪麗的過往，解釋蘿絲瑪麗必須在巴士站搽口紅，是因為她父母不知道她有在用——他們家信的宗教禁止使用口紅，還有電影、高跟鞋、跳舞、糖、咖啡、酒精和香菸，無需多說，一律禁止。蘿絲瑪麗當時念大一，不想讓人覺得她是個篤信宗教的怪咖。泰德當時是助教。

「但他們那時早就知道彼此是誰了。」凱琳說，順道解釋這是因為他們住在同一條街上。泰德家是那條街上最大豪宅裡的門房，他父親是司機兼園丁，母親則是管家。而蘿絲瑪麗家就住在豪宅對街上，屬於比較普通的豪宅（雖然她父母過的生活一點都不「普通富裕」，因為他們不玩遊戲，從不參加派對或出外旅行。而且出於某些原因，他們使用保冷箱而不是冰箱，直到製冰公司倒閉為止，才換了冰箱）。

泰德有輛車，是他以一百美元買來的。他看蘿絲瑪麗在雨中等公車很可憐，就順便載她。

凱琳講這個故事的時候，也想起她的父母描述那段經歷的樣子，兩人照慣例一邊笑著，一邊相互打岔。泰德總是喜歡提到那車的價格、車款和年分（一九四七年的斯圖貝克）；而蘿絲瑪麗則會說副駕駛座的門打不開，泰德必須先下車，讓她爬上駕駛座再過去。接著他會說到，他很快就帶她去看她人生第一部電影（下午場），瑪麗蓮．夢露的《熱情如火》。看完電影，兩人走出影廳，大白天的，只見他滿臉都是口紅印子。其他女孩搽完口紅之後，都會拿紙輕輕按一下，或撲點粉，總之會做點什麼，蘿絲瑪麗卻沒學到這招。「她很熱情呢。」他總是這麼說。

然後他們就結婚了。泰德有個朋友的爸爸是牧師，他們去牧師家完成婚禮儀式。雙方父母都不知道他們在打什麼主意。婚禮結束後，蘿絲瑪麗立刻就來了月經。而泰德為了善盡人夫之責，第一件要做的事就是出門買衛生棉。

「妳媽媽知道妳把這些事告訴我嗎，凱琳？」

「她不會介意的。然後啊，她媽媽知道他們結了婚，不得不去床上躺下來，她難過到不行。要是她爸媽早知道她會和一個異教徒結婚，早就把她關到多倫多的教會學校去了。」

「異教徒？」安問道。「真的？唉，真可惜。」

也許她的意思是，經歷了這麼多困難，這段婚姻卻還是沒能持續，真是可惜。

凱琳在座位上蜷縮身子，她的頭碰上了蘿絲瑪麗的肩。

「這樣會礙到妳嗎？」她問道。

「不會。」蘿絲瑪麗回答。

凱琳說：「我沒有真的要睡。等我們開到山谷裡的時候，我想醒著。」

蘿絲瑪麗開始唱歌。

「**醒來，醒來，親愛的柯瑞**——」

她模仿著彼特．席格唱片裡的唱腔，唱得緩慢低沉。接下來，凱琳意識到車子停了；她們已經爬過有車轍的那條短短小路，來到拖車旁的樹下。拖車裡的光線亮著，透過門縫溢出來。只是德瑞克不在，他的東西也不在了。凱琳不想動，她扭著身子，用撒嬌的方式抱怨。她只有在蘿絲瑪麗面前才會這樣鬧脾氣。

「出來，出來。」蘿絲瑪麗喊道。「妳很快就可以去睡床上了，快點。」她一邊把凱琳拉出車外一邊笑。「妳以為我抱得動妳嗎？」等她總算把凱琳拉出車外，讓她搖搖晃晃朝著拖車門口走去時，忽然又說：「快看星星，看星星，好美喔。」凱琳只是低著頭，嘴裡喃喃抱怨著。

「去床上，去床上。」蘿絲瑪麗說。她們進了拖車，裡頭隱隱約約有一絲德瑞克的氣息——大麻、咖啡豆、木材。還有拖車門窗關了很久後封閉的氣味，地毯的味道，烹飪的味道。凱琳全身衣服都沒換，重重往自己的窄床上一倒。蘿絲瑪麗把她去年穿的睡衣丟給她。「換了衣服再睡，不然妳明天早上醒來時會很不舒服。」她說。「明天早上再去車裡拿妳的行李。」

凱琳像是這輩子都沒用過這麼大力氣似的，吃力地坐起身來，胡亂拉扯脫掉衣服，才換上睡衣。蘿絲瑪麗四處走動，打開幾扇窗戶。凱琳睡著前，聽到她問的最後一句話是「那個口紅——妳怎麼會想到要搽口紅？」又感覺到有塊毛巾按上她的臉，那是母親特有的方式，毫不溫柔地在她臉上用力擦拭。她把毛巾帶進嘴裡的味道用力吐掉，陶醉在孩子氣之中，享受著身下涼爽的床，滿心只渴望沉沉睡去。

＊＊＊

那是週六晚上。應該說是週六夜晚和週日清晨的事。到了週一早上，凱琳問道：「我去看看安可以嗎？」蘿絲瑪麗說：「當然，去吧。」

她們週日很晚才起床，而且整天都沒有離開拖車。下雨了，蘿絲瑪麗感到很錯愕。「昨晚星星有出來啊，我們回家時星星有出來啊。」她說。「妳來過暑假的第一天就下雨了。」凱琳必須安撫她，說沒關係，她覺得懶懶的，反正她也不想出門。蘿絲瑪麗做了她的牛奶咖啡，又切了個甜瓜，只是還不夠熟（這種事，安會注意到，但蘿絲瑪麗就不會）。然後到了下午四點，她們做了一頓豐盛的餐點，培根、格子鬆餅、草莓和人造發泡奶油。大概傍晚六點的時候，太陽出來了，但她們還穿著睡衣；一天就這麼毀了。「至少我們沒有看電視。」蘿絲瑪麗說道。「我們應該自豪才對。」

「只是到目前為止還沒看。」凱琳說著，接著打開電視。

她們身邊圍繞著蘿絲瑪麗從櫥櫃裡拖出來的一堆舊雜誌。她搬進拖車裡住時，這些東西就已經在了。她說她總有一天會全部丟掉——不過她會先整理一下，看看有沒有值得留下來的東西。不過她也沒整理多少，因為她不斷找得到東西大聲朗讀。凱琳一開始覺得很無聊，但也慢慢陷入了古老的時光隧道，隨意翻閱那些奇特古怪的廣告和難看的髮型。

她注意到電話上壓著摺好的毛毯，問道：「妳不知道要怎麼把電話關掉嗎？」

蘿絲瑪麗答道：「我其實不想關掉。我想聽到電話響，但不想接。我想不理它。我不想讓它太大聲，就這樣。」

但電話一整天都沒有響。

週一早晨，電話上還是蓋著毛毯，雜誌又都被放回櫥櫃裡，蘿絲瑪麗最終還是下不了決心全扔去垃圾桶。天空多雲，卻沒下雨。她們又晚起了，因為前一天她們看電影看到凌晨兩點。

蘿絲瑪麗把一些打字稿攤在廚房桌上。不是德瑞克的手稿——那一大堆手稿已經不在了。

「德瑞克的書真的很有趣嗎？」凱琳問道。

她之前從未想過與蘿絲瑪麗談這件事。那些手稿就像永遠攤在桌上的一大團錯綜複雜帶刺鐵絲網。德瑞克和蘿絲瑪麗煞費苦心想把它解開。

「嗯，他一直在修改。」蘿絲瑪麗說。「內容是很有趣，但也讓人看不懂。一開始他最感興趣的是拉薩爾，後來又變成龐蒂亞克酋長。他想寫的東西太多了，怎樣都不滿意。」

「所以擺脫那本書妳很高興囉。」凱琳說。

「高興得不得了。那本書簡直沒完沒了，糾纏不清。」

「但妳不想念德瑞克嗎？」

「我跟他的友情已經消耗完了。」蘿絲瑪麗說著，全神貫注地彎下腰，在一張紙上畫了個標記。

「那安呢？」

「我跟她的友情，我猜也已經消耗完了吧。其實，我一直在想。」她把筆放下。「我一直在想要離開這裡。但我想等妳回來之後再走。我不希望妳回來後卻發現一切都變了。但我待在這裡的原因是德瑞克的書。嗯，是德瑞克啦。妳懂的。」

凱琳說：「德瑞克和安。」

「德瑞克和安。對。現在這個理由已經沒了。」

就是在聊到這件事的時候，凱琳問道：「我可以去看看安嗎？」蘿絲瑪麗答道：「當然，去吧。我們不用急著決定。我只是有這個想法而已。」

＊　＊　＊

凱琳沿著碎石路走上去，納悶著除了雲之外，這裡究竟有什麼不同。只是她對這個山谷的記憶，從來也沒有雲就是了。然後她才明白，是田野裡已經沒有牛群在吃草了，正因如此，草長得高高的，杜松樹叢蔓延開來，再也看不到溪流中的水。

這個山谷又長又窄，安和德瑞克的白色房子就在遠處的盡頭。山谷底部是一片牧草地，去年還十分整齊平坦，清澈的小溪蜿蜒其中（安把地租給一個飼養安格斯黑牛的男人）。兩側的山脊地勢險峻，森林繁茂，在山谷盡頭交會，也就是房子的背後。蘿絲瑪麗租的拖車原本是安排給安的父母住的，等到冬天，山谷被積雪覆蓋時，他們就會過來住，同時也希望不要距離鎮上路口轉角的那家商店太遠。現在這裡什麼也沒有，只餘下一個水泥平臺，上面有兩個洞，原本是瓦斯罐槽，還有一輛窗戶上掛滿旗幟的老舊巴士，裡面住著一些嬉皮。他們有時會坐在平臺上，蘿絲瑪麗開車經過時，他們會莊重嚴肅、很有技巧地向她揮揮手。

德瑞克說他們在林子裡種了大麻，但他不會向他們買，覺得他們的貨不太可靠。

蘿絲瑪麗拒絕和德瑞克一起抽大麻菸。

「我在你身邊時，整個人都亂七八糟。」她說。「我覺得這樣不好。」

「隨妳的便。」德瑞克回道。「抽點這個可能有幫助呢。」

安也不會抽。她說如果抽了，她恐怕會感覺鈍鈍的。反正她什麼都沒抽過，她甚至連怎麼吸進去都不知道。

她們不知道德瑞克曾經讓凱琳試過一次。她也不知道怎麼吸進去，他還要教她。她努力嘗試，吸得太深，不得不奮力抑制住想吐的感覺。他們當時人在穀倉，德瑞克把他從山脊上收集來的岩石樣本都放在那裡。他嘗試讓她穩定下來，就告訴她，看看那些石頭。

「只要看著就好。」他說。「看看，看那些顏色。不要看得太用力，看著就好，然後等一下。」

但最終讓她冷靜下來的，是一個紙箱上的字母。穀倉裡有一堆紙箱，幾年前安和德瑞克從多倫多搬回這裡時，安用來打包的。其中一個紙箱上面印了一艘玩具戰艦的輪廓，還有「無畏號」的字樣。「畏」字（DREAD）還印成紅色。那些字母彷彿是以霓虹燈管的形狀書寫而成，閃爍著，對凱琳發號施令，與「畏」的含義有著更深的關聯。她必須把字拆解開來，找到內部的訊息。

「妳在笑什麼？」德瑞克問，她照實說了她眼前所見。那些字母不可思議地逐漸潰散。

Read（閱讀）。Red（紅色）。Dead（死的）。Dare（敢）。Era（時代）。Ear（耳朵）。Are（是）。Add（加）。Adder（蝰蛇）。其中 Adder 最好，因為所有字母都用到了。

「太棒了。」德瑞克說。「驚人的凱琳。畏懼紅色蝰蛇（Dread the Red Adder）。」

他從來不需要告訴她，別向她媽媽或安提起這些事。那晚蘿絲瑪麗親吻她的時候，她聞了聞她的頭髮，笑著說：「天啊，這味道到處都是，德瑞克真是個老菸槍，癮君子。」

這是蘿絲瑪麗的快樂時光之一。她們曾去德瑞克和安的家吃晚餐，坐在加蓋了屋頂與窗的陽光門廊上。那時安說：「跟我來，凱琳，看看妳能否幫我把慕斯從模具裡拿出來。」凱琳跟她去，卻又回來——假裝要拿薄荷醬。

蘿絲瑪麗和德瑞克在餐桌上傾身向前，與對方調笑，做出親吻的表情。兩人從頭到尾都沒有看到她。

也或許就是那個晚上，她們要離開時，蘿絲瑪麗對著後門外擺的兩把椅子笑了起來。兩張陳舊的暗紅色金屬椅，放了坐墊，面向西方擺著，朝向夕陽最後的餘暉。

「那些舊椅子啊。」安說。「擺起來很不錯吧，是我爸媽的椅子。」

「那些椅子坐起來不怎麼舒服。」德瑞克說道。

「不，不。」蘿絲瑪麗說。「這兩把椅子很美，就像你們一樣。我很愛。它們就像在說德瑞克和安。德瑞克和安。德瑞克和安辛苦忙了一天之後，一起看夕陽。」

「要是透過豌豆藤蔓可以看到夕陽的話。」德瑞克說。

等下次凱琳去後院幫安摘菜時，發現椅子不見了。她沒問安怎麼了。

安的廚房位於房子的地下室，但只有一部分在地下。你必須走下四級臺階。凱琳走下臺階，把臉貼在紗門上往內看。廚房滿暗的，因為窗戶很高，窗外又長滿了灌木叢——凱琳從前來時，廚房燈總是亮著。但現在廚房燈沒開，一開始她以為裡面沒人。然後她看見有個人坐在桌子旁，那人是安，頭的形狀卻不同。原來她背對著門。

她剪了頭髮，剪短又梳得蓬蓬的。很多上了年紀的婦人都是這種髮型。她手邊正在忙，手肘時不時移動，在昏暗的光線下忙著，但凱琳看不清楚她在做什麼。

她有個讓人轉頭看的訣竅，就是直盯著那人的後腦勺看。但效果不佳。她試著輕輕地用手指在紗門上畫著，終於發出了一點聲音。

「嗚嗚—嗚—嗚—嗚嗚。」

安心不甘情不願地站起來，轉過身來，霎時凱琳心生一種莫名其妙的疑心——或許安始終都知道誰在門外，事實上可能早就看到凱琳來了，才刻意坐成那種警戒的姿勢。

「是我，是我，妳失散多年的小孩。」凱琳開玩笑地說。

「哎！真的是耶！」安說著，解開了紗門的鉤子。她看到凱琳並沒有用擁抱來打招呼——不過她和德瑞克也從來不會這麼做。

她胖了點——或許是因為短髮讓她顯胖。她臉上有一些紅斑，像是被蟲咬了。她的雙眼看起來很痠痛。

「妳眼睛痛嗎？」凱琳問道。「妳是因為這樣才在這麼暗的地方做事？」

安回答：「噢，我沒注意到。我沒注意到燈沒開，我只是在清理一些銀器，我想說我看得見嘛。」語畢，她似乎努力裝出開朗的樣子，對凱琳說話時像是在對待一個年紀小得多的小朋友。

「擦銀器真是無聊的工作，我一定是擦到恍惚了。妳能來幫我真是太好了。」

凱琳想，那就暫時當個小朋友也沒關係。她懶懶坐到旁邊的椅子上，四肢伸得老長，大聲問道：「好——德瑞克那老傢伙呢？」她心想，安這種奇怪的行為，可能意味著德瑞克已經離家，去橫越山脊旅行，沒回來，把安和蘿絲瑪麗都丟在這裡。或者他生病了。或者憂鬱症又發作了。安曾經說過：「德瑞克離開都市後，他憂鬱的次數就少了一半。」凱琳曾經懷疑，「憂鬱」是形容他狀況的正確用語嗎？德瑞克給她的感覺，永遠是在批判人事物，有時還會表現出對一切都厭煩的態度。那算是憂鬱嗎？

「我確定他就在這附近。」安說道。

「他和蘿絲瑪麗撕破臉了，妳知道嗎？」

「噢，是啊，凱琳。我知道。」

「妳會難過嗎？」

安說：「我有個清銀器的新方法，我示範給妳看。妳就拿支叉子湯匙什麼的，在水槽裡這個溶劑浸一下，再拿出來，放到清水裡浸一下，再擦乾。看到了嗎？這麼亮。我以前要很辛苦地擦，還要磨光，才會這麼亮。我是這樣想啦，我想應該有一樣亮。我再去換一點乾淨的清水來。」

凱琳拿了把叉子浸泡，說：「昨天，蘿絲瑪麗和我一整天想做什麼就做什麼，我們甚至連衣服都沒換。我們做了格子鬆餅，翻舊雜誌，很舊的《女士家居雜誌》。」

「那些是我媽媽的。」安略帶僵硬地說道。

「她很美麗。」凱琳背誦起雜誌上的廣告詞。「她訂婚了。她使用旁氏護膚品。」

安微微一笑——她終於放鬆了，接著說道：「我記得。」

「這段婚姻還有救嗎？」凱琳語氣一沉，透露出一種不祥的預兆，然後又開始甜言蜜語起來，哼哼唧唧地抱怨。

「問題是我先生真的很壞，我就是不知道該怎麼對付他。首先我要說他把我們所有小孩都吃掉了，不是因為我不給他好吃的，我給他的都是好料耶。我整天在熱得要命的爐子旁辛苦工作，就為了做一頓好吃的晚餐給他，可是他回家後第一件事就是扯掉小嬰兒一隻腿——」

「不要說了。」安打斷她，臉上的笑容消失了。「不要說了，凱琳。」

「可是我真的想知道。」凱琳收斂了一點，但聲音依然固執。「這段婚姻**還有**救嗎？」

去年，若問凱琳有沒有最想去的地方時，她能想到的就是這間廚房。空間很大，即使開了燈，角落還是昏暗的。綠葉的剪影掠過窗戶。所有擺在這裡的東西，嚴格來說都不是廚房用品。有踏板式縫紉機，一把裝了超厚軟墊的巨大扶手椅，扶手上的紫紅色布套已經磨成了灰綠色，甚是奇怪。有幅很大的瀑布畫，是多年前安的母親畫的。那時她剛新婚不久，還有時間，後來就沒這個空閒了。

（「這對我們所有人來說真是萬幸。」德瑞克說。）

院子裡傳來車聲，凱琳心想，會不會是蘿絲瑪麗呢？蘿絲瑪麗沮喪起來，感覺孤單，所以跟著凱琳一起過來？

她聽見靴子踏上廚房樓梯的聲音時，她明白了，那是德瑞克。

她大聲喊道：「真是驚喜呀，看看誰來了！」

德瑞克走進房間，說：「呵──囉，凱琳。」毫無歡迎之意。他把幾個袋子放在桌上。安客氣地問道：「你買到對的底片了嗎？」

「買到了。」德瑞克應道。「這是什麼髒東西？」

「清潔銀器用的。」安回答。彷彿是要道歉一般。她對凱琳說：「他剛剛去鎮上買底片，要幫他的石頭拍照用的。」

凱琳彎著腰，擦乾她手上的刀子。如果她哭了，氣氛一定會搞得很僵（要是在去年夏天，這根本不可能）。安又向德瑞克問起他買的其他東西（食品雜貨之類的）。凱琳故意抬起眼，專注盯著爐子的前面。安對她說過，這種爐子已經停產了。這款爐子可以燒柴也可以插電，烤箱門上印有一艘帆船的圖樣。船上方寫著「快艇爐」。

這，她也記得。

「我想凱琳可以幫你的忙。」安說。「她可以幫你擺石頭。」

對話間浮現短暫的停頓，他們也許互望了一眼，德瑞克才說：「好吧，凱琳。來幫我拍照。」

＊＊＊

許多石頭只是放在穀倉地板上，尚未整理，也還沒貼上標籤。還有些石頭分開陳列在架子上，旁邊有卡片，印上岩石名稱以供識別。有好一段時間，德瑞克沉默不語，把東西移來移去，又擺弄起相機，試圖找到最佳的角度、最恰當的光線。開始拍照時，他給了凱琳簡短的指令，要她移動石頭、斜放、從地板上撿起其他石頭，即使沒有標籤也要拍照。她覺得他似乎根本不需要——或者不想要她來幫忙。有幾次他深呼吸，彷彿就要把這句話說出口——或是要對她說什麼很重要卻又不客氣的話。但最終，他只說了「往右邊移一點」或是「讓我看另一面」。

去年夏天，凱琳使小性子不停嘮嘮叨叨，她很認真要德瑞克帶她一起外出冒險，最後他終於答應讓她同去，還刻意讓整趟旅程變得艱困，考驗她。兩人都噴了歐護防蚊液，卻沒辦法隔絕蟲咬。蟲子居然有辦法鑽進他們頭髮之間，鑽進頸帶和袖口裡。他們必須「咯吱咯吱」地走過泥濘的沼澤地（靴子印隨即被水淹沒），然後爬上陡峭的河堤，上頭長滿了莓果的莖藤、野玫瑰叢，容易絆倒人的堅韌藤蔓。兩人還要攀爬光滑、傾斜的露頭（岩床露出地表的部分）。他們在脖子上繫著鈴鐺，萬一分開了，還可以找到對方。而且如果有熊在附近也能聽見鈴聲，就不會去招惹他們。

他們看到了一大坨小丘似的熊糞，閃著新鮮的光澤，裡頭還參雜了消化到一半的蘋果核。

德瑞克告訴她，這個國家到處都有礦區，幾乎每一種已知的礦物都有，但產量往往不到可獲利的規模。他曾造訪所有幾乎被遺忘的荒廢礦坑，切下他要的石頭樣本，或者只是單純撿起石頭。「我第一次把他帶回家，他就自己跑去山脊上，找到一個礦坑。」安說。「我那時就知道，他八成會娶我。」

這些礦區令凱琳失望，但她永遠也不會說出口。她始終希望能找到什麼阿里巴巴的岩洞，黑暗中閃爍著寶石的光芒。但德瑞克只帶她到一個狹窄的入口，幾乎是天然的岩石裂縫。現在入口被一棵白楊樹給擋住了，這棵樹在這荒唐的地方生了根，彎彎曲曲。另一個則是德瑞克說的最可能的入口，只是山坡邊上的一個洞，地面上躺著幾根腐爛的梁柱。有些梁柱仍然支撐著礦坑頂，旁邊有些磚塊，用來阻擋土壤與碎石。德瑞克指著地上隱約的礦車軌道痕跡給她看。地上散落著雲母碎片，凱琳撿了一些，至少它們很美，像貨真價實的寶藏，宛如光滑的黑色玻璃碎薄片，拿起來對著光看時，就會變成銀色。

德瑞克說她應該只拿走一片就好，當作私人收藏，不該給別人看。「別說出去。」他說。「我不想談這地方的事。」

凱琳問：「你要我對上帝發誓嗎？」

他說：「只要記得就好。」然後問她想不想看城堡。

結果凱琳又失望一次，還有點像是被取笑了。他帶她來到一個用水泥牆圍起的廢墟，說這裡之前可能是儲存礦石的地方。他指著高大林木間的斷口給她看，那裡種滿了樹苗，曾是礦車的軌道。好笑的是，幾年前，幾個嬉皮在這裡迷了路，等找到路出來時，便聲稱他們看到了一座城堡。德瑞克討厭人們犯這種錯誤，不是對眼前的事物視而不見，就是明明握有正確的資訊，卻無法推斷出結果。

凱琳繞著坍塌的牆壁頂部走著。他沒有提醒她留意腳步，或小心不要摔斷脖子。

兩人在回家路上遇上一場雷雨，他們不得不躲在一大片茂密的雪松下面。凱琳靜不下來——她無法分辨自己究竟是害怕還是狂喜。是狂喜吧，她決定了。於是她跳起來，繞著圈跑，揮舞著雙臂，當閃電的強光穿透這臨時的避難所時，她便尖叫出聲。德瑞克叫她冷靜下來，只要坐著，在每次閃電之後數到十五，看看會不會打雷。

但是她以為，他有她同行很是高興。他也不覺得她是害怕。

事實就是，有些人你就是想盡辦法也要討好。德瑞克就是這樣的人。如果你馬屁拍在馬腿上，他們就會在心裡將你分門別類，永遠看不起你，認為你一輩子就是這樣。對閃電的恐懼，當她眼見熊糞時的恐懼，或者相信那廢墟曾是一座城堡——就連分不出雲母、黃鐵礦、石英、銀、長石的不同特色，任何一點都可能讓德瑞克決定放棄她。就像他已經用了不同方式，放棄了蘿絲瑪麗和安一樣。此時與凱琳一同出外，他更加嚴肅了，對每件事都特別嚴加關注。當他和凱琳在一起，而不是與蘿絲瑪麗或安在一起的時候，才會這樣。

「今天家裡的氣氛不太對勁，妳有注意到嗎？」德瑞克問。

凱琳將手滑過一塊石英，那礦物看起來就像冰塊內藏著一支蠟燭。她問：「是因為蘿絲瑪麗嗎？」

「不是。」德瑞克說。「是正事。有人向安出價，要買這塊地。斯多克有個市儈的傢伙跑來告訴她，有間日本公司想買這塊地。他們想要雲母，用來製造汽車的陶瓷發動機組。她正在考慮這件事。如果她想賣的話，她可以賣。這塊地是她的。」

凱琳問：「她為什麼會想要賣掉？」

「錢啊。」德瑞克說。「想想錢這個理由怎麼樣？」

「蘿絲瑪麗付她的房租不夠嗎？」

「那能撐多久？這塊牧草地今年租不出去，地太溼了。這棟房子需要花錢維持，不然就要倒了。我已經花了四年寫一本書，居然還沒完成，我們手頭當然有點拮据。妳知道房仲對她說了什麼嗎？他說：『這裡可能就是下一個薩德伯里。』他這話可不是開玩笑的。」

凱琳不明白他幹麼要開玩笑。她對薩德伯里一無所知。「如果我很有錢，我就可以買下來了。」她說。「那你們就可以繼續像現在這樣過生活。」

「有一天妳會變有錢的。」德瑞克就事論事地說。「但那太遲了。」他把相機放回相機包裡，擺到一邊。「別得罪妳媽。」他說。「她滿身銅臭。」

這個字帶來的震撼，凱琳霎時感到臉一陣紅熱。她從未聽過這個字。**銅臭**。聽起來充滿怨恨。

他說：「好吧——去鎮上看看他們什麼時候會把照片洗好。」他沒有問她想不想一起去，而且她也沒辦法回答他，她傷心到淚眼汪汪。他說的話狠狠打擊了她，她眼前一片空白。

她必須去一趟洗手間，便走向屋子。

廚房裡散發出一股誘人的香味——小火慢燉著肉的味道。

這房子唯一的浴室在樓上，凱琳能聽見安在樓上的動靜，她在自己房裡走來走去。凱琳沒有喊安，也沒有往房裡頭看她。但是當她再度下樓時，安叫住了她。

安化了妝，所以臉上紅斑看起來沒那麼明顯。

床上和地上散落著一堆堆衣服。

「我正在整理東西。」安說。「這裡有些衣服，我自己都忘記有了，得丟掉一些才行。」

這麼說來，她要搬走是認真的了。她想在搬走之前，把東西都清乾淨。當年蘿絲瑪麗準備搬出去，正在打包行李箱的時候，凱琳還在學校上課。凱琳從未見過她如何篩選要放入行李箱的物品，只是後來看見這些物品出現在多倫多的公寓裡，現在又看到這些東西出現在拖車裡。有一個抱枕，一對燭臺，一個大盤子——都是熟悉的物品，卻永遠不在它們應該在的位置。對凱琳來說，蘿絲瑪麗不如什麼東西都別帶，情況還比較好。

「妳看到那個行李箱了嗎？」安問道。「在衣櫃上面？妳能不能爬上椅子，然後把行李箱推出一半，推到衣櫃邊緣，這樣我就能在下面接？我試過，但我會頭暈。只要把行李箱推出來一半就好，我會接住的。」

凱琳爬上去，把行李箱推到衣櫃邊緣，推到有點搖晃的程度，安隨即接住了。她氣喘吁吁地向凱琳道謝，然後一把將行李箱丟在床上。

「我有鑰匙，我這裡有鑰匙。」她說。

鎖卡得非常緊，釦環也很難撬開。在凱琳的幫忙之下，總算開了。箱蓋掀開時，只見一堆軟軟的布料，布料中散發出樟腦丸的味道。這種氣味對凱琳來說非常熟悉，那是蘿絲瑪麗喜歡逛的二手商店獨有的氣味。

「這些是妳媽媽留下來的舊東西嗎？」她問道。

「凱琳！這是我的婚紗啊。」安似笑非笑地說。「那只是用來包婚紗的舊床單而已。」她小心撥開外層淺灰色的布料，抱起一捆蕾絲與塔夫綢的織物。凱琳在床上清出了一塊位置，然後，安小心翼翼地把正確的那一面翻出來。塔夫綢宛如樹葉一般沙沙作響。

「還有我的頭紗。」安說著，掀起附在塔夫綢上的一片薄紗。「噢，我真的應該好好保養的。」裙子上有一條細長的裂縫，看起來像是用刮鬍刀片割開的。

「我真應該把它掛起來的。」安說。「本來應該放在乾洗店拿來的袋子裡的。塔夫綢實在太嬌貴了，那道割痕就是摺起來的地方。我學到教訓了。千萬、千萬不要摺塔夫綢。」

現在她開始將每塊布料一一掀起，分開，每完成一部分就悄聲驚呼來勉勵自己，過了好一陣子，才逐漸把整塊布料理成一件衣服的形狀。面紗則散散地落在地板上，凱琳撿了起來。

「紗網。」她開口，但她說話，是為了將德瑞克的聲音趕出腦海中。

「薄紗。」安說。「是薄紗。蕾絲和薄紗。我沒能好好保養，真是糟糕。它能夠保存到現在這樣，狀態還是滿好的，真是奇蹟。能放這麼久真是太神奇了。」

「薄紗。」凱琳複誦道。「我從來沒聽過薄紗這東西。我想我也沒聽過塔夫綢。」

「有陣子做衣服都用這些料子。」安回道。「都是過去的事了。」

「妳有穿這件婚紗的照片嗎？妳有婚禮的照片嗎？」

「我爸媽有一張照片，但我不知道他們放到哪裡去了。德瑞克不喜歡拍結婚照，甚至對婚禮也沒興趣。我不知道我當初是怎麼將就的。我們在斯多克教堂舉行婚禮，想想看，很難相信對吧。我請了三個朋友來幫忙，桃樂絲．史密斯、繆瑞兒．里夫頓和道恩．恰勒瑞。桃樂絲負責彈管風琴，道恩是我的伴娘，繆瑞兒唱歌。」

凱琳問道：「妳的伴娘穿什麼顏色的禮服？」

「蘋果綠。蕾絲禮服，拼接雪紡紗。不對，反了，是雪紡紗禮服，拼接蕾絲。」

安說這些話時一邊檢查著裙子的縫線，口氣微微帶著懷疑。

「負責唱歌的人唱了什麼？」

「繆瑞兒唱的是〈完美的愛〉。**噢，完美的愛，超越一切人間愛情**——其實原本是首讚美詩，在講一種神聖的愛。我不知道這首歌是誰選的。」

凱琳撫摸著塔夫綢，感覺乾燥而涼爽。

「試試看吧。」她說。

「我嗎？」安問。「這是給二十四腰的人穿的啦。德瑞克去鎮上了嗎？有沒有帶他的底片去？」

她沒有聽見凱琳說對，當然，想必是聽見了車聲。

「他覺得一定要拍照紀錄下來。」她說。「我不知道他為什麼要這麼急。拍完照後他要全部裝箱，貼標籤，好像永遠不會再看第二次一樣。妳看他的樣子，像是這地方已經賣了嗎？」

「還沒。」凱琳回答。

「對。還沒。除非逼不得已，否則我不會賣。假如不是非賣不可，我也不會賣。雖然我覺得我總有一天會賣。有時候事情就是非做不可。大家不需要把這種事當成什麼不幸的悲劇，或某種藉機報復。」

「我可以穿穿看嗎？」凱琳問。

安看著她。她說：「我們必須非常小心才行。」

凱琳脫下鞋子和短褲，再脫下襯衫。安將婚紗輕輕套上她的頭，有那麼一陣子，一朵白雲將她裹住，她安靜了下來。蕾絲袖子必須要溫柔地、精心地往下拉，直到袖子末端輕輕貼著凱琳的手背為止。蕾絲讓她的手看起來成了褐色，儘管她根本還沒有晒黑。鉤子和釦眼都集中在腰部一側，脖子後方還有更多的鉤子和釦眼要弄，這樣才能將一圈蕾絲緊緊固定在凱琳的脖子上。這條裙子下面，除了內褲，凱琳什麼都沒穿。蕾絲讓她的皮膚刺刺癢癢的，包裹著她全身上下，比起她從前習慣穿的任何布料都還要精細。蕾絲撫過她的乳頭時她縮了一下，但幸好那地方之前是為安的胸部所設計，現在鬆了點。凱琳的胸部還是很平坦，但她的乳頭有時會感到腫脹、疼痛，彷彿隨時都要爆裂一般。

然後得從凱琳的雙腿之間拉出塔夫綢，將裙襬整理成鐘形，再將層層蕾絲拉開，環繞在裙子上。「妳比我想像中還高啊。」安說。「妳可以穿著它走一下，只要把裙子稍微提起來一點就好。」

她從梳妝臺上拿起一把梳子，開始梳理凱琳的頭髮，直直梳到她覆蓋著蕾絲的肩上。

「堅果褐的頭髮。」她說。「我記得書上寫，以前女生的頭髮是用堅果褐色來形容。而且她們真的用堅果來染色。我媽媽就記得，女生們會煮核桃做染料，然後將染料塗在頭髮上。當然，如果妳手上沾到了，一定會被發現。那很難洗掉的。

「不要動。」她說著，將頭紗輕輕抖落在已梳好的頭髮上，然後站在凱琳面前，用髮夾將頭紗別在髮上。「配頭紗的頭飾不見了。我一定是在別的場合戴過，或是送給某人讓她在婚禮上戴。我不記得了。反正現在戴起來應該會很呆。像是蘇格蘭女王瑪麗一世那種頭飾。」

她四處看了看，從梳妝臺上的花瓶中選了一些人造花——是帶枝的蘋果花。她想到一個新點子，但這也意味著她必須拿掉髮夾，重新別一次。

她折彎蘋果花的枝條，做成頭飾。枝條非常硬，但最後她終於折彎了，固定到她滿意的位置。她讓到一旁，輕輕將凱琳推到鏡子前。

凱琳嘆道：「噢，我可以留著等我結婚的時候穿嗎？」

其實她沒有那個意思。她從沒想過要結婚，這麼說是為了讓安高興，畢竟安付出了這麼多努力，而且這麼說也是為了掩飾她面對鏡子時的尷尬。

「等妳結婚的時候，流行的款式又不一樣了。」安說。「這種款式就連現在都已經不流行了。」

凱琳從鏡中移開目光，內心有更充分的準備之後，才再度看向鏡子。她看見一位聖人。髮絲閃亮，花朵淡雅，臉頰兩側垂落的蕾絲，在她臉上投下清清淡淡的陰影。如故事書上寫的那樣全心全意奉獻，那種認真誠摯的美麗，帶著某種命定感，也帶著某些愚蠢。她扮了個鬼臉，想展露微笑，卻未能奏效——似乎這新娘，這鏡中誕生的女孩，現在成了掌控一切的主角。

「我很好奇，如果德瑞克現在看到妳會說什麼。」安說。「我真想知道，他到底知不知道這是我當年的婚紗？」她害羞不安地眨著眼睛，湊近凱琳，把花朵和髮夾拿下來。凱琳聞到她腋下有肥皂的味道，指尖上還殘留著大蒜味。

「他會說，這是什麼蠢衣服啊？」凱琳故意用德瑞克自以為高人一等的聲音說。安取下頭紗，放到旁邊。

她們聽見車子沿著山谷開進來。「正說到他，他就到了。」安說。她急急忙忙解開鉤子與釦眼，但手指忽然變得極不靈活，顫抖了起來。當她試著將整件婚紗拉過凱琳的頭時，有什麼東西卡住了。

「該死。」安迸出一句。

「妳先去吧。」凱琳的聲音裹在婚紗裡，模糊不清。「妳先去吧，我自己來。我知道該怎麼做。」

她好不容易脫下婚紗時，看見安扭曲的臉上有種近似悲傷的表情。

「我剛才那樣學德瑞克只是在開玩笑。」她說。

但或許安的表情只是緊張，擔心婚紗會不會弄壞。

「妳是指什麼？」安問道。「噢，噓。算了。」

＊＊＊

凱琳靜靜站在樓梯上，聽著廚房裡的聲音。安已經早她一步跑了下去。

德瑞克問：「妳在煮什麼？會好吃吧？」

「希望會好吃。」安回答。「是燉牛膝。」

德瑞克的聲音已經變了，沒再生氣，語氣親近友好。安的聲音彷彿鬆了一口氣，只是喘不過氣來，忙著配合他的心情轉變。

「這些菜夠給我們的客人吃嗎？」他問。

「什麼客人？」

「只有蘿絲瑪麗。希望菜是夠的，因為我問過她了。」

「蘿絲瑪麗和凱琳。」安冷靜地說。「菜是夠，但是家裡沒酒了。」

「現在有了。」德瑞克說。「我剛去買了一些。」

接著，德瑞克對安喃喃細語了幾句，又或者是在她耳邊輕聲低語。他一定站得離她很近，貼著她的頭髮或耳朵細語，語氣似乎同時有捉弄、有懇求、有安慰、答應會好好獎賞她。如此多的情緒，凱琳怕極了某些話會隨之湧出——那是她聽得懂也忘不了的話。她用力跑下樓，跑進廚房，喊道：「這位蘿絲瑪麗是誰呀？你剛才是不是說『蘿絲瑪麗』？」

「別像這樣偷偷靠近我們，**小鬼**。」德瑞克說。「至少出點聲音，讓我們知道妳來了吧。」

「你剛剛是不是說了『蘿絲瑪麗』？我有聽錯嗎？」

「是妳媽媽的名字。」他說。「我向妳發誓，是妳媽媽沒錯。」

所有牢牢壓抑的不滿消失無蹤，他得意洋洋，興高采烈，他去年夏天偶爾會流露這樣的表情。

安看了酒一眼之後說：「這是很不錯的酒，德瑞克，應該會很配我們的菜。讓我想想。凱琳，妳來幫忙。我們去門廊上的那張長桌擺餐具，就用藍色的碟子和高級銀器——幸好我們剛才清理了銀器。我們來擺兩組蠟燭，高的黃色蠟燭擺中間，凱琳，周圍再擺一圈白色小蠟燭。」

「像雛菊一樣。」凱琳說。

「沒錯。」安回答。「我們這頓晚餐要慶祝妳回來過暑假。」

「那我要做什麼？」德瑞克問道。

「我想一想。噢——你可以出去幫我買些沙拉的食材。買一些萵苣和酸模菜。你覺得溪裡面會有水芹嗎？」

「有。」德瑞克說。「我有看到。」

「那也採一些吧。」

德瑞克將一隻手順著她的肩膀往下滑。他說：「一切都會很好的。」

她們快要準備好時，德瑞克放了一張唱片。之前他帶了許多唱片到蘿絲瑪麗的拖車上，這是其中之一，後來想必又全都帶回來了。唱片是《魯特琴演奏之古樂曲和古舞曲》，封面上有一群舊式打扮、精緻纖細的女子。她們都身穿高腰洋裝，耳朵前方垂著小小的鬈髮，圍著圓圈跳舞。德瑞克聽見這音樂，往往會開始煞有其事跳起舞來，看上去十分可笑，凱琳和蘿絲瑪麗見狀也會跟著一起跳。凱琳可以跟得上他的舞步，蘿絲瑪麗卻不行。她試著努力跟上，動作卻稍微慢了一點，又試圖模仿兩人，但這種事只有放輕鬆、自然而然才能做到。

現在凱琳開始繞著廚房餐桌跳起舞來。安忙著在桌旁摘菜準備沙拉。德瑞克正在開葡萄酒。

「**魯特琴**演奏之**古樂曲**與**古舞曲**，我**媽媽**要來吃晚餐，我媽媽要來吃**晚餐**。」她一心一意唱著。

「我相信凱琳的媽媽要來吃晚餐了。」德瑞克說道。他舉起一隻手。「安靜，安靜。我有聽見聲音，是她的車嗎？」

「噢，天啊。我至少應該先洗個臉。」安說。她丟下手上的菜，匆匆進入前廳，然後快速爬上樓梯。

德瑞克將唱片停了下來，把唱針放回起點。音樂再度響起時，他走出去迎接蘿絲瑪麗——他通常不會這麼做。凱琳原本打算自己出去迎接母親，但德瑞克已經出去了，她便改變主意，隨著安上了樓。不過她沒跟著安一直走，樓梯間的平臺上有扇小窗，從來不會有人在這裡逗留，或探出頭去看。窗前有紗簾，就算站在那裡往外看，也不太容易被發現。

她很快跑上樓梯，所以能看見德瑞克跨過草坪，穿過樹籬之間的縫隙。他的步伐跨得很大，透露出渴望，還鬼鬼祟祟的，所以能及時彎下腰，打開車門，而且是用誇張的手勢打開，迎接蘿絲瑪麗下車。凱琳從未見過他這麼做，但她知道他現在是有心如此。

安還在浴室裡——凱琳可以聽見淋浴的聲音。這意味著她還有幾分鐘的時間可以獨自觀察。現在，她聽見車門關上的聲音，卻沒聽見外頭那兩人的聲音。因為整間房子充滿了唱機裡放出來的音樂，她聽不見外面的話聲。而兩人始終沒有從樹籬的縫隙中出現。還沒。還沒。還沒。

蘿絲瑪麗從泰德身邊離開後，又回來了。不是回家裡，照理說她不該進屋的。泰德載凱琳去一間餐廳，蘿絲瑪麗人在那裡。母女兩人在餐廳裡吃了午餐，凱琳點了一杯雪莉登波和薯條。蘿絲瑪麗告訴凱琳，說她要搬去多倫多，她在那裡找到一份出版社的工作。凱琳那時不知道「出版社」是什麼。

＊　＊　＊

他倆出現了。兩人緊靠著彼此，擠過樹籬間的縫隙。可是他們應該走成一直線才對。蘿絲瑪麗穿著她的寬鬆哈倫褲，是薄而柔軟的覆盆子色棉布，布料下她的雙腿隱約可見。她的上衣是較厚的棉布，覆滿了刺繡花樣和手工縫製的迷你亮片。她似乎很擔心自己盤高的頭髮——她的手飛快地舉起，以緊張卻充滿魅力的姿態，把在臉頰旁晃動、垂懸的幾縷髮絲和鬈髮解開。（《魯特琴演奏之古樂曲和古舞曲》封面上的那些女子，也有垂落的鬈髮在耳際擺蕩。）她搽了與褲子相襯的指甲油。

德瑞克的手沒有碰到蘿絲瑪麗，但他看起來卻是一副就要這麼做了的模樣。

「好，但妳會一直**住**在那裡嗎？」凱琳在餐廳裡問道。

高大的德瑞克彎身湊近蘿絲瑪麗亂蓬蓬的一頭秀髮，彷彿那就是他即將陷入的巢。他全神貫注，無論他是否碰觸了她，無論他是否與她交談。他一心一意把她拉向自己，但他自己也被她吸引著，誘惑著，沉溺在歡愉之中。凱琳能體會那種愉快的打情罵俏感，就像你會說：不，我不想睡，我還醒著——

蘿絲瑪麗此刻不知該如何是好，但她認為，自己此時也不妨靜觀其變。看著她在自己那玫瑰色的牢籠裡不停旋轉，她紡紗般的糖絲牢籠。看蘿絲瑪麗在籠中吱喳呢喃，迷人心魄。

銅臭。他說。

安從浴室裡走出來，灰髮溼潤，顏色也深了一層，緊貼在頭上，臉上閃爍著剛沐浴後的光采。

「凱琳，妳在這裡做什麼？」

「觀察。」

「觀察什麼？」

「一對鴛鴦。」

「噢，真是的，凱琳。」安一邊說著一邊走下樓。

很快地，前門（代表特殊場合）與走廊就傳來快樂的呼喊聲了。「那是什麼？好香啊！」（蘿絲瑪麗的聲音）。「只是安在燉牛骨而已，燉很久了。」（德瑞克的聲音）。

「還有這個——真美啊。」他們一邊走向客廳，蘿絲瑪麗邊說。她指的是安插在客廳門邊奶油壺裡的花草擺飾，有綠葉、洽草和早開的珠芽百合。

「不過是一些安找來的野草。」德瑞克說。安則回答：「噢，我覺得很漂亮啊。」蘿絲瑪麗再次讚道：「好美啊。」

母女倆吃完午餐後，蘿絲瑪麗說她想買禮物送給凱琳。不是為了生日，也不是為了聖誕節——就是買個很棒的禮物。

兩人去了百貨公司，每當凱琳放慢腳步看東西時，蘿絲瑪麗立即展現出她的熱心，要買什麼她都樂意。於是她差點買了領口和袖口滾毛皮邊的絲絨大衣、復古畫風的木馬、粉紅色的絨毛大象（約莫是真象的四分之一縮小版）。這樣一直晃下去實在太難受了，為了早點結束，凱琳只好選了一個便宜的飾品——是個在鏡子前擺姿勢的芭蕾舞伶。這芭蕾舞伶不能轉圈，整個裝置也不能播放音樂——她想不出什麼原因要選這個東西。你以為蘿絲瑪麗應該會懂，她應該要明白這個選擇意味著什麼——凱琳不是你做了什麼就能討她喜歡的人，補償是不可能的，原諒毫無希望。但她沒有看見這點，或許是她選擇不看。她說：「嗯，我喜歡這個。她很優雅，放在妳的梳妝臺上會很好看。噢，好。」

凱琳將芭蕾舞伶收進抽屜裡，葛蕾絲發現時，她解釋說這是學校的朋友之前送給她的，她不想讓朋友傷心，所以說不出口這東西她不喜歡，只好收下。

葛蕾絲那時還不太習慣和小孩相處，否則她可能會質疑凱琳的說詞。

「我能理解。」她說。「那我把它捐給醫院的義賣會好了——妳朋友不太可能會看到。反正他們一定做了好幾百個一模一樣的商品。」

樓下傳來冰塊喀啦喀啦的聲音，是德瑞克把冰塊放進飲料裡。安說：「凱琳就在這裡，我相信她等一下就會跑出來了。」

凱琳把每一步都踏得很輕、很輕，繼續走上樓，走進安的房間。床上散落著亂七八糟的衣服，而婚紗又再度被包回床單裡，放在衣服最上面。她脫下短褲、上衣和鞋子，開始著急地把婚紗穿上身，過程困難重重。這次她不從頭套下，而是扭動身體，整個人鑽進去，穿過窸窣作響的裙身和滿是蕾絲的上半身。她小心翼翼地將手臂伸進袖子裡，注意指甲不要勾到蕾絲。她的指甲一直都很短，應該不會有問題，但還是小心為上。她把固定用的蕾絲繫帶拉到手臂，接著再將腰部的所有鉤子由下而上一一扣好。最困難的部分是頸後的鉤子，她低下頭，佝僂著肩膀，想盡量碰到那些鉤子。但即使如此，她還是搞砸了——她一隻手臂下的蕾絲裂開了一道。她嚇壞了，手邊的動作也停下了一秒。但都穿到這個地步了，現在放棄太可惜，而且她也把剩下的鉤子都順利扣上了。她可以等脫掉婚紗之後再來縫那道裂縫，或者她可以撒謊，聲稱自己穿上婚紗前就已經注意到有道裂縫。安自己可能也沒看到。

現在輪到頭紗了。她必須非常小心，只要有任何一道裂痕都會很明顯。她抖了抖頭紗，試著用那枝假蘋果花固定住，就像安剛才做的那樣。但她沒辦法讓枝條彎曲成正確的角度，髮夾滑滑的，她也別不住。她想著，拿條絲帶或飾帶將整個頭紗綁到頭上可能比較好，於是走向安的衣櫥，看能不能找到一些什麼來綁。衣櫥裡掛著男士領帶架，上面有條男用領帶。那是德瑞克的，不過她從未見過他打領帶就是了。

她從架子上拿起一條條紋領帶，繞著前額一圈，在後腦勺打了個結，把頭紗牢牢固定住。她是看著鏡子綁的，綁好之後，她感覺自己創造出一種吉普賽風格，很招搖的喜劇效果。她突然心生一計，用力將所有的鉤子與釦眼全都解開，然後把散落在安床上的衣物緊緊捲成一團，塞在婚紗胸部的地方。胸前垂懸的輕軟蕾絲原本是為了安的胸部設計的，現在她用衣服把空隙塞滿了，塞得鼓漲。這樣更好，最好讓他們放聲大笑。這樣塞完，鉤子沒辦法全部扣好。不過剩下沒解開的鉤子數量，還足以固定住這滑稽的布料乳房。她把頸帶也繫好，等到全部完成時已滿身大汗。

安沒搽口紅，也沒有化眼妝的習慣。但凱琳在梳妝臺上卻意外發現有一小罐已經硬掉的胭紅。凱琳朝裡面吐了點口水，在臉頰上抹出圓形的紅暈。

從前門進來後，往樓梯底之間就是玄關。玄關旁有扇邊門，通往帶窗的門廊，可讓陽光照入。另一個門（在同一邊）則是通往客廳。你也可以直接從門廊最裡面的一扇門進入客廳。「這房子設計得非常奇怪，或者說根本沒有設計。」安說。住在裡面的人想到什麼就改什麼，想到什麼就加什麼。加裝了玻璃的門廊又長又窄，本意是為了晒太陽，但這裡並不適合。因為門廊位於房子東側，窗外就是一排白楊幼樹，長得很快，根本不受控制，所以這裡總是被綠蔭遮蔽，無論如何都照不到太陽。安小時候，門廊的主要用途是儲存蘋果，不過她和妹妹都喜歡門廊總共有三道門，她們可以繞著跑進跑出。她現在很喜歡這個房間，夏天的時候就在這裡用晚餐。桌子拉出來擺好之後，餐椅和靠屋子的那面牆之間，就幾乎沒有空間可以行走了。但是，如果你讓眾人都坐在同一側，面對著窗戶，並且桌子兩端也各坐一人，多出來的空間就可以讓瘦子通過。今天晚上的餐桌座位就是這樣擺，凱琳要通過當然沒問題。

凱琳光著腳下樓，客廳裡的人沒看到她。她沒走習慣的門進入客廳，而是進入門廊，沿著桌子走，再從門廊突然現身，或者忽然衝進去嚇他們，他們絕對料不到她會從門廊過來。

門廊已經變得陰暗朦朧。安點了兩支高高的黃色蠟燭，但還沒點燃環繞在周圍的一圈白色小蠟燭。黃色蠟燭有檸檬香氣，她可能指望蠟燭的香氣能消除房間裡窒悶的感覺。她還把桌子一端的窗戶打開，即使是在最寧靜無風的夜晚，還是可以感受到白楊樹之間吹來的微風。

凱琳走過桌旁時，用雙手拎著婚紗下擺。她必須把下擺稍微提起來才能走路。而且她也不希望塔夫綢發出窸窸窣窣的聲響。她盤算著，從門口現身時她要開始唱〈婚禮進行曲〉。

新娘上前來

美麗又胖壯
欣賞她挪步
左搖右晃晃

一陣微風帶點力道朝她吹來，掀動她的頭紗。但是她已經用領帶把頭紗緊緊固定在頭上，不怕風吹掉。

當她轉身走進客廳時，整件頭紗被轉身的力道揚起，飄過燭火。客廳裡的人看見她的剎那，也同時目睹火焰燒上她的身體。至於她自己，只在那短短的瞬間聞到了蕾絲被火焰吞噬的氣味——混合著晚餐燉煮的牛骨髓香味，成為某種古怪的有害氣息。緊接著一陣燙到荒謬的高熱和尖叫聲席捲而來，無情地將她抛入黑暗之中。

蘿絲瑪麗第一個衝到她身邊，拿著抱枕猛力打她的頭。安衝進走廊，拿起裝花草的水罐，將裡頭的水、百合、草等等全都倒在她著火的頭紗和頭髮上。德瑞克一把抄起地毯，高腳椅、桌子、飲料全都摔成碎片，再用毯子將凱琳緊緊包起，熄滅最後一絲火苗。凱琳溼透的頭髮上還黏著少許悶燒的蕾絲。蘿絲瑪麗把蕾絲撕下來時，燙傷了手指。

她的肩膀、上背，以及頸部的一側，都留下了燒傷的疤痕。幸好德瑞克的領帶稍微把頭紗往後拉了一點，沒全罩在臉上，因此她臉上沒留下什麼明顯的痕跡。但是，即使她以後留長了頭髮，又把頭髮往前梳，仍然無法完全遮住頸間的疤痕。

她接受了一連串的植皮手術，狀態好了許多。她上大學時，已經可以穿泳衣了。

＊＊＊

她在貝拉維爾醫院的病房裡初次睜開眼睛時，眼前是各式各樣的雛菊。白色、黃色、粉紅色、紫色的雛菊，甚至連窗臺上也擺了。

她聽到安的聲音說：「漂亮吧？他們一直送雛菊來。第一批送來的還很好啊，或至少還不到要丟掉的地步，他們還是一直送來。他們旅行途中，不管停在哪裡，就會送雛菊來。他們現在應該已經到布雷頓角了。」

凱琳問道：「妳把農場賣了嗎？」

這次是蘿絲瑪麗的聲音：「凱琳。」

凱琳閉上眼睛，又再次睜開。

「妳以為在這裡的是安？」蘿絲瑪麗問道。「安和德瑞克去旅行了。我剛剛才告訴妳的。安的確把農場賣了，或至少她打算要賣。妳居然會念著這種事情，還真有趣。」

「他們去度蜜月啊。」凱琳說。這是她的小伎倆，如果剛才在這裡的真的是安，那這一句應該可以喚她回來——她會責備地說：「噢，凱琳。」

「妳會這麼想是因為那婚紗。」蘿絲瑪麗說。「他們真的在旅行啊，是為了找下一個他們想住的地方。」

所以在這房裡的真的是蘿絲瑪麗了。安去旅行了。安和德瑞克一起旅行了。

「這是二度蜜月吧。」蘿絲瑪麗說道。「妳從來沒聽過有人去三度蜜月，對吧？或十八度蜜月？」

一切都沒問題了，每個人都各安其位，各得其所。凱琳感覺自己好像費盡了千辛萬苦，才撮合這一切。她知道她該感到如願以償，而她也確實心滿意足。但從某些方面來說，這一切似乎都無關緊要了。彷彿安和德瑞克（甚至可能還有蘿絲瑪麗）都在樹籬後，但樹籬太過茂密，爬過去又太麻煩。

「不過我在這裡。」蘿絲瑪麗說道。「我一直都在這裡，但他們不讓我碰妳。」

她說最後一句時，彷彿這令她心碎不已。

她時不時還是會這麼說。

「我記得最清楚的就是我沒辦法碰妳，我一直在想妳到底知不知道。」

凱琳說知道。她知道。她懶得說出口的話是，那時她覺得蘿絲瑪麗的悲傷很荒謬。好像是在抱怨無法伸手觸碰一塊大陸。因為那就是凱琳感覺到的事物——她變成了某種浩瀚的、閃耀的、自給自足的東西。某些地方因痛苦而隆起，其餘一片平坦，無邊無際，寸草不生。在這大陸的邊緣就是蘿絲瑪麗，凱琳隨時可以將她縮成一個由呶呶不休的小黑點組成的物件。而她自己，凱琳——可以像這樣盡情伸展開來，同時又縮回至她的領土中央，齊整光潔，像珠子，又像瓢蟲。

當然，她從那件事之中走出來了，回來當那個凱琳。每個人都認為她除了皮膚上的疤痕之外，一如往常。沒人知道她是怎麼改變的，沒人知道對她而言，保持獨立、禮貌與熟練地照顧自己是多麼自然之事。沒人知道，當她意識到自己有多麼獨立時，偶爾會感覺頭腦清楚明晰，大獲全勝。

改變之前

親愛的R，我爸和我一起看了甘迺迪和尼克森的電視辯論會。你上次來拜訪後，他買了臺電視，小螢幕、一對兔耳朵，就擺在餐廳的餐具櫃前面。所以後來即使有人想把高級的銀製餐具或桌巾拿出來用，也沒那麼輕易了。餐廳裡連一把坐起來舒服的椅子都沒有，為什麼要把電視擺在那裡？因為他們過了一陣子才想起有個客廳，或者是因為巴利太太想在晚餐時看電視。

你還記得這個房間嗎？除了多一臺電視以外，沒什麼改變。厚實的對開窗簾，米色底，酒紅色葉片圖案，中間掛著紗簾。加拉哈德爵士領著馬匹的畫作，還有格倫科的畫（畫中是紅鹿，不是大屠殺）。有個幾年前從我爸診間搬來的舊檔案櫃，一直找不到地方擺，就一直放在那裡，甚至沒靠著牆。還有我媽那臺沒打開的縫紉機（他唯一提到她的那次，說的就是「妳媽的縫紉機」），以及種在陶土花盆和錫罐裡的同一排植物（看起來似乎都一樣），既不茂盛也沒枯萎。

所以我現在回家了，目前為止，還沒人提起我要待多久的問題。我把我所有的書、報告、衣服都塞進了我那輛 Mini，在一天之內從渥太華開到這裡。我在電話裡告訴我爸，我已經把論文寫完了（實際上我是放棄了，但懶得告訴他），需要放空一下。

「放空？」他問道，彷彿從來沒聽過這種事似的。「好吧，只要不是神經放空就好。」

我問，什麼？

「神經崩潰啦。」他說著，刺耳的咯咯笑聲中帶著示警的意味。那是他稱呼恐慌發作、急性焦慮、憂鬱症和壓力崩潰的方式，說不定還會叫他的病人振作起來呢。

真不公平。他可能會給病人開一些麻痺感覺的藥，講一些不帶情感的溫和的話，然後請他們離開。別人的缺點他比較能容忍，我的錯處他就沒那麼容易接受。

回家時沒人盛大歡迎我，不過也沒人驚惶失措。他繞著我那輛 Mini 走來走去，對眼前所見發出不滿的「哼」一聲，又戳了幾個輪胎。

「真意外，妳還真的回來了。」他說。

我有想過要親他——與其說是出於許久未見的澎湃情感，倒不如說是我想顯得很有個性，想表達「這就是我現在的做事方式」。只是當我雙腳上的鞋子一踏上碎石地時，我就知道我做不到。

B太太就站在車道和廚房門之間，於是我沒走向我爸，而是向她走過去，舉起手臂將她摟在懷裡，用鼻子輕輕磨蹭她憔悴小臉旁那頭黑髮（那古怪的髮型算是中式的鮑伯頭）。我可以聞到她開襟毛衣久放的霉味、圍裙上的漂白水味，也可以感受到她纖瘦的那一把老骨頭。她身高差不多只到我鎖骨的位置而已。

我乍然見到他們，有點慌張，便說：「今天天氣真好，開車一路過來的風景很美。」確實是這樣。這一路上的景色真的很美。樹還未變色，只有葉緣出現生鏽一般的色澤；收成後的莊稼地閃耀如金。那，為什麼我因這片景緻而起的仁慈之心，一到了我爸的地盤、看到他出現就消逝了？（噢，別忘了，巴利太太也在場，這裡也是她的地盤。）為什麼當我提到天氣時（我說的時候是真心誠意的，絕非草率敷衍），和我擁抱B太太彷彿是同類的行為？這兩件事，似乎一件是無禮之舉，另一件則是矯揉造作之態。

辯論結束後，我爸爸起身關掉電視。只有B太太在場，並且高聲說她想看某個廣告時，他才會看廣告。她會說，她想看那個暴牙的可愛小孩，或是看那隻雞追「那個什麼東西」（她不會花力氣去說「鴕鳥」那個字，或者她記不得那個叫鴕鳥）。而且，不管她喜歡什麼他都同意，甚至連跳舞的玉米片也是。他可能還會說：「嗯，這廣告滿有特色的，很聰明的想法。」我覺得這是種給我的警示。

他對甘迺迪和尼克森的看法如何？

「喔，就是兩個美國人而已啊。」

我試著要與他交談。

「你是指什麼呢？」

當你要他多談一些他認為不需要談論的主題，或是討論一件結果顯而易見、毋需證明的事情，他就會出現某種表情：翹起一邊的上嘴脣，露出一對被菸草染黃的大牙齒。

「就兩個美國人而已啊。」他說，彷彿這些話第一次講的時候我聽漏了。

所以我們只是坐在那裡，不發一語，但也不是一片安靜，因為你可能記得，他呼吸很大聲。

他的呼吸聲聽起來像是被一路拖拉至石子鋪成的小巷，穿過嘎吱作響的大門，然後開始響起彷彿小鳥的啾啾聲，小溪汩汩流過的水聲，彷彿他胸腔裡關著什麼非人類的裝置。塑膠管線，彩色氣泡，你本來不應該注意到的，而我則是很快就會習慣。不過，這聲響占據了房間裡的大部分空間。他也一如往常，不管怎樣都高挺著硬邦邦的大肚腩，伸出長長的腿，擺出他一貫的表情。那算是什麼樣的表情？就像是，彷彿他擁有一份冒犯清單，樁樁件件他都記得清清楚楚，也等著一一發生。若你知道自己踩到他什麼地雷，那就算了，麻煩的是你完全沒想到那是地雷的事情，他也能因此生氣。而那時他也會讓你知道，你能考驗他的耐性到何種程度。我認為有許多當爸爸的、當爺爺的都力求擺出這副表情——甚至某些和他完全不像的人、出了自己家門就一點威嚴也沒有的人，也是如此。但我爸爸才是那個表情永遠最到位的人。

R，我在這裡有很多事情要做，就像他們說的，我沒有時間悶悶不樂。候診室的牆壁到處都是擦痕，一代又一代的患者都習慣把椅背靠到牆上。桌上的《讀者文摘》被翻得破破爛爛。病歷表多達數個紙箱，全都堆放在看診檯下方，垃圾桶（柳籐編的）蓋子像是被老鼠咬過一樣，千瘡百孔，破破爛爛。家裡也沒有比較好，樓下的盥洗臺上出現了褐色頭髮似的裂縫，馬桶裡有令人不安的鏽斑。嗯，想必你已經注意到了。說起來很蠢，但最讓我煩惱的就是家裡到處都有折價券和廣告傳單。放在抽屜裡、壓在碟子下，不然就隨便亂放，而上面宣傳的銷售或折扣早就過期不知道幾週、幾個月甚至幾年了。

會導致這種情況，並不是他們放棄自己的職責或不夠努力，但每一件事都錯綜複雜。他們洗衣服都是送去外面洗，這合情合理，總比讓B太太一直洗衣服來得好。但是我爸爸又老是忘記衣服哪一天會洗好送回來，所以又會為了手術服不夠大驚小怪一番，鬧得亂七八糟。而B太太又非常確定洗衣店一直都在騙她，花時間把寫了我們名字的標籤撕下來，縫到品質比較差的衣服上。所以她和送衣服的人吵架，說他故意最後才把衣服送來。也許送衣服的人真的是這樣。

還有屋簷也需要清洗，本來應該是由B太太的姪子來清理的，但他背部受傷了，所以換成他兒子來。但他兒子必須接手的工作太多，所以進度落後沒辦法來，諸如此類。

我爸爸把這兒子的名字，叫成了B太太姪子的名字。他對每個人都是這樣。鎮上的商店和公司行號，他都只叫前任老闆的名字，有時甚至是前前任老闆。這已經不只是簡單的記性不好，更像是一種傲慢的態度。他自己最大，把事情弄明白、搞清楚，注意事情的變化、觀察每個人的不同，全都沒那麼重要。

我問他，候診室的牆壁想漆成什麼顏色。淺綠色？或是淺黃色？他反問，誰要來油漆？

「我啊。」

「我不知道妳是油漆工。」

「我之前住的地方都是我自己漆的。」

「大概吧，但我又沒親眼看過。妳在漆的時候，我的病人要怎麼辦？」

「那我星期天再做。」

「有些人聽了會不高興的。」

「你在開玩笑嗎？現在都什麼年代了？」

「大概沒有妳想的那麼現代喔，至少這裡不是。」

然後我說我可以晚上漆，但他說那個味道隔天會讓很多人反胃。最後他只准我把《閱讀文摘》給丟了，放上幾期《麥克林》、《女主人》、《時代》和《週六夜》等雜誌。然後他又說有人在抱怨，他們想在《讀者文摘》找自己記得的老笑話，但現在沒辦法找了。而且有些人不喜歡現代作家，像是皮耶爾·伯頓。

「太糟糕了。」我說。不敢相信自己的聲音居然在顫抖。

然後我開始整理餐廳裡的檔案櫃，我以為那裡應該裝滿了去世已久的患者病歷，如果我能將這些病例清出來，就可以把紙箱裡的病例裝進去，然後將整個檔案櫃移到醫生診間裡，因為檔案櫃本來就是辦公用品。

B太太看到我在整理檔案櫃，就直接去跟我爸爸告狀，一個字也沒對我講。他說：「誰說妳可以在那裡到處亂翻的？我可沒說。」

R，你人在這裡的時候，B太太和她的家人一起去過聖誕節假期了。（她有個先生，大半輩子都為肺氣腫所苦，兩人沒有子女，但有一大群姪子姪女、外甥外甥女等等的親戚）。我想你根本沒見過她，但她卻看到了你。她昨天對我說：「妳原本跟那個某某人訂了婚吧，他現在人在哪裡啊？」當然，她看見了我沒戴訂婚戒指。

「我想是在多倫多吧。」我說。

「我去年聖誕節要去我姪女家，我們兩個看見妳和他走到水塔那邊，我姪女問：『不知道他們兩個要去哪裡？』」她說話的方式就是這樣，我已經聽習慣了，但現在我寫了下來，才覺得很奇怪。我猜那句話是在暗指，我們本來要去某個地方親熱吧。但如果你還記得的話，那時的天氣凍得要命，我們倆只是想離開那間房子。不對，我們得走到外面去，才能繼續吵架。那次吵架，我只能一直深深藏在心裡。

大概是在我去上學的年紀，B太太開始為我爸爸工作。在那之前，有幾個年輕小姐來過我家做事，我也很喜歡她們，但她們後來都離職結婚去了，或是去戰時工廠上班。我九或十歲時，曾經去過幾個同學家玩。回家後我問爸爸：「為什麼我們家傭人要和我們一起吃飯？別人家的傭人都不會。」

我爸爸說：「妳要叫巴利太太『巴利太太』。如果妳不喜歡和她一起吃飯，可以自己去柴房吃。」

然後我開始經常在她附近閒晃，想引她開口說話，只是她經常不理我。不過當她開口時，我總是可以聽到很多東西。我在學校裡常模仿她。

（我說）巴利太太，妳的頭髮真的好黑喔。

（B太太說）我家每個人的頭髮都很黑，不但很黑，而且從來沒有白髮喔。那是我媽媽那邊的遺傳，就連人進了棺材，頭髮也還是黑的。我外公去世時，地面都結凍了，沒辦法下葬，所以他們就把他放在墓園裡一整個冬天。等到春天可以下葬的時候，我們之中不知哪個人說：「我們來看看過了一整個冬天他變得怎樣了。」所以我們就叫那個人抬起棺蓋，我外公的臉看起來還好好的，沒發黑也沒塌，而且頭髮還是黑的。黑的喔。

我甚至可以模仿她短小的笑聲，可以說是輕輕地笑，或是呵呵笑。她笑並不表示事情很有趣，而僅僅是一種表達情緒轉折的方式。

在我遇見你之前，我已經厭倦了自己這樣模仿她。

B太太告訴我她的頭髮故事之後，有天我在樓上的浴室外遇見她。她匆匆忙忙地去接電話（我在家被禁止接電話）。她的頭髮用毛巾包著盤起來，一道黑色的小水流沿著臉頰滑落。一道深紫色的小水流，我那時還以為她在流血。

彷彿她的血液就是那麼古怪，帶著惡毒的黑血。她的性子有時好像也是這樣。

「妳的頭在流血。」我開口。她回道：「喔，滾開，別擋路。」然後匆忙過去接電話。我走進浴室，看見臉盆裡滿是紫色的痕跡，架子上還有染髮劑。我對這件事隻字不提，而她也繼續講她媽媽那邊的家人，即使進了棺材還是有一頭黑髮，而她日後想必也會如此。

那些年，我爸爸關注我的方式始終異於常人。我待在某個房間時，他可能會經過，好像假裝沒看見我一樣，逕自開始說話。

「亨利．金這人最大的毛病，

就是喜歡把細繩頭嚼來嚼去——」[1]

有時候他會用戲劇化的低吼跟我說話：

「嗨，小女孩，妳想吃顆糖果嗎？」

我也學會用撒嬌的小女孩嗓音回他：「噢，好啊，先生。」

「哇噢。」他會花俏地把「哇」的尾音拖得很長。「哇噢，妳不——能吃。」

還有：

「索羅門．格朗迪，星期一呱呱墜地——」他會用手指戳我，示意我接下去。

「星期二受洗——」

「星期三娶妻——」

「星期四生病——」

「星期五倒地——」

「星期六歸西——」

「星期日葬禮——」

1　法國及英國作家希萊爾．貝洛克（Hilaire Belloc）之詩作。

然後我們兩人一起，放聲轟隆隆大喊：「沒戲了，索羅門．格朗迪！」

我們念完這些詩之後，他從不介紹，也沒評語。有時我會開個玩笑，叫他索羅門．格朗迪。叫到第四或第五次時，他說：「夠了，我又不叫這個名字。我是妳爸爸。」

後來我們好像就沒再一起念詩了。

我初次在校園裡遇見你時，你孤單一人，而我亦然。你的表情看起來好像記得我，但不確定要不要說出口。因為那時我們的老師生病，你只是來代一堂課，講邏輯實證主義。你那時還開玩笑說，請神學院的老師來代這堂課，還真有趣。

你似乎在猶豫要不要跟我打招呼，所以我先開口：「前任法國國王是禿頭。」

那是你上課時舉的例子，說明這句陳述沒有意義，因為主體並不存在。但是你臉上的表情非常驚訝，像是走投無路的樣子，不過你隨即又擺出專業的微笑來掩飾這股情緒。那時你對我有什麼看法？

好個自作聰明的人。

R，我的肚子還有點腫腫的，上面沒有什麼痕跡，但我可以用雙手擰起一團贅肉。除此之外我很好，我的體重恢復正常，可能還比之前稍微輕一點。不過，我覺得我看起來年紀大了點，比二十四歲更大。我的頭髮依然很長，不是流行的髮型，事實上根本是一團亂。這是為你而留的嗎？因為你從來都不喜歡我剪頭髮。只是現在的我，也不會知道答案了。

總之，我已經開始在鎮上散步，一走就是很長的時間，當作運動。我以前常常在夏天出門，愛去哪裡就去哪裡。我對當地可能存在的規則或不同等級的人，毫無概念。這可能是因為我從來沒念過鎮上的學校，或者是因為我們家在長街的盡頭，不在鎮區內，準確地說，不算鎮上的一分子。我走到賽馬場旁邊的馬廄，那裡的成年男人都是馬主，或是受雇的馴馬師；至於小孩則都是男孩。我一個人也不認識，但他們全都認得我。換句話說，他們不得不忍受我，因為我爸爸的緣故。大人們准我們幫馬放飼料，在馬後面清理馬糞，看起來是很刺激冒險的工作。我戴著我爸爸的舊高爾夫球帽，穿著寬鬆的短褲，我們爬上屋頂，男生們打來打去，試著把對方推下去，但他們卻對我不理不睬。大人們則是每過一段時間就來叫我們滾開。他們會對我說：「妳爸爸知道妳在這裡嗎？」然後那些男生們開始互相取笑彼此，被取笑的那個人會故意發出嘔吐的聲音，我知道那和我有關，所以我後來就不去了。我放棄成為「黃金西部女郎」一員的念頭。我改去碼頭看湖裡的船，但我沒想太多，沒去幻想讓船上的人收我當一名普通水手，也沒有想騙他們以為我不是女生。一個男人在我上方彎腰向下，對我大喊：

「嘿，妳那邊長毛了沒？」

我差點就要脫口而出：「不好意思，再說一次？」我並沒有被這句話嚇到或覺得受辱，而是困惑不解。一個有正當工作的成年男性，竟然對我雙腿間萌發毛髮、發癢的那一小塊地方有興趣？而且他還對此感到噁心，有必要嗎？因為聽他的語氣，毫無疑問他就是這麼想。

馬廄已經拆除，向下通往港口的道路不那麼陡了。有座新的穀倉塔。這新的郊區和其他地方的郊區極為相似，人們就是喜歡這一點。現在沒人走路了，大家都開車。郊區沒有人行道，而原先沿著舊街道旁的人行道已經沒人走了，路面因為霜凍而龜裂、翹起，逐漸消失在荒土野草之中。我們家小路旁，松樹下有條長長的泥土路，如今已經覆滿成堆的松針、雜蕪的小樹苗，以及野生覆盆子的枝條。大家數十年來都沿著這條路走來看醫生。這條小徑是從鎮區往外、沿著公路旁的人行道上，一段特別短的支線（另外的唯一一條支線是通往墓園的），然後走到小徑那側的兩排松樹之間就是了。因為從上個世紀末起，就有位醫生住在這棟房子裡。

整個下午，各式各樣喧鬧骯髒的病人，小孩、媽媽和老人都在這裡。比較安靜的病人則是在傍晚獨自前來。我以前常坐在屋外的一棵梨樹下，樹旁環繞著一叢茂密的紫丁香，我就在那裡偷看這些病人，小女孩總是喜歡偷窺。那一叢紫丁香現在也沒了，B太太的姪孫用電動割草機把那一大叢植物清理掉，割起草來比較容易。我那時會偷窺為了看醫生而打扮得漂漂亮亮的女子，戰後不久流行的衣服款式我都記得。寬擺長裙、馬甲式腰帶、燈籠袖襯衫，有時還有短款的白手套。當時的手套不是只有去教堂才戴，夏天也可以。帽子也一樣可以在教堂之外的場合戴，粉彩的草帽能讓臉龐的輪廓清晰，洋裝綴著輕盈的荷葉邊，充滿了夏日感；肩上有打褶的飾邊，彷彿迷你斗篷；腰際一圈緞帶般的綬帶。迷你斗篷般的飾邊在微風中輕舞，女子會舉起她戴著鉤針編織手套的手，輕輕將它從臉頰旁撥開。對我而言，這個手勢就像是可望而不可及的女性美的象徵。一縷蜘蛛網般輕盈的布料，輕觸著天鵝絨般的完美唇瓣。我會有這些感受，可能和我沒了媽媽有些關係，但我也不認識誰的媽媽有她們這等綽約的風姿。我會蹲伏在花叢中，吃著長滿斑點的黃梨，對這些女子心懷愛慕。

我們有個老師教我們讀《派崔克·史賓斯爵士》和《兩隻烏鴉》這樣的古老民謠，所以那陣子學校裡大家很愛編歌來唱，出現了一陣創作熱潮。

我走在走廊上
讓我的好朋友看得到
我要去廁所
好好撒個尿——

歌謠真的會將你帶入歌曲之中，跟著押韻一直唱下去，根本沒機會思考歌曲的含義。所以，就在我吃得滿嘴都是梨子的時候，我也編了一首。

有位小姐走著漫長的小路
她已經離開了城鎮
她離開家，離開她父親的憤怒
她的命運她要自己找尋——

後來黃蜂太吵，把我弄得很煩，我才進屋去。巴利太太一直待在廚房裡抽菸聽收音機，等我爸爸喊她過去。她會等到最後一位病人離開，診所打掃乾淨了才走。如果我爸在診間裡扯著嗓子叫喊，她可能會輕聲模仿，自己笑起來並說：「你再喊啊，你再叫啊。」我從來就懶得向她描述我看到的女性穿著打扮，因為我知道她根本就不欣賞長得美或打扮好看的人。這些女子對她而言，只是知道了一些沒必要知道的事情罷了，就像多學會一門外語。她欣賞的是很會玩牌的人，織東西很快的人——大致上就這樣。她覺得一無是處的人很多，我爸爸也會這麼附和。那個人一無是處。那我倒是想問，假如他們確實有用處，那會是什麼？但我知道他們兩人都不會告訴我，反而會對我說，做人不要太聰明。

弗德列克・海德拚命玩泥巴
叔叔一把抓住他
他用力把他搖又晃
揍得他聲淚俱下

如果我決定將自己寫的所有東西寄給你，我應該寄到哪裡去呢？一想到要在信封上寫下完整的地址，我整個人僵得無法動彈。想到你還在同一個地方，過著同樣的日子，只是少了我，我便痛苦不堪。只是你若不在同一個地方，而在其他我不知曉的所在，那痛苦會更令我難以承受。

＊＊＊

親愛的R，親愛的羅賓。你以為我不知情嗎？那始終都在我眼皮底下啊。如果我念的是這裡的學校，我肯定會知道的。如果我有朋友的話。某個高中女孩，某個年長一點的女孩，肯定會確保我知道內情。

即便如此，放假時我還是有很多時間。如果我沒有自得其樂、在鎮上到處閒晃、編那一堆歌謠，我早就可以弄清楚的。如今回想起來，我知道有些傍晚才來的病人，那些女子，都是坐火車來的。我把她們的人、美麗的衣著，與傍晚的火車聯想在一起。還有一班夜間列車，她們一定要搭那班車離開才回得了家。當然，也很可能有輛汽車會開到小徑的盡頭，直接讓她們下車。

那時有人告訴我（我想是B太太，不是我爸），她們來找我爸爸，是來打營養針的。我知道這件事，是因為那時的我在想，喔，她現在正在挨針咧。那時我們一聽到診間裡的女人發出聲音，我就會有點驚訝。這麼成熟自制的女性，怎麼就這麼受不了針頭呢。

即使是現在，我還是花了好幾個星期才明白。這段期間我努力適應這個家運作的方式，努力到我已經無法想像自己有拿起油漆刷的機會；如果要整理抽屜，或是丟掉舊的購物收據之前，也會猶豫一下，再去問B太太（反正她對這種事總是無法下定決心）。我也已經放棄說服他們接受濾壓壺煮的咖啡（他們偏愛即溶咖啡，因為喝起來的味道永遠一樣）。

我爸爸在我的盤子旁邊放了張支票。今天午餐，週日時分。巴利太太週日不會來。我爸爸上教堂，趁著他回家的這段時間，我準備了一頓冷食午餐，有肉片、麵包、蕃茄、醃黃瓜和起司，等他回來一起吃。他從來不要求我跟他一起去教堂——可能是因為他覺得我一旦同去，就有機會發表他不想聽的觀點。

支票金額是五千元。

「這是給妳的。」他說。「這樣妳手邊會有點東西。妳可以存到銀行裡，或用妳喜歡的方式投資。看目前的利率怎樣吧，我平常沒在看就是了。當然，以後這房子也是妳的。俗話說得好，等到時機成熟。」

這是賄賂嗎？我心想。用來做點小生意？去旅遊？可以拿來付頭期款，買我自己的小房子；或是回到大學去念書，再拿幾個他所謂「不切實際」的學位。

五千元，擺脫我的代價。

我向他表示謝意，為了不讓對話斷在這裡，我問他怎麼處理自己的錢。他說這不重要。

「如果妳需要建議的話，就去問比利．史奈德。」然後他才想起比利．史奈德已經沒在做會計了，他退休了。

「那裡新來了個名字很奇怪的傢伙。」他說。「好像叫伊普西蘭提（Ypsilanti），但又不是伊普西蘭提。」

「伊普西蘭提是密西根州一個鎮。」

「是密西根州一個鎮沒錯，但在變成密西根州的鎮之前，是人的名字。」我父親說。這似乎是一八〇〇年代初期，一名率領希臘人對抗土耳其人的領袖的名字。

我說：「喔，拜倫戰爭的時候。」

「拜倫戰爭？」我父親皺眉。「妳幹麼這樣講？拜倫才沒有打過仗，他是得斑疹傷寒死的。他一死，就成了大英雄，為希臘人而死什麼的。」他這樣咄咄逼人，彷彿我就是導致這些積非成是、造成這些關於拜倫的爭議的其中一人。然後他又冷靜下來，幫我重新講述一遍（或者幫他自己回憶）對抗鄂圖曼帝國的戰爭故事。他提到了「樸特」（Porte），我很想說，我一直都不確定是否真有個大門，還是那指的是君士坦丁堡？或是蘇丹的內廷？不過最好不要打斷他，就像一場戰而不宣的地下戰爭，而每當他開始這樣說話時，就是停戰的空檔，喘息的機會。我坐在窗前，透過紗簾，可以看見絢爛耀眼的陽光，照在地上成堆的黃褐色落葉上（從今晚的風聲判斷，也許我們會有很長一段時間見不到這種陽光了）。這讓我想起了童年時期，每當我問了他問題或無意間說了什麼，引他開始侃侃而談時，我就能稍微喘口氣，我個人祕密的小樂趣。

例如說，地震。地震發生在火山山脊之間，但曾經有個最大的地震，就發生在北美大陸中央，一八一一年，在密蘇里州的新馬德里（提醒妳，發音是「新—馬德—里」）。這是他告訴我的，板塊裂縫形成裂谷，表面上看不出有任何不穩定的跡象。地震導致石灰岩形成洞穴，水在地底下流動，年深日久，高聳的山脈也能磨為碎石。

還有數字。我問過他一次數字的問題。他說，嗯，那叫阿拉伯數字，是吧，隨便哪個傻子都知道。不過他又繼續說，希臘人本來可以整理出一套出色的系統，他們真的做得到，只是他們沒有零的概念。

零的概念。我把這個詞彙放在腦海中，就像把包裹放在架子上，改天再打開吧。

如果B太太和我們在一起的話，我當然不可能引他講出這些話。

算了，沒關係，他會說，吃妳的飯吧。

彷彿我問的任何問題背後都有隱藏的動機，我猜想，可能確實是這樣吧。我試著引導對話的走向，把B太太排除在外，很不禮貌。因此，我們必須順從她對地震成因、對數字史的態度（不僅僅是漠不關心，而且是蔑視），她的意見才是主宰。

＊＊＊

所以我們又聊回了B太太。現在的，B太太。

我昨晚大約十點進家門，之前我參加了一個歷史學會的會議，或者至少是為了籌備歷史學會而開的會議。家裡來了五個人，其中兩個人走路還得拄著拐杖。我打開廚房門時，看見B太太站在通往後走廊的門口——後走廊是從診間通往洗手間和房子前半部分的通道。她手中端著一個蓋住的盆子，正走向洗手間，而我進門時，她本可以繼續走過廚房，一路走向洗手間，而我也幾乎不會注意到她。但她卻停下腳步站在那裡，側身轉向我，面容扭曲，一臉驚愕的怪相。

喔——喔。抓到了喔。

然後她匆匆忙忙地朝洗手間去了。

全是演出來的。故作驚訝、驚慌沮喪、匆忙離去。她甚至還把盆子往外端，讓我不看都不行。那全是刻意的。

我聽見我爸在診間裡和病人說話的聲音，看見診間裡的燈還亮著，也看見病人的車停在外面。這年頭沒人需要走路了。

我脫掉大衣，走上樓去。那時我似乎只關心不要讓B太太隨心所欲，我不會問她問題，也不會在意識到真相後大驚失色。我不會問「B太太，盆子裡裝的是什麼呀？噢，妳與我爹地在做什麼？」（我也從來沒叫過他爹地。）我立刻開始翻找還未打開上架的一箱書，為的是找安娜・詹姆森的日誌。那天晚上開會時，我答應過要把這份文件找出來，交給某個人（屬於「七十歲以下」組）。這人是名攝影師，略懂「上加拿大」的歷史。他本來想當歷史老師，但因為有口吃問題而未能實現。我們之前站在人行道上聊了半個小時（這事就是他那時告訴我的），沒有果斷選擇去喝杯咖啡。最後我們互道晚安時，他告訴我他本想邀我去喝杯咖啡，但是他得回家和太太換班，因為寶寶得了腸絞痛。

我還沒找出所有的日誌，卻已經把整箱書都拿出來了，像是望著遠古時期的廢墟。我一本本翻看，直到病人走了，我爸爸把B太太送回家，上樓上廁所，然後上床睡覺。我東看西看，讀到昏昏欲睡，差點在地板上睡著了。

今天中午，我父親終於說話了：「誰管土耳其人啊？老套的歷史罷了。」

我不得不開口：「我想我知道這裡在搞什麼了。」

他仰起頭，哼了一聲。他還真這麼做了，像匹老馬。

「妳知道，是嗎？妳以為妳懂什麼？」

「我不是在指責你。我也沒表示反對。」我說。

「是嗎？」

「我相信墮胎有道理。」我說道。「我相信這應該要合法。」

「我不希望妳在這個家再說出那兩個字。」我爸爸說。

「為什麼不行？」

「因為這個家裡可以說什麼，是我管的。」

「你根本不了解我在說什麼。」

「我知道，妳說話太隨便了。妳亂說話，而且沒常識。妳受的教育太多，卻連基本的認知都沒有。」

我仍然沒有閉上嘴，繼續說：「大家應該要知道。」

「有必要嗎？知道和嘰嘰歪歪是不一樣的。這一點妳要好好想清楚，不要忘記。」

＊＊＊

我們那天後來都沒再說話。晚餐我做了一道常吃的烤肉，我們吃了，彼此都沒開口。我不認為他會覺得沉默不語有多難，到目前為止我也沒感覺不自在，因為整件事實在太蠢了，也有夠扯，而且我又還在生氣。但我也不會一直氣下去，可能會向他道歉吧。（你聽了也許不會太驚訝。）顯然我該離開這裡了，是時候了。

昨晚那個年輕男人告訴我，他感覺放鬆時，幾乎沒有口吃了。就像我跟妳聊天時一樣。他說。也許我可以讓他有點愛上我吧，在某種程度上。只是玩玩而已。我如果住在這裡，過得可能就是這種生活。

親愛的R，我還沒走，Mini的車況不太好，我送去車廠大修。天氣也變了，秋風肆虐，在湖面猛然掀起巨浪，浪潮擊打沙灘，秋風強勁到讓巴利太太跌在自家門前臺階上——她側身著地，摔碎了手肘的骨頭。她傷的是左手肘，她說她可以用右手工作，但我爸爸告訴她這是開放性骨折，要她好好休息一個月。他問我會不會介意把出發日延後。他的話是這麼說的——「延後離開」。他沒有問我打算去哪裡，只知道車子送去修了。

我也不知道我打算要去哪裡。

我說好吧，如果我還能幫忙，我就留下來。所以我們結束冷戰，恢復正常之後的溝通算是不錯。實際上，感覺還滿好的。我要做的就是B太太在家裡做的事。我現在沒再提整理家裡的事，也沒再討論重新整修的事。（屋簷已經修好了——B太太的親戚來時，我既驚訝又感激）。我把幾本厚重的醫學教科書放在高腳凳上，抵住烤箱的門，就像B太太做的那樣。我用她的方式烹煮肉類和蔬菜，在超市看到酪梨、罐裝朝鮮薊、蒜球在特價時，也沒考慮要買回來。我用即溶咖啡罐裡的咖啡粉泡咖啡，自己喝了一點，試試看我能不能適應，結果是當然可以。每天關門時我都會打掃診間，並處理衣物送洗收發。我從不指責洗衣店的人，所以他很喜歡我。

現在我可以接電話了，但如果有女人打電話來說要找我爸爸，卻沒說清楚原因，我就得記下電話號碼，說醫生會再回電。我這麼說，有時某些女人聽到這就會把電話掛掉。我告訴我爸爸這件事時，他說：「她應該會再打來。」

這種病人並不多——他稱之為「特殊病人」。我不知道——可能一個月會有一個吧。他主要處理的是喉嚨痛、結腸痙攣、耳朵發炎等等。還有心跳過快、腎結石、消化不良。

R，今晚他來敲我房門。我房門沒有全關，但他還是敲了門。我正在讀書。他問我能不能到診間幫他忙——當然，他不是用懇求的口吻，不過我還是覺得他話裡有種合理的尊重。

這是B太太請假以來的第一個特殊病人。

我問他想要我做什麼。

「就是多少讓她保持鎮定。」他說。「她還很年輕，不習慣這個。妳也要把手好好刷洗乾淨，用樓下洗手間瓶子裡的洗手乳。」

這位病人平躺在診療檯上，腰部以下蓋著一條床單，上半身穿戴整齊，身穿一件胸前有排釦的深藍色開襟毛衣，搭配蕾絲邊的白色襯衫，寬鬆地覆蓋在她突出的鎖骨還有幾乎是一片平坦的胸部上。一頭黑髮往後拉，緊緊編成辮子，用髮夾固定在頭頂上。這種循規蹈矩、樸素端莊的打扮，讓她的頸部顯得纖長，凸顯了她白皙臉龐的骨架，增添了高貴感。從遠處看，會誤以為她是四十五歲的女人。仔細近看才會發現她相當年輕，可能才二十歲左右。她的百褶裙掛在門後，白色底褲的邊緣露了出來，顯然她很細心地把底褲掛在裙子裡面。

儘管診間裡並不冷，她還是顫抖得很厲害。

「好，瑪德琳。」我爸爸說，「首先，妳要把膝蓋彎起來。」

我好奇，他認不認識她？還是他先問了病人的名字，不管這女人說她叫什麼，他就怎麼稱呼？

「慢慢來。」他說。「慢慢來，慢慢的。」他把腳蹬固定好，讓她的腳可以放上去。她光裸的雙腿彷彿從未晒過太陽，一片白皙。腳上仍然穿著樂福鞋。

她的雙腿從來沒擺過這種姿勢，抖得厲害，膝頭互相撞擊。

「妳必須鎮定下來。」我爸爸說道。「妳知道，如果妳現在不把妳的部分顧好，我就沒辦法把我的工作做好。妳想蓋條毯子嗎？」

他對我說：「給她蓋一條毯子，在那邊的架子底層。」

我把毛毯整理好，蓋在瑪德琳的上半身。她沒有看我，牙齒不住地打顫，於是她緊緊咬住嘴唇。

「現在往這邊移一點點。」我爸爸說。又對我指示：「把她膝蓋固定好，打開來，輕輕地固定好。」

我將手放在女孩膝蓋上突出的骨節，盡可能溫柔地將她的膝蓋分開。整個房間都是我爸爸的呼吸聲，顯示出他正忙著，偶爾又發出莫名其妙的怪聲。我不得不牢牢握住瑪德琳的膝蓋，以防她猛然把膝蓋闔上。

「那個老太太在哪裡？」她問道。

我答道：「她在家。她摔倒了，我來代替她。」

所以她之前來過這裡。

「她動作很粗魯。」她說。

她的聲音理性不帶感情，幾乎像是低沉的嘟囔。她身體十分焦慮不安，聲音卻沒那麼緊張。

「希望我動作沒有那麼粗魯。」我說。

她沒有回話。我父親拿起一根細桿子，像打毛線的棒針。

「好，比較不舒服的部分來了。」他說。他說話的樣子就像在聊天一樣，態度比起我聽過他說的任何話都要溫和。「妳愈緊張，會愈不舒服。所以妳就——放輕鬆。好啦，放輕鬆。乖。乖。」

我試著思考，想說點什麼話來安撫她，或讓她分心。我現在明白我爸爸在做什麼了。他身旁的桌子上鋪了一塊白色的布，上面擺著一排棒子，長度都一樣，但粗細有所不同。他會一一使用這些工具，來打開、擴張她的子宮頸。我站的位置隔了一層覆蓋在她膝上的床單，看不見這些工具實際上在做什麼隱密的事情。但是我可以感受到，從她身體傳來的一波波疼痛，抵消了憂懼帶來的痙攣，實實在在讓她安靜了下來。

妳是哪裡人？妳在哪裡上學？妳有工作嗎？（我注意到她戴著結婚戒指，但來這邊的女人很可能都戴著結婚戒指。）妳喜歡妳的工作嗎？妳有兄弟姊妹嗎？

就算她不覺得痛苦好了，她幹麼要回答這些問題？

她緊咬著牙齒，深吸一口氣，對著天花板瞪大眼睛。

「我懂。」我說。「我懂。」

「快好了。」我爸爸說。「妳是個好女孩。安靜的好女孩。就快好了。」

我開口：「我原本要粉刷這個房間，卻一直沒做。如果是妳要粉刷的話，妳會選什麼顏色？」

「呼。」瑪德琳吐了口氣。「呼。」一陣突然襲來的驚嚇，讓她吐出一口氣。「呼。呼。」

「黃色。」我說。「我想淡黃色不錯。還是淡綠色呢？」

當我爸爸用到最粗的那根工具時，瑪德琳已經把頭往後仰，埋進了平坦的枕頭裡，她修長的脖子伸得很長，嘴巴也張得大大的，嘴唇緊緊包住牙齒。

「想想妳最喜歡的電影吧。妳最喜歡哪部電影？」

有個護理師曾這麼問我。那時我感到令人難以置信的疼痛，永無止境的痛苦高原，我堅信痛苦永遠不會結束，至少這次不會。世上怎麼可能還存在電影這種東西？然而現在，我對瑪德琳說了同樣的話。瑪德琳的眼神掃過我，冷漠恍惚的神情，就像是把一個人看成一個停擺的時鐘，毫無用處。

我冒著可能的風險，將一隻手從她的膝蓋上移開，摸了摸她的手。結果她迅速地用力抓住我的手，把我的手指捏在一起，我嚇了一大跳。我畢竟還是有點用的。

「說點話……」她透過齒間嘶嘶吸氣。「ㄅ……ㄟ也可以。」

「不錯。」我爸爸說。「現在我們有點進展了。」

背。

我要背什麼？〈滴答滴答鐘聲響〉這首童謠？

我腦海裡浮現的，是你曾說過的〈流浪者安格斯之歌〉[2]。

「我走進一片榛樹林；因為我的腦袋裡有團火——」

我不記得之後的句子了。我無法思考。接著，我腦海中浮現出來的竟是整首詩最後一段。

久經流浪
我已老朽
穿過空谷
越過山丘
也要尋到妳的去向[3]
吻妳的臉，握妳的手——

我在我爸爸面前背一首詩。這該是怎樣的場面啊。

我不知道她對這首詩的看法是什麼。她閉上了眼睛。

我一直以為我會變得怕死，因為我媽媽就是這樣死的。難產。然而一旦我登上痛苦的高原，我發現死亡和活著其實是兩個毫不相關的概念，就像「最喜歡的電影」。我已被拉扯到了極限，確信自己動不了那個東西一絲一毫，那東西感覺起來像顆巨大的蛋，或燃燒的星球，根本不像個嬰兒。它卡住了，我也卡住了，我倆被困在一個彷彿永遠不會結束的時空之中——我再也沒有逃脫的理由，所有的抗議早已失效。

「現在我需要妳來幫忙。」我爸爸說。「妳來這裡。去拿盆子。」

我拿著盆子，放在正確的位置，這跟我看到巴利太太拿的盆子是同一個。同時我爸爸用一種類似設計精妙的廚具之類的東西，清理女孩的子宮。（我不是指那工具真是一種廚具，只是看起來就像一種家常用品。）

即使是一個瘦小的年輕女孩，下半身鮮血淋漓時，下體也可能看起來又大又肥碩。產科病房裡的婦女分娩後那幾天，她們毫不介意地躺著（甚至還有點挑釁的意味），熱辣辣的傷口和撕裂

---

2 *The Song of Wandering Aengus*，愛爾蘭詩人葉慈（W. B. Yeats）之詩作。

3 葉慈的實際詩句寫的是「也要尋到她的去向。吻她的臉，握她的手」。

處就這麼暴露在外。傷口上黑色的縫線，悲慘晃動的贅肉，大而無助的腰臀。真是值得一看的景象。

現在，從子宮出來的是酒紅色的果凍狀物體，還有血液，而在那其中某處的，就是胚胎了。就像早餐穀片盒裡附贈的小玩意，或爆米花盒裡的小贈品。一個迷你塑膠娃娃，和指甲一樣，微不足道。我沒有去找胚胎在哪裡，只是抬起頭，避開溫暖的血液散發出的腥味。

「浴室。」我爸爸說。「那裡有東西可以蓋。」他指的是放在染血工具旁，有一疊摺好的布。我不想說：「沖下馬桶？」我理所當然地認為，他就是這個意思了。我端著盆子，沿著走廊走到樓下的廁所，倒掉盆子裡的東西，沖了兩次，把盆子洗乾淨再端回去。這時我爸爸正在幫女孩包紮傷口，並指示她回家後如何護理。這事他很擅長——做得非常之好。但他的表情看起來十分沉重，整個人疲倦到骨頭都要散了。我突然意識到，他希望我整個手術過程中都待在這裡，應該是擔心萬一自己中途倒下去吧。至少B太太之前顯然都是待在廚房，直到最後才進來。也許她是現在才全程待在旁邊。

如果他倒下了，我還真不知道該怎麼辦。

他拍了拍瑪德琳的腿，告訴她該平躺了。

「先躺幾分鐘，不要試著站起來。」他叮嚀。「妳有請人來載妳嗎？」

「他應該一直都在外面。」她虛弱地說，聲音裡卻帶著怨恨。「他應該哪裡都不會去。」

我父親脫下手術袍，走到候診室的窗戶旁。

「還真沒錯。」他說。「就在那裡。」他發出一聲百感交集的呻吟，說道：「洗衣籃在哪？」隨即想起洗衣籃在燈光明亮的手術間裡，於是走回來把手術袍丟進洗衣籃，對我說：「妳能把這裡清理乾淨嗎？感謝妳。」總的來說，清理乾淨的意思是指整個房間都要消毒、擦洗。

我說我會做。

「好。」他說。「我現在要跟妳說晚安了。妳準備好要離開的時候，我女兒會送妳出去。」聽到他用「我女兒」而非我的名字來稱呼我，我有些驚訝。我當然聽過他這麼叫我，例如在某些場合，他必須介紹我的時候。但我還是覺得很驚訝。

瑪德琳一看到他離開房間，馬上一個轉身從診療檯上下來，卻根本走不穩，我走過去扶她。她說：「好啦，沒事，只是剛才下床太快了。我把裙子放在哪裡？我不想這樣一直站著。」

我從門後拿了她的裙子和底褲。她自己穿上了，沒要我幫忙，卻整個人都在發抖。

我說：「妳可以休息一下，妳先生會在外面等的。」

「我先生在肯諾拉附近的樹林裡工作。」她回答。「我下星期要過去，他那裡有地方可以讓我住。」

「喔，我把大衣放到哪裡去了？」她問道。

我最喜歡的電影——你應該知道答案。護理師問我時，我應該立刻想起來的——是《野草莓》。我記得那間發霉的小戲院，我們以前常常在那裡看一堆瑞典、日本、印度、義大利電影。

我還記得這間戲院原本播映的是「Carry On」系列和「馬丁與路易斯」的系列電影，最近才改上映別的，但是名稱我想不起來了。你在教導未來的牧師們哲學，因此你最愛的電影應該是《第七封印》，但果真如此嗎？我想那是日本片[4]，但我忘記劇情演什麼了。不管怎樣，以前看完電影後我們總是走路回家，大概幾英里吧，路上我們經常熱烈地討論著人類的愛、自私、上帝、信仰、絕望。我們回到租屋處的門口時，就得保持安靜，放輕腳步走上樓梯，回到我的房間。

啊啊——你一進門，就會滿懷感激並充滿驚訝地發出這樣的聲音。

去年聖誕節，如果當時我們沒吵得那麼凶，帶你回家時我一定會非常緊張。我會覺得一定要保護你，不讓你和我爸爸見面。

「羅賓？那是男人的名字嗎？」

你說，嗯，是的，我就叫這個名字。

他假裝從沒聽過這名字的模樣。

但事實上，你們兩人處得相當不錯。你們還討論到十七世紀不同級別僧侶之間的重大衝突，對吧？這些僧侶吵的是應該怎麼剃頭髮。

髮毛頭竹竿，他如此稱呼你。這句話從他嘴裡說出來，幾乎是在讚美了。

我在電話裡告訴他，說我和你最終還是不能結婚時，他的反應是：「喔——喔，妳覺得妳以後還能找到另一個人結婚嗎？」如果我對他這麼說有所不滿，他會順理成章地說他只是在開玩笑。這只是在開玩笑。我還沒成功找到新對象，但也許是因為我狀態不好，沒有去試。

巴利太太回來了。她原本應該要休息一個月，結果不到三個星期就回來了。不過她現在的工時比以前更短，她要花很長的時間來穿衣服、做自己的家務，所以她來的時候大概都早上十點了（她姪子或姪媳會開車載她來）。

「妳爸爸看起來身體不太好。」是她對我說的第一句話。我想她是對的。

「也許他應該休息一下。」我說。

「太多人來煩他了。」她說。

我的 Mini 已經修好了，錢也存入了我的銀行帳戶。我該啟程離開了，但我老是想到一些很蠢的事。我會想，要是又來了一個特殊病人怎麼辦？B太太要怎麼幫他？她目前還沒辦法用左手施力，而她又無法只靠右手端盆子。

＊＊＊

4 《第七封印》為瑞典電影，由英格瑪・柏格曼（Ingmar Bergman）執導。電影探詢存在主義、宗教、生死等議題，最知名的為騎士與死神交手西洋棋的情節。

R，就是這天。第一場大雪後的第一天。一夜之間下了場大雪，隔日早晨的天空晴朗湛藍，無風，明亮到令人匪夷所思的程度。我早早起床，在松樹下散步，積雪透過枝葉紛紛直瀉而下，晶亮如聖誕樹上的裝飾品，又如鑽石。高速公路的積雪已經被鏟除，我們這條巷子也一樣，所以我爸爸能開車去醫院了，我也能隨時開車出去。

有些汽車駛過，進城、出城，每日早晨皆是如此。

我進屋前，想看看 Mini 能不能發動，結果可以。副駕駛座上有個包裹，兩磅裝的巧克力，能在藥妝店買到的那種。我想不透為什麼我車上會有巧克力——我猜，可能是歷史學會的那個年輕男人送的禮物？好蠢的想法。不然還會是誰？

我在後門外用力跺腳，把靴子上的雪抖掉，提醒自己要把掃帚拿出來。廚房裡盈滿了耀眼奪目的陽光。

我以為我知道我爸爸會說什麼。

「在大自然裡冥想啊？」

他坐在桌旁，帽子和外套都在身上。通常到了這個時間，他已經出門去醫院看病人了。

他開口問道：「他們已經鏟過那條路了嗎？那條巷子呢？」

我說大路和小巷都鏟過雪了，清理完畢了。他只要透過窗戶，就能看到小巷已經鏟過雪。我拿開水壺裝了水開始燒，問他出去前要不要再來杯咖啡。

「好啊。」他說。「只要他們鏟過雪，我就能出門。」

「這天氣真是的。」我說。

「如果不必自己剷雪的話就還好。」

我泡了兩杯即溶咖啡放在桌上，面向窗戶坐下來，對著照進來的光。他坐在桌子的一端，調整了椅子的位置，讓光照在他的背後。我看不見他臉上的表情，但他的呼吸聲一如往常陪伴著我。

我開始對我爸爸講自己的事，我本來完全沒有打算要講的。我本來是想說，我要離開了，我一開口，話語開始從中流洩，聽來有同等的沮喪與滿足，就像人喝醉時聽見自己滔滔不絕那樣。

「你一直都不知道，我生了個寶寶。」我說。「七月十七日生的，在渥太華。我一直在想這件事多諷刺。」

我告訴他，寶寶一出生就立刻被收養了，我不知道是男是女。我叫他們不要告訴我，也不要抱來讓我看。

「我那時和喬希住在一起。」我說。「你記得我提過我的朋友喬希吧。她現在在英國，但當時她一個人住在她爸媽的房子裡。她爸媽被調派到南非了。真是天上掉下來的好運。」

我告訴他寶寶的爸爸是誰，我說過是你，免得他疑神疑鬼。既然你我已經訂婚了，而且是正式訂婚，我一直以為我們接下來只需要結婚就好了。

但你和我想的不一樣。你說我們必須找位醫生，一位願意幫我墮胎的醫生。

他這次沒有開口提醒我，在他的房子裡永遠不要提到那個字眼。

我告訴他，你說我們不能就這樣結婚，因為任何人都能算得出來，婚禮之前我就懷孕了。絕對要確定我肚子裡的孩子沒了，我們才能結婚。

否則，你就會丟了神學院的飯碗。

他們可能會把你帶到校務委員會去，由校委會來判定你的品行是否合格，適不適任教導年輕牧師。你可能會被校委會判定品行不端。即使這種情況沒發生，你沒有失去工作，只是遭到申誡；甚至可能連申誡都沒有，你也永遠沒辦法升職，這會在履歷上留下汙點。即使沒人對你說什麼，也肯定私下對你**有所評判**，你受不了這種壓力。新生會從學長那裡聽到你的事情，你的笑話會被傳得滿天飛。你的同事有了鄙視你的機會，或許也有能了解你的人，但這同樣令人難以承受。你將會成為被私底下（或半公開）鄙視的對象，顏面掃地。

肯定不會這樣的，我說。

喔，會的。永遠不要低估人類靈魂中的卑劣。而且這對我來說，也是同等毀滅的。年長的教授們都被太太管得死死的，她們永遠不會放過我。即使是在她們對我親切的時候——**尤其**是在她們對我親切的時候。

不過我們可以打包離開這裡，去別的地方吧，找個沒有人知道的地方。我說。

他們會知道的。總會有人愛說八卦，還會搞得無人不知，無人不曉。

除此之外，這代表著你又得從基層開始做起，你不得不從低薪開始領，少得可憐的薪水，這種情況下我們要怎麼多養一個寶寶？

我大吃一驚，因為這些爭執和我所愛的人的想法，似乎相互矛盾。我們讀過的書、看過的電影，以及談論過的事情——我問，這些對你而言難道毫無意義嗎？你說當然有意義，但生活就是這樣。我問，你是不是無法忍受別人嘲笑，在一群教授太太面前只能屈服。

你說，不是那樣，事情完全不是那樣。

我拔下訂婚鑽戒往旁邊一扔，戒指滾到一輛停著的車子底下。我們吵架的時候，正走在我住處附近的街上，那時是冬天，就像現在一樣。一月或二月吧。但是我們之間的爭鬥拖得沒完沒了，我本該向朋友打聽墮胎的消息，因為朋友的朋友據傳墮胎過。我屈服了。我說我會去做。你深怕消息走漏，連幫我打聽一下都不願意冒險。但後來我騙了你，我說醫生搬走了，然後我又承認對你說了謊。我說我做不到。

但那是因為寶寶嗎？從來就不是。原因是我在與你的爭吵中，相信自己是對的。

我鄙視那一切。當我看見你匆匆忙忙鑽進停在那裡的車輛底下，你臀部旁的大衣下擺被風吹動的樣子。我鄙視你為了找那枚戒指在雪地上拚命挖，終於找到時，你如釋重負。你當時準備要抱我，笑我，以為我也會同樣鬆了一口氣，我們馬上就能和好如初。我告訴你，你一生中永遠做不出任何令人欽佩的事。

偽君子。愛哭包。哲學老師。

結局並非如此，因為我們確實和好了。但我們並未原諒彼此，誰也沒採取行動。為時已晚，我們眼見彼此為了堅持自己是對的，已經投注了太多，所以我們放開了手，這對彼此都是種解脫。是的，那時我確信這對我倆而言是種解脫，也是種勝利。

「這不是很諷刺嗎？」我對我爸爸說。「想想這整件事？」

我聽見巴利太太在外面重重跺腳，把靴子上的雪抖掉，所以我匆匆忙忙說完這句話。我爸爸一直僵硬地坐在那裡，我以為他是尷尬，也可能是極度厭惡。

巴利太太邊開門邊說：「應該拿把掃帚出去——」緊接著尖叫出聲：「妳在那裡坐著幹麼？妳這人是怎麼了？妳看不出妳爸已經死了嗎？」

他沒死。實際上他正如往常一樣呼吸得很大聲，甚至可能比平常還吵。她即使面對著強光，也能看得出我爸爸中風了，癱瘓失明。而我本來應該要能察覺的，但我在講自己的故事時，一直避開眼睛不看他。他微微前傾地坐著，圓滾滾的肚子抵著桌緣。我們試著想把他從椅子上拉起來，結果只是讓他的身體猛然一震，頭往桌上一倒，巍然的身軀不願勉強移動。他的帽子仍然戴在頭上，咖啡杯還在距離他那失去視力的眼睛數吋之處，杯子仍是半滿的。

我說我們沒辦法的，他太重了。我走到電話旁打給醫院，請醫生開車來看一下。這個鎮上還沒有救護車。B太太完全沒在聽我說話，繼續拉扯我爸爸的衣服，解開他衣上的鈕釦，扯下他的長大衣，用盡全力一邊低吼一邊嗚咽。我跑到門外的巷子，不關門，又跑回來拿了一把掃帚，放到門外。我走過去，將手放在B太太的手臂上，說：「妳不能……」（總之是這一類的話）。她瞪了我一眼，那眼神完全就是正在嘔吐的貓。

醫生來了，他和我一起把我爸爸拉出去，搬到車上，讓他坐在後座。我也坐在他旁邊好扶著他，免得他倒下去。他的呼吸聲比以往更加盛氣凌人，彷彿正在批評我們所做的每一件事。但事實上你現在完全可以掌控他，把他推來推去，他的身體已經任我們擺佈，這實在詭異到了極點。

B太太一見到醫生來了就往後退，安靜下來。她甚至沒有跟著我們一起出門，看我們把我爸爸搬上車。

他今天下午就去世了，大概五點左右。有人告訴我，這對我們所有人來說都很幸運。

巴利太太進門的時候，我還有好多話想說。我本來要對我爸爸說，如果哪天法律改了呢？我本想說，法律可能很快就會變更，可能不會，但總是有這個可能。那樣的話他的生意就無法繼續做了，或者有部分的生意就沒了。這對他來說會有什麼很大的影響嗎？

我能期待他回答什麼？

要說到生意，那跟妳沒有關係。

或者他會說，我還是能繼續賺錢啊。

不，我會說，我不是指錢的事，我指的是你冒的那些風險。你必須保密。權力的事。改變法律，改變人的行為，改變人的本質？

還是他會去冒其他的險，製造生活上的另一個難處，另一個見不得人又難以應付的善行？

倘若法律能夠改變，那麼其他事情也能隨之變化。我現在想著你，想知道如果你不會因為娶了懷孕的女人而羞愧，那會是怎樣的情狀。對此無需感到羞愧，時間往前推進幾年，只需幾年的時間，這種事就可能是喜事。人們為懷孕的新娘戴上花冠，帶她到聖壇前，甚至可能在神學院的小教堂裡成婚。

不過，如果這一切都成真了，可能還是會有其他的事令我們羞愧、恐懼，還是會有其他需要規避的錯誤。

那我呢？我總是必須找到一個趾高氣揚的理由嗎？道德的況味，自我超越，堅持正義，這些都能讓我的喪失成為可炫耀的理由。

改變這個人。我們都說，希望這個人能改變。

變更這種法律，改變這個人。然而，我們並不希望一切（完整的一切）都由外在擺佈。我們不希望自己的本質、自己擁有的一切，都是以那種方式編造出來的。

我說的「我們」究竟指的是誰？

R，我爸爸的律師說：「這很不尋常。」我了解這個字對他而言說得很重，已能充分表達他的意思。

我爸爸銀行帳戶裡的錢還夠辦他的喪儀，套句一般人說的話，夠把他埋了。（不是律師說的——他不會說這種話。）但付完之後也將近告罄。他保險箱裡沒有股份證明，也沒有投資紀錄，什麼也沒有。沒有留遺產給醫院、他的教會，沒有留給高中當獎學金。最令人震驚的是，他沒留半點錢給巴利太太。這棟房子和房子裡的一切都屬於我。這就是全部了。我獲得了五千元。

律師看起來很尷尬，尷尬到了難受的地步，也很擔憂事情演變成這樣。或許他以為，我可能正懷疑他做了什麼手腳，想抹黑他。他想知道我家房子裡（我父親的房子裡）有沒有保險箱，有沒有任何可以藏匿大量現金的地方。我說沒有。他試著向我暗示（很謹慎又迂迴，迂迴到我一開始不知道他在說什麼），我爸爸隱匿他的收入，可能有什麼原因。因此，他有可能把一大筆現金藏在某個地方。

我告訴律師，我並沒有非常擔心錢的事。

這說的是什麼話啊。他聽了幾乎無法正眼直視我。

「也許妳可以回家好好找一下。」他說。「不要忽略那些很明顯的地方，可能會藏在餅乾罐裡。或者，床底下的盒子裡。有時候人就是會選一些很意外的地方，即使是最理智、最聰明的人，也可能會這麼做。

「或是在枕頭套裡面。」我走出律師辦公室門時他這麼說。

＊＊＊

有個女人打電話來，想要和醫生說話。

「我很抱歉，他去世了。」

「我要找史特拉昌醫生。這是他的號碼嗎？」

「是的，但很抱歉，他已經過世了。」

「那有沒有人——他有沒有一起開業的醫生，我可以和他談談？那裡還有別人嗎？」

「沒有，他沒有合夥人。」

「妳能不能給我其他醫生的電話？難道沒有其他的醫生可以——」

「沒有，我沒有其他號碼可以給妳。我沒認識其他的人。」

「妳一定知道我為什麼打來，這非常重要，是很特殊的情況——」

「我很抱歉。」

「錢不是問題。」

「我沒辦法。」

「拜託幫我想想看有沒有誰可以幫忙。如果妳後來想到了，妳可以打給我嗎？我把我的電話留給妳。」

「妳不應該把電話留給別人的。」

「我不管，我相信妳。反正這不是為了我自己。我知道每個人都會這麼說，但真的不是。是為了我女兒，她狀況非常糟糕。她精神狀況非常糟。」

「我很抱歉。」

「如果妳知道我為了拿到這個號碼有多辛苦，妳一定會幫我的。」

「我很抱歉。」

「拜託了。」

「我很抱歉。」

＊　＊　＊

瑪德琳是他最後一位特殊病人，我在告別式看到她。她沒去肯諾拉，或者是去而復返。起初我沒認出她，因為她戴著一頂平插著羽毛的寬邊黑帽。帽子一定是借來的——她不習慣那根垂在眼前的羽毛。前來致意的賓客在教堂的接待處排隊，她排在隊伍中向我說話。我對她說的，和我對每位賓客說的話一樣。

「感謝妳過來。」

然後我意識到她對我說了很奇怪的話。

「我想妳一定愛吃甜食。」

「也許他不是每次都收費。」我對律師說。「或許有時候他不收錢。有些人這樣做是為了做慈善。」

律師現在已經習慣與我相處了。他說：「可能吧。」

「或者他可能是真的在做善事。不會留下任何紀錄的慈善事業。」我說。

律師注視著我的雙眼片刻。

「做善事啊。」他說道。

「嗯，我還沒有把地下室的地板挖起來。」我說。他對我的輕浮報以皺眉的苦笑。

巴利太太沒向我提出辭呈，她就是沒再來了。因為告別式在教堂舉行，之後的餐會也是在教堂大廳，沒什麼別的事可以給她做。她沒來參加告別式，她家人也沒來。那天太多人來了，如果沒人告訴我：「我沒看到巴利家有任何人來，妳呢？」我也不會注意到這件事。

告別式後幾天，我打了電話給她。她說：「我感冒很嚴重，所以沒去教堂。」

我說，我打電話來不是為了這個。我說我能把自己的生活顧得很好，但不知道她將來打算怎麼辦。

「喔，我想我現在也沒必要回去了吧。」

我說她應該來一趟，拿點房子裡的東西紀念。此時我已經知道我爸爸對錢的安排，我是想告訴她，我對此感到很難過。但是我不知道怎麼對她開口。

她說：「我是有些東西留在那裡，等我可以出門的時候再說吧。」

她隔天早上出門了，來拿拖把、水桶、刷子和洗衣籃。很難相信她會在意要把這些用品拿回去，也很難相信她是出於情感因素才想拿回去，但或許她就會這麼做。這些物品她已經用了好幾年——她在這棟房子裡度過了好幾年的歲月，她在這裡耗費的時光，比在自己家裡還多。

「還想拿點其他的嗎？」我問。「可以留作紀念？」

她環顧廚房，咬著下脣，可能是在抿住笑容。

「我想這裡應該沒有我能用的東西了。」她說。

我已經準備好一張要給她的支票，只差填寫金額。五千元裡面要分多少給她，我始終無法決定。一千？我想的是這個數字。現在看起來真是丟臉，最好加倍才對。

我拿出藏在抽屜裡的支票，又拿出一支筆，寫上四千元。

「這是給妳的。」我說。「謝謝妳所做的一切。」

她拿起支票，瞥了一眼，就塞進口袋裡去了。我以為她可能沒看清楚金額，然後，我看見她面色黯淡了下來，一陣尷尬的情緒湧上，一個「謝」字始終說不出口。

她成功用她沒受傷的那隻手臂拿起要帶走的所有物品。我為她開門。我是如此焦急，渴望她多說點什麼，幾乎要脫口而出：「對不起，只有這麼多。」

但我改口：「妳的手肘還沒好嗎？」

「永遠不會好了。」她回道，低下頭，像是害怕我再親她一次。她說：「好了很謝謝再見。」

我看著她向車子走去，我原本以為是她姪媳載她來的。

但這輛車並不是她姪媳常開的那輛。我腦中閃過一個念頭，她可能找到新老闆了。手臂好不好也沒差，總之是個有錢的新老闆。這說明了她為什麼匆匆忙忙，行為怪異，態度尷尬。

結果，是她姪媳下車幫忙搬東西。我向她揮手，但她忙著把拖把和桶子放上車。

「好漂亮的車。」我大喊。我認為這麼稱讚，她們兩人應該都會很高興。我不知車款，總之是輛閃亮亮的新車，又大又華麗，銀灰帶著淡紫色。

她姪媳喊道：「是啊！」巴利太太則低下頭致意。

我身上還穿著家居服，在屋外冷到不停發抖，但渴望道歉的感覺、困惑感驅使著我，所以我還是站在那裡朝著車子揮手，直到看不見車為止。

在那之後我靜不下來，什麼事也做不了。我泡了杯咖啡，坐在廚房裡。我從抽屜裡拿出瑪德琳給的巧克力，吃了幾顆。儘管我愛吃甜食，但巧克力內包著化學染色的橘色和黃色夾心，我實在不太喜歡。如果我當時有好好向她道謝就好了，只是現在也辦不到——我甚至連她的姓都不知道。

我決定出去滑雪。我們家這塊地後面有幾個採礫場，我想我之前跟你說過。我穿上老舊的木製滑雪板。以前冬天要是後面的路沒剷雪，我爸爸就會穿上這雙滑雪板，大概他得滑過田野去接生，或是去割闌尾。滑雪板上只有交叉扣帶能固定雙腳的位置。

我一路滑雪到採礫場，那裡的坡道多年來已經長了層草皮，現在又額外覆上了一層雪。雪上有狗的足印，鳥的腳印，還有田鼠迅速奔跑時留下的模糊圈印，但就是沒有人類的蹤跡。我滑上滑下，滑上滑下，一開始還謹慎地選擇滑對角線，後來就去滑更陡峭的下坡。我雖然時不時會滑倒，但雪才剛下，雪量又充足，這樣摔還算輕鬆。在摔倒和重新站起的那一瞬間，我想通了一件事。

我知道錢去哪了。

或許是做善事。

好漂亮的車。

還有五千元中的四千元。

從那一刻開始，我始終很快樂。

我感覺像是看到錢從橋上往下丟，或高高往空中撒落。錢、希望、情書——凡此種種，皆可以隨意拋向空中，待到降落時已是一種全新的面貌，輕飄飄地，意義全無。

我無法想像我爸爸會屈服於勒索這種事，尤其不會對不太能相信或不太聰明的人屈服。當整個鎮似乎都站在他這邊，或至少站在沉默的一邊時，他不會屈服。

儘管如此，我卻能想像他這般有違常理的大動作。為了先發制人，或者只是為了表現出他不在乎。他期待律師震驚的神色，並且期待我為了理解他而加倍努力找尋線索，只是他已經去世了。不對。我不認為他會這麼想。我不認為他有這麼常想到我。就算這是我願意相信的版本，真相也應不是如此。

我一直迴避的是，他這麼做可能是為了愛。

那就這麼說吧，為了愛。永遠不要排除這個可能。

我從採礫場爬出來，一走到田野就被風吹襲。風挾帶著雪，吹過狗的腳印，吹過田鼠隱約留下的連串圈印，吹過我爸爸滑雪板滑過的軌跡，這很可能是他滑過的最後一條痕跡了。

親愛的Ｒ，羅賓——我該對你說的最後一句話是什麼？

再見，祝你好運。

送上我的愛。

（如果真的有人這麼做——透過郵件寄出自己的愛，也一併擺脫這份愛？那他們會送什麼出去？一盒夾心像火雞蛋黃的巧克力？一個雙眼空洞的泥娃娃？一堆只比腐爛時好聞一點點的玫瑰？一個用血淋淋報紙包裝的包裹，沒人敢拆？）

照顧好自己。

記住——當今法國國王是禿頭。

我母親的夢

夜晚（或者說，在她睡著的時候）下了一場大雪。

我媽媽從一個大拱形窗戶往外看，就像在大宅院或老式公共建築物中會看到的那種。她俯瞰著草坪、灌木叢、樹籬、花園、樹木，所有的一切都被大雪覆蓋，雪落成堆，積成團，沒有被風吹平或動搖分毫。此時的白雪並不像在陽光下那樣刺眼，此時的白，是黎明前無雲晴空下的白。眾物靜寂，彷彿〈伯利恆小鎮〉那首歌中描述的樣子，只是此時星星已經消失了。

然而，事情有點不對勁。這幕景色有誤。這時是夏季，所有的樹木、灌木和植物的葉片全都很完整。樹下有幾塊草地，因為上頭有樹蔭擋住雪落，依然鮮綠。幸好是夏天，雪下了一晚就停了，落在這片綠意盎然之上。季節的轉變無法解釋，出乎意料。而且，每個人都已經離開了（儘管她想不起「每個人」是誰），我媽媽獨自一人住在這高大寬敞的房子裡，被這裡精心布置的樹叢和花園環繞。

她以為，不管之前發生了什麼事，不久之後就會有人來告訴她了。然而，卻沒有半個人來。電話沒有響，花園大門的門閂沒有被誰拉開，她聽不到任何車聲，她甚至不知道街道在哪裡（如果她人在鄉下，就必須說「馬路」）。她必須離開那棟屋子，因為裡頭的空氣非常悶熱沉重。

她走到屋外後就想起來了。她記得在下雪之前，自己曾把嬰兒留在外面某個地方。而且是下雪前好一陣子。這段記憶，這種確定，帶著恐懼湧上心頭。彷彿她正從夢中醒來。在她的夢中，她又從夢中醒來，理解了自己的責任與錯誤為何。她把自己的孩子留在外面一整夜，完全忘了這回事。彷彿嬰兒是她已經厭倦的洋娃娃，留在外頭任憑風吹雨打，日晒雨淋。而且也許不是昨晚，或許她已經把嬰兒留在外面一週，或一個月，或一季，甚至是好幾個春夏秋冬。她早已心思不定。她甚至可能離開這裡出外旅行，剛剛才回來，卻忘了自己是回到什麼地方。

她四處走動，看看樹籬和寬葉植物下方，她已預見嬰兒將會縮成一團，已然逝去，蜷縮的身軀轉為褐色，頭部像顆堅果，再也毫無聲息的小臉蛋上將會露出某種神情，不是痛苦，而是哀傷，蒼老而百般隱忍的悲痛。那神情中並無任何一絲責怪的意味，怪她，她的母親——只有隱忍的面容，無助地等待拯救者來臨，或是等待註定的宿命。

我媽媽的悲傷，是嬰兒悲傷地等待了那麼久，而且她不知道嬰兒正在等著她。她是嬰兒唯一的希望，她卻忘得乾乾淨淨。初生的嬰兒是那麼小，連轉身避開雪都沒辦法。她悲傷到難以呼吸，心裡再也容不下其他事物，除了意識到她所做的事情之外，容不下任何事物。

如此一來，她發現她的孩子就躺在嬰兒床上，真是逃過一劫。嬰兒趴著，頭轉向一側，皮膚淨白柔嫩如雪花蓮，頭上的軟毛微紅如晨曦。那紅髮就像她自己的，長在她孩子頭上，安全無誤，不可能錯認。她獲得了原諒，喜悅非常。

雪，綠蔭濃密的花園，奇異的房屋，都已退去。唯一殘存的白，是嬰兒床上的毛毯。輕柔的白色羊毛嬰兒毯，鬆散地蓋在嬰兒的下半身。天氣炎熱，是真真正正的暑熱，嬰兒只穿了一件尿布和塑膠小褲，以免尿溼床單。塑膠小褲子上有蝴蝶的圖案。

我媽媽無疑還在想著大雪，與通常隨之而來的寒冷。她將毯子拉起，蓋住嬰兒赤裸的背部與肩膀，還有長著紅色汗毛的頭。

這件事發生在現實世界時是清晨時分，一九四五年七月的世間。早上餵當天第一次奶總是吃力不討好，任何一個早晨皆是如此，嬰兒還熟睡著，儘管媽媽雙腳站著、睜著眼，但她的腦袋依然深陷在睡眠之中，疑惑著到底該不該餵。嬰兒和媽媽經過一場漫長的爭鬥後皆已筋疲力盡，此刻甚至連媽媽也忘了這點。母嬰二人腦中的某些線路被關閉了，最是堅定不移的寂靜籠罩住了她倆的腦部。媽媽——我的媽媽——完全沒意識到每時每刻逐漸增加的日光，她站在那裡，全然不明白太陽正冉冉上升。對於昨天發生的事，或半夜發生的事，她都毫無記憶，這讓她悚然一驚。她將毛毯拉過嬰兒的頭，蓋住嬰兒溫和、滿足、熟睡的側臉。她輕輕地走回自己的房間，倒在床上，再一次地，立時失去知覺。

事件發生的房子，與夢中的房子完全不同。這是棟一樓半的白色木造房屋，狹小卻體面，有個緊臨人行道幾呎的門廊。餐廳裡有扇廣角窗，可以看到外頭有個樹籬圍成的小庭院。這棟房子位於小鎮的偏僻街道，對於外人而言，這個小鎮與其他小鎮沒什麼不同，因為在休倫湖周遭十到十五英里一帶，總能找到很多相似的小鎮（這附近曾是人口稠密的農田）。我爸爸和他兩個姊姊在這間房子裡長大，我媽媽搬過去和她們一起住時，我兩個姑姑和奶奶仍然住在這裡（我也一起搬過去了，在我媽媽的肚子裡成長茁壯，充滿活力）。我爸爸戰死後我們才搬的，那時二戰的歐洲戰事再過幾週就要結束了。

我媽媽（名字是吉兒）站在餐廳的飯桌旁。傍晚時分，滿室明亮的陽光。這棟房子滿是在教堂參加完告別式後，受邀回來聚餐的人。他們正喝著茶或咖啡，設法用手指托起精緻小巧的三明治、香蕉蛋糕片、果仁麵包和磅蛋糕。卡士達塔或葡萄乾塔，這種派皮易碎的點心應該盛在小瓷盤上（上頭還有吉兒的婆婆當年出嫁時，親手繪製的紫羅蘭圖案），用甜點叉子食用。吉兒卻什麼都用手指捏起來吃，酥皮屑飄落在地上，葡萄乾掉了下來，她還把手上黏著的食物碎屑抹在綠色天鵝絨洋裝上。這件洋裝今天穿太熱了，而且根本不是孕婦裝，而是某種寬鬆的長袍，專門在她演奏小提琴時的正式場合穿的禮服。因為她懷著我，所以禮服前面的下擺縮了上去。不過這是她唯一擁有的、尺寸夠大、足夠正式的衣服，可以讓她穿去參加丈夫的告別式。

她為什麼老是在吃東西呢？賓客們不禁注意到這件事。「一人吃兩人補囉。」艾爾莎對著一群賓客說，這樣無論他們怎麼議論（或者不議論）她弟媳，她都不會下不了臺，顏面掃地。

吉兒一整天都想吐，直到突然在教堂裡想到那臺管風琴實在糟糕透頂，才忽然間意識到自己餓得像隻狼。歌唱〈英勇之心〉之時，她一直想滴著肉汁的肥美漢堡，上頭淋著融化的美乃滋。

現在她正想找到某種核桃、葡萄乾與黑糖混合的食物，甜到牙齒酸軟的椰子糖霜，或吃一口暖到心裡的香蕉蛋糕，或一團卡士達，是否也會像漢堡那麼令人愉悅。當然，沒有什麼食物可以取代漢堡。但她仍繼續想像。當她真實的飢餓被滿足之後，她想像中的飢餓仍未止息，累積成了惱怒躁動，她幾乎恐慌起來了。她頻頻將食物塞進嘴裡，卻無法嘗到任何味道。她無法描述這種煩躁惱怒，只好說，她感覺有點毛毛的，情緒緊繃。窗外，濃密多刺的小檗籬在陽光下起伏；天鵝絨連身裙緊黏在微溼腋窩的感覺；一撮與葡萄乾塔上的葡萄乾同顏色的，鬈髮上的小花束，盤踞在她大姑艾爾莎的頭上；甚至連瓷盤上的紫羅蘭看起來都像可以摳掉的痂。這一切對她而言顯得格外可怕又沉重，儘管她知道這一切事物再平常不過。這一切似乎帶著她意想不到的新生活的訊息。

為什麼說意想不到？那時她已經知道我的存在，她也知道喬治．柯肯未來可能遇難。畢竟他是空軍。（而今天下午，柯肯家滿屋子都是客人，眾人背著她這位遺孀，告訴她的兩位大姑——就知道，他是一去不回的那種人。他們的意思是，因為他儀表堂堂，精神飽滿，是家族的榮耀，全家都把希望寄託在他身上。）她對這點心知肚明，卻還是繼續過她平凡的日子，在黑暗的冬日早晨拖著她的小提琴上電車，乘著車到音樂學院，在骯髒的房間裡獨自練習數小時，其他人聲樂音川流而過，她卻始終獨自一人，只有吵雜的暖氣聲陪伴著她。她的雙手皮膚起初因寒冷而泛紅，接著在室內乾燥的暖氣中烘得乾枯。她仍繼續住在租來的房間裡，窗戶無法密合，夏天有蒼蠅飛入，冬天雪花飄落窗臺。她身體沒不舒服的時候，就幻想香腸、肉派、大塊黑巧克力。音樂學院裡的人對她懷孕一事都格外謹慎，彷彿她懷的是顆腫瘤。反正要到懷孕後期她的肚子才會開始明顯變大，她這種骨盆寬、高個的女生，懷第一胎時通常不太明顯。即使我在她肚子裡翻筋斗，她仍然在外頭公開演奏。那時她的身形已經變得寬厚，濃密的長長紅髮披在肩上，臉龐寬闊，精神煥發，表情充滿不苟言笑的專注，她在畢生最重要的演奏會上獨奏。孟德爾頌的小提琴協奏曲。

她還是有在關注世事——她知道戰爭即將結束，她認為我出生後不久，喬治也許就會回來了，也知道自己無法繼續留在這個小房間裡——她必須與他一起找別的地方住。而她知道我將會加入這個家庭，但她認為我的誕生是某種結束，而不是開始。這代表著我不會再一直踢她側腹某個始終疼痛的點，還有她起身時下體不會再因血液瞬間湧入而疼痛（彷彿她那裡被敷上一片灼熱的膏藥）。她的乳頭再也不會腫大變黑，凹凸不平，她也不必每個早晨起床前在腿上纏繃帶，包裹住腫脹的靜脈，也不必每隔半小時就小便一次，雙腳也會恢復正常尺寸，穿回孕前常穿的鞋子。她認為我一旦出生，就不會再給她帶來太多麻煩。

她知道喬治再也不會回來後，考慮過暫時和我一起繼續住在那個小房間裡。她買了本育兒書，也買了我需要的基本用品。那棟樓房裡有位老太太，可以在她練琴時照顧我。她可以去申請軍人遺孀撫卹金，而且再六個月她就能從音樂學院畢業了。

結果艾爾莎坐火車下來接她。艾爾莎說：「我們不能讓妳一個人困在這裡，哪裡也去不了。大家都覺得奇怪，喬治出國的時候，妳為什麼沒搬過來。現在該是妳來的時候了。」

「我家是瘋人院。」喬治告訴吉兒。「艾歐娜緊張兮兮的。艾爾莎應該當士官長。我媽則是老糊塗。」

他還說：「艾爾莎很聰明，但我爸爸過世後，她沒辦法繼續上學，只好到郵局工作。我遺傳到外表，可憐的老艾歐娜什麼也沒遺傳到，只有爛皮膚和很差的神經。」

他們一家人來多倫多送喬治出國時，吉兒第一次見到他的兩個姊姊。婚禮在兩週前舉行，她們沒來參加。婚禮上除了喬治、吉兒、牧師和牧師太太，還有被找來當第二見證人的鄰居，再來就沒有別人了。我當然也在那裡，在吉兒肚子裡待得好好的，但我並不是他們結婚的理由。那時沒人知道我的存在。禮成後，喬治堅持要和吉兒去快照亭拍幾張正經八百的結婚照，他興致一來就沒完沒了。「這樣就可以搞定她們了。」他看著照片說。吉兒心想，是不是有什麼特別的人需要他去搞定？艾爾莎嗎？還有那些漂亮女孩，可愛活潑、追著他不放、寫多情肉麻的情書、織菱格紋襪給他的女孩？他有機會就會穿那些襪子，把收到的禮物放進口袋，還會在酒吧裡大聲念出情書，當成笑話。

婚禮前，吉兒一口早餐也沒吃。婚禮進行時，她滿腦子都想著圓鬆餅和培根。

這兩個姊姊的長相比她預期中還普通，不過喬治說他遺傳到外表，確實是真的。他留著一頭柔順的黑金相間髮絲，眼中閃耀著欣喜的光芒，五官輪廓分明，令人妒羨。唯一缺點是身高不高，只到能夠正視吉兒的高度，也剛好是空軍飛行員要求身高的標準。

「他們不想要高個子的飛行員。」他說。「我就在這點上打敗他們啦，那些混蛋瘦竹竿。很多演電影的其實都很矮，拍吻戲時還要站在箱子上。」

（看電影時，喬治有時會很愛鬧，他看到吻戲或許還會發出噓聲。現實生活中他對接吻也沒多大興趣。他會說，我們直接來吧。）

兩個姊姊也很矮，名字都是蘇格蘭的地名，他們家道中落之前，父母曾去那幾個地方度蜜月。艾爾莎比喬治大十二歲，艾歐娜比喬治大九歲。在聯合車站的人潮中，她們看起來矮矮胖胖又一頭霧水。兩人都穿戴著新帽子和套裝，彷彿她們才是新婚的人。而且兩人都心煩意亂，因為艾歐娜把她那雙高級手套忘在火車上。艾歐娜皮膚不好是真的，不過目前她臉上並沒有長痘，或許是容易長痘的時期已經過去了。她的皮膚凹凸不平，舊疤痕還在，在粉紅色蜜粉下顯得髒髒的。從她帽簷溜出的小鬈髮垂下來，她淚眼汪汪，也許是艾爾莎罵了她幾句，也或者是弟弟要上戰場了。艾爾莎的頭髮燙成緊密的小鬈髮，帽子頂在頭上。她有著一雙精明的淡色雙眼，藏在鏡框閃閃發亮的眼鏡後方，臉頰圓潤而粉紅，下巴上有道深窩。姊妹倆的體態很一致——高挺的胸部，纖細的腰身，寬闊的臀部。但在艾歐娜身上，這樣的身材看起來像是生錯了，她只能彎肩拱背、交叉雙臂、雙手抱胸來掩飾。艾爾莎對於自己的曲線倒是很有自信，但也不會刻意穿著暴露，彷彿她是某種堅固的陶瓷人偶。兩人的髮色都是喬治那種黑金相間的色調，卻沒有他那種耀眼的光澤，似乎也沒有他的幽默感。

「好了，我走了。」喬治說道。「我要去帕森達勒戰場，死得像個英雄。」艾歐娜立刻說：「噢，不要這麼說，不要說這種話。」艾爾莎覆盆子色的嘴脣抽了一抽。

「我看到那邊有失物招領的牌子。」她說。「但我不知道那是指在車站丟掉的東西，還是他們在火車上找到的東西？帕森達勒是一戰時的事。」

「是嗎？妳確定嗎？所以我來晚了？」喬治說著，故意以手搥胸。

幾個月後，他在愛爾蘭海上空的飛行訓練中燒成烈焰。

艾爾莎總是笑著。她說道：「嗯，當然了，我是很光榮。我的確是。但失去親人的不是只有我，他只是盡了本分。」有些人覺得她態度這麼雲淡風輕，有點令人震驚。但有些人卻說：「可憐的艾爾莎。」多年來她的時間心力都放在喬治身上，努力省吃儉用供他上法學院，結果他卻無視她這一番苦心——他自願從軍，就這麼離去，最後一命嗚呼。他就是等不了。

他兩個姊姊為了他，犧牲自己的學業，連矯正牙齒也犧牲了。艾歐娜確實進了護理學校，但後見之明是把牙齒弄得整齊對她更有好處。現在她和艾爾莎最終擁有的就是位英雄，眾人公認的——英雄。如今的年輕人認為家裡出了個英雄很了不起，此時此刻榮光永在，將是艾爾莎和艾歐娜一生的榮耀。〈英勇之心〉的樂聲將永遠在她們的周圍縈繞不去。還記得前一場大戰的老一輩人則心知肚明，她們最終只會得到一個刻在陣亡將士紀念碑上的名字，因為撫卹金是給那位遺孀的，那個不停餵臉吃東西的女孩。

艾爾莎手忙腳亂，緊張不安，部分原因是她連續兩個晚上都在打掃，缺乏睡眠。並不是說這棟房子之前不夠乾淨、不夠體面，儘管如此，她仍覺得有必要清洗每一個碗盤、每一只鍋子、每一個裝飾品，擦拭每張照片和每個畫框上的玻璃，拉出冰箱並刷洗背後那塊地板，洗過地下室的階梯，垃圾桶裡要倒進漂白水。餐桌上方天花板的燈飾必須拆開，將上面的每一個零件都浸泡在肥皂水中，洗淨，擦乾，再重新組裝。艾爾莎白天在郵局工作，所以要等晚餐後才能開始忙這些。她現在是郵局局長，本可以讓自己放一天假，但艾爾莎就是艾爾莎，永遠不會放假。

現在的她，臉龐在化好的妝之下發燙，深藍色蕾絲領洋裝之下的身體躁動不安，她靜不下來。她在餐盤裡重新裝滿吃食遞給大家，暗自懊惱客人的茶可能已經涼掉了，匆匆忙忙又去泡一壺新的。她滿心記掛著客人是否舒適，關心他們的風溼或小病小痛，即使自己失去了弟弟，臉上還是掛著微笑，一再重申她的遭遇很常見，她不能抱怨，大家都是一條船上的人，也一再重複喬治不希望朋友為他悲傷，應該感激眾人齊心協力終結戰事。她說這些話時都高聲強調，斥責中帶著愉快，是大家在郵局裡聽慣了的語氣。客人反而因此猶豫不安了起來，擔心自己可能說錯話了，就像在郵局，職員嫌自己的筆跡不夠清楚，或是包裹包得太馬虎。

艾爾莎知道自己的聲音太高，笑得太多，還老是倒茶給說不用了的人。她在廚房暖壺的時候說：「我不知道自己怎麼了，我好緊張。」

這句話她是對著山茲醫師說的。他住在她家後院對面。

「很快就過去了。」他說道。「妳想要吃點鎮靜劑嗎？」

他正說著，餐廳的門一打開，他語氣頓時一變，「鎮靜劑」三個字聽起來既堅定又專業。

艾爾莎的聲音也變了，從原本的孤苦無依，轉為果敢堅毅。她說：「喔，不用了，謝謝。我會試著自己過下去。」

艾歐娜的工作本來應該是照顧她倆的母親，確保她不會把茶灑出來（這很有可能，但不是因為笨拙，而是出於健忘），還有，如果她開始抽抽噎噎哭泣，艾歐娜就得帶她離開現場。但事實上，柯肯太太的行為舉止通常都很親切和藹，也比艾爾莎更能讓客人安心自在。每小時裡大約有十五分鐘的時間，她頗為了解狀況（或者看起來是如此），她勇於發表看法，義正詞嚴，說她會永遠懷念自己的兒子，但也很慶幸自己還有兩個女兒：艾爾莎如此幹練可靠，令人驚奇，一如既往；艾歐娜則是心地仁慈。她甚至記得提到她新的兒媳婦，但當她在社交場合上提到大多數同齡婦女不會提及的事情時（更何況又有男人在場），稍微露出了一點自己可能越線的神情。她看著吉兒與我，說：「我們很快就有好事上門了。」

然後她在不同房間裡來回走動，與不同客人問候交談，後來卻完全忘了這回事，只是環顧自己的房子，問道：「我們為什麼會在這裡？這麼多人——我們在慶祝什麼嗎？」過了好一陣子她才了解這一切和喬治有關，問道：「這是喬治的婚禮嗎？」她忘了最新的消息，行為舉止也開始有失分寸。「這不是妳的婚禮，對吧？」她問艾歐娜。「不是，我覺得不是。妳從來沒有交過男朋友，對吧？」她的聲音中流露出一種「面對現實吧，落後的人好自為之囉」的態度。當她注意到吉兒時，她笑了起來。

「這不會是新娘吧？喔——喔，現在我們明白啦。」

但忽然之間她又了解是怎麼回事了，她的記憶來得快也去得快。

「有什麼新消息嗎？」她問道。「喬治的消息？」隨即開始老淚縱橫，艾爾莎就是在怕這個。

「如果她又開始哭鬧，就把她帶出去。」艾爾莎說。

艾歐娜根本沒辦法把母親帶出去——她人生中從來沒有對任何人發威過。幸好山茲醫生的太太一把抓住了老婦人的手臂。

「喬治去世了？」柯肯太太懼怕地問道。山茲太太則回答：「是的，他去世了。但是妳知道嗎，他太太懷孕了。」

柯肯太太倚在她身上，整個人都癱軟了，輕輕問道：「我可以喝茶嗎？」

我媽媽在這個房子裡不管走到哪，似乎都會看到我爸爸的照片。最後一張（也是最正式的一張）照片裡，他穿著軍服。照片就放在飯廳的廣角窗旁，縫紉機蓋的繡花蓋布上。艾歐娜把花放在照片四周，但花被艾爾莎拿走了。她說這樣擺會讓他看起來太像天主教聖徒。樓梯上掛著一張他六歲時的照片，他在人行道上，單膝跪在玩具手推車裡。而吉兒睡覺的房間裡，有一張他站在腳踏車旁的照片，車上掛著《自由報》的報袋。柯肯太太的房間裡有一張他八年級時演出輕歌劇的照片，頭上戴著金色的紙板王冠。他唱歌會走音，沒辦法演主角，不過還是理所當然能演出最佳的綠葉角色，國王。

餐具櫃上方有張相館手工上色的照片，是他三歲時的模樣。身影模糊的金髮小孩，拖著一只破布娃娃的一條腿。艾爾莎考慮將那張照片拿下來，怕大家看了會想哭，但她後來還是把照片留在那裡，才能擋住壁紙上的一塊亮斑。沒有人對這張照片發表意見，除了山茲太太之外。她在這張照片前停下來，說了些之前就說過的話，沒含著淚說，而是帶了點被逗樂的欣賞。

「啊——這就是《小熊維尼》的克里斯多夫．羅賓嘛。」

大家都習慣了不用太注意山茲太太說的話。

喬治在每一張照片裡看起來都如嶄新的硬幣般發亮，他不戴軍帽或王冠的時候，額頭上總是垂著一撮驕陽似的髮。就連他還只是個幼童的時候，他的行為舉止也彷彿很清楚自己是個蹦蹦跳、精靈古怪、可愛迷人的小東西。他從不讓別人落單，總是能逗笑他人，有時笑料的來源是他自己，但通常是笑別人。吉兒回想起自己看他喝酒，酒一杯杯下肚他卻從來不醉，總是忙著讓其他喝醉的人向他坦白心裡的恐懼、支支吾吾不肯說的事、何時失去童貞、腳踏兩條船的事。然後他再把這些事編成笑話，或取個羞辱人的綽號，而當事人也只好假裝樂在其中。他有一群跟在身邊的人，也有一群朋友，這些人會依附他或許是因為恐懼——或單純只是因為大家常形容的，他總是能讓場子熱起來。無論他人在哪裡，都是活動的焦點，他周圍的空氣充滿了冒險與歡樂的氛圍。

吉兒自己是怎麼看待這樣的戀人？她遇見他時才十九歲，之前也沒談過戀愛，沒人大膽表明她是自己的女朋友過。她不懂自己身上哪點吸引了他，而且她看得出來其他人也不懂。她對同齡人來說是個謎，卻是個索然無味的謎。這女孩將整個生活都獻給小提琴，一點其他興趣也沒有。

其實也不盡然如此，她也有依偎在破舊拼布被下，幻想有個戀人的時候，但從來不是像喬治那樣光彩照人又愛搞笑的類型。她想像的是溫暖如熊的大個子，或者是比她年長十歲的傳奇音樂家，在床上很勇猛的那種。歌劇雖然不是她最欣賞的音樂類型，她對愛情的觀念卻頗有歌劇風格。喬治做愛的時候會開玩笑，完事後總會在她的房裡趾高氣揚地走來走去，發出粗魯幼稚的怪聲音。他在床上乾脆俐落的表現只能帶給她些許歡愉（這是她取悅自己時學到的感覺），但確切來說她並不失望。

應該說，她是對情勢發展的速度感到暈眩。當她滿腦子想著要趕上物質與社會現實的變化時，也期望自己能夠感到快樂——感激，而且快樂。喬治猛獻殷勤，她步入婚姻，都像是她生活中燦爛時光的延續。像處在燈光明亮的房間，綻放迷人炫目的華麗光彩。然後爆炸來了，颶風來了，天降橫禍，一切光明的延伸都消失無蹤，炸成碎片，灰飛煙滅，留下她徒守同樣的空間、同樣的選擇。當然，她是失去了某些東西，但並不是她曾真實掌握或理解的事物，只是假想的未來藍圖罷了。

她現在手邊的食物夠她吃了，雙腿久站而發痛。山茲太太站在她旁邊，問道：「妳有見過喬治在這邊的朋友嗎？」

山茲太太指的是待在玄關口自顧自聊天的那群年輕人。有幾個長相好看的女孩、還穿著海軍制服的年輕人，還有一些其他的人。吉兒看著他們，想清楚了一件事——沒有人真心感到難過。艾爾莎或許有吧，但她有自己的理由。沒有人真心為喬治去世感到難過，連那個在教堂裡哭的女孩（而且她看起來還會繼續哭下去）都不算。現在那女孩大可以記得她曾經愛上喬治，並且認為他也（不顧一切地）愛她。她永遠不用害怕他可能以言語或行動證明她錯了。聚集在喬治周圍的人群開始發笑時，沒有人需要猜測他們到底在笑誰，或是喬治對大家說了什麼。再也沒有人需要苦苦跟上他的步調，或是去琢磨怎樣才能討他歡心。

她沒有想到，如果喬治還活著，他可能會變成一個截然不同的人，因為她自己並沒有考慮要成為另一種人。

她回答山茲太太：「沒有。」山茲太太聽到她回得意興闌珊，便說道：「我知道，要認識新朋友很難。尤其是——如果我是妳，我還寧願去躺下休息。」

吉兒幾乎以為她要說的是「我還寧願去喝一杯」，但這裡並沒有供應酒水，只有茶和咖啡。反正吉兒很少喝酒，不過她能聞得出別人呼吸時有沒有酒味，她覺得山茲太太身上就有。

「妳何不去躺一下呢？」山茲太太說。「這種事情真的很辛苦。我會跟艾爾莎說一聲的。去吧。」

山茲太太個子矮，一頭纖細的灰髮，明亮的雙眼，一張滿是皺紋的倒三角臉。每年冬天，她都會獨自去佛羅里達住一個月。她有錢。她和先生住的房子是自己蓋的，就在柯肯家後面，既長且矮，雪白得刺眼，四個屋角彎曲成弧面，有幾個大片的區域以玻璃磚裝飾。山茲醫生比她年輕二十到二十五歲——他身材矮壯厚實，精神飽滿，和藹可親，有著光滑的高額頭，一頭金色鬈髮。

他們沒有孩子，大家都認為她第一段婚姻應該有孩子，但沒人來看她。事情原委是這樣的：山茲醫生是她兒子的朋友，大學放假，兒子帶同學回家玩，同學愛上了朋友的媽媽，她也愛上了兒子的朋友。她離了婚，兩人結婚了，遠走高飛，生活富裕奢華，對往事三緘其口。

吉兒確實聞到了威士忌的氣味。山茲太太無論出席什麼社交場合（如她所說的「沒什麼意思」的社交場合），都會隨身攜帶小酒瓶。喝酒不會讓她捧腹狂笑、胡說八道、故意找麻煩、看到人就抱上去，或許事實是她總是有點微醺，但從未酩酊大醉。她習慣以合理適當、令人放心的方式讓酒精進入身體，如此一來她的腦細胞就永遠不會浸泡到溼透，或乾涸焦渴。他人能判斷的唯一線索就是味道（這個小鎮的鎮民不好酒，許多人認為這氣味源自她必須服用的某種藥物，甚至還說是她必須抹在胸口的某種藥膏）。也許還有她說話時總是慢條斯理，似乎每個字之間都要空一格。她說的事當然是這裡土生土長的女孩不會說的，她會說一些自己的事，說自己偶爾會被誤認為丈夫的媽媽，大多數人發現搞錯時會一陣慌亂，非常尷尬。但是某些女性——可能是某個女服務生，則會惡狠狠瞪著山茲太太，彷彿在說，他怎麼會在妳身上浪費時間？

山茲太太只是對這些人說：「我知道，這不公平。但人生就是不公平，你還是得習慣。」

今天下午，她實在找不到適當的空檔偷啜一口。廚房，甚至是廚房後面狹小的食物儲藏室，都會有女性隨時進進出出，她只能去樓上的浴室，而且不能太常去。快到傍晚時她又去了一次，就在吉兒告退之後不久，她發現浴室的門鎖住了。她想，不如溜進其中一間臥室，正在想哪間是空的，哪間吉兒正躺在裡面，然後就聽到浴室裡傳出吉兒的聲音，說著「等一下」之類的話。只是句很普通的話，語氣卻聽來緊繃不自然，像是受到驚嚇。

山茲太太人在走廊上，迅速吞下一口口水，趁機利用這個緊急的情況。

「吉兒？妳還好嗎？可以讓我進去嗎？」

吉兒雙手撐地，雙膝跪地，試著擦乾浴室地板上的一灘水。她已經在書上讀過「破水」——就像她讀過宮縮、落紅、過渡期、胎盤的知識一樣，但一團溫暖的液體忽然流出，她還是嚇了一跳。她必須用衛生紙擦，因為艾爾莎把所有常用的毛巾都拿走了，換上所謂的客用毛巾，柔軟的刺繡亞麻小手巾。

她緊抓住浴缸的邊緣，把自己拉起來站好。她打開門，此時第一波疼痛席捲而來，她大吃一驚。她沒有經歷丁點輕微的疼痛，沒有預兆、沒有循序漸進的第一階段產程，劇痛就這麼毫不留情地向她襲來，撕心裂肺，痛不欲生。

「慢慢來。」山茲太太說，盡可能撐著她。「告訴我哪一間是妳房間，我們去躺下來。」她們都還沒走到床前，吉兒的手指就深深掐進山茲太太纖細的手臂裡，掐得青一塊、紫一塊。

「噢，這麼快！」山茲太太說。「第一胎就這麼快這麼急。我去叫我先生來。」

就這樣，我就在那間房子裡出生了。如果吉兒原先計算的日子準的話，我大概早產了十天。艾爾莎差點來不及在這屋子充滿吉兒的哀號聲之前將客人們請出去。吉兒完全不敢相信事情會是這樣，整間屋子都是她的放聲尖叫，緊接著是毫無顧忌的呻吟聲。

即使嬰兒在意料之外的時間落地，產婦在家中生產後，那時的人通常還是會把媽媽和嬰兒送去醫院。但那時小鎮上流行某種夏日流感，醫院裡已經滿是嚴重病患，所以山茲醫生決定讓吉兒和我留在家裡比較好。畢竟艾歐娜受過一些護理訓練，可以請兩週假，好照顧我們。

對於與一家人生活，吉兒一無所知。她在孤兒院長大，從六歲到十六歲都一直住在宿舍裡。開燈和關燈都有規定的時間，火爐在某個特定日期前後都不生火。大家在鋪了油布的長桌上吃東西、寫作業，對街就是工廠。喬治覺得這樣的生活聽起來滿好的，應該會讓一個女孩變得很堅強，他說。會使她變得沉著、強悍、獨立，不會期待胡說八道的羅曼史情節。他或許以為孤兒院經營的方式很殘酷無情，其實並不會，而負責經營的人也沒那麼吝嗇。吉兒十二歲的時候，院裡的人帶他們去聽一場音樂會，就是在那時，她決心一定要學小提琴。孤兒院裡那臺鋼琴她已經亂玩了好一陣子，結果還真有人對這事感興趣，給她一把次等的二手小提琴，也安排她去上課。她也努力學習，最後終於拿到了音樂學院的獎學金。所以她得在一場為贊助人和董事們的獨奏會上表演，人人盛裝打扮，品嘗水果潘趣酒、聽演講、吃蛋糕。吉兒自己也必須小小演說一番，表達感謝之情，但事實上她對這一切幾乎視為理所當然。她確信她和某把小提琴天生就有一種命中注定的聯繫，即使沒有人幫助也會相遇。

當年她在宿舍裡有幾個朋友，但他們很早就去工廠和辦公室上班，她也就忘了他們。等她念到孤兒們都會去念的那所高中，有位老師和她談過，談話中提到了「正常」和「多方面發展」等等字眼。這位老師似乎認為她藉由音樂逃避某些事情，或用來代替某些東西，例如培養姊妹兄弟情誼、交朋友、與人約會。她建議吉兒，與其專心致志在一件事情上，不如把精力投注到各個方面，放鬆一下，打點排球。如果真心喜歡音樂，可以加入學校的管弦樂團。

吉兒開始避開那位老師，刻意上樓梯或繞路走，免得和她說話。閱讀書本和報章雜誌時，如果看到「多方面發展」或「受歡迎」這樣的字眼，她乾脆就不讀了。

到了音樂學院，事情就容易多了。她在那裡認識的人都和她一樣很「不」多方面，也像她一樣很頑強。她交了幾個朋友，卻對友誼心不在焉，不怎麼經營，朋友之間也相當競爭。她有個朋友的哥哥是空軍，剛好很崇拜喬治．柯肯（他也是喬治嘲笑捉弄的對象之一）。有一次吉兒受邀，週日去那位朋友家裡吃晚餐，朋友的哥哥和喬治來打聲招呼，兩人正準備找個地方喝個爛醉，就這樣，喬治認識了吉兒，我爸爸就這樣認識了我媽媽。

因為家裡必須有人一直待著照顧柯肯太太，所以艾歐娜在麵包店上夜班。她負責裝飾蛋糕（即使是最華麗的婚禮蛋糕她也會），在清晨五點把第一批麵包放進烤箱。她的手顫抖得很厲害，沒辦法幫任何人端茶倒茶，但只要是她能獨自完成的工作，她的手就變得非常強壯、靈巧、耐力十足，甚至有如神助。

某天早晨，艾爾莎出去上班之後（這是吉兒搬到柯肯家後，我尚未出生前的事），吉兒走過艾歐娜的臥室，發覺艾歐娜從臥室裡輕聲對她打暗號，彷彿有什麼祕密。但是現在家裡不過就這幾個人，有誰是她想保守秘密的對象？不會是柯肯太太吧。

艾歐娜必須花很大一番力氣才能打開她衣櫃裡卡住的抽屜。「討厭。」她說著，然後咯咯笑了起來。「可惡。妳看。」

抽屜裡擺滿了嬰兒服——不是平時穿的普通上衣或睡衣（這些吉兒都在多倫多某間專賣二手衣物和工廠瑕疵品的店買好了），而是針織童帽、毛衣、小靴子、套在尿布外的小褲子、手工製作的小罩衣等等。幾乎所有的粉彩色都有，還有五彩繽紛的色調搭配（沒有藍色、粉紅色的刻板印象），配上鉤針勾的花邊，細緻的刺繡花朵、鳥兒、小羊。吉兒幾乎不知道世上還有這種東西存在，如果她曾在百貨公司的嬰兒用品部好好研究過一番，或仔細看過別人嬰兒推車裡的樣子，她早就知道了，但她沒有。

「當然，我不知道妳買了什麼。」艾歐娜說。「妳可能已經買很多了，或者妳可能不喜歡手工的，我不知道——」她的咯咯笑聲是說話時的標點符號，也散發著某種歉意。她所說的每一句話，每一個眼神和手勢，似乎都像被堵住似地，裹著一層黏膩的蜂蜜，或鼻腔裡滿是黏液時說出口的道歉，吉兒不知道該如何是好。

「真的很好看。」她淡淡地說道。

「噢不，我不知道妳會不會想要。我根本不知道妳會不會喜歡。」

「很可愛啊。」

「不是全都是我做的，有一些是我買的。我去了教會的市集，還有醫院志工團的市集，我只是覺得幫寶寶買些東西很好。但如果妳不喜歡，或可能用不到，我可以直接放到教會的捐衣箱。」

「我的確需要。」吉兒說。「我完全沒有這種東西。」

「真的沒有嗎？我做的東西不是太好，但或許教會太太們做的和志工團賣的東西還不錯，妳可能會喜歡。」

喬治之前指的，艾歐娜神經質又緊張兮兮，就是這個意思嗎？（根據艾爾莎的說法，艾歐娜在護理學校崩潰過一次，她本來就生性敏感，而指導教師又對她要求有點太嚴格。）你可能會以為她強烈渴望安慰，但無論怎麼安撫她似乎都不夠，或者她都聽不進去。吉兒覺得，艾歐娜的話語、咯咯的笑聲、吸鼻子的聲音、淚眼汪汪的樣子（難怪她的手也溼溼的）就像是爬在她（吉兒）身上的某種東西，想鑽進她皮膚底下的小蟎蟲。

不過，過了一段時間，她就漸漸習慣了。或是艾歐娜收斂了點。每天早晨，艾爾莎關上門的時候，她與艾歐娜都鬆了一口氣——就像老師剛剛離開教室的感覺。柯肯太太洗碗的時候，她們喝了第二杯咖啡。她洗碗的速度真的很慢（她老是在四處打量手中的杯盤該放在哪個層架或抽屜），偶爾還會出些小差錯。但她洗碗也有些從不省略的固定程序，像是把咖啡渣撒在廚房門邊的一株灌木上。

「她認為咖啡殘渣能讓樹長大。」艾歐娜悄聲說。「她還會撒在葉子上，不是地上耶。每天我們都必須拿水管沖乾淨。」

吉兒覺得艾歐娜就像那種孤兒院裡最常被找碴的女孩。那些孩子總是急著找別人的麻煩。然而一旦讓艾歐娜克服了兩道門檻——一是緊張焦慮、不停道歉，二是佯裝自謙、實則暗諷（「當然，他們在店裡如果想討論事情，最不會找我」、「艾爾莎當然不會聽我的意見」、「當然，喬治從來沒有掩飾過他看不起我的事。」），你也許能讓她開始講一些很有趣的事。她告訴吉兒，有棟房子曾經是他們爺爺的，現在已經成了醫院的主要病房。也說起他們的爸爸因為某些不正當的交易而失去了工作，還有麵包店裡兩個已婚店員正在搞婚外情。她還提到據說是山茲家過去的往事，甚至還說了艾爾莎很喜歡山茲醫生。之前艾歐娜精神崩潰，後來她接受的電擊療法似乎在她謹慎的嘴巴上炸出一個洞，話語從洞口通過時（一旦答非所問的廢話八卦都清倉之後），說出的話都很惡毒狡猾。

吉兒的時間也花在長舌之上——她的手指現在已經腫到沒辦法拉小提琴了。

然後我出生了，一切都變了，尤其是對艾歐娜而言。

吉兒必須臥床休息一個禮拜，即使她下了床，行動時也像個渾身僵硬的老太婆，每次放低身體坐進椅子時，一呼一吸也得小心翼翼。她縫合的傷口仍疼痛不堪，腹部和胸部被緊緊綁住像個木乃伊（當時的習俗）。不過她的奶水依然源源不絕，滲出繃帶，沾到床單。艾歐娜幫她把繃帶鬆開，試著將吉兒的乳頭放入我嘴裡，但我不接受，我拒絕吃我媽媽的奶，放聲尖叫。這巨大堅硬的乳房像是野獸的長鼻子，胡亂戳著我的臉。艾歐娜抱著我，給我一點煮開的溫水，我才平靜下來。不過我的體重一直降，也不能只靠水活下去，所以，艾歐娜泡了配方奶粉，把哭嚎到渾身僵硬的我從吉兒的臂彎裡抱了過來。艾歐娜輕輕搖晃我，安撫我，用奶瓶的塑膠奶嘴輕觸我的臉頰，結果發現塑膠乳頭更合我的意。我貪婪地吸著配方奶，而且沒有吐出去。艾歐娜的臂彎和她掌控的塑膠乳頭，成為我選擇的家。吉兒的乳房必須綁得更緊，而且她必須把奶水排空（別忘了，這時天氣炎熱），忍受著脹奶的疼痛，直到奶水排空為止。

「真是個小淘氣，真是小淘氣。」艾歐娜低聲吟唱道。「妳這個小搗蛋，媽咪的奶這麼好，妳還不喝。」

我很快就長胖了，也更壯了，還哭得更大聲。如果抱我的人不是艾歐娜，我就會大哭起來。我拒絕了艾爾莎和山茲醫生，即使他用體貼溫暖的雙手來抱我也不要。但最引起大家注意的，當然還是我對吉兒的厭惡。

一旦吉兒能下床了，艾歐娜就把平常自己餵我時坐的那張椅子讓給吉兒坐，再將自己的罩衫圍在吉兒肩上，並把奶瓶交到吉兒手中。

沒用的，我才沒那麼好騙。我用臉頰去撞奶瓶，用力伸直雙腿，腹部縮成一團。我不接受替代品。我嚎啕大哭，絕不妥協。

我發出的仍是新生兒細微的哭聲，卻已經鬧得家中不得安寧，而整個家唯一有本事搞定我的人，就只有艾歐娜。只要碰我、對我說話的人不是艾歐娜，我就哭。只要抱我睡下、搖晃著哄我入睡的人不是艾歐娜，我就哭到筋疲力盡，才睡十分鐘又醒來，準備再度大哭一場。我沒有「好帶」或「難帶」的時段之別，只有「艾歐娜在」和「艾歐娜不要我了」的時段。而艾歐娜不在的時候，就變成「別人」的時段（喔，真是火上澆油），而這個「別人」時段大部分是「吉兒」時段。

如此一來，艾歐娜的兩週假期結束後，她怎麼可能回去上班？她沒辦法回去了，毫無疑問，根本不可能。麵包店不得不找其他人來。艾歐娜在家裡原本無足輕重，現在轉眼間成為家中最關鍵的重要人物。在這家人永無止境的衝突與永遠無解的怨懟之間，唯有她屹立不倒。她必須不分晝夜，整日保持清醒，好讓這個家裡的生活保持得還算舒適。山茲醫生很擔心，就連艾爾莎都擔心了起來。

「艾歐娜，別讓自己累壞了。」

然而，美妙的變化發生了，艾歐娜依然蒼白，卻神采奕奕，彷彿終於走出了青春期。她敢直視別人的眼睛，再也不會發抖，幾乎也不咯咯笑了，聲音中也沒有狡猾的畏縮感，嗓音變得像艾爾莎一樣愛頤指氣使，也更加快樂。（尤其是當她為了我對吉兒的態度責罵我時，沒有比這更快樂的時候了。）

「艾歐娜樂得要升天了——她真的好愛那個寶寶喔。」艾爾莎告訴大家。但事實上，艾歐娜「熱愛」我的種種行為，似乎太活潑放肆了。她為了讓我安靜下來，完全不在乎自己製造出多少噪音。她會一邊衝上樓梯，一邊氣喘吁吁地喊著：「我來了，我來了，不急不急。」她會魯莽地把我搭在肩上，四處走動，一手扶著我，另一隻手忙著照料我的大小事務。她主宰了廚房，強徵爐子當作煮奶瓶的消毒鍋，餐桌變成她調製配方奶的工作桌，水槽則是嬰兒的洗澡盆。當她不小心把物品放錯地方，或潑灑出什麼東西，即使艾爾莎在場，她也照常愉快地咒罵幾聲。

她知道，當我即將大哭的前導訊號一出，她是唯一不皺眉蹙額、不覺遠處將有驚天動地之災的人。相反地，她的心跳加倍，手握重權也感激不盡，樂得手舞足蹈。

一旦吉兒解開身上的繃帶，看見腹部重歸平坦，她立刻看了看自己的雙手。腫脹似乎完全消失了，她走下樓梯，從壁櫥中拿出她的小提琴，取下蓋子，準備拉幾個音階。

那是禮拜天下午，艾歐娜躺下小睡一會，但一隻耳朵始終保持警覺，聽著我的風吹草動。柯肯太太也在午睡。艾爾莎在廚房裡塗指甲油。吉兒開始幫小提琴調音。

我爸爸和他家的人，對音樂並不真的感興趣，自己卻無甚知覺。他們認為自己對某種音樂類型的不耐，甚至敵意（甚至連他們說「古典」這個詞時，你都能聽出這點），是基於單純堅毅的性格，正直誠實、決心不讓人欺騙。彷彿音樂只要偏離了簡單的旋律，就是在試圖愚弄人心，而且每個人心底都明白這一點。但有些人性格裡缺乏簡單和誠實，總是矯揉造作，則永遠不肯承認這一點。出於這種虛假造作，還有毫無骨氣的包容忍受，這世界上才會產生令人聽了就想睡的交響樂團、歌劇、芭蕾舞劇、音樂會。

鎮上大部分人對音樂的態度都是如此，但因為吉兒沒有在這裡長大，她並不理解這種感覺多麼根深柢固，多麼理所當然。我爸爸從來不會大肆宣揚這種觀念，也不以此為美德，因為他並不怎麼追求美德。他覺得，吉兒要成為音樂家，這想法很好——不是音樂很好，而是這讓他選擇吉兒一事，變得與眾不同，就像她的穿著、生活方式、一頭亂髮一樣與眾不同。他選擇她，就是向那些人表現出他對他們的想法。就是表現給那些一心想掌控他的女孩們看。表現給艾爾莎看。

吉兒把客廳裝了窗簾的玻璃門拉上，輕輕地開始調音。或許連一點聲音也沒發出來。如果艾爾莎在廚房裡聽到聲音，可能會以為是門外傳來的，附近的人家裡在聽收音機。

現在，吉兒開始拉起音階。她的手指的確消腫了，卻感覺有些僵硬。她全身都很僵硬，站姿不太自然，感覺這把樂器夾住她的方式並不信任她。但無所謂，她還是會埋頭練習音階。她確信自己以前也曾有過這種感覺：她得了流感之後、非常疲憊、練習過度之後，都有過，有時甚至沒有原因，莫名其妙。

我醒了，一點不滿的嗚咽都沒有。沒有事先警告，也沒有累積情緒。只是尖叫，一股如瀑布般勢不可擋的尖聲狂叫，朝這棟房子奔騰而下，在我之前千奇百怪的各種哭法之中，從來沒有這一招。一股嶄新而前所未見的苦痛洪水洶湧奔騰，悲傷化為一波波懲罰世界的巨石浪濤，痛苦的哀號聲，從拷問室的窗口激射而出。

艾歐娜立刻跳起來，第一次對我發出的聲音嚴陣以待，大喊：「怎麼了？怎麼了？」

艾爾莎迅速關上各處的窗戶，大喊著：「是小提琴，是小提琴。」接著用力推開客廳門。「吉兒，吉兒，妳在搞什麼東西？也太過分了吧？妳沒聽到妳女兒在哭嗎？」

她必須用力拉扯客廳窗戶的紗窗，才能把紗窗拉下來。她之前一直穿著和服睡袍坐著塗指甲油，這時有個男孩騎腳踏車經過，看到她睡袍裡不小心敞開的部分。

「我的天啊！」她呼喊道。她幾乎從來沒有手足無措到這種地步過。「妳把那個東西拿走好嗎！」

吉兒放下小提琴。

艾爾莎衝進走廊，呼喚艾歐娜。

「今天是星期天耶。妳能叫她不要哭嗎？」

吉兒沉默不語，她小心謹慎地走出客廳，進入廚房，只見柯肯太太沒穿鞋，只穿著襪子，雙手緊抓著流理臺。

「艾爾莎怎麼了？」她問道。「艾歐娜又做了什麼？」

吉兒步出門，坐在屋子後方的階梯上。她望向後院那端的山茲家，白色房子的後牆在陽光下閃閃發光。她四周是其他鄰居炎熱的後院，鄰居家晒到發燙的牆。住在這些房屋之內的人都相當熟稔，熟知彼此的長相、姓名、過往。而如果從這裡往東走三個街區，或者往西走五個街區、向南走六個街區、向北走十個街區，就會看到夏季作物已經從土裡長高，繁茂如牆，圍欄裡有大片乾草、小麥和玉米。富饒的鄉間。到處瘋長的農作物、農舍的庭院、邊推擠邊咬嚼飼料的各種動物混合成一種惡臭，讓人無法呼吸。遠處的小片樹林彷彿是成片的綠蔭，可以遮風避雨，讓人安靜休息，但實際上只是蚊蟲滋生的溫床。

我該怎麼向吉兒描述，音樂是什麼？忘了風景、視野、對話吧。我會說，音樂其實是個問題，她必須用嚴格且大膽的方式去解決，而且她已經將這個問題視為她生命中的責任了。假設她用來解決這個問題的工具已經被拿走了，問題依然冠冕堂皇地存在那裡，其他人也讓問題繼續存在，但這個應對問題的工具已經從她身邊被奪走了。對她而言，只剩下後院的臺階、閃亮的牆壁，還有我的哭聲。我的哭泣就像一把刀，削去她生命中所有對我來說毫無用處的東西。

「進來吧。」艾爾莎透過紗門說。「快進來。我剛才不應該對妳大吼大叫。快進來，別人會看到。」

到了傍晚，這場鬧劇終於平息落幕了。「你們今天一定有聽到我們這邊大呼小叫的吧。」艾爾莎對山茲夫婦說。他們邀請她過去露臺坐一坐。此時艾歐娜正在家哄我入睡。

「寶寶很顯然不迷小提琴喔。不像媽咪。」

連山茲太太都笑了。

「這是後天學來的品味啦。」

吉兒聽見了他們的聲音，至少聽見了笑聲，不禁猜想他們在笑什麼。她躺在自己床上讀《聖路易斯雷之橋》，她從書櫃裡拿來的（她不知道拿書之前應該先得到艾爾莎的同意）。有時她看歸看，腦袋卻一片空白，這時她就會聽見山茲家院子裡傳來的笑聲，接著是隔壁艾歐娜關心地輕拍寶寶的聲音。一股憤怒湧上來，她渾身冒汗。如果這是一場童話故事，她便會化身凶殘的少女巨人，以無窮大力自床上升起，以摧枯拉朽之力穿過這棟房子，把家具打個稀爛，扭斷每個人的脖子。

我差不多六週大時，艾爾莎和艾歐娜準備帶她們媽媽到圭爾夫，進行一年一度的過夜探親之旅，拜訪幾個表親。艾歐娜希望能帶我一起去，但艾爾莎請了山茲醫生來，一起勸她別在這麼炎熱的天氣裡帶著小嬰兒出門旅行。然後艾歐娜就說，她想待在家裡。

「我沒辦法一邊開車一邊照顧媽媽。」艾爾莎說。

她說艾歐娜對我太執著了，讓吉兒來照顧自己的寶寶一天半，對她來說不會太有負擔的。

「對吧，吉兒？」

吉兒說沒問題。

艾歐娜試著假裝，說她並不是想待在我身邊，而是熱天開車會讓她暈車。

「妳不用開車，只要坐在那裡就好了。」艾爾莎說道。「妳也想想我吧？我開車又不是為了好玩，我開車是因為有人在等我們去啊。」

艾歐娜必須坐在後座，她說這樣她會暈得更嚴重。

艾爾莎說，讓媽媽坐後面也不對吧。柯肯太太說她不介意。艾爾莎說不行。艾爾莎發動車子時，艾歐娜搖下車窗，雙眼牢牢盯著樓上房間的窗戶，那是她在我每天早晨洗完澡、喝過奶之後將我放下、哄我入睡的房間。艾爾莎對著站在前門的吉兒揮手。

「再見，小媽媽。」她以一種快樂又帶點挑釁的語氣喊道。這種語氣不知怎麼地讓吉兒想起了喬治。能離開家裡出門走走，加上這間房子裡即將又有新的天翻地覆，似乎讓艾爾莎更快樂了。也許對她來說，艾歐娜又回到了她該在的位置上，她覺得很好，很安心。

她們出門的時候大概是早上十點左右，接下來的時光，將會是吉兒經歷過最漫長最糟糕的一天。即使是我出生的那一天，她噩夢般的產痛也無法與之相比。在她們的車子抵達下一個城鎮之前，我便焦慮地醒來，彷彿感覺到有人把艾歐娜從我身邊帶走。艾歐娜出門前才剛餵過我喝奶，吉兒不覺得我這麼快就餓了。不過她發現我尿布溼了，雖然她在書上讀過，不必每次尿布溼了就幫嬰兒換尿布，而且嬰兒哭通常是有其他原因，但她還是決定幫我換尿布。這不是她第一次換尿布，但她一直以來都換得很吃力。事實上，大多數時候艾歐娜都會過來接手完成。我當然也費盡全力讓她難換——雙臂雙腿亂揮亂動，背拱起來，用盡全力想要翻身，全程當然也少不了哀嚎。吉兒想把大頭針穿過尿布別起來，雙手卻顫抖不已。她假裝冷靜，試著和我說話，試圖模仿艾歐娜哄我時說的，充滿關愛之情的嬰兒語。但沒有用，這種缺乏誠意又支支吾吾的安撫讓我更加暴怒。她一把我的尿布別好，便將我抱了起來，試圖把我摟在胸前和肩膀之間的位置，但我全身僵硬，彷彿她的身體是張火紅炙熱的釘床。她坐下來，輕輕搖晃著我。她站起來，抱著我上上下下地輕晃。她唱搖籃曲給我聽，甜蜜的歌詞裡顫抖著懊惱與憤怒，以及某種可以被迅速定義為厭惡的情感。

我們對彼此而言都是怪物。吉兒和我。

最後，她輕輕將我放下，比她本來預想的方式還要輕柔。而我鬆了一口氣，靜了下來，似乎是因為終於能逃離她身邊了。她躡手躡腳走出房間。沒多久我又開始哭天喊地。

於是，鬧劇持續上演，我沒有哭個不停，每哭一陣子，我就會休息個兩分鐘、五分鐘、十分鐘或二十分鐘。當她拿奶瓶來餵我時，我是會喝，但我會僵硬地躺在她臂彎裡，一邊喝奶一邊吸著鼻子警告。等喝掉半瓶之後，我立刻重新對她開火，痛哭一陣之後再喝幾口，再放聲哀嚎，就這樣斷斷續續終於把整瓶奶喝完。我陷入沉睡後，她把我放下，輕手輕腳走下樓梯，站在走廊上，彷彿在判斷走哪條路比較安全。經過這麼一番折磨，再加上天氣炎熱，她已經汗流浹背。她悄悄穿過這片彌足珍貴、一碰就碎的寧靜，走進廚房，這才敢把咖啡壺放到爐子上。

咖啡煮好之前，我又開始嚎啕大哭，哭聲如一把剁肉刀重重砍在她頭上。她這才意識到自己忘記某件事。她餵完奶後沒有拍我的背，讓我把嗝打出來。她踩著堅定的步伐走上樓梯，抱起我，一邊走著，一邊拍打按揉我生氣的背，過了一會兒我打嗝了，但我還是在哭。她放棄了，把我放到床上。

嬰兒的哭聲究竟有什麼強大的力量，能夠打破一個人自身內在和外在所依靠的秩序？嬰兒的哭聲就像一場風暴——堅持不懈、如戲劇般極端，卻又如此純粹，毫不矯揉造作。那是責備，而非懇求——嚎哭源自無法處理的憤怒，一種沒有愛與憐憫的天性使然的憤怒，隨時都準備要將你連頭骨帶腦全部壓碎。

吉兒只能四處走動，在客廳地毯踩上採下，繞著餐桌打轉，再走到廚房，裡頭的時鐘告訴她時間過得多麼、多麼緩慢啊。她連停下來啜一小口咖啡的空檔都沒有，肚子餓時也沒辦法停下來做個三明治，只好用手抓玉米片吃，掉落的玉米片在房子裡留下一條痕跡。吃喝這類平凡的小事，如今變得危機四伏，像是她人在暴風雨中飄蕩的小船上，或是在梁柱快被狂風吹垮的屋裡。必須時時刻刻緊盯暴風雨的動態，否則轉眼間最後一道防線就會崩塌。你為了保持理智，想專注在周遭某些可以讓自己鎮定下來的東西上，但不管是靠墊、地毯上的某個人形圖案、窗玻璃上的某個小漩渦，都藏著能引發狂風怒號——我的哭聲——的信號。我不容許有一絲一毫的逃避。

這房子就像一個密封的盒子，艾爾莎的一部分羞恥感已經傳給了吉兒，要不然她也許能生出一些自己的羞愧感。當媽媽的居然無法安撫自己的寶寶，還有什麼比這個更丟臉的？她把門窗緊閉，也沒打開地上的可攜式風扇，因為，實際上她根本忘記了有這東西。她沒再去想有什麼實用的事物可以舒緩這一切。她沒想到這週日是整個夏天最炎熱的一天，或許我就是因為炙熱才不舒服。有經驗或直覺敏銳的媽媽，肯定會打開門窗讓室內通風，而不是授予我化身惡魔的權力。她應該只想到天氣熱到令人渾身不舒服，暴躁易怒，沒想到屋內令人絕望的惡臭。

下午某個時刻，吉兒做了個愚蠢的決定（或者大概只是因為絕望透頂了吧）。她不會丟下我走出房子，她是被困在我營造的囚牢中，想創造一個屬於自己的空間，在囚牢中創造一個逃脫之處。她拿出小提琴。自從那天練習音階以來她就再也沒碰過小提琴了。那次練習已經淪為艾爾莎和艾歐娜在家中常講的笑話。此時我已經非常清醒，她拉琴也不會吵醒我，而且我已經氣成這樣了，還有辦法更生氣嗎？

她給了我聽她演奏的機會。再也不用假裝安撫我，再也不必心口不一唱搖籃曲或假意關心我肚子痛，不用再問寶貝寶貝有什麼問題嗎。她即將開始演奏孟德爾頌的小提琴協奏曲，這首曲子她在演奏會上拉過，畢業考還要再演奏一次，通過才能獲得文憑。

孟德爾頌是她選的（雖然她更喜愛貝多芬小提琴協奏曲），因為她相信演奏孟德爾頌的作品分數比較高。她認為自己能充分掌握這首曲子，甚至已經練到滾瓜爛熟。她有自信能毫無畏懼地在考官面前展現一番，給他們留下深刻的印象。她已經下定決心，絕不讓這首曲子困擾她一輩子。她不必和這首曲子長久拚搏下去，永遠不需要用它來證明自己有多行。

她儘管拉琴就是了。

她調好音，練了幾個音階，試圖把我的聲音逐出她的聽力範圍之外。她知道自己還很生硬，但這次她準備好了。只要她逐漸沉浸在音樂之中，她的問題自然會慢慢減少。

她開始拉小提琴，繼續拉著，不停地拉著，直到曲子結束為止。她拉得很糟糕，聽起來真是折磨。但她堅持下去，認為這情況一定得改變，她可以改變，卻無法稱心如意。一切都不順利，她的表現就和電視上故意亂拉小提琴惡搞的傑克．班尼一樣糟糕。這把小提琴一定是被詛咒了，對她生厭。不管她想做什麼，它都硬要曲解她的意思。沒有什麼比這更糟糕透頂了——這比她望著鏡子，看見自己的面容真真切切凹陷下去、臉色憔悴、一臉壞笑的模樣還要糟糕。這肯定是個捉弄她的把戲，她難以置信，試圖反駁，於是她別過頭去又回過頭來，別過頭去，又回過頭來，一次又一次。她就這樣繼續演奏，試圖戳破這騙人的把戲，卻白費力氣。真要說的話，她拉得更糟了。汗水從她的臉上、手臂、側身不斷湧出來，她的手也滑了—— 她的表現糟糕到簡直沒有下限。

完了。她整個人都完了。幾個月前她才完全掌握了這首曲子，練到完美無缺，這首曲子沒什麼部分是她無法克服、拉奏不了的，現在這首曲子卻完全打敗了她。她看見自己淪為一個被掏空的人，被毀壞殆盡的人。一夜之間，她被洗劫一空。

她沒有放棄。她做了最糟糕的事。在絕望不已之下，她再次開始拉奏，她要試試看貝多芬的曲子。當然，她拉得並不好，甚至愈來愈差，她心裡似乎在狂吼嚎叫，掀起滔天巨浪。她把琴弓和小提琴放在客廳沙發上，又拿起來，猛力塞到沙發底下，眼不見為淨。因為她眼前浮現的畫面，是她正拿著琴弓和小提琴往椅背上狂砸猛摔，令人震驚的戲劇化場面。

她拉琴的這段時間，我始終沒有放棄。強勁的敵手就在眼前，我自然不會罷手。

吉兒在天藍色的錦緞硬沙發上躺了下來——平時除非有客人來，否則沒人會坐在這裡，更別說是躺了。而她竟然一躺就睡著了。不知過了多久之後她才醒來，熱燙燙的臉陷入織錦布面，臉頰上還印著花紋，嘴角流著口水，染上了天藍色的織物。我的哭鬧聲依然連續不斷（或是又開始了），起起落落，像是錘子不斷鎚擊腦部的那種頭痛。而她的頭也真的在痛。她起身，炙熱的空氣濃重到她必須用雙手推開（那感覺就像是這樣），走到艾爾莎放止痛藥的廚房碗櫥那裡。濃重的空氣讓她想起汙水。當然了，因為她睡覺的時候，我把尿布弄髒了，那股難聞的臭味有充分的時間飄得整間房子到處都是。

止痛藥。再熱一瓶奶。爬樓梯上樓。她直接在嬰兒床裡幫我換尿布，沒把我抱起來。床單和尿布一團糟。止痛藥尚未生效，她彎下腰時更是頭痛欲裂。先把這一團混亂拖到旁邊，把我身上髒掉的部位洗乾淨，換上乾淨的尿布，把髒尿布和床單拿到浴室，用力搓洗，再放進加了消毒劑的水桶裡。桶子早就滿到快溢出來了，因為今天寶寶還沒有照常洗澡，尿布也就沒洗。然後她再把奶瓶塞給我，我再次安靜了下來，開始吸奶。令人驚訝的是我竟然還有多餘的力氣可以喝奶，但我確實在喝。餵奶時間已經晚了一個小時，我飢腸轆轆——這加劇了我一肚子的不滿（不過也可能讓我放棄抱怨這一切），我猛力吸完整瓶奶，然後疲憊地入睡，這次真的睡著了。

吉兒的頭痛好了一些，昏昏沉沉地洗好我的尿布、上衣、睡衣和床單。刷洗後得用清水沖洗，甚至要把尿布放在鍋裡煮沸，這樣我才不會長尿布疹（我很容易起疹子）。洗好後，她全部用手擰乾，再把它們掛在室內，因為隔天是星期天，艾爾莎回來時不想看到星期天有任何東西晾在戶外。反正吉兒寧可不出門，尤其是現在，夜晚逐漸來臨，人人都坐到院子去乘涼。今天折騰了這麼一番，鄰居們一定都聽見了，她怕被鄰居看到——甚至連友善的山茲夫婦，她也不想打聲招呼。

漫長的今天終於要結束了，拉得老長的陽光和延伸而出的陰影逐漸淡去，漫天席捲而來的炎熱也終於透進幾絲甜美的涼意。忽然之間，星群乍現，群樹如雲朵般膨脹，搖落一地寧靜。但這寧靜並不長久，也與吉兒無關。就在午夜之前，傳來了一聲細微的哭聲——你不能說是在試探，但至少極其細微，像是在實驗什麼，彷彿經過這一整天的練習，我已經失去了大哭的本領。或者，好像我是在疑惑大哭是否值得。我稍微休息了一下，假意喘息，或是放棄。但是在那之後，我又重新開始大哭，徹徹底底、痛苦不堪、殘忍無情，就在吉兒剛開始多煮點咖啡，好處理她殘餘的頭痛，想著自己這次或許有機會好好坐在桌旁喝咖啡的時候。

現在她關掉了爐火。

差不多到了每天餵最後一瓶奶的時間。如果之前那次奶沒有晚餵，我現在應該已經餓了。也許我是真的餓了？吉兒一邊熱奶，一邊想著自己應該再多吃幾顆止痛藥。然後她想，也許那還不夠，她需要來點更強效的東西。她去浴室櫥櫃裡找，卻只找到胃藥、通便劑、爽足粉，還有她不會去碰的處方藥。但她知道艾爾莎因為經痛，會吃強效止痛藥，所以她走進艾爾莎的房間，翻找她的衣櫥抽屜，找到一瓶止痛藥。藥放在一疊衛生棉上面，理所當然。這些藥也是處方藥，但瓶身上的標籤有清楚說明用途。她拿出兩顆，回到廚房，發現熱著奶瓶的水已經滾了，配方奶太燙了。

她把奶瓶放在水龍頭下面沖，試著冷卻一點——這時我的哭聲像猛禽在潺潺流水上空鳴叫。她看著流理臺上等著她吃的兩顆藥，然後她想，**好**。她拿出一把刀，從其中一顆藥丸上削下幾粒粉末，拿下奶瓶上的奶嘴，用刀刃盛起削下的顆粒撒下去——只是撒一點點白色粉末在奶瓶裡而已。然後她自己吞下了一顆，再加上剩下的那顆（可能是八分之七顆，或者是十二分之十一顆，還是十六分之十五顆），拿著奶瓶上樓去了。她把我立刻就僵硬的身體抱起來，將奶嘴送入我以哭鬧不停指責她的嘴。奶對我而言還是有點太熱了，一開始我都吐回去給她，然後過了一陣子，我覺得溫度可以了，就全吞了下去。

艾歐娜正在尖聲大叫。吉兒醒來，整間房子都是扎眼的陽光，還有艾歐娜的尖叫聲。

原本的計畫是艾爾莎、艾歐娜和她們媽媽要去圭爾夫探親，大概在出門隔天的下午四、五點才會回家，這樣才不會天氣最熱時還在外面開車。但是吃完早餐後，艾歐娜就開始大驚小怪起來。她想回家看寶寶，說自己整晚擔心到幾乎沒睡覺。艾爾莎覺得在那麼多親戚面前和她吵架很尷尬，只好妥協。她們中午前就回到家，打開這間寂靜房子的大門。

艾爾莎說：「呼，這裡的味道一直都是這樣嗎？只是我們已經聞習慣了所以沒注意到？」

艾歐娜閃過她，沿著樓梯跑了上去。

結果就是艾歐娜放聲尖叫。

死了。**死了**。**殺人了啊**。

她對吉兒餵我藥的事一無所知，那她幹麼要尖叫「殺人了啊」？原來是毛毯的關係。她看到毛毯拉得很高，正好蓋住我的頭。窒息。不是下毒。就在轉眼之間，甚至不到半秒鐘的時間，她就從「死了」想到「殺人了」。她的想像力簡直天馬行空。她從嬰兒床上把我抓起來，用那條死亡之毯把我裹住，緊緊抱著這一小團東西，尖叫著跑出房間，衝進吉兒的臥室。

吉兒睡了十二還是十三個小時，昏昏沉沉地努力從床上爬起來。

「妳殺了我的寶寶。」艾歐娜對著吉兒尖叫。

吉兒沒糾正她——沒說：「是**我的**寶寶。」艾歐娜用滿臉譴責的神色把我抱給吉兒看，但在吉兒有機會好好看看我之前，艾歐娜又一把將我搶了回去。艾歐娜低聲呻吟，身體蜷縮起來，彷彿有人朝她腹部開了一槍。她牢牢地抱住我，跌跌撞撞走下樓梯，撞到了正走上樓的艾爾莎。艾爾莎被撞得差點跌倒，她抓住欄杆，艾歐娜卻毫不理會。她似乎想把包著毛毯的我擠進她身體裡一個新開的可怕洞口。她又發出幾句應該是呻吟的聲音，呻吟聲間夾雜著幾個字。

寶寶。**愛我的**。**親愛的**。**噢**。**喔**。**拿**。**悶死了**。**毛毯**。**寶寶**。**警察**。

吉兒沒蓋被子就睡了，也沒有換睡衣。她還是穿著昨天的短褲和露背上衣，不確定自己是睡了一夜還是小睡一下。她不確定自己身在何處，也不知道今天禮拜幾。艾歐娜說了什麼？她摸索出一件羊毛衣套上。艾歐娜的尖叫，吉兒是看見的，不是聽到的。尖聲像紅色的閃光，她眼皮內炙熱的血管。她原本還不想管艾歐娜在狂叫什麼，緊抓著大睡一場之後的快感，但隨後她便明白，她其實知道，她知道這和我有關。

但是吉兒認為艾歐娜搞錯了。艾歐娜進入的那部分夢境，是錯的。那部分已經結束了。寶寶沒問題。吉兒有照顧好寶寶，她到外面，發現了寶寶，拿毛毯把寶寶蓋住。沒事的。樓下的走道上，艾歐娜要很努力才能把幾個詞大喊出來：「她把毯子整個蓋過頭，她把寶寶悶死了。」

艾爾莎走下樓梯，手還抓著樓梯扶手。

「放下。」她說。「放下。」

艾歐娜緊緊抱住我，又呻吟起來。然後她伸出手將我交給艾爾莎，說：「妳看，妳看。」艾爾莎猛地扭過頭去。「我不要。」她說。「我不要看。」艾歐娜靠近她，把我湊到她眼前——我還全身包裹在毯子裡，但艾爾莎不知道，艾歐娜也沒注意到，也可能是根本不在意。現在換成艾爾莎尖叫。她跑到餐桌的另一邊，尖聲叫著：「放下來，放下來，我才不要看屍體。」

柯肯太太從廚房走進來，說道：「女孩們，噢，女孩們，妳們到底在幹什麼？我受不了這種事，妳們知道的。」

「妳看。」艾歐娜說。她丟下艾爾莎，繞過餐桌，把我抱給她媽媽看。

艾爾莎走到玄關處拿起電話，把山茲醫生的號碼告訴接線生。

「噢，寶寶啊。」柯肯太太說，把毯子掀開。

「她把寶寶悶死了。」艾歐娜說。

「噢，不。」柯肯太太嘆道。

艾爾莎正與山茲醫生講電話，用顫抖的聲音請他立刻過來。她在話筒旁轉頭，看向艾歐娜，吸了一大口氣來穩住自己，然後說：「妳，妳給我安靜。」

艾歐娜帶著挑釁的態度高聲尖叫，從她身邊跑開，一路穿過走廊，跑進客廳，仍然緊緊把我抱在懷裡。

吉兒走到樓梯頂端，艾爾莎注意到她。

她說：「快下來。」

艾爾莎完全不知道吉兒下來後，她該拿吉兒怎麼辦，該對吉兒說什麼。她看起來像是想搧吉兒一巴掌。「現在搞得歇斯底里也沒用。」她說。

吉兒的露背上衣歪了，一邊乳房露了出來。

「整理一下妳自己。」艾爾莎說。「妳沒換睡衣就睡了？妳看起來很醉。」

吉兒似乎覺得自己仍在夢中，在雪白的光中行走，但這個夢被這些瘋狂的人給入侵了。

現在艾爾莎能夠思考了。有些事不得不做。無論之前發生了什麼事，謀殺這種事肯定是不存在的。嬰兒確實有可能在睡夢中無緣無故死亡。她聽說過。不用警察詢問，不用解剖——安靜辦個哀傷的小葬禮就行了。擋在前面的問題是艾歐娜。山茲醫生現在可以給艾歐娜打一針，讓她睡著。但他不能每天都來幫她打針。

重點是，要讓艾歐娜住進莫里斯維爾。這是間專門收精神異常病患的醫院，曾經被稱為精神病院，未來會叫精神專科醫院，然後是身心科。但大部分人都稱之為莫里斯維爾，因為附近的村子就叫這個名字。

「送去莫里斯維爾。」他們說。他們會把她帶到莫里斯維爾。否則再這樣下去，最後去莫里斯維爾的就是妳。

艾歐娜以前去過那裡，她可以再去。山茲醫生可以幫她安排住院，直到他判斷她沒事了，可以出院為止。原因是受到寶寶死亡的影響，產生妄想。一旦病因釐清，她就構不成威脅。沒人會關心她說了什麼。她將會崩潰。事實上，看起來真是如此——她那樣大叫亂跑，看起來好像真的快崩潰了。她可能永遠都會這樣繼續下去，但也可能不會。現在有各種不同的治療方法。有藥物可以讓她鎮定，如果某些記憶消除會更好的話，也有電擊療法。如果必要的話，針對混亂不清醒、病入膏肓的患者，也能進行某種手術。手術地點不在莫里斯維爾——必須把患者送去大城市才能進行。

種種念頭在艾爾莎腦海裡風馳電掣地閃過，她一定得靠山茲醫生幫忙。他樂於助人，又不會過度打探，而且願意為她著想。不過對於知道她經歷過什麼的人來說，給予這點支持應該不難。她為了這個家的名聲所投入的一切、承受過的打擊。從事業不光彩的父親、頭腦不清楚的母親，到艾歐娜念護校時崩潰、喬治離家從軍為國捐軀……艾爾莎還經得起被大家恥笑嗎？——醜聞登報，鬧上法院，搞不好連弟媳婦都要坐牢？

山茲醫師可不這麼認為。他是個友善的鄰居，觀察了這家人這麼久，當然有許多理由抱持反對意見。而且他也理解，必須忍受無禮對待的人，遲早會明白世態炎涼。但他會幫忙的理由不只是因為這樣。

他幫助艾爾莎的原因，全都濃縮在他從後門跑進來，穿過廚房，呼喚她名字的聲音。

吉兒來到樓梯下方，才剛開口：「寶寶沒事。」艾爾莎就對她說：「等我告訴妳該怎麼講，妳再說話。」

柯肯太太站在廚房和走廊之間的門口，擋住山茲醫生的路。

「噢，見到你真好。」她說。「艾爾莎和艾歐娜在對彼此發脾氣。艾歐娜在門口發現一個寶寶，現在她又說寶寶已經死了。」

山茲醫生把柯肯太太移到旁邊，再次問道：「艾爾莎？」然後伸出雙臂，但最終他只是用力將雙手放在她肩上。

艾歐娜空著雙手走出客廳。

吉兒問：「妳把寶寶怎麼了？」

「藏起來了。」艾歐娜粗魯無禮地說，然後對她做了個鬼臉——被嚇得魂不守舍的人會有這種表情，假裝滿臉惡毒相。

「山茲醫生要幫妳打針。可以讓妳休息一下。」艾爾莎說。

眼前出現了荒謬的場景——艾歐娜四處奔跑，撲向前門（艾爾莎跳過去擋住她），然後她又奔向樓梯，山茲醫生抓住她，跨坐在她身上，壓住她的雙臂並說：「好了，好了，好了，艾歐娜。放輕鬆，等一下就沒事了。」艾歐娜大聲叫喊、不斷嗚咽，最後總算平靜下來。她所發出的聲音、飛奔來去、努力想逃跑，都彷彿是在演戲。彷彿她努力挺身而出對抗艾爾莎和山茲醫生（雖然她幾乎已經無計可施），但這幾乎不可能，所以她只能試著透過裝瘋賣傻來對付。但這也足以證明（或許這就是她真正的意思）——她根本不是想對抗他們，而是整個崩潰了。她的崩潰是那麼令人尷尬，非常棘手，艾爾莎對她大喊：「妳看看自己，妳真該覺得可恥。」

山茲醫生一邊打針，一邊說：「乖女孩，艾歐娜，好了喔。」

他轉過頭對艾爾莎說：「照顧好妳媽媽。讓她坐下吧。」

柯肯太太用手指把眼淚擦掉。「親愛的，我沒事。」她對艾爾莎說。「我只是希望妳們兩個女孩不要吵架。妳應該告訴我艾歐娜生了個寶寶。妳應該讓她把寶寶留下來的。」

山茲太太在睡衣外面套了件日式睡袍就跑進來了，站在廚房門邊。

「大家都還好嗎？」她喊道。

她看到廚房流理臺上放著一把刀，覺得最好還是收進抽屜裡。這裡鬧得亂七八糟，這種時候最好別把刀子放在這麼順手可得的地方。

在一片混亂之中，吉兒覺得自己聽見了一陣微弱的哭泣聲。她笨拙地爬過樓梯扶手，繞開艾歐娜和山茲醫生（艾歐娜往樓梯跑過來時，吉兒又往上跑了幾階）。她彎身向地板四處查看，打開門進入客廳，一開始她並沒有發現什麼跡象顯示我人在那裡，但微弱的哭聲再次出現，她隨著聲音走到沙發旁，往沙發下面看。

我就在那裡，被推到小提琴旁邊。

從走廊到客廳這短短的一段路上，吉兒什麼都想起來了。那感覺就像呼吸停止，恐懼湧進嘴裡。然後，就像在夢裡一樣，她碰見了一個活生生的嬰兒，不是頭部有如肉豆蔻般的乾癟小屍體。一道喜悅的光芒閃爍，重新點亮她的生命。她抱著我。我不再僵硬、亂踢，或拱起我的背。我還是昏昏欲睡，因為配方奶裡的鎮靜劑讓我昏睡了一整晚又大半天。而且如果劑量更大一點（或許不用太大），我應該會真的丟掉小命。

根本不是毛毯的問題。仔細看過那條毯子的人都能看得出來，布料很輕而且織得很鬆，我根本不會吸不到空氣。要透過這張毯子呼吸很簡單，就像臉上蓋了張魚網一樣。

我的疲倦也可能是原因之一。我哭嚎了一整天，如此激烈的表達自我，可能已讓我筋疲力盡。還有加在我配方奶裡的白色粉末，讓我陷入極度深沉的睡眠，呼吸微弱到艾歐娜感覺不到。你會以為她會察覺到我沒有全身冰冷，而且後來她又大呼小叫、哭哭鬧鬧，大家都跑來跑去，我應該會很快就被吵醒才對。我不知道我為什麼沒醒。我想她沒注意到，是因為她很恐慌，而且她進房看我之前的狀態就已經怪怪的，但我不知道為什麼我沒有早點哭出來。或許我真的有哭，但在一團混亂之中沒有人聽見。或者艾歐娜可能有聽到我哭，她看了我一眼，就把我塞到沙發底下去了，因為那時一切已經亂作一團。

然後吉兒聽見了。吉兒才是那個找到我的人。

艾歐娜被抬到同一張沙發上。艾爾莎幫她脫下鞋子，這樣才不會弄髒織錦沙發布面。山茲太太上樓拿了一條薄被下來，蓋在她身上。

「我知道她不冷，不需要蓋被子。」她說。「但我覺得她醒來的時候，有條被子蓋著會讓她感覺舒服一點。」

當然，在艾歐娜躺下之前，所有人都圍在一起看著我活得好端端的樣子。艾爾莎一直責怪自己沒有立刻發現我根本沒事，也不願承認自己很怕看死掉的嬰兒。

「艾歐娜的神經質一定會傳染。」她說。「我真該早點發現的。」

她看著吉兒的眼神彷彿是想告訴她，在露背上衣外面加件罩衫吧。然後她立刻回想起自己當時對她說的話有多粗暴，結果顯示那些話根本毫無根據，所以現在她一句話也沒說。她甚至沒對她媽媽主動說明艾歐娜其實沒有小孩。不過她對山茲太太說的話裡倒是帶著弦外之音：「嗯，世紀級的八卦就在我家。」

「太好了，沒發生什麼可怕的事情。」柯肯太太說。「我有一下子以為艾歐娜把寶寶給弄死了。艾爾莎，妳也不要怪妳妹妹。」

「我不會的，媽媽。」艾爾莎回答。「我們去廚房坐。」

廚房裡擺著一瓶配方奶，我早該要求別人餵我的，餵奶時間早就過了。吉兒把奶瓶拿去加熱，做這些事時她始終把我抱在臂彎裡。

她一走進廚房，立刻就開始找那把刀，驚訝地發現刀子不見了。但她還是看得出來流理臺上留著極細的粉末——或是她以為還有。在打開熱水龍頭加熱奶瓶之前，她用空著的那隻手把粉末通通掃掉。

山茲太太忙著泡咖啡，趁著咖啡還在煮，又把奶瓶消毒鍋放到爐子上，還洗了昨天沒洗的奶瓶。她做起事來老練又能幹，其實是想設法隱藏自己真正的情緒——柯肯家把事情鬧成這樣，家人之間剪不斷理還亂的關係，使她精神一振。

「我想艾歐娜對這個寶寶太執著了。」她說。「這種事情總有一天會發生。」

她對著先生和艾爾莎說這段話時，正好轉身離開爐子，轉過來卻看到艾爾莎雙手抱頭，山茲醫生正把艾爾莎的雙手拉下來，卻又匆忙而內疚地將自己的手收了回來。如果他沒有這麼急著把手收回，這個行為看起來就像是他平時安慰人的樣子。他是個醫生，本來就會這麼做。

「說真的，艾爾莎，我覺得妳媽媽也應該躺下來休息一下。」山茲太太體貼地說，也沒停下來喘口氣。「我想我去勸她躺一下好了。如果她能睡一覺，醒來可能就通通忘記了。如果我們運氣好，艾歐娜應該也是睡醒就沒事了。」

山茲太太剛進廚房沒多久，柯肯太太就隨意漫走，出了廚房。山茲太太在客廳裡找到她，她正看著艾歐娜，手中挪動著她蓋的被子，想幫忙把被子蓋好。柯肯太太其實不想躺下，她希望的是有人能向她解釋這一切——她知道自己的解讀有些不對勁。她希望能有人像以前那樣和她說話，而不是像現在那樣特別溫柔又自作聰明。但是因為她一向待人有禮，而且明白自己在家裡的地位微不足道，所以就讓山茲太太帶她上樓。

吉兒正在讀嬰兒配方奶的調製說明，這些說明文字被印在玉米糖漿罐子上。當她聽見腳步聲逐漸往樓梯上走時便心想，有些事她要趁著這個機會現在做。她把我抱進客廳，把我放在一張椅子上。

「現在，好。」她悄聲說道，彷彿有什麼祕密。「妳坐著別動。」

她在沙發旁跪下，手伸進沙發底下輕輕又推又拉，終於把小提琴拿了出來。她又找到琴套和盒子，妥善地收好小提琴。我乖乖坐著——因為我還不太會翻身，而且始終保持安靜。

現在廚房裡只剩下山茲醫生和艾爾莎，兩人或許沒有把握這個機會擁抱彼此，只是互相望著對方。彼此有的是理解，沒有的是承諾與絕望。

艾歐娜承認她沒有去摸我的脈搏，也從來沒說我全身冰冷。她說的是「我感覺她硬邦邦的」。然後她又說，不是硬，而是很重。很重，她說，然後她立刻想到我可能已經死了。死掉的人才會那麼重。

我認為這話說得有點道理。我不相信我死了，或者我死而復生，但我確信我是隔著某一段距離在看這些事。我可能回得來，也可能回不來。我認為結果無法確定，因為涉及到意志這個因素。我的意思是，要走哪條路，是由我決定的。

艾歐娜對我的愛，無疑是我這一生感受到的最全心全意的愛，但這並沒有決定我的去向。她的哭聲和她緊緊把我抱在懷裡的力量起不了作用，最終沒有說服我。因為我要勉強去適應的人不是艾歐娜（我早就該明白的——我不是早就該知道，結果對我最好的，不會是艾歐娜？）而是吉兒。我必須勉強去適應吉兒，接受我能從她身上得到的東西，即使看起來並不多。

對我來說，似乎只有在那個時刻，我才成為了女性。我知道這種事遠在我出生以前就已經決定了，而且自從我降生那一刻，對所有人而言已經顯而易見。但我相信只有在我決定回來的那一刻，當我放棄對抗自己的媽媽（這肯定是一場為了讓她全面投降才展開的戰爭），並且實際地選擇了生存而非勝利（如果我死了就是勝利），我才接受了我的女性本質。

某種程度上，吉兒也承擔了屬於她自己的女性本質。她變得冷靜肅穆，感激不已，不敢再冒險去想她先前逃避的是什麼。她接受愛我這件事，因為不愛的另一個選項就是災難。

山茲醫生有點起疑，但他決定不多加探究。他問吉兒，前一天我的情況如何。很難帶嗎？她說對，非常難帶。他說早產兒，即使只是稍微早產一點，也很容易受到驚嚇，必須小心照顧。他建議，要讓我每次睡覺時都保持仰睡。

艾歐娜不須接受電擊療法。山茲醫生開藥給她。他說她為了照顧我，過度勞累了。麵包店接她工作的那個女人想辭職——她不喜歡上夜班。所以艾歐娜回去工作了。

＊＊＊

我六、七歲的夏天回去看兩個姑姑，那時我印象最深刻的事情就是，在通常會禁止小孩出門的午夜（很奇怪的時間），我會被帶到麵包店去，看艾歐娜戴上她的白帽子，穿上白圍裙，看著她揉捏那一大團白色麵團，形狀變化多端，還會起泡，彷彿那是個有生命的東西。然後她會切出餅乾麵團，拿剩下不用的邊邊給我吃，遇到特殊場合她還會做出婚禮蛋糕的造型。那間大廚房多麼明亮又潔白，每扇窗戶都垂著夜幕。我從大碗中把婚禮蛋糕上的糖霜刮下來吃——那種融化的甜蜜令牙齒痠疼，令人無法抗拒。

艾爾莎認為我不該這麼晚還沒睡，也不該吃太多甜食，卻沒多說什麼。她說她很好奇我媽媽會怎麼說——彷彿改變態度的人是吉兒，而不是她。艾爾莎有些規矩，是我在家不必遵守的——外套要掛起來，擦乾玻璃杯之前要用清水沖洗，不然就會留下水漬。但我從來沒有見過吉兒記憶中那個嚴厲又對小事緊追不放的人。

再也沒人敢對吉兒的音樂出言不遜了，畢竟她就是以此維生來養活我們母女。她最終沒有被孟德爾頌打敗，她得到文憑，順利從音樂學院畢業，剪掉頭髮，瘦了許多。因為她能領到軍人遺孀撫恤金，所以在多倫多的高地公園附近租了一套雙拼屋，還請了個兼職保母來照顧我，然後在廣播電臺的管弦樂團找到工作。她很自豪的是，在她整個職業生涯中她都是職業音樂家，從不需要依靠教學維生。她說她知道自己不是傑出的小提琴家，沒有非凡的天賦，也不是命中注定要走這一行，但至少她可以做自己想做的事來維持生計。即使後來她嫁給我繼父、我們跟他一起搬到愛德蒙頓之後（他是地質學家），她仍然加入當地的交響樂團繼續演奏。就連後來我有了兩個同母異父的妹妹，她也是每次都演奏到她們出生前一週為止。她說她很幸運，因為她先生從來沒有反對過。

艾歐娜的情況後來確實又有一些波折，最嚴重的一次是在我大約十二歲的時候。她被帶到莫里斯維爾待了幾個星期。我想那裡的人有幫她打胰島素——她回來時變得又胖又多話。她住院時，吉兒帶著我和剛出生不久的大妹回去。從我媽媽和艾爾莎的對話中我了解到，如果艾歐娜在家的話，最好不要把小嬰兒帶進屋子裡，不然可能會「啟動她的開關」。我不知道導致她住進莫里斯維爾的那次情形是否和嬰兒有關。

那次回去，我覺得自己被排除在外。那時吉兒和艾爾莎都已經會抽菸了，她們會在深夜時坐在廚房桌邊喝咖啡、吸菸，一邊等凌晨一點的餵奶時間（我媽媽餵我大妹喝的是母奶——聽到別人說我沒有享受過這種以體溫加熱的親密餐點，我覺得很慶幸）。我記得自己當時睡不著，一臉不高興地走下樓，發現她們在聊天，自己也開始多話起來，表現得既輕浮又裝腔作勢，試著加入她們的對話。我明白她們在聊不想讓我知道的事。她們莫名其妙地變成了好朋友。

我伸手拿了支香菸，我媽媽說：「走開，不要碰這些東西，我們正在講話耶。」艾爾莎叫我去冰箱拿點東西喝，可樂或薑汁汽水之類的。所以我就拿了，但我拿了之後沒有上樓，而是走到室外。

我坐在屋後的臺階上，但她倆交談立刻變得相當小聲，我聽不清楚她們是在輕聲惋惜，還是相互安慰。於是我在後院的暗處安靜地來回走動，避開紗門裡透出的光亮區域。

那座轉角鑲著玻璃磚的長形白色房屋，現在已經住進了新的鄰居。山茲夫婦搬到佛羅里達，一年到頭都住在那裡。他們寄過柳橙給我兩個姑姑。艾爾莎說那種柳橙會讓人永遠嫌棄加拿大賣的品種。新搬來的鄰居蓋了一座游泳池，主要是兩個漂亮的青少女和她們男朋友在使用。如果她們在街上遇到我，應該會對我視而不見。我姑姑家和他們家的院子之間，有些灌木叢長得很高，但我仍然可以看見他們在游泳池周圍奔跑，互相把對方推進池子裡，大聲尖叫，濺起水花。對他們這些滑稽的把戲，我嗤之以鼻，因為我對生活抱持著嚴肅的態度，對浪漫的戀愛懷抱著更高尚而溫柔的想法。但我仍然希望能夠引起他們注意，希望他們其中一個人能看見黑暗中我飄動的白色睡衣，以為是鬼魂，嚇破膽般地大聲尖叫。

木馬文學 98

好女人的心意

The Love of a Good Woman

作者　艾莉絲・孟若（Alice Munro）
譯者　林巧棠
副社長　陳瀅如
總編輯　戴偉傑
責任編輯　丁維瑀（二版）
行銷總監　陳雅雯
行銷企劃　趙鴻祐
封面設計　鄭婷之／之一設計
排版　宸遠彩藝工作室

出版　木馬文化事業股份有限公司
發行　遠足文化事業股份有限公司（讀書共和國出版集團）
地址　231 新北市新店區民權路 108-4 號 8 樓
電話　(02) 2218-1417
傳真　(02) 2218-0727
E-mail　service@bookrep.com.tw
郵撥帳號　19588272 木馬文化事業股份有限公司
客服專線　0800-221-029
法律顧問　華陽法律事務所　蘇文生 律師
印刷　前進彩藝有限公司

初版　2015 年 11 月
二版一刷　2024 年 5 月
定價　420 元
ISBN　978-626-314-685-3
EISBN　9786263146815（EPUB）、9786263146822（PDF）

國家圖書館出版品預行編目

好女人的心意 / 艾莉絲 . 孟若 (Alice Munro) 著 ; 林巧棠譯 . -- 二版 . -- 新北市 : 木馬文化事業股份有限公司出版 : 遠足文化事業股份有限公司發行 , 2024.05
368 面； 14.8x21 公分 . -- (木馬文學)
譯自 : The love of a good woman.
ISBN 978-626-314-685-3(平裝)

885.357　113006415